Alle gelukkige gezinnen

Carlos Fuentes

Alle gelukkige gezinnen

Vertaald uit het Spaans door
Mieke Westra en Mariolein Sabarte Belacortu

J.M. MEULENHOFF

De vertaalsters ontvingen voor deze vertaling een projectbeurs
van de Stichting Fonds voor de Letteren.

De met een asterisk gemerkte woorden zijn opgenomen in
een verklarende woordenlijst achter in het boek.

Oorspronkelijke titel *Todas las familias felices*
Copyright © 2006 by Carlos Fuentes
Published by arrangement with the author
Copyright Nederlandse vertaling © 2008 Mieke Westra,
Mariolein Sabarte Belacortu en J.M. Meulenhoff bv, Amsterdam
Vormgeving omslag Studio Marlies Dekker
Vormgeving binnenwerk CeevanWee, Amsterdam
Foto voorzijde omslag Leonel Sagahón
Foto achterzijde omslag Jerry Bauer

www.meulenhoff.nl
ISBN 978 90 290 7939 6 / NUR 302

Alle gelukkige gezinnen lijken op elkaar,
elk gezin is op zijn eigen manier ongelukkig.

LEV TOLSTOJ, *Anna Karenina*

Inhoud

Een doorsneegezin

De vader. Pastor Pagán weet hoe hij moet knipogen. Hij is een expert in knipogen. Een knipoogje geven – met maar één oog – ziet hij als een vorm van beleefdheid. Iedereen met wie hij te maken heeft, beklinkt de zaak met een knipoog. De bankdirecteur als hij een lening afsluit. De kassier als hij een cheque int. De administrateur als hij er eentje ontvangt. De boekhouder als hij zich van den domme houdt en de cheque niet inschrijft. De loopjongen van de baas als hij de opdracht krijgt om naar de bank te gaan. De portier. De chauffeur. De tuinman. Het dienstmeisje. Iedereen en alles knipoogt naar hem. De autolampen, de stoplichten, de bliksemstraal langs de hemel, het gras op het land en de adelaars in de lucht, om maar te zwijgen van de vliegtuigen die de godganse dag over het huis van Pastor Pagán en zijn gezin vliegen. Het katachtige gesnor van de motoren wordt alleen onderbroken door het knipogende verkeer op de Avenida Revolución. Pastor knipoogt terug, want hij is ervan overtuigd dat de goede manieren dat vereisen. Nu hij gepensioneerd is, ziet hij zichzelf in zijn herinnering als een beroepsknipoger die zijn beide ogen nooit tegelijk opende, want als hij dat deed was het al te laat. Een knipoogje te veel, verweet hij zichzelf dan, een knipoogje te veel. Hij was niet uit eigen beweging vertrokken. Op zijn tweeënvijftigste was hij met pensioen gestuurd. Hij had toch niets te klagen? In plaats van hem te straffen gaven ze hem een ruime beloning. Bij zijn voortijdige pensionering kreeg hij dit huis cadeau, geen riante villa maar toch een keurige woning. Een overblijfsel uit het verre tijdperk van de 'Azteekse' mode in Mexico-Stad, toen de nationalistische architecten in de jaren dertig het idee opvatten om huizen te bouwen die eruitzagen als indiaanse piramides. Dat wil zeggen dat het huis zich versmalde vanaf de begane grond naar de derde etage. Deze laatste was zo klein dat hij onbewoonbaar bleek te zijn. Maar zijn dochter Alma vond het een ideale ruimte voor haar net zo versmalde leven. Ze hield zich bezig met computer- en tv-spelletjes en vond in de virtuele wereld van internet de benodigde – of voldoende – levensruimte om het huis niet meer uit te hoeven. Ze had echter wel het gevoel dat ze deel uitmaakte van een grote onzichtbare stam die in contact met haar stond, zoals zij, hierdoor gestimuleerd, op haar beurt in contact stond met een universum dat haar als enige de moeite waard leek om zich 'de cultuur' toe te eigenen. Op de begane grond, of liever gezegd, in het souterrain, woonde nu zijn zoon Abel, die na een mislukte poging om een onafhankelijk leven te leiden op zijn tweeëndertigste naar het ouderlijk huis was teruggekeerd. Trots kwam hij terug, om niet te laten merken dat hij berouw had. Pastor ontving hem zonder iets te zeggen. Alsof er niets was gebeurd. Maar Elvira, Pastors vrouw, haalde hem dolgelukkig binnen. Niemand zei dat Abel, door naar huis terug te keren, toegaf dat hij op zijn leeftijd alleen bij zijn familie gratis kon wonen. Als een kind. Behalve dat het kind die situatie probleemloos accepteert. Opgewekt.

De moeder. Elvira Morales zong bolero's. Zo had Pastor Pagán haar ook leren kennen, in een tweederangs nachtclub in de buurt van het Monument voor de Moeder, op de Avenida Villalongín. Van jongs af aan had Elvira thuis bolero's gezongen: onder de douche, als ze hielp met het schoonmaken van het huis en voordat ze ging slapen. Die liederen hadden voor haar de betekenis van een smeekbede. Ze hielpen haar het vreugdeloze leven te verdragen van een dochter zonder vader en met een treurige moeder. Niemand had haar gesteund. Ze had het in haar eentje klaargespeeld, in haar eentje was ze naar een nachtclub in Rosales gegaan en had daar om werk gevraagd, ze was aangenomen, viel in de smaak, was vervolgens naar een betere buurt getrokken en begon alles te geloven wat ze zong. De bolero is niet aardig voor vrouwen. De vrouw wordt 'huichelaarster, domweg een huichelaarster' genoemd, en verder: 'slet, je dreef de spot met mij'. Om haar liederen met meer overtuiging te kunnen zingen nam Elvira Morales de schuld van de teksten op zich, ze vroeg zich af of mannen echt door haar fatale sap vergiftigd werden en of haar geslacht de klimop van het kwaad was. Ze nam de teksten van de bolero's volkomen serieus. Vandaar dat ze avond aan avond geestdrift wekte, overtuigend was en luid werd toegejuicht in het witte licht van de schijnwerpers, waardoor de gezichten van de aanwezigen gelukkig in het duister bleven. Het publiek was de schaduwzijde van de maan en Elvira Morales kon zich blindelings overgeven aan de passies die ze verwoordde omdat ze ervan overtuigd was dat die echt waren, en al zei het lied dat zij uit was op avontuur, zo zou ze in het echte leven niet zijn. Integendeel, ze gaf haar publiek te verstaan dat ze haar liefde duur, heel duur verkocht en dat wie de honing uit haar mond wilde drinken, met briljanten voor zijn zonde moest betalen... Op het toneel kon Elvira Morales welluidend haar nietswaardige levenslot bezingen, maar daarbuiten bewaakte ze fervent haar jeugdige natuur (dat rijmt op 'avontuur'). Na afloop van de show begaf ze zich nooit onder het publiek. Ze liep terug naar haar kleedkamer, kleedde zich om en ging naar huis, waar haar ongelukkige moeder op haar wachtte. De voorstellen van de stamgasten – een drankje, een dansje, een beetje liefde – wimpelde ze af, de bloemen gingen de vuilnisbak in, de cadeautjes werden geretourneerd. Want Elvira Morales nam wat ze zong in alle opzichten serieus. Door de bolero kende ze de gevaren van het leven: leugens, uitputting en ellende. Maar de teksten stonden haar toe om te geloven, echt te geloven dat je, 'als je oprecht van iemand houdt, de ware liefde zonder leugens en zonder slecht-heid' zult vinden.

De dochter. Alma Pagán deed haar best om zich aan de wereld aan te passen. Niemand kon zeggen dat ze het niet had geprobeerd. Toen ze achttien was begreep ze dat een carrière voor haar niet was weggelegd. Er was geen tijd of geld voor. Het hoogst bereik-bare voor haar was de middelbare school, vooral omdat de studie van haar broer Abel bekostigd moest worden met de (zo geringe) financiële middelen van de familie. Alma was een heel aantrekke-lijk meisje. Ze was lang, slank, had lange benen en een smal mid-del, zwart haar dat als een helm haar hoofd omlijstte, borsten die je zonder overdrijving weelderig kon noemen, een matte huid en omfloerste blik, een halfopen mond en een nerveus neusje, en ze leek geknipt voor de modieuze baan van gastvrouw bij officiële gelegenheden. In dezelfde uitdossing als de andere drie, zes of twaalf meisjes die waren uitgekozen voor bedrijfspresentaties, internationale congressen en officiële plechtigheden, in een wit overhemd met een donkerblauw jasje en rok, zwarte kousen en hoge hak, was het Alma's taak om rustig opgesteld te staan ach-ter de dienstdoende spreker, de glazen water op de lessenaars bij te vullen, geen spier van haar gezicht te vertrekken, onder geen beding te glimlachen en nog minder enig teken van afkeuring te laten blijken. Emoties uitbannen en de volmaakte mannequin zijn. Op een dag hadden de vijf collega's met zijn allen op een lief-dadigheidsbijeenkomst gewerkt en toen zag Alma hoe ze op hen leek, ze waren allemaal gelijk, elk verschil was uitgewist. Ze wa-ren klonen van elkaar. Het was hun lotsbestemming om onder-ling volkomen gelijk te zijn, zonder ooit op zichzelf te lijken, op elkaar te lijken in hun roerloosheid en dan te verdwijnen, afge-dankt vanwege hun leeftijd, de kilootjes of een ladder in een zwarte kous. Alma Pagán gruwde van dat idee. Ze zei haar baan op, en omdat ze jong en mooi was vond ze emplooi als stewardess bij een Mexicaanse luchtvaartmaatschappij die op binnenlandse lijnen vloog. Ze wilde in de buurt van haar familie blijven en daarom zocht ze geen aanstelling op internationale vluchten. Misschien voorvoelde ze haar eigen bestemming. Dat gebeurt. Zoals het ook gebeurt dat mannelijke passagiers tijdens nachtelijke vluchten, zodra het licht uitgaat, daarvan gebruikmaken om als ze voorbijkomt haar benen te strelen, of begerig naar haar decolleté te kijken of haar openlijk in de bil te knijpen terwijl ze rumcola of gewoon cola serveert. De druppel die het glas (rum-cola of cola) deed overlopen, was een dikke man uit Yucatán, die zich op haar stortte op het moment dat ze uit het toilet kwam, haar naar binnen duwde, de deur op slot deed en haar, terwijl hij prevelde: 'O, wat ben je mooi', begon te betasten. Alma gaf hem een knietje tegen zijn dikke pens, zodat het individu van het schiereiland op de wc-pot neerplofte en in plaats van Alma's borsten zijn eigen pens onder het tropenhemd betastte. Ze diende geen klacht tegen hem in. Dat had geen enkele zin. De passagier had altijd gelijk. Ze zouden de dikkop uit Yucatán ongemoeid laten. Haar zouden ze het aanrekenen dat ze zich te vertrouwelijk gedroeg tegenover de passagiers en als ze haar al niet ontsloegen, zouden ze haar zeker een boete opleggen. Vandaar dat Alma zich uit al haar wereldse activiteiten terugtrok en haar intrek nam op de bovenste verdieping van het huis van haar ouders, met alle audiovisuele apparatuur waaruit voortaan haar veilige, prettige en bevredigende universum zou bestaan. Ze had gespaard en kon de apparatuur zelf betalen.

De zoon. Abel Pagán had zijn studie economie aan de universiteit van Mexico niet afgemaakt omdat hij zichzelf slimmer vond dan zijn leermeesters. De jongeman met zijn snelle en nieuwsgierige geest zocht en vond tot verbijstering van de professoren altijd het duistere feit in de redenering. Hij sprak zelfbewust over de 'harmonieën' van Bastiat en over het bnp van de Republiek Congo, maar als ze hem vroegen om die republiek op de kaart aan te wijzen of om van de in het vergeetboek geraakte Bastiat over te stappen op Adam Smith, die nog in de herinnering voortleefde, raakte Abel de weg kwijt. Hij had zich in de overbodige feiten verdiept ten koste van de noodzakelijke feiten. Om die reden voelde hij zich zowel superieur aan zijn professoren als door hen onbegrepen. Hij gaf zijn studie op en keerde terug naar huis, maar zijn vader zei dat hij daar alleen mocht blijven als hij een baantje vond, dat het ouderlijk huis er niet voor niksnutten was en dat hij, Pastor Pagán, nooit de kans had gekregen om naar de universiteit te gaan. Abel beet hem toe dat het klopte, dat ze aan één luiwammes in huis meer dan genoeg hadden. De vader gaf hem een klap, de moeder barstte in tranen uit en Abel verschanste zich in zijn waardigheid. Hij snakte naar vrijheid en wilde in triomf zijn rentree in de huiselijke kring maken. De verloren zoon. Hij verwarde vrijheid en wraak. Hij begaf zich naar de zaak waar zijn vader had gewerkt. Het kantoor van Leonardo Barroso. Abel zei tegen zichzelf dat hij, de zoon, zou bewijzen dat hij opgewassen was tegen de situatie waarvan zijn vader het slachtoffer was geworden. 'Wat stellen die Barroso's nu eigenlijk voor? Autoritaire baasjes? Schrijftafeldictatortjes? Hoe lang gaan die mee?' Hij hoefde niet te knipogen. Ze ontvingen hem met glimlachjes en hij glimlachte terug. Het drong niet tot hem door dat er tussen de glimlach en de grijns een slagtand zit. Een forse slagtand. Ze namen hem zonder veel formaliteiten aan. Zijn argwaan werd zelfs niet gewekt door het gemak waarmee dat verliep. Ze gingen voorzichtig met hem om, alsof ze bang waren dat Abel een spion van zijn vader was, en daardoor voelde hij zich gedwongen te bewijzen dat hij vijandig tegenover zijn vader stond en liet hij zich beledigend uit over Pastor Pagán, over diens zwakte en luiheid, diens ondankbaarheid jegens de Barroso's, voor wie hij ruim twintig jaar had mogen werken. Die houding van de zoon leek bij het bedrijf in goede aarde te vallen. Ze gaven hem een ondergeschikt baantje als bewaker in een winkel van het concern, waar zijn werk bestond uit rondlopen tussen mogelijke kopers en onmogelijke verkopers; hij moest opletten dat de kopers geen koopwaar stalen en de verkopers niet stiekem pauzes hielden. Abel was de elegante bedrijfsagent in burger. Het begon hem de keel uit te hangen. Hij kreeg heimwee naar zijn studententijd, naar de geborgenheid van het gezin, naar de voor zijn studie bestemde spaarcentjes. Hij voelde zich niet op zijn gemak, ondank was zijn loon. Zijn eigen brutaliteit als zoon, zijn slapte, zijn ondankbaarheid doemden als steeds terugkerende en ongrijpbare spookbeelden bij hem op. Hij merkte dat de tapijten in het warenhuis onder zijn nutteloze heen en weer gaande voeten zienderogen versleten. Hij maakte vrienden. De beste verkopers ontvingen een commissie en hun namen verschenen in het bulletin onder het kopje 'De man van de week'. Abel Pagáns naam kwam er nooit in voor. Zijn slechte reputatie verspreidde zich. 'Wees toch wat beleefder tegen de mensen, Abel.' 'Ik kan het niet helpen, meneer. Tegen domme mensen gedraag ik me altijd grof.' 'Zeg Abel, je hebt zeker wel gezien dat Pepe deze week in het bulletin staat.' 'Je moet behoorlijk stom zijn om te winnen.' 'Waarom doe jij niet je best om in het bulletin te komen?' 'Omdat het me geen bal kan schelen.' 'Doe niet zo moeilijk, man.' 'Ik doe niet moeilijk. Ik voel alleen maar walging en dat zouden jullie allemaal moeten voelen, stelletje meelopers.' 'Waarom accepteer je de situatie niet zoals ze is en probeer je er elke dag het beste van te maken, Abel?' 'Omdat alles is zoals het is en ik anders ben.' 'Je bent een raadsel voor iedereen, vriend.' Het leven veranderde gaandeweg in een ellenlange gang tussen de afdeling schoenen en de afdeling overhemden. Toen gebeurde er iets onverwachts.

De vader. Terugkijkend naar het verleden vroeg Pastor Pagán zich af: waarom was ik niet oneerlijk terwijl ik het had kunnen zijn? Het waren toch allemaal dieven, behalve ik? Waarom moest ik met meneer Barroso zelf gaan praten en hem vertellen dat iedereen zich had verrijkt behalve ik, meneer? Waarom stelde ik me tevreden met een fooi – een cheque van vijfduizend dollar – die ze mij als troost toeschoven? Waarom zijn ze vanaf dat moment gestopt met tegen me te knipogen? Wat had hij misdaan door met de grote baas in eigen persoon te praten? Dat was hem al snel duidelijk geworden. Door zich voor te doen als de enige eerlijke employé gaf hij aan dat de rest het niet was. Voor Barroso hield dat in dat hij zijn collega's minachtte. Een wezenlijk gebrek aan solidariteit. En zonder onderlinge solidariteit kon het bedrijf niet draaien. Door zich op te stellen als de enige employé die boven alle verdenking verheven was, had Pastor de perverse denkwereld van Barroso geprovoceerd. In de ogen van zijn chef was iedereen omkoopbaar. Dat stond in Mexico bij iedereen voorop, van hoog tot laag, vanaf de regering tot het bedrijfsleven en vanaf het kruidenierswinkeltje tot de *ejido**. Hoe durfde Pastor Pagán te beweren dat hij een uitzondering hierop was? Zijn baas Barroso lachte vast in zijn vuistje. Pastor had niet de fout gemaakt een slaatje uit de situatie te willen slaan, hij had de fout gemaakt zichzelf als integer te bestempelen. Hij had niet begrepen dat een machtig man als Leonardo Barroso het er niet bij zou laten een onbeduidende employé een onrechtmatige commissie te geven. Pastor had zichzelf op een presenteerblaadje aangeboden, waardoor zijn chef hem nu echt kon corrumperen. Nu Pastor zich onder dwang had teruggetrokken met een pensioen voor het leven kon hij op zijn gemak nadenken over de reden waarom iedereen de ander te gronde wil richten. Soms uit noodzaak, als het om een gevaarlijke vijand gaat. Soms uit ijdelheid, als de ander sterker is dan jij. En soms alleen maar puur uit onverschilligheid, zoals je een vlieg platslaat. Maar af en toe ook om de bedreiging van een zwakkere uit te schakelen, als die een geheim kent dat de machtige binnenskamers wil houden. Pastor Pagán leefde teruggetrokken en dacht na over de mogelijkheden van zijn toekomst, die per slot van rekening al afgesloten was. Eigenlijk hadden ze hem een koekje van eigen deeg gegeven. Toen hij zijn chef had gevraagd om toegevoegd te worden aan het reusachtige leger van de corruptie, maakte hij de fout allen te beschuldigen terwijl hij voor zichzelf een uitzondering maakte. Vanaf dat moment was hij overgeleverd aan de baas, ofwel aan de macht. Voortaan zou Pastor moreel gezag ontberen. Hij zou een van de vele boeven zijn. De regel, en niet de uitzondering die hij daarvóór was. Wat zou hij erbij gewonnen hebben als hij zijn chef niets had gevraagd? Was hij dan vrijer geweest, respectabeler, was hij een bediende gebleven? De bitterste dag uit het leven van Pastor Pagán was de dag waarop hij besefte dat hij, wat hij ook deed, zelfs zonder het te weten, al deel uitmaakte van een omkopingscomplot in dat kleine territorium van zijn eigen werk. Jarenlang had hij meegedaan aan de corruptie door cheques te halen en te brengen, valse rekeningen te accepteren, knipogen te geven en knipogen te incasseren, als de morele gevangene van dat fotografische moment waarop één oog medeplichtig dichtgaat en het andere beschaamd openblijft. Maar tot dan toe was hij onkreukbaar gebleven. Op zoek naar een aureool bekeek hij zichzelf in de spiegel en zag alleen maar een kalende kruin. Hij wilde martelaarstrekken zien en kreeg een grauwe huid, een gezicht met verslagen bolle wangen, een schichtige blik en nerveuze wenkbrauwen voorgespiegeld. Hij rechtte zijn bovenlijf en zijn borst zeeg ineen.

De moeder. De bolero stelt ons voor aan minnaars. Sommige bolero's zijn tragisch. Ze leven met de hoop dat het lot zich zal wijzigen of dat de dood als een zegening komt. Andere zijn nostalgisch: als een trekvogel zullen we leven, smachtend naar liefde. Weer andere bedelen om liefde: de beminde vrouw heeft alles meegenomen en hem verlaten. Je hebt bolero's die kwistig met hartstocht strooien: ze willen zich laven aan de mond van honing van de vrouw en terloops in vervoering raken van haar huid. Er zijn dominante bolero's die het vuur van hun hartstocht opleggen. Elvira Morales bezong al die emoties maar bewaarde ze in haar hart, en daarom kon zij ze met zoveel kracht overbrengen. Ze vermeed te kijken naar de mensen die haar avond aan avond in De Grot van Aladdin hoorden zingen. Toch maakte ze één gelukkige uitzondering. Terwijl ze 'Twee zielen' zong, moet haar blik door iets magisch, iets mysterieus geleid zijn toen die bleef rusten op de man die op zijn beurt met andere ogen naar haar keek dan de rest van het publiek. Hoewel ze gewoonlijk de overeenkomst tussen de tekst van de bolero's en de aanwezigheid van de mannen die naar haar luisterden negeerde, voelde ze nu dat het lied en de persoon op een magische manier samenvielen: 'Twee zielen die God op deze wereld had verenigd, twee zielen die elkaar liefhadden, dat waren jij en ik.' Een tedere man, dat sprak uit de ogen van de toeschouwer die in het avondlijke duister van de nachtclub uitgelicht werd door dezelfde schijnwerper die het maanronde gezicht van Elvira Morales en haar blote, ronde schouders accentueerde, een licht dat stilhield op het decolleté van haar met rode pailletten versierde japon en al het andere in het halfduister van het mysterie hulde. Hoe kwam het dat die avond maar twee gezichten, dat van Elvira Morales en dat van een onbekende man, belicht werden? Wie anders dan God zelf of een engel met een goddelijke missie bediende die avond de schijnwerpers? Voor het eerst sinds ze van huis was weggegaan en was begonnen te zingen, voelde Elvira dat er een man was die haar stem verdiende, haar teksten begreep, de belichaming van haar muziek was. Dat gevoel duurde maar even. Toen het lied uit was en de lichten aangingen, zocht Elvira Morales tevergeefs naar de man die zij had opgemerkt toen ze zong. Zou het een luchtspiegeling zijn geweest, een vreemde projectie van de bolero in de werkelijkheid? Nee, de plek was er, maar de stoel was leeg, en toen een pas gearriveerd stel er ging zitten, wist zij dat de man die haar aandacht had getrokken er eerst had gezeten en dat zijzelf, ook al was hij vertrokken, hier nog was en dat hij zou weten waar hij haar opnieuw kon vinden. Als hij haar tenminste terug wilde zien.

De dochter. Vanaf het moment dat zij besloten had zich op de derde verdieping van haar ouderlijk huis op te sluiten, had Alma Pagán ook een besluit genomen over haar nieuwe – en blijvende – manier van leven. Ze voelde afkeer als ze zichzelf kil als een standbeeld zag op de vergaderingen en liefdadigheidsbijeenkomsten of als ze eraan terugdacht hoe ze werd betast, geknepen en beledigd op de vluchten van Mexico naar Mexicali en van Mexico naar Mérida. Ze gaf niemand de schuld, alleen zichzelf. Haar lichaam was de schuldige. Zij was mooi, begeerlijk, omkoopbaar. Het lag aan haar dat machomannen geil van haar werden. Ze strafte zichzelf. Ze trok haar stewardessenuniform uit en nam de stijl aan die bij innerlijke verbanning hoort. Sportschoenen, spijkerbroek, T-shirt en soms sweatshirts van de Indiana University in Kokomo. En de eeuwige baseballpet van de Jaibos uit Tampico. Hoe ze eruitzag deed er niet toe, hoewel één blik op haar genoeg was om je de lust te benemen. Wat er wel toe deed was dat Alma, door zich af te wenden van een vijandige en onaangename wereld, een wereld van actie en opwinding betrad, van nagebootste emoties, van eindeloze gebeurtenissen, en dat alles zonder lichamelijke gevolgen. De wereld van de realityshow. Ze nam een abonnement op een blad om regelmatig de beste programma's te kunnen volgen over situaties in het echte leven, waarin sterke jonge mannen en vrouwen deelnemen aan vermetele avonturen, nooit eindigende wedstrijden, selecte prijsuitreikingen... Op dit moment, halverwege het verhaal, volgt Alma aandachtig, bijna loensend, de start van het avontuur van een groep bestaande uit vier paren, die op een reis vol hindernissen moeten strijden om de eerste drie plaatsen. De odyssee begint in Ciudad Juárez en eindigt in Tapachula. De grens tussen Mexico en Amerika is dus het startpunt en het einddoel ligt bij de grens van Guatemala. De deelnemers moeten het tegen elkaar opnemen en obstakels overwinnen om als eerste, tweede of derde bij de finish aan te komen. Het paar dat als laatste arriveert is uitgeschakeld. Het winnende paar heeft recht op een week verblijf aan boord van het luxe toeristenschip Sirens of the Sea. De paren die als tweede of derde aankomen, worden bedankt en ontvangen een dvd over bergsport. Alma kijkt nu vanaf de internationale brug tussen El Paso en Ciudad Juárez naar het vertrek van de vier paren. Vier van de deelnemers blijken gringo's te zijn en de andere vier zijn stomme indianen. Jake en Mike, twee slanke, knappe jongemannen, als geboren voor het reality-stardom, vormen het eerste gringo-paar. Het tweede bestaat uit twee jonge vrouwen, van wie de ene zwart is (Sophonisbe) en de andere blank (Sally). De twee Mexicaanse paren bestaan elk uit een man en een vrouw, alsof iedere schijn van homoseksualiteit vermeden moest worden. Het zijn Juan en Soledad, beiden mager en klein van stuk, en Jehová en Pepita, twee al wat oudere, schriele mensen met verweerde gezichten. De Amerikanen lopen in T-shirt en korte broek. De jeugdige Mexicanen zijn uitgedost als *tarahumaras**, ofwel: blote benen, een geborduurd hemd en een rode doek om hun hoofd. De oudjes zijn net zo gekleed als Alma Pagán zelf. Het ergert haar dat oude mensen zich de kleding van de jongeren toe-eigenen. Is er soms geen leeftijdsverschil meer? Misschien niet. Maar het interessantste is dat die wedstrijd van grens naar grens aanvangt bij de grens tussen Mexico en de Verenigde Staten, dat de deelnemers dus wegrennen van de grens die miljoenen Mexicanen graag zouden willen oversteken om in het welvarende Noorden werk te zoeken. En ze eindigen bij de grens tussen Mexico en Guatemala, ofwel de scheidslijn tussen twee armoedelanden die de armen uit Midden-Amerika clandestien oversteken om in de Verenigde Staten te komen. Die tegenstelling ontgaat Alma niet. Ze maakt deel uit van haar opvoeding. Zij krijgt het gevoel dat de realityshow de universiteit is die zij niet heeft bezocht. De nagebootste werkelijkheid. Emotie zonder BTW. Je verplaatsen zonder risico. Alma ontdekt haar eigen werkelijkheid. Er is geen enkele reden meer om zich in de vijandige en vernederende buitenwereld te wagen. Dankzij het net was de wereld binnen handbereik, ze voelde dat ze nu deel ging uitmaken van een instant-stam, dat ze met virtuele netten verbonden was, gestimuleerd werd door het audiovisuele universum, maar bovenal gestimuleerd door de verleiding om in contact te komen met andere netsurfers zoals zij. Maar ze durfde nog niet te chatten.

De zoon. Leonardo Barroso was een machtig man omdat hij oog had voor details. Zijn adelaarsblik daalde vanaf de handel in aandelen op de beurs in Hongkong vliegensvlug neer op de handel en wandel van de meest bescheiden employé in zijn dienst. Abel Pagán bevond zich halverwege een miljardenbelegging en het salaris van een portier. Sinds de jongeman hem om een baan had gevraagd en stom genoeg had verkondigd dat hij kwam om zijn vader te vernederen, had Barroso hem in het oog gehouden. Abel werd er doelbewust op uitgestuurd om de verdiepingen van het warenhuis te bewaken. Louter en alleen om hem klein te krijgen en te laten zien wie in dit bedrijf aan de touwtjes trok. Wie de hoogste baas was. Daarom was het zo verrassend dat hij ontboden werd op het kantoor van don Leonardo, de chef, en hem dat dwingende voorstel werd gedaan. De zoon zou hetzelfde doen als wat de vader vijfentwintig jaar lang had gedaan. Cheques van de boekhouding in ontvangst nemen en cheques naar de bank brengen. Geen vragen stellen. Het was een vertrouwensbaan. Don Leonardo knipoogde: Abel moest leren knipogen. Knipoog tegen de bankdirecteur. Knipoog tegen de kassier. Knipoog tegen de chauffeur. Knipoog tegen de hele wereld. 'Iedereen zal je begrijpen, want je vader deed hetzelfde. Jij hoeft alleen maar te zeggen: Ik heet Pagán en ik word gestuurd door don Leonardo.

Iedereen zal je begrijpen. Maar vergeet niet te knipogen. Dat is het teken van je medeplichtigheid. Als ze je knipoog niet beantwoorden, dan kun je maar beter argwanend zijn en je terugtrekken.' Abel worstelde een tijdje met de vraag of hij voldoening dan wel twijfel voelde. Barroso vertrouwde hem. Maar hij manipuleerde hem ook. En hij betrok hem vooral in een reeks onbekende handelingen waarbij het werk van de zoon een voortzetting was van het werk van de vader. De jongeman besloot blindelings het risico te nemen. Per slot van rekening was hij in een ommezien van achter de toonbank naar een leidinggevende baan opgeklommen. Hij kon rekenen op het vertrouwen van de boss. Zijn salaris werd verhoogd. Hij betrok een piepklein flatje boven een winkel in bruidskleding aan de Avenida Insurgentes. Door de eisen die zijn positie hem stelde, gaf hij al snel meer uit dan hij verdiende. De meisjes begonnen achter hem aan te lopen en hij kon hen niet in een door aardbevingen half ingestort appartement ontvangen. Hij verhuisde naar Hotel Génova, in de Zona Rosa, en neukte op gezette tijden, hoewel zonder het genot van de verovering. De smaak. De meisjes boden zich verleidelijk aan (verdacht) en neukten als in opdracht. Van wie? Abel begon steeds meer argwaan te koesteren. Zijn uitgaven namen toe. De werkdruk ook. En ten slotte zijn frustraties. Abel leefde als een automaat. Zijn bedje was gespreid. Hij hoefde zich niet in te spannen. Toch voelde hij zich door zijn overweldigende succes voortdurend in zijn ambitie gefrustreerd. Ze spraken hem in het hotel aan met 'don'. In restaurant Bellinghausen was een vaste tafel voor hem gereserveerd. Hij kon op rekening kleding kopen bij Armani. Ze gaven hem 'in opdracht van don Leonardo' een rode BMW. De meisjes fingeerden stuk voor stuk stormachtige orgasmen. In de badkamer werden ongevraagd de eau de cologne, zeep, tandpasta en shampoo aangevuld. Er werden zelfs roze, met olifantjes beschilderde condooms op zijn bureau gedeponeerd. Abel voelde, trouw aan zijn afkomst en zijn temperament, dat zijn ambities verder gingen – noemt u ze maar onafhankelijkheid, persoonlijke expressie, volkomen vrije wil, wie weet – en dat zijn positie bij de Gebroeders Barroso zijn aspiraties niet geheel bevredigde. Ook had hij door dat zijn werk bedrieglijk was. Dat zijn wereld zou instorten als Barroso niet achter hem stond. Hij had alles aan zijn chef te danken, niets aan zijn eigen inzet. Abel Pagán was niet gek. Hij raakte verbitterd toen hij dat inzag en hij begon de dwingende noodzaak te voelen om zichzelf te bewijzen. Niet meer afhankelijk van Barroso te zijn. Niemands knechtje te zijn. Had een jongeman als hij soms niet meer in zijn mars dan de volwassenen (de Barroso's en zijn ouders)? Hij kon toch zijn eigen plek, een onafhankelijke plek, op de markt innemen? Hij keek naar de dingen om hem heen – een hotelsuite, meiden bij de vleet, dure restaurants, luxe auto's, kleding van Armani – en zei tegen zichzelf dat hem dat allemaal toekwam en dat hij het lef en de ballen had om die dingen zelf, zonder de hulp van wie dan ook, te bemachtigen. Hij begon te verlangen naar een vrijheid die hem door zijn positie onthouden werd. Waarover beschikte hij om zelfstandig zijn entree te maken op de arbeidsmarkt? Hij telde zijn kaarten. Het waren er heel weinig en ze waren nogal flets. Ze zeiden allemaal: 'Eigendom van L. Barroso'. Hij wilde zich wanhopig graag bevestigen. Hij liet zijn haar groeien en bond het met een elastiekje bij elkaar in een paardenstaart. Verder kon hij niet gaan. Hij wilde een andere werkelijkheid beleven, niet die van zijn ouders. En ook niet die van zijn tijdgenoten. Hij moest bijna kotsen als iemand in het kantoor tegen hem zei: 'Je hebt het gemaakt, Abel,' of de meer platvloerse opmerking: 'Meiden, poen, protectie van de baas, je bent binnen, wat wil je nog meer, wil je meer?' Ja, hij wilde meer. Toen begon alles te veranderen. Heel geleidelijk. Het zat zo: Abel had een zekere baan in een onzekere wereld. Hij was slim en besefte dat het bedrijf groeide en de productie gespreid werd terwijl het werk verminderde. Je kon meer produceren en minder werken: zo zat het in elkaar, zei Abel tegen zichzelf. Hij overdacht dat allemaal en voelde zich beschermd, bevoorrecht. Toch wilde hij meer. En toen begon alles te veranderen. Zijn creditcard werd ingetrokken. De hoertjes kwamen niet meer bij hem op bezoek. Het kantoor gaf hem geen cheques meer. Het was afgelopen met de knipogen. Ze lieten hem achter in een kantoortje zonder licht of lucht, bijna een voorbode van een gevangenis. Uiteindelijk werd hij ontslagen. Onthutst, om niet te zeggen verbijsterd stond Abel Pagán van de ene op de andere dag op straat. Was dat niet wat hij wilde? Zich onafhankelijk maken, eerst van zijn familie, vervolgens van zijn baas? Zeker, maar dan wel op eigen initiatief en niet omdat iemand anders dat wilde. Barroso had hem een toekomst gegeven en pakte hem die nu weer af. Abel stelde zich voor hoe zijn chef zich verkneukelde. Dus nadat de vader vernederd was, was nu de zoon aan de beurt. Abel voelde zich als een offerlam, klaar om geschoren te worden. Wat was Barroso van plan, vroeg Abel zich af. De trouw van de vader op de proef stellen door de integriteit van de zoon op de proef te stellen? Abel bekeek zijn handen, die zwart waren van alle cheques die erdoorheen waren gegaan; het waren er meer dan de spinnenpoten van een broederschap in processie. 'Het was het niet waard,' mompelde hij. Hij voelde zich losgeslagen, kwetsbaar, doelloos. Hij voelde zich afgedankt en vernederd. Hij voelde dat hij niet evenredig beloond was voor zijn inspanning. Verdiende hij op grond van zijn verdiensten niet een betere baan omdat hij beter opgeleid was? Waarom liep alles anders? Er ging iets verkeerd, totaal verkeerd. Wat nu te doen? Waar kon hij opnieuw beginnen? Wat had hij fout gedaan? Hij vatte moed en eiste een onderhoud met don Leonardo Barroso. Dat werd hem geweigerd. Maar de secretaresse van zijn chef overhandigde hem een envelop. Er zat een cheque in voor vijfduizend peso en een zinnetje in het Latijn: *Delicta maiorum immeritus lues*. Een professor van de universiteit was zo vriendelijk het voor hem te vertalen: 'Ook al ben je niet schuldig, je moet boeten voor de zonden van je vader.'

De vader. Pastor Pagán was een goed mens en hij heette de verloren zoon waardig welkom. Het schokte hem dat Abel in zijn ijdelheid was gekwetst, en om elk spoor van ergernis te vermijden keek hij hem aan met een lege blik, maar zonder tranen, toen hij zijn armen spreidde om hem te omhelzen. Hij kon maar beter doen alsof er niets gebeurd was. Vooruitkijken. Nooit achterom. Hij besefte dat de zoon, net als de vader, niet meer over de middelen beschikte om wat dan ook het hoofd te bieden. Door de terugkeer van Abel stonden ze quitte. Die gedachte bezorgde de vader veel kopzorgen. Moest hij Abel rechtstreeks vragen wat er aan de hand was? Als hij niets zei, betekende dat dan niet dat hij kon raden wat er was gebeurd? Als hij het wel vroeg, zou dat de deur openen voor een bekentenis waardoor het verleden voor altijd een smet zou werpen op het heden? Abel reikte hem de oplossing aan. Een maand na zijn terugkeer naar het ouderlijk huis en nadat hij dertig dagen had gedaan alsof er niets abnormaals was gebeurd, omdat het normale dodelijk was, bedacht Abel dat als hij voorgoed bij zijn ouders en zijn zuster zou blijven wonen, hij hun maar beter kon zeggen: 'Eigenlijk was ik niet geschikt voor die baan.' Want het was de vroegere baan van zijn vader. De vader raakte in de war en aangeslagen door wat zijn zoon zei. Pastor Pagán zei niets. Hij vluchtte alleen maar in de ruïnes van zijn trots om vast te stellen dat de terugkeer van Abel betekende dat vader noch zoon vat had op zijn eigen leven. Pastor miste vitaliteit. En ook Abel ontbrak het aan wilskracht. Toen dat tot de vader was doorgedrongen, begon hij zijdelings onderwerpen aan te roeren om te zien of hij zijn zoon eindelijk de waarheid kon zeggen. Op een avond bedronken ze zich in een kroeg in de buurt van La Piedad*, en onder invloed van de drank dacht Pastor dat het ijs gebroken was – de ijsberg die met de jaren tussen vader en zoon was ontstaan – en waagde hij het zuchtend te zeggen: 'De godin van het succes is een hoer.' Waarop Abel voor het eerst sinds lange tijd reageerde met: 'Zo is het.' 'Om succesvol te zijn heb je verliezers nodig. Hoe weet je anders dat het je goed is ge-gaan?' 'Dat klopt, voor elk succes van jou moet het een ander slecht gaan. Dat is de regel van het spel.' 'En wat gebeurt er als het je eerst slecht gaat en dan beter, en dat het je vervolgens slecht gaat en je diep valt?' 'Dan word je een filosoof, zoon.' 'Of je zingt liedjes in de kroegen, pa.' Wat ze vervolgens nogal aangeschoten deden. 'Zij ging ervandoor.' Niet een vrouw. Het lot was ervan-door gegaan. Het geluk had de aftocht geblazen. Ze omhelsden elkaar, hoewel ze allebei aan iets anders dachten. De vader was bang dat Abel zou verzinken in wrok en niet zou weten hoe hij eruit moest komen. De zoon stelde alcoholische lijstjes op van de fouten die hij had gemaakt en nog steeds maakte. 'Hoeveel fou-ten heb ik vandaag gemaakt?' vroeg hij Pastor met dubbele tong. 'Oei, praat me niet van vergissingen, jongen, want dat is een ge-bed zonder end.' 'Waar heb je spijt van, pa?' Pastor reageerde schaterlachend: 'Dat ik toen ik jong was geen schilderij van Frida Kahlo heb gekocht voor tweeduizend peso. En jij?' 'Dat ik dingen heb gekregen die ik eigenlijk niet verdiende.' 'Kom op, niet zwaarmoedig worden. Jouw bedje was vanaf het begin gespreid.' 'Dat was nou juist zo verkeerd.' 'Jij hebt niet van jongs af aan hoe-ven sparen om later alles door de inflatie en de geldontwaarding weer kwijt te raken...' 'Heb je je daarom aan Barroso overgele-verd, pa?' 'Terg me niet, jongen, je moet respect voor me hebben, ik heb een kwarteeuw gezwoegd om mijn kinderen een dak bo-ven hun hoofd en een goede opleiding te kunnen geven. Vraag me niet hoe ik dat gedaan heb. Meer respect. Meer dankbaar-heid.' 'Ik wil alleen maar weten of het u net zo slecht vergaan is als mij.' 'Erger, jongen, erger.' 'Vertel.' 'Hoor eens, Abel, we moeten niet achteromkijken, maar vooruit...' 'Het vervelende is dat ik dubbel zie.' 'Wat zeg je?' 'Ik zie u dubbel, alsof u twee personen bent.' 'Je bent bezopen.' 'Wie weet. Ik voel me opeens nuchterder dan ooit.' 'Kom, drink je tequila op, dan gaan we naar huis. De vrouwen wachten op ons. Ze zullen zich wel zorgen maken.'

De moeder. Elvira Morales besloot dat ze haar vrolijkheid niet wilde kwijtraken. Ze nam zich voor om elke dag die ontmoeting van drieëndertig jaar geleden in De Grot van Aladdin te vieren. Zij zong. Hij wist waar hij haar altijd kon vinden. Zij zou niet weggaan. En hij kwam terug. Ze trouwden en waren gelukkig. Dat zinnetje was voor Elvira de samenvatting van haar bestaan. Hun ruzies moesten altijd in de kiem gesmoord en hun meningsverschillen verhuld worden, en de rest losten ze op romantische wijze op zodra er wolken aan de horizon opdoemden, want dan gingen ze samen weer naar de nachtclub om te dansen. De nachtclub was de bakermat van hun liefde geweest en Elvira voelde dat daar hun liefdessappen zich vernieuwden. Pastor Pagán werd weer de man van haar dromen. Als personificatie van een bolero zonder tranen of jammerklachten, maar wel vol zuchten, was Elvira niet langer de martelares van het levenslot van haar man. Als ze het gevoel had dat ze in de val zat, keerde ze terug naar de bolero en dan wankelde haar huwelijk. Het doel van haar leven was de boleroteksten achter zich te laten en ze te vervangen door een werkelijkheid waarin haar portie geluk groter was dan de hoeveelheid tegenslagen. En als haar gelukkige huwelijk, Elvira's sacrament en het altaar van haar geest, door iets ondermijnd werd, dan nodigde zij haar man dus uit om te gaan dansen en terug te keren naar de nachtclub, die nu disco werd genoemd, waar ze dicht, heel dicht tegen elkaar aan gedrukt dansten en voelden hoe de sappen van de illusie opnieuw door hen heen stroomden. Toen Abel nog jong was, moest hij lachen om die nostalgische uitstapjes. 'En laat de aarde beven in zijn ingewanden,' zei hij, als een parodie op Gonzalo Celorio, zijn favoriete schrijver. Toch waren hun kinderen uiteindelijk blij met die ceremoniën van hernieuwde trouw, omdat ze rust in huis brachten en aanleiding waren om kwesties als de positie van de kinderen in de wereld aan de orde te stellen: binnen of buiten het ouderlijk huis. Elvira besefte dat kinderen steeds vaker tot na hun dertigste thuis bleven wonen of zoals haar zoon Abel op drieëndertigjarige leeftijd, net zo oud als Christus, terugkeerden of besloten thuis oud te worden, zoals Alma, die zich in haar kooi had opgesloten. Dat alles sterkte Elvira alleen maar in haar overtuiging. Als de kinderen koorddansers in het circus van de wereld waren, dan zouden de ouders het veiligheidsnet zijn dat hun val zou stuiten, zodat ze niet te pletter zouden vallen. Was dat de ware reden voor Elvira's gedrag, vergaf ze daarom fouten, wakkerde ze daarom het heilige vuur van de liefde tussen haar en haar echtgenoot aan, vergat ze daarom alles wat bedreigend of onaangenaam was, kon ze daarom zo goed geheimen bewaren? Want het leven is toch geen bolero? Het leven moet toch een sentimentele ballade zijn die je in slaap wiegt, een geheime idylle, een potplant die uitdroogt als je hem geen water geeft? Daarom bezochten zij en haar man de cafés van vroeger en gingen ze samen dansen in nachtclubs. Om te blijven denken aan de dingen die je niet vergeet als je het geluk blijft herkennen. De bejaarde moeder van Elvira stierf terwijl haar dochter de avond waarop ze Pastor Pagán herkende bolero's zong in De Grot van Aladdin, zonder te weten dat haar ziekelijke moeder was gestorven. Zo is het kaartspel van het lot. En het lot is omkeerbaar, als een jas die aan de ene kant tegen de kou beschermt en aan de andere tegen de regen. Daarom zei Elvira Morales nooit: 'Maar dat was vroeger.' Daarom zou ze altijd zeggen: 'Nu. Nu.'

De dochter. De twee Amerikaanse vrouwen (Sophonisbe en Sally) kwamen niet verder dan Ciudad Juárez. Op de eerste dag van de wedstrijd verdwenen ze, ze werden later dood aangetroffen in een kloof bij de Río Grande. Er moesten ijlings twee inwoners van El Paso, Texas, worden opgeroepen om aan de voorwaarden van de wedstrijd te kunnen voldoen. Geen van de gringo-paren waagde het de rivier over te steken. De organisatoren legden zich erbij neer en rekruteerden toen maar een Mexicaans stel dat tot alles bereid was om een reis door het Caribisch gebied te kunnen winnen. Ze zagen de zonovergoten palmbomen al voor zich en de woestijnen vol doornstruiken en ratelslangen lagen al achter hen. Want de droogte in het noorden van Mexico was een onderdeel van de wedstrijd. De deelnemers aan de realityserie ontvingen geschreven opdrachten in een grote envelop. Nu moet u stoppen en cactusvijgen gaan plukken of dekens inpakken. U heeft de vrijheid. Kiest u maar. Hoe gaat u het snelst? Het maakt niet uit. Nu moet u op wilde ezels de woestijn oversteken. Nu moet u in de buurt van Zacatecas de trein nemen, en wie hem mist moet op de volgende wachten en zal een achterstand oplopen. U moet de verloren tijd inhalen. Hoe? In een wrakke autobus klimmen die een bergweg op rijdt. De gringo's juichen uitgelaten bij elke dodelijke bocht. De Mexicanen houden zich stoïcijns stil. Ze schreeuwen als ze zich door een span ossen door een modderstroom moeten laten slepen. Ze overleven. Ze worden gedreven door de begeerte om te winnen. Elk paar wordt achtervolgd door het volgende. Elk van hen zit het paar voor hen op de hielen en voelt de hete adem van het volgende paar in zijn nek. Ze moeten met een rode doek (cadeautje van het huis) een arena binnengaan en vechten met een stierkalf dat de kluts helemaal kwijt is omdat het cornflakes als ontbijt kreeg. Het stel gringo's gaat juichend, als oorlogskreten slakende Apaches het stiertje te lijf... De Mexicaanse vrouwen houden zich afzijdig. De mannen – de oude Jehová en de magere Juan – bewegen zich waardiger dan het halfdronken, versufte stiertje. Ze zijn al in het centrale deel van Mexico. Overal aanplakbiljetten, kleuren, instructies. Hier stoppen. Zoekt u maar een plekje om te slapen. In de openlucht. Op een bank. Waar u maar wilt. De volgende dag moeten ze allemaal de uitwerpselen van een veestapel in Puebla opscheppen. Ze klagen, het stinkt. Pepita valt. Ze slikt stront. Een gringo valt. Slikt stront. Hij zegt dat het heel sexy is. De vrouwen wrijven zich over hun borsten als om vast te stellen dat die nog onaangetast

zijn. Ze stappen allemaal in een bus naar Oaxaca. Uit de tegengestelde richting duikt een andere bus op. Zullen ze allemaal sterven? Alma Pagán zet de televisie uit. Ze wil niet weten wat er gebeurt. Ze wil niet dat het geweld, misschien voorgoed, haar leven
binnendringt, niet haar tweede, maar haar echte leven, het bestaan dat haar gratis, zonder gevaar voor zichzelf, aangeboden
wordt door de realityshow. Ze doet het toestel aan om het gevaar
op straat te beleven, terwijl het scherm haar goed beschouwd
verlost van het gevaar doordat het zich hier, in haar huis, voor-
doet zonder haar te raken. Ze voelt zich energiek, gestimuleerd.
Niet langer kwetsbaar. Ze is op haar manier het paradijs binnen-
gegaan.

De zoon. Waarom was hij als een ellendige bedelaar naar Barroso
gegaan om opnieuw om een baantje te vragen? Was hij zo aangeslagen door de morele kater van die avond met zijn vader in de
kroeg bij La Piedad? Zag hij zijn vader toen voor het eerst? Of zag
hij zichzelf voor het laatst? Waarom wist hij meer dan zijn ouders, maar had hij geen plaatsje op de markt kunnen veroveren?
Was hij verslagen door zijn spot, zijn onweerstaanbare neiging
om zijn ouders belachelijk te maken? Zij zong bolero's. Zij dacht
dat ze om gelukkig te zijn genoeg had aan een leven dat tegengesteld was aan de tekst van het lied. Ze begreep niet dat ze in een
valse droomwereld leefde. Zij geloofde in de teksten. Waarom
was ze gestopt met zingen? Begreep ze niet dat haar offer de
moeite niet loonde? Het goud van een onafhankelijke carrière
had ze ingeruild voor de fooi van het echtelijk leven. Ze was de
sentimentele slavin van de bolero, die zich had ontpopt tot de
martelares van het huiselijk leven. Ze was nooit aan de bolero
ontsnapt. Belachelijk. Ze zong in De Grot van Aladdin. Aladdin
had geen grot. Hij had een lamp. De man van de grot heette Ali
Baba. Stomme ouwelui. Wat een verpest leven. Een school voor
de kinderen. Een tehuis voor de oudjes. Geen denken aan. Maar

er zijn momenten waarop hij overmand wordt door emoties, vooral wanneer zijn ijdelheid gestreeld wordt door het eeuwige gekir van zijn moeder, die hem over zijn voorhoofd aait en zegt, wat is mijn jongen toch knap je bent mijn jongen je hoge voorhoofd je zwarte krulhaar je *mamey*kleurige* huid zo donker en zijdeachtig je profiel als van de klaverheer, een Romeinse keizer, zoals ze zeggen, een rechte neus je kleine maar vlezige mondje die grijns op je gezicht jongen als een uitdaging aan een wereld die je niet bevalt, de haantjesspanning die je in je hele lijf voelt, zo was je als kind, zo ben je nu je groot bent, zeg, wie bewondert je meer dan ik? Ook zijn zuster werkt hem op de zenuwen. Het is wel heel gemakkelijk om je met een laptop op te sluiten in een denkbeeldig veilig onbesmet universum zonder sterrenstof of afstotende geuren. Maar de vader is nog de ergste van allemaal, de hogepriester van het bedrog, een man die verstrikt zit in de leugen... En hij zelf, Abel Pagán, had hij nog steeds ambities? En als hij die had, zou hij ze dan op een dag waarmaken? En waar zou hij zich het best kunnen ontplooien? In de geborgenheid van het ouderlijk huis, op zijn tweeëndertigste, of kwetsbaar op de brede boulevard, beseffend dat zijn ijdelheid, hoe gering ook, steeds meer inspanning van hem zal eisen? Hoe kon hij zichzelf ervan overtuigen dat hij zich los moest maken van het comfortabele gratis leventje thuis en terug moest keren in de wereld? Moest hij tegen zichzelf zeggen: Stop met dat gepieker, Abel Pagán, de toekomst is al hier, we noemen haar het heden. Of, nog beter, accepteer ik hoe we allemaal waren en ga ik er steeds harder aan werken om ons leven te verbeteren? Hoe kun je het verleden afwijzen zonder de toekomst te verloochenen? Hoe hoog zou de prijs zijn van zijn tweevoudige verzet: zijn verzet tegen de familie en zijn rebellie tegen het bedrijf? Zou hij de werkelijkheid kunnen ontkennen en die afstemmen op zijn wensen? Zou hij alles wat zich keerde tegen het ideale leven van Abel Pagán, gunsteling van het lot, kunnen vergeten? Of zou hij zich moeten onderwerpen aan alles wat een gelukkig leven, ofwel een onafhankelijk en vrij leven waarin hij niet hoefde te buigen voor zijn familie of de bazen, in de weg stond? Hij moest kiezen. Stiekem schreef hij een paar wanhopige zinnen om zichzelf een beetje inzicht te verschaffen. We vernietigen onszelf om het onhaalbare te bereiken. Om een kind te zijn is het niet voldoende om tegen je ouders te zijn. Om vrij te zijn is het niet voldoende om tegen je chef te zijn. Ik moet veranderen. Ik kan me niet afzijdig houden van mijn leven. Mijn familie kan het niet schelen dat ze vergeten zal worden. Het laat haar koud dat over een halve eeuw niemand zich haar zal herinneren. Mij wel. Mij wel. Wat moet ik doen? Wie zal zich mij herinneren? Hoe maak ik een kras op de muur?

De vader. Niet dat de drank hem naar het hoofd was gestegen. Voor het eerst had hij het gevoel dat zijn zoon hem als een vriend zag. Ze waren maatjes van elkaar. Misschien hadden ze vroeger niet de gelegenheid gehad om met elkaar te kletsen. Misschien zouden ze niet opnieuw de kans krijgen voor een openhartig gesprek. Het moment was gekomen om de balans van het leven op te maken, van de geschiedenis, van de tijd die achter hen lag. We zijn de kinderen van een rampzalige revolutie, zei Pastor tegen zijn zoon, die hem onzeker, achterdochtig en met een soort vage verstrooidheid, eerder onverschilligheid, aankeek. Welke revolutie? Waar had zijn vader het over? Over de technologische revolutie? Pastor praat verder. Je moet bedenken dat we veel dingen slecht hebben gedaan omdat we onze illusies waren kwijtgeraakt. Het land glipte ons tussen de vingers door, Abel. Alsof de banden die ons allemaal met elkaar verbonden, verbroken waren. Uiteindelijk gaat het erom te overleven, niets anders. Als je idealen hebt, interesseert het je niet of je het wel of niet overleeft. Je neemt risico's. Tegenwoordig zijn er geen banden meer. Ze zijn verbroken door de vergetelheid, de corruptie, het bedrog, de knipoog. De knipoog in plaats van het denken, in plaats van de

woorden, de schofterige knipoog, Abel, het teken van de medeplichtigheid van iedereen, tussen iedereen en voor alles. Kijk me
aan en zie de droefheid van een overlevende. Ik heb hard gewerkt
om me een fatsoenlijk mens te voelen. Tot ik erachter kwam dat
het de heersende moraal in Mexico is om rijk te worden zonder
een poot uit te steken. Dat is niet mijn moraal, jongen. Ik zweer je
dat ik mijn leven lang alleen maar het werk heb gedaan dat me
opgedragen werd. Procedures bespoedigen. Vergunningen regelen. Belastingaanslagen verminderen. Af en aan lopen met
cheques, fondsen en bankdeposito's. Wat verwachtte ik in ruil
daarvoor? Een beetje respect, Abel. Geen neerbuigendheid.
Geen schurkenknipoog. Ik had getoond dat ik een fatsoenlijk
mens was. Ik was voorkomend tegen mijn chefs. Zonder te ge-
dienstig te zijn. Natuurlijk had ik wel in de gaten dat de boeven,
de stroopsmeerders, de kontlikkers heel snel promotie maakten
en ik niet. Ik leek voorbestemd om tot mijn pensioen eeuwig hetzelfde te doen. Het kostte me vijfentwintig jaar eerlijkheid om in
een oogwenk tot de bedelstaf te vervallen. Want iemand voor
vijfduizend dollar een contract gunnen is geen misdrijf, jongen.
Het is een zwakte. Of een aalmoes. Of, om zo te zeggen, een existentiële rotstreek. Op dat moment wist Barroso dat ook ik te
koop was. Ik zag de cynische en slimme schittering in zijn ogen.
Ik was net als de rest. Alleen had ik er wat langer over gedaan om
ten val te komen. Ik was niet meer zijn onkreukbare en betrouwbare employé. Ik was omkoopbaar. Ik was een van de velen. Wat
te doen met zo'n nieuwbakken boef, hè? Toen onze blikken elkaar kruisten, wist ik dat mijn lot en dat van mijn chef zich alleen
maar verenigden om een medeplichtig verbond te sluiten waarin
hij de bevelen gaf en ik mijn mond hield. Hij hoefde me niet te
zeggen: 'U stelt me teleur, Pagán.' Hij kan praten door zijn oogleden te bewegen. Het enige wat bij hem beweegt. Niet zijn wenkbrauwen, mond of handen. Hij beweegt zijn oogleden en veroor-
deelt je tot medeplichtigheid. Ik hoefde niets te doen om te

voelen dat mijn armzalige succes – een aalmoes van vijfduizend dollar – mijn grote fiasco was, jongen. Een schotel linzen, inderdaad. Op dat moment voelde ik me gedwongen om werkelijk alles te willen hebben waarvan ik vroeger gezegd had dat ik het verachtte. Ik voelde afkeer van mezelf. Ik beken het je openlijk. Ik wist ook dat ik mijn mond moest houden over wat er voorgevallen was. Daarover voelde ik me nog meer beschaamd. En over het feit dat ik de man die de macht had vroeg of laat zou moeten betalen voor mijn zwakte. 'Maakt u zich geen zorgen, Pagán,' zei Barroso met een stem die tegelijk hard en vriendelijk klonk. 'Om goed te zijn moeten we opportunistisch zijn.' Dat klopte niet. Ik was alleen maar tegen het leven opgewassen omdat ik geen bedrog duldde. Ik accepteerde niet dat ik schuldig was. Dat was mijn fout. Als ik niet onschuldig was, dan zou ik toch op zijn minst zo verdorven zijn als de anderen. Een kat-en-muisspelletje. Behalve dat de kat een tijger was en de muis een mak lammetje. Ik hoefde niemand te bedreigen. Ik hoefde geen woord te zeggen. Ik moest de gevolgen dragen van handelingen die in mijn ogen fatsoenlijk waren en het niet waren. Ik had de waarde van een knipoog niet begrepen. Ik had niet begrepen welk prijskaartje aan omkoping hing. Maar zodra het tot Barroso doordrong dat ik omkoopbaar was, besloot hij mij kapot te maken, zodat mijn zwakte geen bedreiging voor hem kon worden. Elk van ons – zowel Barroso als ik – maakte zijn eigen rekensommetje. Ik begreep wat me overkwam. Barroso had het altijd geweten en daarom was hij me voor. 'Luister, Pagán, er is een misdrijf dat frauduleuze bedrijfsvoering wordt genoemd. Het betreft het verrichten van transacties, ten eigen bate of ten bate van derden, die schadelijk zijn voor het vermogen van de rechthebbende. Het betreft het behalen van winst als rechtstreeks gevolg van het verstrekken van documenten op naam, in opdracht of aan toonder, onder een valse naam. Bijvoorbeeld aan twee personen dezelfde zaak verkopen. Rekeningen of contractuele voorwaarden wijzigen. Nietgemaakte kosten declareren.' Hij fixeerde me, zeg ik je, als een tijger die je plotseling in het oerwoud tegenkomt, een wild dier dat zich tot dan toe schuilhield, hoewel een ontmoeting te verwachten was... Jij wist dat die tijger er was, dat hij er altijd geweest was, maar je dacht dat hij jou niet zou aanvallen en dat hij je alleen maar zou aankijken op die tegelijk zachtaardige en dreigende manier die zo eigen is aan katachtigen, om vervolgens weer in het dichte struikgewas te verdwijnen. Maar deze keer niet. 'En dus,' ging zijn chef verder, 'bent u schuldig aan fraude ten eigen bate en ten nadele van dit bedrijf.' Ik kon stotterend zeggen dat het niet waar was, dat ik alleen maar instructies had opgevolgd, dat mijn goede trouw boven alle twijfel verheven was. Barroso schudde meewarig zijn hoofd. 'Beste vriend, accepteert u toch het aanbod dat ik u voor uw eigen bestwil en het mijne doe. Uw geheim is veilig bij mij. Ik ga niet uitzoeken waar u de vijfduizend dollar die op uw bankrekening staan vandaan heeft.' 'Maar u heeft die me zelf gegeven, meneer.' 'Bewijs dat maar, Pagán. Waar is de kwitantie?' Hij laste een pauze in en voegde eraan toe: 'Ik stuur u met pensioen. Een levenslang pensioen. U bent tweeënvijftig. Bereidt u zich voor op een rustig leven, met elke maand de zekerheid van een envelop. Een kwitantie is niet nodig. Een contract evenmin, stel je voor. Tienduizend peso, aangepast aan de inflatie. Als u mijn aanbod accepteert, dan is de zaak afgehandeld.' Hij liet een hem typerende melodramatische pauze vallen. 'Wijst u het af, dan is het gedaan met u.' Hij glimlachte en gaf me een hand. 'Waar geeft u de voorkeur aan? Vrij zijn en actief, of twintig jaar in de gevangenis? Want u moet weten dat uw misdrijf vijf tot tien jaar cel oplevert. En de tien erbovenop zult u aan mij en mijn connecties te danken hebben.' Hij glimlachte, maar zijn glimlach verdween meteen. Kijk naar mijn hand, jongen. Daarvan hebben we sindsdien geleefd. Met de nodige aanpassingen aan de inflatie.

De moeder. Hij wist waar Elvira Morales zong, en hij kon haar altijd vinden. In de show van elf uur in De Grot van Aladdin. Zou hij terugkomen? Of zou ze hem niet meer zien? Terwijl ze kalm naar het verleden keek, nam Elvira aan dat de onbekende toeschouwer die de witte lichten met haar had gedeeld, op een avond zou terugkomen om naar haar te luisteren en het dan zou wagen haar te groeten. Zij had het beeld voor zich van een lange, forse man, die een beetje kaal begon te worden, wat werd goedgemaakt door lange bakkebaarden en een netjes bijgehouden snor. Hoewel het ook mogelijk was dat hij nooit meer terug zou komen en dat het allemaal een luchtspiegeling was in de grote, grijze woestijn van de Cuauhtémoc-buurt. Hij kwam toch terug, hun blikken kruisten elkaar terwijl zij het lied 'Twee zielen' zong. Tegen haar gewoonte in stapte zij tijdens het applaus van het kleine toneel af en liep naar de man die aan tafel 12A op haar wachtte. Pastor Pagán. 'Zullen we dansen?' Innerlijk had ze met zichzelf een weddenschap afgesloten. Deze man lijkt arrogant omdat hij verlegen is. En daarom zong Elvira nu, drieëndertig jaar later, als zij voelde dat de tweede woestijn, die van het huwelijksleven, in omvang toenam, dat lied nog steeds, want ze wist dat Pastor als hij het hoorde, haar zou uitnodigen om diezelfde avond nog te gaan dansen. De nachtclubs voor het gewone volk zoals die van vroeger hadden hun tijd gehad. De oude grenzen waren door het stadsleven doorbroken. Niemand waagde zich in de gevaarlijke buurten. De jongeren zochten het verderop en trokken naar de periferie van de stad. De ouderen kwamen in de veiliger salsadanszalen in de Romabuurt, waar alles zo betrouwbaar was dat je zelfs op het toneel kon klimmen om een demonstratie van je danskunsten te geven. Dit was hun onderkomen, hoewel Elvira en Pastor alleen de dansvloer op gingen om de wat langzamere en melancholische bolero's te dansen. Luister. Ik zeg je stiekem dat ik echt van je hou. Dat ik achter je aan loop, ook als je dat niet wou. En als ze dan met de armen om elkaar heen dansten, zoals in de tijd dat ze elkaar hadden leren kennen, kon ze haar ogen dichtdoen en toegeven dat ze, toen ze haar carrière opgaf en ja tegen hem zei, dat had gedaan om zich thuis onmisbaar te maken. Anders was het de moeite niet waard. Om onmisbaar te zijn ontdekte ze na korte tijd (niet nu, terwijl ze wang tegen wang met haar man danst) dat ze, nu ze bevrijd was van haar beroep, vrij was om de tekst van de liederen in haar privé-leven toe te passen. Onaangenaam verrast besefte ze dat de bolero de waarheid vertelde. In de nachtclub zong ze over dingen die ze niet meemaakte: over de verleiding van het kwaad. Nu, in huis, keerden de teksten bijna als een verplichting, een voorschrift terug. Zeg dat het niet waar is, Elvira. Zeg dat ik niet uit verborgen wanhoop van je ging houden, dat ik het luiden van de huwelijksklokken niet heb veranderd in het voorspel tot een leegte die zo groot is dat alleen de armzalige tirannie van de huiselijke haard hem kan vullen. Opdrachten geven. Gehoorzaamd worden. Nooit onderworpen zijn. Eventuele zwaarmoedigheid verbergen. Ongewenste onrust verdringen. Huwelijksstrategieën verzinnen zodat hij nooit dat zou zeggen waar ze het bangst voor was: 'We zijn niet meer dezelfden als vroeger.' Hij had het nooit gezegd. Ze gingen naar het café met de illusie dat er nooit een 'vroeger' was, maar alleen maar het 'nu'. Zij zong altijd en hij wist waar hij haar kon vinden. Altijd. Zij zou niet weggaan. 'U heeft een gevoelige stem.' Snor. Bakkebaarden. Begin van kaalheid. Machoattributen. 'Dank u, meneer.' Als zangeres had ze zo'n gevoelige stem, zeker. Als echtgenote en moeder voelde ze dat het sentimentele in haar stem geleidelijk veranderde in iets wat moeilijk hardop te omschrijven was. In haar hart kon ze misschien zeggen – terwijl ze danste, dicht aangedrukt tegen haar knappe man van vroeger en van nu en voor altijd, haar Pastor Pagán – dat zij nu, in plaats van het vrouwenmartelaarschap dat zo kenmerkend is voor de bolero, de verleiding voelde zich te identificeren met de echtgenote en moeder die bevelen uitdeelt, hoe klein ze ook zijn. En die gehoorzaamd wordt. Elvira voelt zich daardoor zwaarmoedig en verward. Ze kan maar niet begrijpen waarom ze de eenvoudige rust in huis niet accepteert, of liever, die wel accepteert, maar zich toch aangetrokken voelt tot de ellende die het lied behelst, terwijl je de tekst niet moet beleven als je hem zingt, maar als je hem niet meer zingt toch in de verleiding komt om hem nieuw leven in te blazen. 'Ik herken mezelf niet,' fluistert Elvira Pastor in het oor terwijl ze samen in de disco dansen. Hij kan haar redenering niet volgen. Hij vermoedt dat niemand haar zou begrijpen. Zij zou nooit zeggen: 'Ik heb er spijt van. Ik had mijn carrière als zangeres moeten voortzetten.' Ze zou ook niet zoiets melodramatisch zeggen als: 'Een moeder en echtgenote wil geadoreerd worden.' Zoiets zou ze nooit zeggen. Liever zei ze hun af en toe hoeveel ze van hen hield. Dat zei ze tegen haar man en tegen Alma en Abel, haar kinderen. Haar kinderen reageerden daar niet op. Uit hun opgetrokken schouders en hun ontwijkende blikken maakte ze op dat haar kinderen die hele sentimentele bagage die bij een moeder hoort, verwerpelijk vonden. De bolero was iets belachelijks in hun ogen. Maar voor Pastor was die muziek zoals hij hoorde te zijn. De deur naar het geluk. De proloog van de emotie, of de emotie zelf. Iets kleverigs. Bijzonder, maar kleverig. Dansend in het halfdonker van de romantische danszalen (er waren er nog een paar) drong het tot Elvira door dat haar kinderen in haar hetzelfde afwezen als zij in haar man afwees. De afschuwelijke sentimentaliteit van een wereld die zich optooit met kleurige bollen, breekbaar en hol als de ballen in een kerstboom. Was het nodig om aanstellerige en sentimentele innerlijke gevoelens te verheffen tot profane eucharistievieringen om zo het tekort aan emoties in het dagelijks leven te verdoezelen, evenals het gebrek aan ernst in de eeuwige bandeloosheid die ons bevestigt tegenover de leegte en ons verwijdert van iedereen, van de rest en van onszelf? Elvira Morales danst in de armen van haar man en Pastor Pagán fluistert haar in het oor: 'Hoe lang blijven we nog doen alsof we nog steeds jong zijn? Hoe lang laten we nog toe dat onze kinderen ons bedreigen? Dat ze ons langzamerhand kapot-maken...?' Toen ze met hem trouwde dacht ze: ik kan hem afwij-zen. Maar alleen nu. Later heb ik die vrijheid niet. En voordat hij weer terugkeerde naar zijn dagelijkse tijdschema, naar de macht van de gewoonte, naar de stadia van onverschilligheid, naar de graadmeter van de reële of denkbeeldige schulden, zou hij haar, terwijl ze heel dicht tegen elkaar aangedrukt bolero's dansten, in het oor fluisteren: 'Vroeger heerste hier een magische sfeer.'

De dochter. De vier paren naderen uitgeput het einddoel. De grens van Guatemala. De Mexicanen, Jehová en Pepita, hebben de trein naar de Suchiate-rivier genomen en de twee Noord-Amerikaan-se jongemannen, Jake en Mike, hebben voor de motorfietsen ge-kozen. Het indiaanse stel, Juan en Soledad, gaan liever rennen in een marathon-door-de-bergen-tempo. Alleen de Mexicanen uit Ciudad Juárez, de deelnemers die op het allerlaatste moment in-vielen, waren verdwaald in Oaxaca, waar ze uiteindelijk in een eettentje werden gevonden met een overvolle buik van de kip met zwarte saus. De trein staat een halfuur voor de finish stil in het oerwoud van Chiapas, omdat de rails door bomen zijn ge-blokkeerd, en uit het oerwoud duiken een stuk of tien, twaalf jeugdige duivels op. Kaalgeschoren, met naakte bovenlijven en met tranen op hun borst getatoeëerd. De verteller in de reality-show slaat die feiten niet over. Hij denkt dat het om een van de obstakels gaat die voor de wedstrijd zijn uitgezet. Een onderdeel van de show. Maar zo is het niet. Vijf of zes jongens met mitrail-leurs klimmen in de trein en beginnen op de passagiers te schie-ten. Jehová en Pepita zijn op slag dood. De gringo's, Jake en Mike, komen als de cavalerie in een cowboyfilm aanrijden, beseffen wat er gebeurt, springen van hun motoren en gaan op de vuist met de duivels van de moordenaarsbende. Ze zijn niet tegen hen opge-wassen. Vier kaalkoppen schieten op de Noord-Amerikanen. Ze vallen dood neer. Het oerwoud druipt van het bloed. De Tarahu-mara-indianen ruiken al van veraf bloed. Ze hebben oren voor het geweld. Ze hebben eeuwenlang geleden onder het geweld van de blanken en de mestiezen. Ze koesteren een overgeërfde achterdocht. Ze blijven uit de buurt van de trein. Ze slaan een andere weg in naar de grens en winnen de wedstrijd. In hun indiaanse uitdossing passen ze goed in het modeplaatje voor de boottocht door het Caribisch gebied. 'We hebben nog nooit de zee gezien,' zeggen ze tijdens de prijsuitreiking. Alma Pagán zet de tv uit. Ze weet niet wanneer ze die opnieuw zal aanzetten. Ze voelt dat ze hoe dan ook beter geïnformeerd is dan haar ouders. Die weten zo weinig. Hoe kunnen ze nu gezag hebben over haar en haar broer Abel als ze zo onwetend zijn? Dat dacht ze en ze begreep niet waarom ze zich kwetsbaarder voelde dan ooit.

De zoon. Abel Pagán loopt over de brede straat waarvan de muren vol geklad zijn met graffiti. Op de ene na de andere wand verkondigt de Mara Salvatrucha dat zij de oorlog naar de stad zal brengen. De Mara is een bende van Midden-Amerikaanse jongeren, die ontheemd zijn geraakt door de oorlogen in El Salvador en Honduras. De aanblik van dat graffitigeweld dat de stad zo lelijk maakt, doet hem pijn. Hoewel het een tautologie is om het over het lelijk maken van de stad Mexico te hebben. En graffiti is universeel. Abel zag en voelde de enorme treurnis van die brede grijze straat. Hier was geen oplossing voor. Hij kwam bij het metrostation. Hij besloot over het hekje te springen en zonder kaartje in de trein te stappen. Niemand had het in de gaten. Hij voelde zich vrij. De volle trein zette zich in beweging.

De baas. Leonardo Barroso toont geen enkele emotie als hij deze regels leest. Zijn gebrek aan emotie is juist de veelzeggendste illustratie van zijn minachting. 'Luister eens, Abel. Hier zijn geen onmisbare arbeiders. Laat dat tot je doordringen, jongen. Door de moderne technologie stijgt de productie en neemt de arbeid af. Voel je bevoorrecht dat ik je nog iets wil aanbieden. Je hebt hier een veilige en vaste baan. Maar ik duld geen grillig gedrag. Geen persoonlijk verzet in ruil voor het voorrecht om voor mij te mogen werken. Voor Leonardo Barroso. Begrepen? Je zegt het maar. Of je doet mee, of je staat buiten. Ik heb je niet nodig. Het bedrijf groeit met of zonder jou. Om de waarheid te zeggen, beter zonder jou. Je moet voortdurend voelen dat het een voorrecht is om hier te werken, want Abel, jij bent totaal overbodig.'

De vader en de moeder. Ik beschrijf Elvira niet, want in mijn ogen is zij nog steeds dezelfde als de vrouw die ik op een dag leerde kennen toen zij de bolero 'Twee zielen' zong.

Koor van de straatmoedertjes

Equisita heeft op straat een kind gebaard
De helft van de straatmeisjes is zwanger
Zij zijn tussen de twaalf en vijftien jaar oud
Hun baby's tussen de nul en zes
Veel meisjes hebben geluk en krijgen een abortus omdat ze in
    elkaar worden geslagen
De foetus komt krijsend van angst ter wereld
Kun je beter binnen dan buiten zijn?
Ik wil hier niet zijn mammie
Dump me liever in de vuilnisbak moeder
Ik wil niet op de wereld komen en tot een steeds grotere schoft
    opgroeien
Ongewassen mammie zonder eten moeder
Alleen maar drank als voedsel moeder marihuana moeder
Thinner moeder *resistol* moeder lijm moeder cocaïne moeder
Benzine moeder
Jouw tieten vloeien over van benzine moeder
Ik spuug vlammen uit de mond die aan je borst heeft gedronken
    moeder
Een paar centen moeder
Op de kruispunten moeder
Mijn mond vol benzine die ik uit je borst heb gedronken
    moeder
Mijn gloeiende mond verbrandt
Mijn lippen zijn op mijn tiende al kapot

Hoe moet ik van mezelf houden moeder?
Ik haat je niet
Ik haat mezelf
Ik ben geen knip voor de neus waard moeder
Mijn enige waarde zit in mijn vuisten wat die van me willen
Ruzievuisten dievenvuisten messenvuisten moeder
Als je nog leeft moeder
Als je nog een beetje van me houdt
Zeg me alsjeblieft dat ik een beetje van mezelf moet houden
Mijn woord erop dat ik mezelf haat
Ik ben minder dan hondenkots muildierstront een aarshaar een
    verloren
sandaal een rotte perzik een zwarte bananenschil
Minder dan een dronkemansboer
Minder dan een politiescheet
Minder dan een kip zonder kop
Minder dan de lul van een ouwe vent
Minder dan de natte billen van een hoer uit Jaina*...
minder dan de fluim van een drugsdealer
minder dan de kale kont van een baviaan in de dierentuin
minder dan het minste mammie
laat me er niet in mijn eentje een eind aan maken
zeg iets tegen me waardoor ik me fantastisch voel
geef me een hand om me hieruit te halen
ben ik voorgoed hiertoe veroordeeld moeder?
moet je mijn nagels zien zwart tot aan de wortels
moet je mijn door oogvuil dichtgeplakte ogen zien
moet je mijn gesprongen lippen zien
moet je het zwarte kwijl op mijn tong zien
moet je het gele smeer in mijn oren zien
moet je mijn dikke groene navel zien
moeder haal me hier weg
wat heb ik gedaan dat ik hier moet eindigen?

Gravend knagend krabbend huilend
wat heb ik gedaan dat ik hier moet eindigen?
exxxxxclusief

De ongehoorzame zoon

1. Soms dronk mijn vader en dan zong hij *cristero**-liederen.

2. Hij haalde graag herinneringen op aan de heldendaden van zijn vader, onze grootvader, in de Christus Koning-kruistocht, toen de katholieken in Jalisco gewapenderhand in opstand kwamen tegen de 'atheïstische' wetten van de Mexicaanse Revolutie. Eerst dronk en zong hij. Onmiddellijk daarna kwam de herinnering en ten slotte de waarschuwing.

'Hopelijk is het offer van jullie grootvader, Abraham Buenaventura, niet tevergeefs geweest.'

Het blijkt dat grootvader Abraham in 1928 door de federale troepen gevangen was genomen en gefusilleerd in de siërra van Arandas, volgens zeggen een nogal desolaat en verlaten landschap.

'Zijn tijd was gekomen. Hoe vaak was hij de dans niet ontsprongen tijdens de Cristiada*?'

Onze vader Izaäk vertelt dat grootvader Abraham soms te ver ging in zijn medelijden en soms in zijn wreedheid. Omdat alle oorlogen zo waren. In het gevecht bij Rincón de Romos waren aan regeringskant veel soldaten gesneuveld. Grootvader Abraham liep met het pistool in zijn hand tussen de lijken door om ze op last van zijn superieur, generaal Trinidad de Anda, te tellen.

Ze waren allemaal morsdood. Op eentje na, die liggend in het stof zijn ogen bewoog en mijn grootvader smeekte heb medelijden met mij ik ben ook een christen. Grootvader Abraham liep door, maar hij had nog geen twee stappen gezet of de generaal hield hem opeens staande.

'Buenaventura, kom terug en maak die soldaat af.'

'Maar generaal...'

'Als jij hem niet doodschiet, dan schiet ik jou dood.'

Die verhalen werden in onze familie steeds opnieuw verteld. Het was een manier om ze ons voor ogen te houden, anders zouden ze vergeten worden. Een ondraaglijke gedachte voor mijn vader Izaäk. De familie Buenaventura moest in haar geheel een levende tempel zijn voor de nagedachtenis van de gevallenen in de Christus Koning-kruistocht. Een oorlog die al zo lang geleden had plaatsgevonden, want hij was in 1925 begonnen en in 1929 geëindigd. Maar hij was nog even actueel als het nieuws op de radio in die afgelegen rancho Los Camilos, waar geen kranten kwamen en waar diezelfde radio donderende, knetterende en stotterende geluiden produceerde met tussenpozen van stilte. De zondagse preek (en de herinnering van alle andere dagen) was een compensatie voor de afwezige informatie.

In zijn homilie bracht de pastoor regelmatig de heldendaden van Christus Koning in herinnering en ging hij tekeer tegen de vrijmetselaars (waar waren ze?), de communisten (wat waren dat?) en alle goddelozen, vooral de onderwijzers en onderwijzeressen die vanuit de hoofdstad waren gestuurd: zonen van Lucifer en socialistische hoeren.

'Alsof je moet kunnen lezen om te bidden,' zei meneer pastoor arrogant. 'Alsof je moet kunnen schrijven om vee te drijven.' Hij liet een dramatische pauze vallen alvorens uit te roepen: 'Een goed christen heeft genoeg aan een rozenkrans om zijn nek en een pistool in zijn hand.'

Mijn vader dronk en zong altijd. Hij voelde zich schuldig omdat hij de oorlog niet meer had meegemaakt. Integendeel, hij had hier in Los Altos de Jalisco tijden van vrede en voorspoed beleefd. Het was een bloedige oorlog geweest. De regering had de christelijke dorpen ontruimd en de bewoners bijeengebracht in kampen, waaruit alleen maar rijen uitgemergelde mensen terugkeerden. Ze zeggen dat de helft van hen in spoken was veranderd. 'Ze kwamen terug in lange hongerige colonnes, jankend als honden,' zei mijn vader. 'De handelaren hadden hun winkels met kettingen vergrendeld. De mensen die terugkwamen waren zo woedend dat ze de oogsten vernietigden om te zorgen dat de winkeliers geen koopwaar meer hadden.'

'En ze verminkten de dieren,' zei Izaäk, zijn stem dempend achter zijn schilferige, kletsnatte snor.

Hij ging aan het hoofd van de eettafel zitten, met vijf – reusachtige – sleutels in zijn hand. Zijn stoel stond op de metalen plaat die naar de mysterieuze kelder leidde, waar alleen hij in kon afdalen omdat de kelder met vijf hangsloten was vergrendeld en mijn vader de sleutels ervan in bezit had.

Hij keek ons aan, zijn vier zonen, Lucas, Johannes, Mattheus en Marcus (ik), die we zo hebben genoemd, zei mijn vader, om in één keer van het Oude op het Nieuwe Testament over te stappen. Anders, waarschuwde hij mijn moeder, had hij ons Esau en Jakob moeten noemen, en daar begonnen de problemen, omdat Jakob dertien kinderen had en mijn vader maar vier. Zijn besluit om van Testament te wisselen had mij en mijn drie broers ervoor behoed dat ons de namen Issachar, Zebulon of Zilpa waren toebedeeld.

Leve het Nieuwe Testament, zei hij tegen me, en van kind af aan vroeg ik me af: waarom zou er geen Derde Testament zijn? Hoe gaat de geschiedenis verder? Welk Testament hebben we nu?

Na de oorlog werden de landbouwwetten van de Revolutie geleidelijk opzij geschoven of er werden als in een zeef gaten in geslagen. 'Haciënda's' waren er niet meer. Ze werden nu 'rancho's' genoemd. En het volstond om kleine bezittingen onder de naam van verschillende eigenaren bijeen te voegen om ten minste nog een klein grondbezit over te houden. Of soms om gewoon de grote haciënda van vroeger nieuw leven in te blazen.

Mijn vader nam met zijn landgoed Los Camilos een tussenpositie in, dankzij de welwillendheid van opeenvolgende burgemeesters, gouverneurs en functionarissen van de regeringspartij, de PRI*, de grote politieke paraplu voor alle ideologische standpunten, van ultraconservatieve katholieken tot pseudo-marxisten. Dezen waren als radijsjes, rood vanbuiten en wit vanbinnen. De katholieken waren van de heilige familie van de kruisbloemigen en zij kregen obscene dingen naar het hoofd geslingerd.

Misschien betekende de erfenis van de bloedige religieuze oorlog voor mijn vader de verplichting om de landerijen in Los Altos in de oude staat terug te brengen en de sporen op de gezichten en de muren, die gelijkelijk door ziekte en mitrailleurvuur waren aangetast, uit te wissen.

En zo ging het. Mijn vader viel de eer te beurt dat hij zijn bezit terugkreeg zonder zijn geloof te hoeven verloochenen. Sinds onze prille jeugd nam hij ons alle vier mee om de landerijen die bij de rancho Los Camilos hoorden te leren kennen. De rancho was zo genoemd ter ere van de congregatie die in 1586 in Rome was gesticht om stervenden bij te staan.

'Want deze grond lag op sterven, en alleen door de herleving van het geloof herleefde ook de grond.'

Grote kuddes vee. Uitgestrekte maïsvelden. Landerijen zonder deelpachters, allemaal het eigendom van Izaäk Buenaventura en zijn vier zonen. Van de Sierra del Laurel tot de grens bij Aguascalientes was er geen rancho te vinden die productiever was, beter bestuurd werd en duidelijker grenzen had dan het landgoed Los Camilos, een grondbezit dat ooit alleen onder de zonen van Izaäk en de kleinzonen van Abraham zou worden verdeeld.

Mijn vader maakte ons – Johannes, Lucas, Mattheus en Marcus – vertrouwd met elke uithoek van Los Camilos, de drinkplaatsen van het vee en de maïsvelden, hij liet ons de drachtige merries helpen die op het punt stonden een veulen te werpen en we leerden de acres land te tellen, maar hij vertelde ons ook dat het hier keihard kon hagelen, dat er slangen en doornstruiken waren en dat de reusachtige orgelpijpen van de nopalcactussen zoiets als de bewakers van ons land waren.

Want dit was onze grond, en het wonder van onze grond was in mijn jeugdige ogen dat hij door niets kon worden gedood, door oorlog noch door vrede, die beide het leven kunnen verstikken. Het leven is geen kwestie van extreem geweld of extreme rust, maar voorwerp van voortdurende aandacht, het is een staat van paraatheid zodat we niet tot verwoesting of afzijdigheid vervallen. Als je dit landschap zag en ervan hield, ontstond er een evenwichtige kracht in het hart, zo typisch voor integere mensen die weten dat ze fouten kunnen maken en niet belust zijn op voortijdige roem. De natuur van Los Altos de Jalisco is schraal, gematigd, sober als het uiterlijk en de spraak van de bewoners.

Toch was er een verborgen kracht in de kuddes vee en in de maïsvelden, in de traag voortijlende wolken, in de wind die was ingesloten in de grotten, waardoor ik niet afzijdig, zonder ambitie of zelfs zonder rebellie in het leven mocht staan. Als de berg dichterbij komt en het koren omhoogschiet, het struikgewas ineenkrimpt en de beuken groeien tot ze hun groene en dichte bekroning bereiken, vindt er tegelijk zowel in de natuur als in de mens een verandering plaats, en de zintuigen voeden zich met de geuren en smaken van het land, rook, teer en veestallen en soms een glimp van een schitterende zwerm vlinders die me verblindden met hun snelle vlucht, brozer dan een regenboog, en die mij als het ware beduiden: volg ons, Marcus, kom met ons mee, laat je meenemen...

Maar mijn vader was verknocht aan deze grond en nog meer aan zijn plaats aan het hoofd van de eettafel. Hij zit daar op zijn stoel, met de sleutels van de kelder in zijn hand, en kijkt ons streng aan en zegt dat als onze cristero-grootvader voor het geloof gestorven is, het de taak van zijn zoon en zijn kleinzonen is om het offer van Abraham goed te maken door ons aan God te wijden.

'Daarom heb ik besloten dat ieder van jullie op zijn achttiende naar Guadalajara moet gaan, naar het Seminarie van de Eeuwig Zieke, om priester te worden en zijn leven in dienst te stellen van Onze-Lieve-Heer.'

Elke reactie, protest of persoonlijke mening werd door zijn patriarchale blik gesmoord.

'Jij bent de eerste die vertrekt, Marcus, omdat jij de oudste bent. Ik heb gezien dat je roeping hebt omdat je regelmatig aan het vasten bent.'

Ik stelde hem niet teleur. Als ik al vastte, dan was het niet vanwege een roeping, maar omdat ik te dik was en ik mezelf op dieet zette om bij de meisjes van het dorp in de smaak te vallen. Maar ik hield mijn mond. Als teken van aanvaarding boog ik mijn hoofd en liet mijn vader doorgaan met zijn heroïsche herinneringen.

'De laatste wens van grootvader Abraham was dat ze hem, alvorens hem te fusilleren, een dag lang geen water zouden geven en dat hij toestemming kreeg om te pissen voordat hij naar het schavot ging.'

Hij keek ons aan met een blik waarin een speciale en verschrikkelijke bedoeling lag.

'Jij Marcus en later jij Johannes en jij Mattheus en jij Lucas gaan ook zonder in je broek te pissen naar het seminarium.'

Hij liet een jupiterachtige stilte vallen.

'Grootvader Abraham is voor het geloof gestorven. Jullie moeten zijn offer goedmaken door je aan God te wijden.'

Als een van ons vieren aan tafel in de verleiding kwam om te geeuwen als hij voor de zoveelste keer hetzelfde liedje moest aanhoren, haalde onze slimme vader onmiddellijk de herinnering op aan onze heilige moeder, doña Angelines, die bij de geboorte van Mattheus was gestorven en bij wie onze vader – hij vertelt het ons glashard – met het bloed van de bevalling een kruis op haar borst heeft getekend om er zeker van te zijn dat ze naar de hemel zou gaan.

'Denk daaraan, jongens. Denk daaraan, Mattheus, als het jouw beurt is om naar het seminarie te gaan. Je bent geboren onder het teken van het bloedende kruis, en alleen jouw toewijding aan God Onze-Lieve-Heer en zijn Heilige Katholieke, Apostolische en Roomse Kerk zal je verlossen van de zonde dat je iemand hebt gedood die je het leven heeft geschonken.'

Ik waagde het een blik te werpen op mijn jongste broertje, dat nog maar net twaalf was en dat daar zat, doodsbang, beschaamd en verward door wat mijn vader zei. Ik luisterde met geheven hoofd naar hem. Ik keek naar Mattheus en hief mijn hoofd nog hoger, terwijl ik hem in stilte aanmoedigde: Mattheus, buig je hoofd niet, kijk omhoog, Mattheus, nog hoger.

Meteen daarna beet mijn vader ons toe: 'Als jullie geen priester worden, dan zal de geest van grootvader Abraham aan jullie verschijnen.'

Toen we 's avonds in bed lagen, met zijn allen in een grote slaapkamer, volgens een andere stelregel van mijn vader ('zo kunnen jullie op elkaar letten'), sloeg de angst dat de geest van Abraham Buenaventura, onze grootvader, zou verschijnen als we ongehoorzaam waren aan onze vader Izaäk, dan ook op elk van ons over. We verstijfden van schrik door het ritselen van de bomen, het knarsen van het hek en de gruwelijke angst dat de cristero-stoet van hongerige kinderen die aan de rokken van hun moeders hingen en zich lieten voortslepen, de pokdalige gezichten van de soldaten, de in slaapmatten gehulde lijken en de tegen de maan blaffende honden, onze kamer zouden binnenkomen.

Bij wijze van afscheid liet mijn vader een begrafenismis voor me opdragen, want het was niet de bedoeling om mij geluk te wensen maar om onze overleden moeder te herdenken en mij door middel van mijn toekomstig priesterschap verantwoordelijk te stellen voor het eren van haar nagedachtenis. Psalm 50 werd gereciteerd, er werd gebeden voor de zielenrust van de overledene, de moeder van de hulpbehoevenden werd aangeroepen en daarna was er een groot feest op de rancho, waarbij de drank iedereen naar het hoofd steeg en mij ten afscheid allerlei opmerkingen werden nageroepen.

'Werk je niet in de nesten, Marcus.'

'Als je reet maar niet verrimpelt in de stad.'

'Hé, Marcus, neuk nog een paar meisjes voordat je priester wordt.'

Mijn vader overhandigde mij een riem van slangenleer, met in de voering zware zilveren, in Morelia gemunte peso's.

'Zo, dan hoef je me nooit meer om geld te vragen. Wees er zuinig mee. Je hoeft me niet te schrijven. Denk niet aan mij. Denk aan God en aan je overleden moeder.'

En zo verliet ik mijn geboortedorp met de herinnering aan brokkelige grond en achtergelaten gereedschap.

3. Toen ik mijn dorp drie jaar later opnieuw bezocht om in de familiekring mijn eenentwintigste verjaardag te vieren, liet mijn vader zo trots als een pauw de kerkklokken luiden en bazuinde rond dat nu Johannes aan de beurt was om naar het seminarie te gaan omdat hij al bijna achttien was, en dat daarna Lucas van zeventien en de kleine – of al niet meer zo kleine – Mattheus van vijftien in zijn voetsporen zouden treden.

Ik arriveerde daar in het zwart – pak, stropdas, schoenen – en met een wit overhemd, maar zonder priesterboordje om niet te veel op te vallen.

Ik herkende met een vaag gevoel van vreugde de kuddes en de maïsvelden, de voetpaden en de spullen uit mijn jeugd, en ik bereidde me erop voor om tijdens het avondeten met mijn drie broers opnieuw de in de cristero-oorlog verrichte heldendaden aan te horen, met mijn vader zoals altijd aan het hoofd van de tafel, de sleutels in zijn hand en de patriarchale stoel op de ijzeren plaat en de verboden kelder neergezet.

'Nou, nou,' mompelde mijn vader. 'Kijk nou toch eens, jongens, hoe keurig gekleed we jullie broer terugkrijgen. Zo te zien heeft hij een prima opleiding gehad, hè?'

Hij barstte in een schaterlach uit.

'Zoals ze in mijn tijd zeiden, politici en advocaten zijn vogels die veel beloven en niks doen. Je kunt wel zien' – hij wierp een apocalyptische blik op mij – 'dat Marcus vleugels heeft gekregen en dat zijn geest is verslapt en zijn hart groter is geworden door de discipline van een teruggetrokken leven en sobere maaltijden.'

Ik dacht al dat mijn vader die deugden als vaststaand aannam, zonder er verder naar te vragen en ze bijna, ja bijna als het werk van de Heilige Geest beschouwde.

'Nou, wat heb je allemaal te vertellen, patertje,' zei mijn vader Izaäk Buenaventura op joviale toon.

'Niets,' zei ik heel serieus. 'Ik studeer hard en ga nooit uit.'

'Neem een voorbeeld aan hem, jongens,' zei hij tegen mijn broers. 'En houd je gereed want nu is Johannes aan de beurt om naar Guadalajara te gaan en priester te worden, en daarna volg jij, Lucas, en dan jij, Mattheus.'

Ik waagde het om mijn oude vader, die gerimpelder was dan een handschoen, in de rede te vallen.

'Hoor eens, vader, wie gaat er voor de rancho zorgen als wij alle vier priester zijn en u met één been in het graf staat?'

Die vooruitziende vraag had hij duidelijk niet verwacht. Hij raakte zichtbaar verward terwijl hij de sleutels van de kelder steviger omklemde dan ooit en, wat ongewoon voor hem was, begon te stotteren en naar woorden te zoeken. Het duurde even voor hij de juiste woorden vond.

'Wat God ons geeft, neemt hij ons weer af. Denk maar aan jullie heilige moeder.'

'Nou?' hield ik aan.

'De grond gaat naar de Heilige Moederkerk.'

'Waarom?' vroeg ik volgens mij heel terecht.

'Dat heb ik mijn heilige vrouw beloofd. "Maak je geen zorgen. De grond zal aan de Kerk toebehoren. Ga heen in vrede, Angelines."'

'En wij dan?' vroeg ik, nu brutaal.

Onze vader stak zijn ergernis deze keer niet onder stoelen of banken.

'Er zijn testamentaire beschikkingen gemaakt. Jullie denken toch niet dat ik jullie in de kou laat staan?'

Hij verslikte zich in zijn woorden.

'Brutale aap,' besloot hij en voor het eerst stond hij op en liep de eetkamer uit.

Later porde Lucas het vuur in de woonkamer op en wij gingen daar met zijn vieren zitten, toen we zeker wisten dat onze vader al in zijn slaapkamer was.

'Wil je echt priester worden, Johannes?' vroeg ik de broer die na mij kwam in leeftijd en lotsbestemming.

Johannes zei nee.

'Wat dan?'

'Ik wil landbouwkundig ingenieur worden. Dan zorg ik voor de rancho en maak er een bloeiend bedrijf van.'

'Ik vind het idioot om het bedrijf aan de Kerk te geven,' zei Lucas. 'Het is zoiets als terugvallen op dat stelsel van, hoe heet het ook al weer...?'

'In de dode hand,' zei ik zonder wreed te willen zijn. 'En jij, Mattheus?'

Het slimme jongetje van vijftien hield zich niet in.

'Ik wil trouwen. Wat nou priester. Ik zit liever berooid in een armengesticht dan dat ik priester word. Ik hou van vrouwen, soutanes moet ik niet. Ik ben al een man. Maar o jee, als ik dat tegen papa zeg, krijg ik op mijn donder...'

Ik bekeek hen alle drie oplettend.

Johannes met zijn gezicht als een kalkoenenei, dat werd goedgemaakt door enorme ogen die zo groen waren als de lagune van de vulkaan en door zijn rossige haar, dat hij heel zorgvuldig kamde, alsof hij bang was voor zichzelf als hij voor de spiegel stond.

Lucas met zijn koffiedikkijkersgezicht, heel wijs, met dat heel korte bruine haar en die trillende vriendelijke vleermuisoren.

En die arme Mattheus met zijn puisterige huid, die weer schoon beloofde te worden zodra zijn pas ontloken begeerte naar vrouwen het groene licht zou krijgen.

En bij alle drie zag je de slecht verborgen frustratie over het feit dat ze mijn voorbeeld moesten volgen en naar het seminarie moesten gaan.

'Wat zie je er goed uit,' zei Lucas tegen me. 'Je bent slanker geworden en tegelijk dikker.'

'Het seminarie heeft je duidelijk goed gedaan,' voegde Johannes eraan toe.

Ik keek ze met pretogen aan. 'Niks seminarie. Ik studeer rechten. Ik wil advocaat worden.'

Er viel een verbijsterde en tegelijk vrolijke stilte.

'Maar Marcus...' riep Lucas uit.

'Niets van dat alles. Broers, begrijp me goed. Ik bied jullie een uitweg.'

Ik keek hen stuk voor stuk onderzoekend in de ogen. 'Johannes, jij gaat dit jaar al naar Guadalajara, je schrijft je in aan de universiteit voor de ingenieursopleiding, en jij, Lucas, hou je koest tot het jouw beurt is en volg me dan naar Guadalajara, want ik voel dat economie typisch iets voor jou is en de dode hand zeker niet. En jij, kleintje, gooi geen roet in het eten met je ongeduld. Versier de meisjes in het dorp, hier, ik geef je mijn pakje condooms cadeau, en zet hier in de bordelen van Los Altos de boel maar flink op stelten. Vertel me later maar waar je wilt studeren en dan regel ik het voor je.'

Ik keek hen heel ernstig aan. 'Maar het is ons geheim, akkoord?'

En op die onvergetelijke broederavond zwoeren wij met zijn

vieren elkaar trouw als panters en beloofden de wet niet te forceren en alles over ons heen te laten komen zonder het lot te tarten.

4. Jaren later maakte don Izaäk Buenaventura het hangslot van het luik open en daalde af naar de kelder. Daar knielde hij voor de eeuwig brandende elektrische kaarsen die hun schijnsel op twee portretten wierpen. Dat van Angelines, zijn vrouw, en dat van zijn cristero-vader, Abraham Buenaventura.

Toen zei hij tegen hen, beschuldig me niet alsof ik ergens schuldig aan ben. Het kookvuur is uit en de honden blaffen niet meer. Maar het is wel zo dat je de tortilla moet meten voordat je de taco eet. Herinner ik me soms een verleden dat er nooit is geweest? Jullie zijn mijn getuigen. Dat verleden was er wel. Een goed christen heeft inderdaad de rozenkrans om zijn hals en het pistool in zijn hand. Dood aan de goddelozen, de zonen van Lucifer, de hoerige onderwijzeressen. Wie moet ons nu verdedigen, moeder van de hulpelozen, vader van alle veldslagen? En tegen wie moet ik me verdedigen? Zijn hier nog vrijmetselaars, zijn er nog communisten? Heb ik tevergeefs geleefd? O nee, dat niet, daar verzet ik me tegen, en nu dringt het tot me door dat ik, Izaäk Buenaventura, dankzij Marcus en Mattheus en Johannes en Lucas, net als mijn vader opnieuw in opstand ben gekomen, want ik heb zelf de aanzet gegeven tot de rebellie van mijn zonen, ik heb zelf tegen ze gezegd, eens kijken wie het lef heeft om in opstand te komen! En de vier jongens kwamen in opstand, alle vier waren ze beter en onafhankelijker dan ik, alle vier wisten ze mij om de tuin te leiden en me als Polycarpus in de *corrido** neer te zetten, iemand die zich zelfs in zijn slaap niet omdraait...

...Een stalen kruisbeeld. Honden die tegen de maan blaffen. Gedoofd vuur. De Kerk een groot lijk. En ik, Izaäk Buenaventura met mijn schilferige snor en een gezicht dat gerimpelder is dan een handschoen, en de trots dat mijn zonen in opstand kwamen, zoals ik dat ook had gewild...

56

...Leve Christus Koning, die deze wonderen laat geschieden want de wegen van de Heer zijn ondoorgrondelijk en ik heb niet tevergeefs het kruisteken op je borst getekend, met het bloed van je pasgeboren zoon Mattheus, Angelines. En je hebt niet tevergeefs geweigerd om water te drinken alvorens ze je fusilleerden, vader Abraham...

...En laat de hekken knarsen, de honden blaffen, de kerkklokken van het dorp de noodklok luiden en de bronstige merries en de drachtige merries samen janken, want ik blijf hier om voor het land te zorgen, trots op mijn zonen die zich niet door hun vader lieten manipuleren en aan hun eigen toekomst werkten en die een andere kijk op het leven hebben...

...Nu ga ik een glaasje drinken en een lied zingen.

Koor van de rivaliserende peetvaders

Don Pedro was tweeënvijftig
Zijn compadre don Félix vierenvijftig
Het doopvont bracht hen bij elkaar
Pedro was de peetvader van de zoon van Félix
Felix was de peetvader van de dochter van Pedro
Zondags kwamen ze bijeen voor de familiebarbecue
Ze waren allebei aanhangers van de PRI ze hadden heimwee
    naar de PRI want met de PRI was er orde vooruitgang veilig-
    heid voor mensen als
Don Pedro en don Félix
Nu zonder de PRI niet
Ze waren maar twee keer kwaad op elkaar geweest
In de rij om op de PRI te stemmen
'Ik stond hier vanochtend vroeg het eerst'
'Je vergist je ik was hier eerder dan wie ook'
'Wat maakt het uit Félix we gaan immers beiden op de PRI stem-
    men'
'Weet je dat wel zeker, Pedro? En als ik nu eens anders stem?'
'Het is zeker dat de stemming geheim is'
'Ga dan niet voor me staan Félix ik was hier het eerst ga in de rij
    staan compadre klootzak'
En de tweede keer was op de snelweg naar Cuernavaca
Ze gingen alle twee naar het feest voor de vijftiende verjaardag
    van de dochter van hun chef
De ondersecretaris

Maar in de bochten werd Pedro gepasseerd door Félix en Pedro
    werd kwaad en besloot Félix in te halen
En de race begon
Eens kijken wie de grootste macho is
Félix of Pedro
De auto's raceten zij aan zij
Pedro steekt zijn middelvinger op tegen Félix
Félix toetert vijf keer keihard terug naar Pedro
A *shave and a haircut* tantan
Pedro stuurt zijn auto tot vlak bij die van Félix
Félix drukt het gaspedaal in
Pedro sproeit speeksel over het stuur
Félix voelt dat zijn speciale machohormoon opspeelt
Pedro denkt het is dat idiote hormoon
De hond tilt zijn poot op en pist
De volgende hond probeert een nog sterkere straal te produce-
    ren dan de vorige.
In de gewijde ruimte waar de mannen pissen
Félix rijdt dwars over de middenberm
Pedro rijdt het ravijn in
De honden pissen
Met peterselie worden ze opgediend op de barbecue van de
    ondersecretaris

Een onaantrekkelijke nicht

1. Over 'dat mens' werd in dit huis niet gesproken. Zelfs haar naam was in rook opgegaan. Ze was eenvoudigweg 'dat mens'. Sommigen sloegen een kruis als ze aan haar terugdachten, anderen dreven de spot met haar en weer anderen trokken hun neus op. Het kostte veel moeite om de matriarchale moeder, doña Piedad Quiroz de Sorolla, ervan te doordringen dat 'dat mens' er niet meer was. Doña Piedita kon rustig opstaan en rondwandelen in het verlaten huis in de Desierto de los Leones, zonder het risico te lopen 'dat vreselijke mens' tegen te komen.

'U hoeft zich niet langer aan uw belofte te houden, doña Piedita. Niet alleen kunt u weer opstaan en rondlopen, maar u kunt zelfs iets anders aantrekken.'

Want de 'belofte' die de weduwe Sorolla zichzelf had opgelegd bestond uit twee besluiten. Ten eerste in bed gaan liggen en ten tweede nog aangekleed in bed gaan liggen, er niet meer uit komen en geen andere kleren aantrekken totdat 'dat mens' was vertrokken.

Vroeger was het leven aangenamer, of op zijn minst draaglijk. Het grote huis in de Desierto dat sinds de dood van de patriarch, don Fermín Sorolla, in rouw gedompeld was, leefde weer op toen de dochter van het gezin, Ana Fernanda, in het huwelijk trad met de jonge accountant Jesús Aníbal de Lillo. Het was een luisterrijke bruiloft en iedereen had het erover dat het zo'n knap stel was. Ana Fernanda was lang, had een zeer blanke huid, dik, lang zwart haar en een blik waarin een suggestieve mengeling van wilskracht en tederheid lag; haar mond hield ze altijd half open om haar witte tanden te showen, en ze had hoge en harde indiaanse jukbeenderen in haar overigens typisch Spaanse gezicht, en daarbij een opvallende manier van lopen, op de tenen en toch met stevige pas. Haar uiterlijk was als het ware een ondersteuning en een aanvulling op de serieuze en saaie persoonlijkheid van haar aanstaande. Het was alsof de strenge houding en de beminnelijke, hoewel afstandelijke glimlach van de titulaire staatsaccountant Jesús Aníbal de Lillo iets hards gaven aan het mooie, maar niet erg viriele uiterlijk van deze man van zevenentwintig, die er nog altijd uitzag als een baardeloze adolescent, ofwel een vlekkeloze huid, bleke wangen en een blonde hangsnor, wat echter niet de indruk kon wegnemen dat Jesus Aníbal een jonge Baskische Apollo was met blond krulhaar en een allesbehalve atletische houding. Zijn in wezen smalle aristocratische lichaam was eigenlijk bijna uitgeteerd. Hij was van gemiddelde lengte en alleen ogenschijnlijk zwak, want in de intimiteit van de slaapkamer – Ana Fernanda ontdekte het diezelfde nacht nog – gaf de jonge accountant blijk van een uitzonderlijk seksuele potentie en verkondigde hij meermalen hoe bevredigd hij zich voelde terwijl hij naakt achterover plofte naast de preutse Ana Fernanda, die zich snel met een laken bedekte terwijl haar echtgenoot al pratend de daad bij het woord voegde en zijn steeds weer oplaaiende begeerte keer op keer bevredigde.

Sinds Jesús Aníbal tijdens de beroemde presentatie van de kerststal van de dichter Carlos Pellicer kennis had gemaakt met Ana Fernanda, had hij zich tot haar aangetrokken gevoeld. Hij onderdrukte de slechte gedachte dat ze van rijken huize was, de dochter van een miljonair, een nouveau riche die de protectie genoot van invloedrijke politici en concessiehouder was van honderden contracten. Hij was getrouwd met een Quiroz, een vrouw uit een provinciale adellijke familie die verarmd was geraakt door dezelfde oorzaken als waardoor haar echtgenoot rijk was geworden: de politieke veranderingen die in Mexico steevast betekenen dat je in de gunst of uit de gunst bent. In dit geval was Jesús Aníbal de armoedzaaier die door het huwelijk met een rijke familie verbonden was. Een rijke, maar streng aan haar eigen tradities hechtende familie.

Na zijn huwelijk was hij het liefst vertrokken uit het voorouderlijke huis van de Sorolla's, dat in de afgelegen en voor eeuwig *démodé* buurt de Desierto de los Leones stond, in het uiterste zuidwesten van Mexico-Stad: een steil oplopend bos met kronkelige paden, geurige pijnbomen en uitzicht op de Ajusco, een reusachtige, onbewoonde berg die angstaanjagend dichtbij leek in de ogen van twintig miljoen inwoners. Hij had zich bij voorkeur gevestigd in de veilige en comfortabele moderne voorpost van de stad, de stedelijke uitbreiding van Santa Fe met haar hoge appartementsgebouwen aan de weg naar Toluca, met alle voorzieningen dichtbij, zoals bioscopen, winkels en restaurants.

Dat was tegen de wil van Ana Fernanda. Het huis in de Desierto de los Leones was vanouds het huis van de Sorolla's geweest; haar vader was hier gestorven en haar moeder zou niet weggaan uit het grote huis dat zo vergelijkbaar was met haar leven: oud, langdurig en leeg. En Jesús Aníbal moest vooral niet denken, *mocht zelfs niet denken*, zei de jonge bruid terwijl ze met haar geparfumeerde hand, die kleverig was van de mannelijke liefde, zijn mond bedekte, hij moest niet denken dat ze zouden verhuizen, maar hij mocht vooral volstrekt niet denken aan de dood van doña Piedad, want dan zou Ana Fernanda haar man uit het echtelijke bed verbannen omdat de matriarch dan zeker dood zou gaan, en zij, Ana Fernanda, zou zich nooit meer door haar jonge verloofde laten aanraken als hij bleef bij zijn plan om uit de Desierto naar Santa Fe te verhuizen.

De staatsaccountant De Lillo was echter niet alleen smoorverliefd op Ana Fernanda Sorolla, hij waardeerde haar ook vanwege die aantrekkelijke mengeling van onervarenheid en vaste wil, die hem in een staat van genotvolle afwachting hield. Wat zou zijn vrouw nu weer van hem verlangen?

Niets. Dat leverden de eerste vijf huwelijksjaren op. Niets. De gewoonte die in niets verandert. Het paar had de gelukkige tegenstellingen in de huwelijksnacht ingewisseld voor de nooit uitgesproken overtuiging dat je om van elkaar te houden het woord 'liefde' niet in de mond moet nemen.

'Dring toch niet zo aan.'

Verder ging Ana Fernanda's afwijzing niet. Ze was bang voor lichamelijk contact met Jesús Aníbal nadat hun dochtertje Luisa Fernanda was geboren en de moeder drie weken het bed moest houden, hinderlijk dik werd en nog meer moest lijden om haar slanke figuurtje, waarop ze prat ging, terug te krijgen. Ze wilde daarna geen tweede kind, maar door haar religieuze overtuiging voelde ze zich verplicht om haar echtgenoot het gebruik van een condoom te verbieden en het seksuele contact te beperken tot de *veilige* dagen.

Jesús Aníbal wist niet of hij moest lachen of kwaad worden toen hij Ana Fernanda in bed aantrof, waar ze met een schaar in de hand de topjes afknipte van de verzameling condooms die haar jonge echtgenoot hoopvol had meegebracht om zo veiligheid en genot te combineren.

'De Kerk verbiedt dat soort smerigheid.'

De man hield van zijn vrouw en hij wilde geen gebreken in haar zien. Hij had geen reden om zich te verbazen. Dat Ana Fernanda overtuigd katholiek was, had hij altijd al geweten. Zo accepteerde hij haar en als hij ooit had gedacht dat hij haar zou kunnen 'ontdooien', dan besefte hij al spoedig dat de liefde voor God in het hart van zijn vrouw voorrang had op de liefde voor Jesús, hoe ironisch of grappig dit ook mocht klinken. En dit ging zo ver dat zij, als ze op vaste dagen de gunsten van haar man accepteerde, niet langer Jesús, Jesús riep, maar Aníbal, Aníbal begon te zeggen, of simpelweg 'liefste'.

'Noem me dan tenminste Chucho*,' zei haar sympathieke man op een avond glimlachend.

'Een godslastering. Dat is een hondennaam,' zei Ana Fernanda alvorens hem haar rug toe te keren om de rozenkrans te bidden, en zich alleen weer tot Jesús Aníbal te richten met de onsterfelijke woorden: 'Wees niet zo dom. Verliefd zijn is dat je niet over liefde praat.'

Het dagelijkse traject van de Desierto naar zijn kantoor op Insurgentes en Medellín viel Jesús Aníbal niet zwaar. Voor elke afstand in Mexico-Stad had je minstens een uur geduld nodig. Als er iets was wat het nationale stoïcisme op de proef stelde, dan was het wel het stadsverkeer. Hij luisterde altijd naar muziek, kocht cassettes met Spaanse poëzie en voelde in zijn geest iets ontstaan wat bij hem hoorde maar verborgen was. Hij dacht na. Dankzij Garcilaso of Cernuda droomde hij soms zelfs mogelijke dromen: dat Ana Fernanda zich uiteindelijk gewonnen zou geven, gezien de oprechte liefde die haar echtgenoot voor haar koesterde, dat ze zou accepteren wat normaal was in een huwelijk, zonder het te scheiden van lichamelijk genot. Onmogelijke dromen: dat Ana Fernanda het oude, ongerieflijke en naargeestige huis in de Desierto zou willen opgeven. Een verboden droom: dat de verzuurde en zwijgzame doña Piedita van haar huidige naar een beter leven zou overgaan...

Ana Fernanda was niet helemaal ongevoelig voor de stilzwijgende verlangens van Jesús Aníbal. Het huis in de Desierto verouderde in de loop der jaren niet alleen, maar het was ook steeds lastiger te herstellen; een lek hier leverde daar een vochtige muur op, met een krakende vloer hier kon je elders een instortend plafond verwachten. Maar de oude dame hield verwoed aan het leven vast, en Jesús Aníbal begon al te denken dat als zijn schoonmoeder kwam te overlijden zijn echtgenote haar hebbelijkheden zou overnemen. En net zoals de herinnering aan de overleden patriarch, don Fermín, hen aan de Desierto gekluisterd hield, zo zou ook doña Piedita naar een beter leven overgaan, maar Ana Fernanda en Jesús Aníbal niet: het grote huis hield hen aan het verleden en aan de toekomst gekluisterd.

Als Jesús Aníbal terugkwam van zijn werk betrad hij een treurige en enorme zitkamer die leeg was, afgezien van een piano waar niemand op speelde en veel stoelen tegen de wand. Er hingen geen schilderijen aan de muren en de glazen deuren gaven toegang tot een vochtige, ontembare binnentuin, waar ondanks het gezwoeg van een tuinman alles lukraak leek te groeien.

Op een dag schoot de echtgenoot iets te binnen wat hun eenzaamheid zou uitbannen en reparaties zou rechtvaardigen.

'Waarvoor?' verzuchtte de oude schoonmoeder. 'Huizen moeten zijn als mensen, ze worden oud en sterven... Dit huis is oud en doorleefd. Laat dat maar zichtbaar zijn.'

'Ana Fernanda, we hebben geen vrienden, maar die mensen die bij ons huwelijk waren, je familie. Zou je hen niet af en toe willen uitnodigen?'

'Och, Jesús Aníbal, je weet toch dat de zorg voor mama me niet alleen veel tijd kost, maar me ook alle lust in een feest beneemt...'

'De mensen die bij ons huwelijk waren, leken me sympathiek. Vrienden.'

'Dat waren geen vrienden. *Kennissen*.'

'Familie...'

Ana Fernanda toonde zich verbaasd dat haar man voor één keer eens een goed idee had. Natuurlijk hadden ze familie, ze woonde alleen her en der verspreid. Puebla en Veracruz, Sonora en Sinaloa, Monterrey of Guadalajara, elk familielid dat naar Mexico-Stad kwam, was afkomstig uit een ander deel van het land en liet daar wortels achter; het ritme van de binnenlandse migratie werd bepaald door oorlogen en gewapende, agrarische en industriële revoluties, door de lange nomadische grens in het noorden en door de modderige en beboste grens in het zuiden, polen van ontwikkeling, ambitie en berusting, liefde en haat, niet-ingeloste beloften en ingesleten gebreken, een verlangen naar veiligheid en een uitdaging aan de onveiligheid.

Zo had het land zich ontwikkeld, dacht Jesús Aníbal tijdens zijn dagelijkse kruisweg over de rondweg; het was goed om die ver weg wonende familieleden bij hen thuis uit te nodigen, en bovendien was het grappig en leerzaam, want zij hadden allemaal ervaringen opgedaan waarmee ze de levendige nieuwsgierigheid van de jonge, onbevredigde echtgenoot konden bevredigen, die bovendien graag zag dat zijn eigen Baskische erfenis totaal zou verdwijnen en dat hij niet voor Spanjool of rijke koloniaal zou worden uitgemaakt. Om zich onder te dompelen in een Mexicaans bad.

Hij liet de salons opknappen en de familieleden kwamen binnendruppelen, met de welwillende instemming van Ana Fernanda, die eerder geen smoes had kunnen verzinnen om zich, zoals ze zei, 'een beetje op te tutten', het huis op te ruimen en zich al doende te bevrijden van het excuus dat ze het sloofje van haar moeder was.

De laatste nieuwtjes waren dat de oude oom uit Guadalajara aan de slag was gegaan met de familiestamboom voordat de laatste Quiroz, ofwel hijzelf, zou verdwijnen. Dat de jonge neef uit Monterrey een centrum voor de technologische ontwikkeling van het noorden had opgericht. Dat de ondernemende nicht uit Sonora, een zakenvrouw, zich met een consortium van bedrijven in Californië had geassocieerd. Dat tante Chonita uit Puebla artritis had, waardoor het haar zwaar viel om elke middag, zoals al veertig jaar haar gewoonte was, de rozenkrans te gaan bidden in de prachtige Soledad-kerk met zijn niet minder prachtige betegelde koepel. Dat haar zuster Purificación was gestorven aan indigestie na een orgie van marsepein, notenkoekjes en zoete aardappeltjes met honing en nog veel meer lekkernijen uit Puebla en dat – ze wilde het zelf – na een kerkelijke vastentijd van tien dagen ter ere van het Heilig Kindje van Atocha. Dat Elzevir, een verre neef, Matamoros ontvlucht was vanwege Joost mag weten wat voor gerotzooi met vrouwen, drugs of smokkelarij, dat wist je nooit met zo'n losbol. Dat de jonge Sorolla's uit Sinaloa op zoek waren naar een zanger om in Mazatlán een muziektrio te vormen. Dat nicht Valentina Sorolla uit Morelia, in Michoacán, hen zou komen bezoeken, wat onwaarschijnlijk leek omdat ze bekendstond als een teruggetrokken oude vrijster die zelfs niet naar de mis ging, maar wel stipt op tijd naar de bank om de maandelijkse toelage op te halen die don Amílcar, haar vrekkige vader, haar had nagelaten.

'Eens zien of ze tot de heilige Antonius bidt om haar aan een man te helpen. Ze moet al over de veertig zijn,' zei de nicht uit Sonora.

'Nicht Valentina had non moeten worden, ze heeft haar roeping gemist,' was het commentaar van de neef uit Monterrey.

Jesús Aníbal dacht dat hij via deze grote stoet van verspreide clans een manier had gevonden om de geest van het landhuis in de Desierto tot leven te wekken en terloops bijzonderheden van de aangetrouwde families te achterhalen en gebruik te maken van een stamboom die hem redde van de incestueuze verhouding tussen de Basken en zijn geliefde vaderland.

Dat tante Teófila uit Guadalajara '09' wordt genoemd omdat ze de godganse dag klagend aan de telefoon hangt. Dat de familie Quiroz uit Veracruz de hele dag rond een jukebox geschaard naar bolero's zit te luisteren alsof het de Metropolitan Opera in New York betrof. Dat tante Gudula uit San Luis Potosí beweert dat haar huis *un bijou* is, wat een snob. Dat oom Parménides uit Mérida zo'n klein mannetje is dat hij 's nachts langs de kazerne rent in de hoop dat de soldaten 'Halt! Halt!' tegen hem zullen roepen.

Dat soort anekdotes werden schaterlachend steeds opnieuw verteld door de beurtelings op bezoek komende familieleden.

Was dit misschien het mogelijke geluk, de warmte van de familie, soms de strengheid, dan weer de vriendelijkheid? Was dit een passieve en gelukkige, of een actieve en ongelukkige familieclan? Was het een volmaakte familie omdat ze saai was, of een saaie familie omdat ze volmaakt was? Of deelden we allemaal, niemand uitgezonderd, een enkel geaccepteerd en aanvaardbaar symbool en kregen we de portie van het geluk die we verdienen, die altijd gedeeltelijk is maar ook altijd volledig, aangezien de dood een absolute grens is – niet nomadisch of modderig – en niemand na zijn dood een lelijke, arme en treurige familie wil achterlaten?

Jesús Aníbal beantwoordde die vraag door tegen zichzelf te zeggen dat hij uiteindelijk met de schoonheid van de familie was getrouwd en dat zijn lumineuze idee om de her en der wonende families Sorolla en Quiroz uit te nodigen een pleister op de wonde was voor de toenemende periodes van verwijdering tussen man en vrouw, en tegelijk een stimulans voor hun maatschappelijke leven waardoor ze allebei werden gedwongen om zich van hun beste kant te laten zien.

'Goed,' zei Ana Fernanda. 'Laat nicht Valentina uit Michoacán maar komen. Ik kan me haar zelfs niet herinneren. Ze is ook zo onopvallend.'

En terwijl ze voor de spiegel met haar make-up bezig was, liet ze erop volgen: 'Mijn familie is reden om mezelf een beetje op te tutten. Laat dat je gezegd zijn, Jesús Aníbal. Denk maar niet dat ik het voor jou doe.'

Nicht Valentina arriveerde zonder dat iemand haar opmerkte, en ze bleef in de haar toegewezen slaapkamer tot het tijd was om te eten.

'Heeft niemand haar gezien?' zei Ana Fernanda sarcastisch. 'Dat verbaast me niets.'

Het was waar dat de veertigjarige niet een soort talent had om niet alleen onopgemerkt te blijven, maar ook om te verdwijnen en als een kameleon te veranderen in een deel van de boom of de steen waarop hij lag. Maar dat alles hoefde beleefdheid niet uit te sluiten, en terwijl Ana Fernanda bleef zitten en wachtte tot nicht Valentina haar een kus op de wang kwam geven, stond Jesús Aníbal op, negeerde het enigszins zure gezicht van zijn vrouw – alsof haar nicht zelfs niet dat minste teken van goede opvoeding verdiende – en verwelkomde Valentina met eerst een kus op haar ene en daarna eentje op haar andere wang, maar door een beweging van hun hoofden beroerde hij tussen die kussen door ook haar mond.

Hij schoot in de lach. Nicht Valentina lachte niet. Zonder te blozen, maar met een strenge blik deed ze een stap opzij. Jesús Aníbal behield een bitter en peperig aroma in zijn neus, dat verzacht werd door een geur van muskus en reinigingsmiddel.

Valentina Sorolla stond daar, haar handen gekruist ter hoogte van haar onderlichaam, van top tot teen in het zwart, met lange rok en lage bottines, lange mouwen en een hals zonder versiering, en ze keek vanuit een onverstoorbare verte naar de wereld. Niets leek haar regelmatige gelaatstrekken in beroering te brengen, haar te regelmatige trekken, alsof haar gezicht was gemunt voor een gedenkpenning van de Bourbons, dat wil zeggen, alleen in profiel. Want Valentina hoefde haar hoofd niet te bewegen om opzij te kijken, omdat haar scherpe gedenkprofiel haar gezicht in twee identieke helften verdeelde.

Niets in haar duidde op charme, schalksheid of humeurigheid. Zij was een streng masker dat de buitenwereld op strenge afstand hield. Haar gezicht was mager, evenals haar lichaam. Ze was vel over been, met als enige obstructie dat de huid uit alle macht wilde versmelten met het bot of dat het bot ernaar streefde zich op de huid te laten zien.

Haar haar was in een knot naar achteren gekamd en ze had een breed voorhoofd en diepliggende slapen, een lange neus die ze, of ze wilde of niet, overal in leek te willen steken – een trilling verraadde haar –, een dorre mond, zonder lippen, die gesloten was als een spaarpot zonder gleuf. Welk geldstuk zou erin passen, welke borstel zou haar tanden kunnen poetsen, welke kus haar tong in vuur en vlam zetten?

Als een verre vogel in de lucht, zo stilletjes maakte nicht Valentina haar ronde om iedereen te begroeten, en Jesús Aníbal vroeg zich af waarom hem een gevoel van onrust bekroop als hij naar haar keek. Valentina leek op niemand van de familie Quiroz of Sorolla die bij hen op bezoek was geweest. Het was duidelijk dat zij, plat gezegd, 'buiten de boot viel'.

Dat werd duidelijk tijdens de maaltijd. Terwijl de geestige tante uit Veracruz uitweidde over het schitterende *jarocho**-carnaval en de neef uit Monterrey, een egotripper, een opsomming gaf van gewichtige financiële transacties, deed nicht Valentina er het zwijgen toe en waagde Jesús Aníbal zich onrustig aan een gesprek dat tot mislukken gedoemd was, hoewel hij beslist een poging deed om ten minste de blik van dat eigenaardige familielid te vangen. Toen dat lukte, was hij het die zijn blik afwendde. In de ogen van Valentina zag hij een smeekbede om haar met rust te laten, de blik van een vrouw die weet dat ze lelijk is en bang is om zich belachelijk te maken.

Op dat moment voelde de jeugdige echtgenoot de aantrekkingskracht van het bieden van bescherming, een bescherming die geen enkel familielid nodig leek te hebben, omdat de familie over een zelfverzekerdheid beschikte die zich tussen twee uitersten bewoog, van vrome devotie (we komen in de hemel) tot een succesvolle carrière (we gaan naar de bank). Een bescherming waar trouwens niemand van hen om vroeg, laat staan zou vragen aan Spanjolen die op touwschoenen en met een Baskische baret op naar Mexico waren gekomen, zoals altijd werd gezegd.

Jesús Aníbal moest in zichzelf lachen en wierp een medeplichtige blik op nicht Valentina. Waren zij de twee vreemdelingen in deze familie, de overlopers, de ballingen?

Wie was Valentina Sorolla eigenlijk? Terwijl Jesús Aníbal met die vraag in slaap viel, had hij onrustige dromen, sommige sensueel en obsceen en andere te vergeestelijkt, hoewel de vluchtigheid ervan uiteindelijk plaatsmaakte voor de zekerheid dat nicht Valentina in al die dromen voorkwam.

Na het opstaan en tijdens het dagelijkse viriele ceremonieel van scheerzeep en mes, dat voor bepaalde mannen het tijdstip is waarop ze het best kunnen nadenken en plannen maken, bedacht de jonge echtgenoot dat de schoonheid van zijn vrouw even opvallend was als de onooglijkheid van de nicht.

Maar juist in die tegenstelling ontdekte Jesús Aníbal een gedachte die hem door haar eigen gewicht inviel en die tegelijkertijd bevrijd en lichtvoetig omhoog steeg. Wie zegt ons welk ding of welke persoon mooi of lelijk is? Wie bepaalt de wetten van lelijkheid of schoonheid? Kun je een vorm mooi noemen die zich uitsluitend als vorm weet te tonen, maar zich als bezield durft voor te doen? Kan een vorm daarentegen lelijk zijn waarin duidelijk een ziel schuilt? En verleent de ziel juist niet de echte waarheid aan de vorm, is de vorm niet de uiterlijke verschijning van de ziel? En is het niet zo dat zelfs het mooiste lichaam, als het geen ziel bezit, vroeg of laat onthult dat het gewoon met goud beschilderd koper is, terwijl een lelijke vorm door haar ziel letterlijk wordt getransformeerd in iets wat mooier is dan welk uiterlijk profiel van het betreffende wezen dan ook?

Dat waren gedachten die niet eerder bij Jesús Aníbal waren opgekomen en die misschien wel de neerslag waren van het dagelijks beluisteren van poëzie tijdens de rit over de rondweg, tussen de Desierto de los Leones en de wijk Juárez. Het was een andere manier om Garcilaso uit het hoofd te citeren: ik ben alleen maar op de wereld om van jullie te houden; of Góngora: alles staat geliefden ten dienst; of Pedro Salinas: als de stem door de ogen kon worden waargenomen, ach, hoe zou ik je dan zien; of Pablo Neruda: mijn hart zoekt haar en zij is niet bij me...

Toen hij naar beneden ging om te ontbijten, keek hij naar de binnenplaats en zag daar Valentina rondlopen, met gebogen hoofd, opnieuw in het zwart, maar één ding viel op: ze was blootsvoets. Ze liep zonder schoenen of kousen over het gras. Jesús Aníbal had het gevoel dat de eigenaardige non, duidelijk een gefrustreerde non volgens de beschrijving van de neef uit Monterrey, op die manier boete voor iets deed. Tot hij voor het eerst een genotvolle glimlach rond die droge lippen zag spelen. Toen deed hij zelf iets ongewoons. Hij trok zijn mocassins uit en voegde zich bij Valentina op het gras. Hij wist waarom hij dat deed. Het genot van over een fris gazon te lopen werd verpest door de zedige lompheid van de schoen. Blootsvoets over het gras lopen was niet alleen een verrukkelijk maar ook een erotisch genoegen. De aarde steeg in een vrolijke liefkozing van zijn voeten naar zijn plexus solaris.

Valentina had niet naar hem gekeken en Jesús Aníbal ging met zijn schoenen aan naar zijn werk. Hij wist dat er die avond bij hem thuis een diner was voor de verspreid wonende familieleden die op bezoek waren, zoals de neef uit Nueva León, de tante uit Veracruz, een stel neven die afkomstig waren uit Guadalajara en nu in Nayarit woonden, niet Valentina uit Morelia, Ana Fernanda en Jesús Aníbal zelf. Hij hoefde zich nergens druk om te maken. Ana Fernanda was een perfecte huisvrouw, zij zou het menu samenstellen, de bedienden inhuren, de tafel gereedmaken en de plaatsing van de gasten regelen.

Alles zoals gewoonlijk. Alles normaal.

Hiervoor had de echtgenoot het programma van familiebezoeken bedacht. Ana Fernanda bloeide op. Ze hoefde niet meer de smoes te gebruiken dat ze zich alleen kon vermaken door voor haar moeder te zorgen en afstand kon nemen van Jesús Aníbal. Hij had er vrede mee om in een andere kamer te slapen, omdat hij dan ver van het gekrijs van hun dochtertje Luisa Fernanda was en hij zich later, toen het prinsesje door een kindermeisje werd verzorgd, niet opnieuw aan het ritueel van het samen slapen hoefde te houden.

Ana Fernanda zorgde er nu voor dat zijzelf en het huis er goed uitzagen. Ze was tevreden en liet hem met rust. Jesús Aníbal hoefde het haar in bed niet meer naar de zin te maken en aan tafel niet meer met haar te praten.

De echtgenoot kwam vroeger thuis dan anders om zich te verkleden en op tijd aan tafel te gaan. Hij liep door de eetkamer om zich ervan te verzekeren hoe volmaakt Ana Fernanda alles geregeld had, toen hij verrast werd door een alarmkreet en ongewone opschudding in de keuken. Hij haastte zich daarheen en trof Valentina aan, die belaagd werd door een jeugdige, donkere en gepassioneerde ober die haar probeerde te omhelzen en te kussen terwijl zij zich furieus en ondanks een volle mond verweerde.

Jesús Aníbal duwde de ober ruw opzij en gaf hem een klap op zijn mond. De ober keek hem vol wrok aan, maar volstond met te zeggen: 'Ik ben al weg.'

Maar alvorens te vertrekken draaide hij zich naar zijn baas om met de woorden: 'Oude vrouwen horen niet in de keuken te komen terwijl je aan het werk bent. Ze lopen je alleen maar voor de voeten.'

'Ik ben dol op zoet en ik had honger,' zei Valentina, een heel andere, ietwat kinderlijke kant van haar persoonlijkheid tonend.

'Pardon, meneer,' ging de ober verder, 'ik dacht dat ze wilde dat ik...'

'Het is goed,' zei Jesús Aníbal, zich in een opwelling bedenkend. 'Je blijft. En doe je werk.'

Hij keek Valentina aan.

'Ik begrijp je.'

Misschien verborg de ober een glimlach waarmee hij zijn opmerking aanvulde: Ik dacht dat ik mevrouw een dienst bewees, hoewel zijn schelmse Mexicaanse blik tegen Jesús Aníbal zei: Als u haar wilt hebben, houdt u haar dan maar, uiteindelijk bent u de baas...

Jesús Aníbal wilde inderdaad graag deelnemen aan dat ogenspel – of de afwezigheid ervan – tussen de ober, Valentina en hemzelf, en hij was tevreden dat hij zich niet liet verleiden tot een verwarrend schaamtegevoel.

Toen de ober tijdens de maaltijd de schaal met de kalkoen met garnituur serveerde, kon hij zijn ogen niet afhouden van het decolleté van Ana Fernanda, maar het kostte hem weinig moeite om geen blik te werpen op de bedekte borsten van Valentina, terwijl zij, om de blik van de bediende te ontwijken, naar Jesús Aníbal keek, met de duidelijke bedoeling hem te bedanken voor de bescherming die hij haar die middag had geboden.

Aangespoord door de vrolijkheid van Ana Fernanda waren ze allemaal opgewekt met elkaar aan het babbelen, toen zo'n onvermijdelijke lichtuitval in het zuiden van de stad een even onvermijdelijk oooh! van de gasten opriep, waarna Jesús Aníbal, gedreven door een kracht die hij zelf niet wenste of begreep, zijn been onder de tafel uitstak tot hij Valentina's voet raakte.

De niet trok haar voet even terug, maar onmiddellijk daarna zocht ze weer contact met die van Jesús Aníbal, alsof ze bang was dat het licht zou terugkomen. Zo speelden ze wat tot het licht weer aanfloepte.

Ze hadden het allemaal over de komende vakanties en over plaatsen die ze hadden bezocht of nog wilden bezoeken. Alleen Valentina zei niets, alsof ze nergens naartoe ging.

Toen ze allemaal een cognac namen, koos zij voor een oude tequila.

Terwijl ze na de maaltijd gezellig bij elkaar zaten, probeerde de gastheer, hoewel met moeite, de blik van nicht Valentina te ontwijken, en hij zei tegen zichzelf dat dat soort dingen niet toevallig gebeurde, er moest een diepere reden zijn waarom twee zo verschillende wezens zo snel naar elkaar toe trokken, vooral als het geen lichtzinnige personen betrof, wat zij beslist niet waren, want Jesús Aníbal had besloten dat blootsvoets lopen of naar de keuken gaan om alvast een hapje te nemen, charmante – dacht hij dat, dacht hij dat? – en op zichzelf uiterst vrijgevochten daden waren...

Hij zond een vurig gebed op dat het weer donker zou worden en het geflirt opnieuw kon beginnen. Niets daarvan. Toen hij zijn nicht goedenacht wenste, drukte hij een weliswaar vluchtige kus op haar wang, maar des te langer duurde het contact van neus tot neus en de emotie die ze voelden door de nabijheid van hun adem.

'Welterusten.'

'Tot morgen.'

En heel zachtjes (Jesús Aníbal, 'het toeval helpt ons een handje').

De gastheer wist drommels goed welke slaapkamer aan nicht Valentina was toegewezen. Hij wachtte tot diep in de nacht alvorens hij zijn kamer verliet en naar de deur van Valentina's kamer liep. Zou hij op slot zijn? De man duwde ertegen en ging een vertrek binnen dat verlicht werd door een meer vibrerend dan kuis bedlampje.

Valentina stond hem op te wachten, blootsvoets, gehuld in een lang nachthemd met borduursel op de borst.

2. Nee, het was niet omdat wat haar nu overkwam, terwijl ze maar voor drie nachten was uitgenodigd, heel snel zou verdwijnen, deels door de afstand en deels door de vergetelheid. Voor deze ene keer zou Valentina Sorolla, overtuigd dat het geen verdere gevolgen zou hebben, zich overgeven aan het verboden genot. Het was ook niet omdat ze smachtte naar liefde en die in de armen van haar neef ontdekte, niet voor het eerst maar wel als belangrijkste ervaring en daarom ook zonder meer de moeite waard. Nee, het was niet omdat ze zich door gewillig aan zijn hartstocht toe te geven bevrijdde van het gevoel dat ze zich moest wreken op haar levenslange frustratie vanwege haar uiter-

lijk en haar teruggetrokken gedrag als gevolg hiervan.

Nee, het was niet iets wat uit haarzelf of uit haar leven voortkwam. Dat was nu juist wat haar verbijsterde, gewillig maakte en beangstigde. Ze was een beekje dat overspoeld werd door de brede gepassioneerde boulevard van die man. Hij, Jesús Aníbal, de tot nu toe onbekende neef, was de oorsprong van het erotische en sentimentele vuur dat die nacht en de drie daaropvolgende in Valentina ontstoken werd, als Jesús Aníbal haar rokken van stijve zijde en het dichtgeknoopte zwarte hemd met zo'n tedere kracht uittrok dat hij ze bijna van haar lijf scheurde, haar haar losmaakte en haar overdekte met kussen tot ze bijna stikte, haar op het bed legde en nu eens met woorden en dan weer in stilte eerst tegen haar zei geef me een minuut Valentina meer vraag ik je niet en toen geef me een uurtje cadeau en daarna laat me de hele nacht bij je blijven terwijl hij almaar tegen haar en tegen zichzelf zei Valentina je maakt me gek met je bittere en scherpe geur je als een bos slangen loshangende haar je prachtige naakte en zo volle ronde lichaam onder je nonnenhabijt dat zich zo moeilijk laat raden, het is zo onverenigbaar met de strengheid van je gezicht, je hebt een gezicht dat je lichaam verhult je lichaam past niet bij het masker het masker verandert het lichaam in een oogverblindende ontdekking Valentina jij weet dat verberg je gezicht niet bedenk dat dit je geheim is een gezicht dat het geheim van je lichaam verhult, hoe kon ik dat raden als ik het niet had gewaagd om je uit te kleden? want jij hebt me niet naar je toe gehaald Valentina ik ben het die vanaf nu bij je is gekomen die je heeft gevonden en bij je wil blijven ik Jesús Aníbal ben behekst door jou door je nieuwheid die al zo oud is en door jouw oude nieuwheid die hier zo geduldig diep in mijn ziel ligt te wachten, weet je Valentina? de waarheid maakte me kapot en als de liefde tussen jou en mij bedrog is dan schenkt de leugen mij het leven en is mijn leven mijn liefde mijn vrouw Valentina Sorolla gehoopt en wanhopig besef je hoe je me doet beven hoe je mijn begeerte opwekt de tedere woestheid die me bevangt terwijl ik je bezit nicht Valentina? zou je me kunnen haten om wat er tussen jou en mij is gebeurd en zou ik alleen maar meer van je houden hoe meer je me haatte maar dat zal toch echt niet gebeuren? probeer niets te begrijpen aanvaard alleen dit: je hebt me veroverd omdat je bent zoals je bent je bent mijn onbekend genot elke wenteling van je tijd vult de lege zandloper die mijn ziel was Valentina wat is het prachtig wij tweetjes hijgend naast elkaar probeer me te slaan liefje en je zult zien hoe meer pijn je me doet je zult nooit het geluk aantasten dat je me geeft ik kus je hele lichaam ik overlaad je met kussen van top tot teen ik wil niet de eerste en ook niet de laatste in je leven zijn ik wil de enige zijn nicht Valentina mijn liefde voor jou heeft een Spaanse klank het is een vurige liefde mijn ontdekking van jou verandert mij in Jesús de koppige, als je me verlaat zou ik geen rust meer kennen je bent mijn vrede mijn vrijheid mijn navel mijn nagels mijn spijsvertering mijn dromen Valentina jij bevrijdt me van de pakken gewetensbezwaren verplichtingen trouw gewoonte zodat ik zelf degene word die verliefd is op het lelijke familielid dat met niemand te vergelijken is en uniek is in haar passie die helemaal van mij is en van niemand anders want niemand zou me om haar benijden niemand zou je ver van mijn blik en mijn aanraking willen meevoeren ik ben uniek in mijn hartstocht die helemaal van mij is en van niemand anders mijn genot een onbekend genot mijn wijze en vurige Valentina wist je misschien al dat er in jou zoveel geweld zoveel tedere en verleidelijke en liefdevolle fijngevoeligheid schuilt, wist je dat? ik niet verbaas je niet denk nooit hij heeft mij een dienst verleend want dat is niet waar jij hebt mij een dienst verleend en me bevrijd van alle leugens en alle pretenties lelijk nee zeg nooit lelijk zoals je daarnet zei hou je mond je bent unieker dan wie ook zeg nooit meer zoals nu dat je me dankbaar bent ik ben degene die een geschenk heeft gekregen Valentina als ik bij je ben is dat omdat jij me bevoorrecht jij geeft me iets wat ik wil verdienen door je lief te hebben zoals vrijdag en nu zaterdag en morgen zondag voordat je vertrekt Valentina ik kan dat idee niet verdragen alsof die datum mij doorboort als een naakte Sebastiaan tegenover de boog van je sombere blik mijn lief daarom hou ik van je want je hebt holle ogen en dunne lippen en je jukbeenderen zijn de dood nabij en je haar is een bos slangen en je handen zijn onbeschaamde klauwen voor mijn huid en je bent zo licht nog lichter onder mijn lichaam alsof jij en ik de lichamen van Valentina en Jesús vanaf hun jeugd hebben gewacht op de door de sterren beloofde ontmoeting tussen een man en een vrouw die bang zijn om van elkaar te houden zoals jij en ik van elkaar houden niet van mijn vlees verboden niet verdorven en tegelijk zuivere niet Valentina als je me verlaat weet je dat ik om je zal huilen zonder dat ooit de pijn om het verlies van jou zal verdwijnen ik zal voor je leven en voor je sterven want ik ben de ontdekker van je ware schoonheid de schoonheid die alleen maar wordt gezien door zo iemand als ik die van je hou want ik heb je ontdekt en ik kan het lichaam dat het terrein is van mijn verkenningen niet opgeven ik kan niet waken als het duister is en ik vergeet het voorrecht dat ik je cartograaf ben je zeevaarder je veroveraar want je lichaam is mijn land nicht Valentina jouw lichaam is mijn vaderland want ik ben de minnaar die samen met jou het tot nu toe onbekende genot heeft gesmaakt want ik hou van je Valentina vanwege mijn en jouw bijzonderheid want niemand zou geloven dat iemand als ik jou zou adoreren noch dat iemand als jij zich aan mij zou overgeven en daarom is elk genot een broze zonde en een onvergelijkbare huivering want jij en ik lijken op niemand en dat is wat ik onbewust zocht, en jij?

ik dacht dat ik was voorbestemd om de anderen tot last te zijn en nu begin ik te geloven dat ik bemind word omdat ik anders ben

en omdat je lelijk bent Valentina ook omdat je lelijk bent

wil je niet dat ik mezelf mooi vind dankzij jou?

nee Valentina voel je lelijk zodat ik je juist kan adoreren om wat niemand meer tegen je zou durven zeggen

ik ben lelijk Jesús

lelijk lelijk lelijk je bent mijn perversiteit en mijn begeerde avontuur op zoek naar een onverwachte liefde geef me eerst een minuut Valentina en laat me daarna de hele nacht bij je blijven vervolgens mijn hele leven

lelijk

laat me je ziel kennen Valentina en dan zal ik je die van mij geven

tegen wie moet ik zeggen dat ik van je hou?

tegen wie dat we van elkaar houden?

3. Allemaal trokken ze zich na het avondeten terug. Alleen Valentina bleef in de salon achter. Alleen voor haar kwam er geen einde aan de avond.

Toen kwam hij binnen.

Ze zijn allemaal weggegaan. Ze zijn allemaal stiekem aan het roddelen.

Behalve Valentina, die wacht op de verschijning van de man die haar aantrekt: Jesús Aníbal.

De blik van de man zegt tegen haar: 'Ik wil opnieuw alleen met je zijn.'

Alleen zij kijken elkaar aan.

De anderen proberen niet naar hen te kijken.

Zij weet hoe beschermende aantrekkingskracht verandert in fysieke aantrekkingskracht.

Zij keert terug naar het eerste moment met Jesús Aníbal.

Zij trekt zich van niemand iets aan.

Zij hoort het geklets niet.

Het geluk van de lelijke vrouw wordt begeerd door de mooie vrouw.

Ze lijkt wel een travestiet.

Je moet wel blind zijn om met haar te trouwen.

Het komt in de beste families voor.

En Ana Fernanda tegen Jesús Aníbal: 'Heb je mij voor dat misbaksel ingeruild? Ik hoef niet te spelen dat ik je minacht. Maar je bent mijn man voor God en voor de mensen. Ik zal je nooit verlaten. Ik zal me nooit van je laten scheiden. Wen maar aan die gedachte. En waag het eens te zeggen dat ik iets verkeerd heb gedaan. Vertel me eens. Heb je haar gekozen omdat je zo ongelooflijk ijdel bent, omdat je weet dat je mooier bent dan zij? Omdat je niet kon verdragen dat je minder mooi was dan ik, je vrouw? Wat een ramp dat we het huis hebben opgeknapt.'

De familieleden vertrokken.

Doña Piedita ging naar bed om zich voor te bereiden op haar vertrek naar de, zoals ze zei, 'haciënda in het hiernamaals'.

Ana Fernanda nodigde niemand meer uit en besloot haar dochtertje Luisa Fernanda op te voeden volgens de striktste katholieke moraal.

Koor van de bedreigde dochter

je betaalt of we vermoorden je
ze zeggen dat ze een heel goede studente was en een goede
dochter ze had
een vriendje en meer van dat alles ze gingen samen rolschaatsen
klommen in
het reuzenrad in de draaimolen in de octopus
de kermis van de octopus rook sterk naar honingtaart stukjes
geroosterd varkensvlees
pinda's suikerspinnen
kleverige priklimonade
het rad draaide en haar vriend maakte van de angst van het
meisje gebruik om zijn armen om haar heen te slaan en te zeggen
als je me niet zoent dan
gooi ik je
naar beneden en om hem tevreden te stellen maakte zij
zijn gulp open en
ook daar waren heel kleverige snoepjes
wie betaalt voor de kermis?
geven ze je geen zakgeld?
ik heb niet genoeg
ah, zoek dan maar een ander vriendje dat goedkoper is
val me niet lastig
donder op
wat moet ik doen zonder de zaterdagse kermis of zonder de
frisdrankjes

de popcorn de maïstaartjes
hoe ga je de kermis betalen zonder kleingeld?
wacht even schatje ik nodig je uit voor de kermis maak je geen
zorgen
stop honderd zakjes dope in je rugzak
verkoop ze bij de uitgang van de school
we geven je honderd peso voor elke honderd zakjes die je ver-
koopt en jij geeft ons
drieduizend
oké
we kunnen samen hier in perisur gaan rolschaatsen ver van onze
buurt
en de stoffige straten en het gefluit van de drugskopers
en de dieven bij de uitgang van de school
een paar zakkenrollers hebben mijn rugzak gestolen
daar zaten de drieduizend peso in die ik jullie schuldig ben
je betaalt of we vermoorden je
zij trok de dekens over haar hoofd
ze vermoorden me als ik niet betaal
ze hebben me al in elkaar geslagen kijk eens wat een blauwe
plekken papamama
ze hebben me bestolen
ze hebben me niet vermoord
ik heb zelfmoord gepleegd
want als ik geen zelfmoord pleegde dan zouden ze jullie vermoorden, papamama
om de drieduizend peso die ik hun moet betalen
reuzenrad draaimolen dealers popcorn met cocaïne
priklimonade met marihuana rietjes met lijm
godverdomme

Huwelijksbanden (1)

Jij blijft bij mij omdat ik de enige ben die nog weet hoe mooi je was. Alleen ik heb jouw jongemeisjesogen nog op mijn netvlies.

De tijd is van mij. Hij begrijpt dat niet. Ik sluit mijn ogen en de tijd is van mij.

Wij zijn alleen. Jij en ik. Man en vrouw. Pas getrouwd. We hebben alles wat we nodig hebben. Jij moet niemand binnenlaten. De anderen bederven alles. Alleen jij en ik, versmolten in een eindeloze omhelzing. Geblaf van de hond die op de binnenplaats aan de ketting ligt. Het enige geluid dat in de wijk weerklinkt. Jouw over een stoel geworpen gele jurk. Het enige licht.

Ik kan geen woorden vinden.
Vreemd. We praten toch veel.
Vanbinnen ben ik stil.

Er waren misverstanden. Ik had om twaalf uur met jou afgesproken. Wat? Jij zei twee uur. Nee, twaalf uur. Noteer je afspraken. Afspraken? Hoeveel heb jij er per dag? Met één? Met meer? Waarom versterk je mijn jaloezie met je dubbelzinnige antwoorden? Jij hebt altijd geweten dat ik jaloers ben. Jij genoot er zelfs van. Ik geniet van jaloezie. Dat zei je tegen mij. Maar waarom heb jij mij nooit jaloers gemaakt? Wat? Ben jij me altijd trouw geweest? Of had jij geen verbeeldingskracht? Ik werkte aan mijn carrière. Ik heb nooit tijd gehad om achter vrouwen aan te zitten. Ik had het veel te druk met mijn werk. Dat weet jij ook. Ik wilde het ver schoppen. Voor jou. Voor mezelf. Voor ons huwelijk. Voor ons tweeën. Ik had ambities. Mijn grootste ambitie was om directeur-generaal te worden. Jij stond me daarbij in de weg. Wat heb ik dan gedaan? Niets. Dat was nou juist de ellende. Nee, zeg eens eerlijk, wat heb ik gedaan? Het was je gedrag. Je losbandige gedrag. Maar ik ben aan jou gebonden, dacht je dat ik tijd had om je te bedriegen? Ah, dus als je tijd zou hebben... Jij bewaakt me als een gevangenbewaarder. Daarom is het allemaal misgegaan. Jij hield je de godganse dag met mij bezig. In het begin de telefoontjes vanuit je kantoor. Vervolgens je onverwachte thuiskomsten. Dan je belachelijke gedoe om kasten te openen, onder het bed te kijken, aha! te zeggen als er een raam openstond. En ten slotte ging je het huis niet meer uit. Jij hield me dag en nacht in de gaten. En in plaats van dat je kalmeerde, werd je steeds jaloerser. Waarop? Op wie? Weet je niet meer dat mijn begeerte werd aangewakkerd door mijn jaloezie, hoe vaker ik je nam, des te vaker ik je belegerde, zoals je een vijandige stad belegert, ik belegerde je met mijn tederheid en mijn blikken en mijn huid tot jij je aan mij overgaf en dan voelde ik afkeer van mezelf en afkeer van jou omdat ik met je had gedaan wat ik niet had moeten doen, verboden en smerige dingen, de dingen die ons in onze eigen ogen verlagen, maar jij niet, voor jou was het iets vanzelfsprekends, iets natuurlijks, het zondebesef speelde geen rol bij jou, mijn afkeer was niet de jouwe, jij verkeerde in een soort van extase, hoer, dat liet je me ook zien, je was niet angstig zoals ik, jij lachte me uit, waar haalde je dat idee van 'existentiële angst' vandaan? Álvaro, wat dacht je, dat ik een boek was of een leergierige leerlinge? Waarom accepteerde je niet alle seksuele ervaringen, de meest gewaagde, de meest uitgekiende, maar vooral de meest spontane, de ervaringen die ons werden ingegeven door het uur van de nacht, de vooruitgeschoven vroege ochtend, de onverwachte middag? Waarom onderbrak je mijn orgasme en zei je dat ik naar dat afschuwelijke schilderij van die twee hanen moest kijken die elkaar op een hanenvechtplaats met hun scherpe sporen doodsteken? Waar haalde je het vandaan dat een hanengevecht me meer zou opwinden dan jouw geslacht? Waarom al die uitleg? Ik raakte altijd opgewonden van hanengevechten, ik kreeg mijn eerste erectie toen ik zag hoe een agressieve vechthaan een defensieve vechthaan met zijn sporen doodde op een denkbeeldige vechtplaats, nee, het was in San Marcos, tijdens de kermis, maar ik was daar niet, de vechtplaats was de arena van mijn verbeelding, Cordelia, het gevecht speelde zich af in mijn hoofd en jij kon daar niet in doordringen, daarom zei ik tegen mezelf: zolang zij niet tot mijn verbeelding kan doordringen, zal ik haar lichaam niet binnendringen, overduidelijk, we hebben elkaar nu genoeg uitleg gegeven, we moeten geen aanleiding tot roddel geven, ontsla de dienstmeisjes, nodig niemand bij ons uit, ik wil geen pottenkijkers in mijn leven, ik wil vrij zijn om me het ergste te kunnen voorstellen en jou te laten boeten voor je zonden, het zijn denkbeeldige zonden, Álvaro, niets van wat jij je in je hoofd haalt is echt gebeurd maar het kan gebeuren, dat zul je toch niet ontkennen, Cordelia.

Het was mijn grootste ambitie om directeur-generaal te worden. Jouw gedrag stond me daarbij in de weg. Kun je geen berouw voelen, kun je me dat plezier niet doen?

Hij vindt het leuk om mij te knevelen en me dan te vragen: Waar denk je aan?

Ik wil dat superieure gedrag van jou, dat keurige meisje van goede komaf en zo bescheiden, breken. Jij bent daardoor zo onuitstaanbaar.

Hij haalt zich het jeugdige geurige haar van Cordelia voor de geest. Nu rukt hij haar pruik af en schatert het uit. Hij hangt haar aan beide handen op en vraagt haar om 'Amapola' te zingen.

Smeken moet je, je moet smeken.
    Waarom doe je me dit aan?
    Ik wil je domweg laten boeten voor het feit dat je oud bent en niet meer aantrekkelijk.
    Heb je geen medelijden met me?
    Is wreedheid niet beter dan medelijden?
    Ik raak uitgeput, Álvaro, ik heb genoeg van je.
    Hoe kon je met mij trouwen, zo'n saaie, lelijke, banale, domme man?
    Geen idee, Álvaro.
    Ik weet het wél, hoerig prinsesje. Jij denkt dat ik via jou, prinses, wraak neem voor mijn eigen minderwaardigheidscomplex.
    Ik zal erover nadenken.
    Wát...?

Hij ketent haar aan het voeteneind van het bed en observeert haar urenlang in de hoop dat zij iets zegt of om water vraagt of honger heeft maar zij kijkt hem alleen maar aan met iets van passief verzet en daardoor vermoedt hij dat zij ervoor gekozen heeft om jarenlang het ondraaglijke te verduren om uiteindelijk de tiran in haar macht te krijgen en uit te putten tot hij verslagen is. Net als die schurk van een Mahatma Gandhi.

Weet je, Cordelia? Er is geen verschil tussen het lijkenhuis en een bed. Ga liggen alsof je dood bent! En nu neuken.

Hij laat haar vastgebonden aan het bed liggen, net zo lang tot hij ziet dat ze midden in haar ontlasting ligt en hij sluit zijn ogen om het leeggelopen binnenste van de vrouw, dat wat zij in zich heeft, in al zijn puurheid te kunnen ruiken, niet de erotische verrukking of de sublieme liefde, maar dat wat hij nu ziet en ruikt...

Ik reken erop dat een vrouw door blinde gehoorzaamheid oud en ongevoelig wordt, daar reken ik op...

Hij dreigt haar dat hij haar nagel met een tang zal uitrukken. Op een keer durft hij het te doen. Eentje maar. De pinknagel van de linkerhand. Aan de bebloede ringvinger ernaast flonkert de trouwring nog meer. Hij vindt dat prachtig. Laat de pink maar bloeden en de ringvinger flonkeren. Hij en zij zijn toch man en vrouw? Hij zou dat nooit met een prostituee doen. Dat zou hij niet durven. Is hij misschien trots op zijn daden omdat hij denkt dat hij zo hun huwelijksband optimaal versterkt?

Besef je dat ik dit alles alleen maar doe om jou één ding duidelijk te maken?

Wat dan?

Dat ik uitsluitend voor jou leef.

En de wereld?

Welke wereld?

Besef je niet dat de wereld heel wat groter is dan deze slaapkamer?

Ik wil het niet weten.

Je kunt niet ontsnappen aan de wereld, Álvaro. Besef je dat niet?

Jij begrijpt niet dat jij me tegen deze onmetelijke wereld beschermt en hem tot deze ruimte beperkt.

Ik denk dat jij dat aan mij te danken hebt.

Wat heb ik aan jou te danken?

Dat je ten minste één ruimte van de wereld begrijpt.

Ik wil dat niemand denkt dat jij uit loyaliteit en gewoonte met mij bent getrouwd. En ik wil dat jij ook weet dat je hier onder dwang bent. Dat je niet uit dit huis kunt ontsnappen. Zelfs niet uit deze slaapkamer, verdomme. Je bent een gevangene.

Waarom heb je dan door de telefoon tegen Leo gezegd dat ik hier uit vrije wil ben?

Hoe durft die schoft ons hier te bellen?

Nou ja, het leven gaat verder, Álvaro. Ik bedoel, buiten deze vier muren.

Kijk er maar eens goed naar. Kijk hoe ze eruitzien.

Ze zijn geel. Een vuil zwartachtig geel. Vol witte schaduwen waar vroeger de foto's hingen.

De leugens, zul je bedoelen. De footootjes van je jeugd, van je eerste communie, van onze verloving, zogenaamd roeiend in Chapultepec, zogenaamd hand in hand in de Calle Madero, zogenaamd op huwelijksreis in Nautla, zogenaamd waterskiënd in de lagune van Tequesquitengo...

Een ondergelopen vallei, Álvaro. Op de bodem van het meer zie je een kerk staan. Je skiet eroverheen en glijdt rakelings over de koepel.

Tequesquitengo.

Het kruis, het kruis.

Het kruis waaraan Jezus Christus is gestorven, toe maar.

Ja, de pijnbank van de terechtstelling. Het kruis of de elektrische stoel of de galg of het schavot. Methoden om ons naar de andere wereld te helpen zonder dat er een God afdaalt om ons te redden. Het kruis. Ik lach om het kruis en om verzinsels. Het kruis is een verzinsel. We zouden ook een elektrische stoel kunnen aanbidden. We zouden ook een galg op het altaar kunnen plaatsen. We zouden ook een guillotine in processie kunnen ronddragen. We zouden ook tijdens de mis hosties met cyanide kunnen uitdelen. *Ite vita est.*

Cordelia denkt en zegt soms (vooral tegen Leo en minder vaak tegen Álvaro) dat ze in het begin naast berusting liefde had gevoeld, zelfs een zweempje respect, maar naarmate de ruzies toenamen, kwam ze steeds meer in de verleiding om hem te haten. Ze wilde niet haar leven laten vergallen. Ze had het gevoel dat er van onder uit haar maag iets zuurs naar boven kwam en ergerde zich aan zichzelf. Genegenheid, respect en berusting waren beter voor de geest. Maar, Leo, jij begrijpt dat een vrouw soms het gevoel heeft dat ze op een kruispunt staat (het kruis een verzinsel, lastert Álvaro) omdat ze niet de volkomen liefde heeft ondervonden want die was maar voor even. Het bloed vloeit nu als koud water door me heen en ik vraag me af, ik vraag mijn man, waarom verlaat je me niet als je mij zo intens haat? Waarom ga je niet weg om alleen te leven?

Weet je wat me het meest aan jou ergert?

Zeg het maar, Álvaro.

Je beschaafde stem. Je overbeschaafde stem. En weet je wat ik niet van je kan verdragen? Je intimiteit. Je intimiteit hindert me. Daar moet snel een eind aan komen.

Om je de waarheid te zeggen, Leo, zijn uiterlijk trok me aan. Niet zijn persoon. Later ontdekte ik pas hoe hij in werkelijkheid was. Te laat, vriend. Toen is hij ook uiterlijk veranderd.

Waarom houdt hij je tegen?

Omdat alleen mijn ogen nog weten hoe hij als jongeman was.

Je moet je niet langer opofferen, Cordelia.

Zie jij me als iemand die zich opoffert? Geen denken aan. Zie je berusting in mijn blik? Nee toch? Ik ben kalm. Weet je waarom?

Nee, vertel jij het me maar.

Ik denk... dat wil zeggen, ik verbeeld me... dat hij beter weet wat er zal gebeuren dan wat er al is gebeurd.

Weet je het zeker? Hij of jij?

Beiden. Ik blijf bij hem omdat ik de enige ben die zich zijn jeugd en zijn belofte herinnert. Alleen ik zie met mijn oude ogen hoe jong hij toen was.

Ik moet met open raam slapen. Doe het dicht. Ik heb frisse lucht nodig. Het ruikt hier naar circus. Ik loop nog een longontsteking op. Doe het dicht. Kijk eens wat een troep het is in de badkamer. Waarom bewaar je die opmaakspullen van jou niet ergens anders? Waarom maak je na het scheren de wastafel niet schoon moet je dat zwarte stuk zeep zien kijk eens naar je haar moet je mijn borstel zien met al die geblondeerde haren van jou hang die handdoek op om te drogen je moet hem uithangen je moet hem niet zomaar ergens neersmijten leg een kleedje voor de badkuip maak de grond niet zo druipnat gisteren ben ik uitgegleden en heb ik bijna mijn nek gebroken waarom gebruik je zoveel toiletpapier wil je jouw zijdezachte en eigenmachtige kont niet liever met Kleenex afvegen jij moet mijn scheermessen niet meer gebruiken om je oksels te scheren jij laat alle haren erin zitten maar ik gebruik alleen maar het mes dat je al in de vuilnisbak had gegooid waarom laat je je niet definitief ontharen en hou je op met dat gepest waarom heb je mijn overhemden anders gelegd om het makkelijker voor je te maken heb ik de blauwe hemden hier gelegd de witte daar die met korte mouw aan de zijkant en je sporthemden achterin omdat je die minder vaak gebruikt aha! wil je dat ik je onderbroeken je beha's je panty's op orde breng want jij mag wel mijn kast opruimen maar ik de jouwe niet, hè, waarom? omdat het mijn intimiteit is Álvaro, maar heb ík dan geen intiem leven, Cordelia? Dat is iets anders, iets heel anders.

Wij zijn niet gelijk dat is waar, bij mij hangt alles naar buiten bij jou zit alles op van die geurige plekjes, je zit propvol plooien en nog eens plooien, Cordelia en weet je, je stinkt naar viswinkel daar stink je naar, naar rotte roodbaars dat ruik ik als ik met je vrij het gevoel dat ik met een dode roodbaars neuk die al een week lang op het strand ligt te rotten een man toont zichzelf hij laat alles zien een vrouw verbergt alles ze ordent alles in gecapitonneerde doosjes maar ze maakt een chaos van onze ziel rol je sokken rustig af van onder naar boven niet in één ruk doe je schoenen niet aan voordat je je broek aantrekt pas op dat je geen vlek maakt op je das ze verpesten je das in de stomerij dassen hebben ook hun puurheid waarom heb je aan mijn tube tandpasta gezeten omdat het niet netjes is er van bovenaf in te knijpen, aha, nou, ik knijp van bovenaf in de tube alleen al om jou met je idiote esthetische gedoe te pesten en geef mij de afstandsbediening van de tv dit is niks voor mij ik wil het nieuws zien met Adriana Pérez Cañedo maar om diezelfde tijd is ook *Chespirito** en ik wil liever naar *La Chilindrina** kijken waar heb je de *Reforma* gelaten? ik heb hem weggegooid waarom? ik had hem al gelezen en ik dan? ik heb toch ook het recht om de krant te lezen, Álvaro? jij begrijpt helemaal niets, Cordelia, vrouwen zijn net koeien ze grazen en paren en geven melk, dat is alles, ze weten niet wat er in de wereld gebeurt en het kan ze ook niets schelen...

En jij Álvaro je moet niet naast de pot pissen moet je zien de vloer ligt vol druppels.

Álvaro was ervan bezeten om zich voor te doen als de éminence grise van invloedrijke personages, hij kwam zelfvoldaan thuis en vertelde me: 'Ik heb de secretaris voorgesteld...'
    'Ik heb de staatssecretaris gesuggereerd...'
    'Ik heb het afdelingshoofd duidelijk gemaakt...'
    'De secretaris van de secretaris heeft dankzij mij...'

Jij blijft bij mij omdat alleen ik nog weet hoe mooi jij vroeger was. Alleen ik heb jouw jongemeisjesogen nog op mijn netvlies.

Hoe is het allemaal gegaan? Was er één allesbeheersende oorzaak? Wat was er eerst, wat kwam er daarna? De begeerte of de jaloezie? De vervoering of de teleurstelling? De misverstanden of de

verklaringen? De achterdocht of de roddel? De spanning of de afkeer? De vervulling of de afwijzing?

Waar heb je de hele middag uitgehangen? Ik heb op je gewacht. Jij
weet dat ik je op de meest onvoorspelbare momenten van de dag
begeer.

Ja, jij zegt dat ik een onvoorspelbare vrouw ben.

Daarom wil ik dat je hier bent als ik je begeer.

Het spijt me dat ik je teleurstel.

Ach kom, wie geen illusies heeft kan ze ook niet kwijtraken.

Ik begrijp je niet.

Elke uitleg is er één te veel.

Dat is waar. Jij beklaagt je nooit. Jij geeft nooit uitleg.

Ik maak me verschrikkelijk ongerust als ik niet weet waar je
bent.

Maar ik ben toch altijd bij je, dat weet je, ik ben aanwezig in je
verbeelding, in je begeerte, dat zeg jij altijd, ik ben een gevangene
in je hoofd, daar kom ik nooit uit...

Jouw aanwezigheid, liefje, is niet meer dan een bebloed dames-
verbandje dat door de wc is gespoeld. Trek de volgende keer alsjeblieft door. Of stuur die menstruatiesmeerboel van je naar de
stomerij, stomme trut.

Toen hij erachter kwam wist hij niet wat hij moest doen. Alles totaal
negeren. Haar verwijten maken. Die kerel vermoorden. Hij had
alles verwacht behalve deze reactie van haar.

Je hebt inbreuk gemaakt op mijn intimiteit. Die brieven waren
alleen van mij.

Álvaro kon zijn oren niet geloven.

Alleen van jou? Heeft de Heilige Geest ze dan geschreven?
Heb je ze aan jezelf geschreven? Sinds wanneer citeer jij gedich-
ten van Neruda?

Ha! ha!

Die brieven zijn van mij. Alleen van mij. Snap dat toch. Respecteer mijn intimiteit.

En als jij liefdesbrieven van een andere vrouw aan mij zou vinden, zou je mijn intimiteit dan respecteren?

Dat is iets anders, Álvaro. Jij hebt een beroep, een openbaar leven, je werkt, je staat in de wereld. Ik daarentegen leef hier alleen in dit huis.

Alleen? Terwijl jij brieven schrijft aan een onbekende man en ze van hem ontvangt?

Snap toch dat ik alleen ben, innerlijk alleen. Jij geeft me niet al je tijd. Dat is geen verwijt. Maar begrijp alsjeblieft dat ik ook behoefte heb aan mijn eigen tijd en gezelschap. Ja, ik heb er behoefte aan dat jouw ongezonde nieuwsgierigheid inbreuk maakt op mijn intimiteit. Mijn god, het ging allemaal zo goed...

Zeg me, zeg me wat je me verwijt, Cordelia.

Ik zal het je zeggen. Jij praat alleen maar over jezelf, over je carrière, je schitterende plannen, je intelligentie en hoe briljant je bent, over het applaus dat je krijgt. Je bent een applausmeter. Een dappere dolende ridder. Een Don Quichot. Ik ben je kleine Sancha Panza. Mooi niet. Jij leidt je eigen leven en dus heb ik ook het recht op een eigen leven.

Maar ík heb geen minnares, Cordelia.

Het zou beter voor je zijn om er eentje te zoeken. Dan staan we quitte en hebben we elkaar niets te verwijten.

Is dat alles wat je me te zeggen hebt?

Nee, wat dacht je. Stel het je gewoon eens voor. Ik ben elke dag bij mijn minnaar en bij jou als ik er zin in heb.

Je bent cynisch vanochtend.

Niet cynisch. Wanhopig. Hoe vaak heb ik mezelf bij jou moeten knijpen en tegen mezelf moeten zeggen: 'Ik leef. Ik denk. Ik verlang...'

Cordelia houdt zijn blik vast. Hij kan niet ontkomen aan die blik.

Dat maakt hem razend.

Ik verdraag maar één tiran. Mezelf, Álvaro.

Goed. Ik hoef je niet te vertellen hoe het me irriteert dat je zo zelfingenomen bent?

Wat wil je. Ik ben uiterst vitaal.

Zij houdt zijn blik vast. Hij kan niet ontkomen aan die blik.

Dat maakt hem razend.

Nee, hij deed haar zelfs niet het genoegen om op zoek te gaan naar een minnares. Hij wilde haar geen excuus geven. Hij wilde dat zij zou weten dat haar wreedheid ongegrond en onverdiend was. Hij bindt haar vast aan het bed. Hij knevelt haar en vraagt: Waar denk je aan? Hij hangt haar op en vraagt haar om 'Amapola' te zingen. Hij zegt dat hij haar wil onderwerpen tot hij verlost is van de kwellingen van zijn nieuwsgierigheid.

Zo zal je leven zijn, opgesloten. Bij mij. Ontvoerd in je eigen huis.

Hij gaf haar te verstaan – hij zei het nooit met zoveel woorden – dat dat de prijs was die ze moest betalen omdat ze hem vergeten had. Álvaro zou vergeten dat Cordelia schuldig was als zij die eigenmachtige straf zou accepteren, alsof er geen zonde was begaan. Het was een pijnlijke manier om 'opnieuw te beginnen', zei ze tegen zichzelf, alleen omdat hij het als eerste had gezegd.

Ik wil niet dat iemand denkt dat jij uit loyaliteit, liefde of gewoonte met mij getrouwd bent. En ik wil dat jij ook weet dat je hier onder dwang bent.

Wat zeg je tegen de mensen, Álvaro?

Dat je uit eigen wil nooit naar buiten gaat.

Hij zal haar aan het voeteneind van het bed ketenen en zeggen dat dit de straf is die ze alleen al verdiende omdat ze oud werd en niet meer aantrekkelijk was. Hij zal haar knevelen en vragen, waar denk je aan? Hij zal haar ophangen en intussen vragen om 'Amapola' te zingen. Hij zal tegen haar zeggen dat er geen verschil is tussen het lijkenhuis en een bed. Ga liggen alsof je dood bent! Jij zult je ogen sluiten. Jij zult je walgelijke en wraakzuchtige blik van me afwenden. Jij zult niet tegen me zeggen dat de dood de uiterste agressie tegen onszelf is, want ik zal je in leven houden zodat je geen excuus hebt. Tot het laatste moment. Ik zal je laten voelen dat de dood alleen maar een mogelijkheid is en niet jouw werkelijkheid. Ik zal je dood door mijn kwaadaardigheid uitstellen. Ik zal beschikken over jouw dood, lieve echtgenote. Ik zal je van de dood scheiden door je pijn te verlengen. Ik zal beschikken over jouw dood. Jij zult niet mijn spookbeeld zijn. Jij zult mijn vrouw zijn. Besef je wel dat ik alleen nog maar leef om jou te laten lijden?

Toen ik hem waagde te zeggen – de *Reforma*, Adriana Pérez Cañedo – dat de secretaris het tegendeel had gedaan van wat Álvaro me zei dat hij hem had aangeraden te doen, verscheurde hij de krant, gaf een trap tegen de tv en begon hij zich af te zonderen, niet meer naar buiten te gaan en me verwijtend aan te kijken: ik kende zijn geheim, ze luisterden niet naar hem, zijn kapsones waren pure lucht, ik had mezelf veroordeeld, als hij buitenshuis geen macht meer had, dan zou hij me laten zien dat hij het in huis wel had.

Tijdens het laatste diner waar ze samen – Álvaro en Cordelia – naartoe waren gegaan, hoorden ze de secretaris heel zachtjes maar met een duidelijke bedoeling zeggen: Álvaro Meneses is een onverbeterlijke bureaucraat. Hij is totaal overbodig.

Je hebt minder kracht dan een fles Coca-Cola die al een maand openstaat...

Ik voel een enorme leegte. Dat is het.

Dit zei hij en toen struikelde hij, viel languit op het tapijt, dat nog stonk naar de urine van de hond, die subiet werd verbannen naar de binnenplaats, waar hij vastgeketend en jankend van heimwee verder leefde.

Hij pikte steeds meer terrein van me in. Hij breidde zijn controle uit over de kast, het bed, de badkamer, de tv, terwijl ik tegen hem zei door je in huis op te sluiten, ontkom je niet aan de wijde wereld hierbuiten, Álvaro (maar zeg hem echt waar het op staat, Cordelia) je bent klein (wees niet bang voor hem, Cordelia) je laat te gemakkelijk over je oordelen (je raapt de op de grond gesmeten stukken krant op en ordent ze, wat je een triomfantelijk gevoel geeft) je stelt je almaar voor wat ze van je zeggen (zeg het hem) en hoe ze over je denken (denk het).

Ik kan geen woorden vinden.

Je praat toch veel.

Vanbinnen ben ik stil.

Met veel vertoon masturbeerde hij voor haar ogen. Hij lachte en zei: 'Don Juan heeft geen weet van de genietingen van Onan.'

Dacht je dat de macht der gewoonte het van me zou winnen? zei hij na de daad.

Nee. Hoe kom je erbij. Je laat je zelfs niet door de liefde onderwerpen, Álvaro.

Ik heb van alles tegen hem gezegd.

Mag ik je de waarheid zeggen?

Nee.

Sorry. Je bent te zwak voor mij.

Ah, rotmeid. Ik zal je laten zien...

Ik verdraag maar één tiran. Mezelf. Mijn eigen tiran, Álvaro.

Zal ik je eens iets zeggen? Waarom ben je zo onoprecht?

Waarom ga je nooit recht op je doel af?

Ik zal het allemaal nog eens herkauwen, Álvaro.

Dat maakte hem razend. Hij begon te schreeuwen, aan zijn haren te trekken, herkauwen, herkauwen, schreeuwde hij, dat doen koeien, waarom gebruik je van die rare woorden. Waarom praat je altijd als zo'n keurig meisje? Waarom wil je me voortdurend laten zien dat je boven me staat? Omdat ik niet meer dan een veelbelovende jongeman was en jij me hier hebt opgesloten?

Jij hebt jezelf opgesloten...

Jij hebt me samen met jou opgesloten...

Kom nou.

Jij hebt me in mijn ambitie gedwarsboomd.

Als je dat maar weet.

Ik ben niet geworden wat ik wilde zijn.

Jij hebt jezelf opgesloten, zeg ik je...

Ik had iemand kunnen zijn...

Jij bent iemand. Jij bent mijn man. Is dat niet genoeg?

Ik ben niemand en dat is jouw schuld.

Wat zou je zonder mij gedaan hebben?

Degene die ik had kunnen worden.

Ach ja! Wat ik niet allemaal heb verzuimd te doen om jou te behagen...

Zonder jou, Cordelia...

De vuile kleren in een hoek. De vloeren die glibberig zijn van vergeten vieze troep. De wc-potten vol stront. De lakens onder het bloed. Samenzwerende ratten in de hoeken. Loerende spinnen op de daken. Marihuana rokende kakkerlakken in de keuken. De zoete stank van de verloedering. Zonder jou. Zonder mij.

Ik heb gedroomd dat ik jou als jong meisje leerde kennen op een bal. Zo'n bal van vroeger, lang geleden. Walsen van Strauss. Rokkostuum. Hoepelrokken. Cordelia Ortiz en haar balboekje. De rij pretendenten. Een bal tijdens een continentale zomer. Warm, ver, geurig. Cordelia Ortiz met haar als korenaren geschikte blonde krullen. O, ik verlang naar haar. Ik vind haar prachtig. Ik sta niet eens in haar balboekje. Maar wel in haar blik. Ze danst met iemand anders maar ze kijkt naar mij. Ik ben de enige die geen rokkostuum draagt. Ik ben zomaar gekomen. In mijn gewone pak. Ik kan mijn ogen niet van haar afhouden. Ik krijg gedaan dat ze naar mij kijkt. We kijken alleen nog naar elkaar. Haar blik maakt de mijne tot haar slaaf. Mijn blik hypnotiseert de hare. We weten niet of we een moment beleven of dat we ons een heel leven verbeelden. Zij danst zo licht, zo fris en mooi dat de tijdsbeleving verdwijnt. Zij is nu. Zij is altijd. Zij verstoort mijn innerlijke tijdsindeling. In haar is alle tijd die ik heb geleefd of nog kan leven samengebracht. Zij laat me voelen dat ik nergens naartoe hoef te gaan omdat ik hier al ben. Zij is mijn jaren, mijn maanden, mijn uren, in één minuut. Zij is mijn plek, alle ruimten waar ik doorheen ben gegaan of nog doorheen kan gaan. Ik ben geen verdeeld persoon meer. Vanbinnen ben ik iemand die alleen is en met haar. Ik hoef haar niet in mijn armen te hebben. De jeugdige Cordelia danst met anderen maar zij kijkt naar mij. Toen ik binnenkwam was ik een besluiteloze man. Vanaf nu beslist zij voor mij. In een flits begrijp ik dat en ik begin haar al te haten. Met wat voor recht gaat deze vrouw, die ik niet eens ken, voor mij beslissen? Ik vecht met mezelf, ik bestrijd mijn twijfels, ik weet dat ik haar begeer, ik weet dat mijn begeerte bevredigd kan worden maar ook alleen bij begeerte kan blijven. Ik ben als een op drift geraakt eiland dat zich graag bij een vasteland zou willen voegen. Die eilandbegeerte kan me daarginds midden in de oceaan achterlaten. Ze kan me ook verbinden met het land dat ik vanaf mijn eiland zie, en ik zie met zwarte parels overdekte stranden, ondoordringbare wouden, bergen die trapsgewijs doorsneden zijn door terrassen en in het diepst van de aarde verzonken ravijnen. Dat alles zal ik moeten veroveren, het zogenoemde land Cordelia, en als ik het eenmaal veroverd heb, zal ik het dan niet meer begeren? Nee, zeg ik tegen mezelf vanaf mijn geïsoleerde eiland, vanaf de rand van het bal, dat zij beheerst alsof de dansvloer het gehele universum is, nee, ik zal krijgen wat ik begeer en ik zal onmiddellijk willen overheersen wat ik heb begeerd omdat er geen vrijblijvende begeerte is, er is geen begeerte die het begeerde niet wil bezitten en overheersen, het tot de mijne maken, zonder één deur die naar een ander bezit leidt dan het mijne. Ik begeer Cordelia om haar eerst te bezitten en dan onmiddellijk te overheersen, want hoe bevredig ik anders mijn begeerte? Hoe bevredig ik die als ik haar al bezit? Zal ik ophouden haar te begeren omdat ik haar al bezit? Zij is mijn *esposa**. De ketens waarmee de handen worden geboeid van de voortvluchtige die het object van zijn begeerte probeert te stelen noemen ze toch ook *esposas*? De muziek stopt. De lichten worden gedoofd. Het orkest trekt zich terug, te midden van het rumoer van stoelen die achteloos worden omgegooid, door de haast nog haastiger voetstappen, achtergelaten muziekstandaards. De heren gaan met gebogen hoofd naar buiten, hun zwarte pandjesjas gegeseld door de storm, die naderbij komt en albinoboodschappen stuurt naar de danssalon in de openlucht. Alleen zij blijft achter in een cirkel van licht die alleen van haar is, van Cordelia Ortiz, mijn toekomstige vrouw, mijn prachtige gevangene, en laat niemand haar van mij afnemen, zij is mijn droom die werkelijkheid is geworden...

Waarom ga je hiermee door? vraagt Leo aan Cordelia en Cordelia zegt: Omdat het zijn manier is om mij te tonen dat hij alleen maar leeft voor mij. Hij houdt niet van zichzelf. Hij koelt zijn woede op mij. Weet je, ik probeerde van hem te houden en hem alles wat onaangenaam was te besparen... Ooit heb ik van hem gehouden.

Hij heeft je gevoelens niet beantwoord.

Daar gaat het niet om. Het punt is dat ik, toen ik besefte dat Álvaro alleen van mij kon houden, besloot om hem op de proef te stellen. Dat ging zo ver dat ik dacht dat ik uit vrije wil gek was. Het punt is dat hij door mij te martelen alleen leeft voor mij. Daar gaat het om, Leo. Zou jij hetzelfde voor mij doen?

Leo zei niets. Leo en Cordelia wonen samen en hoeven elkaar niet te zeggen dat ze van elkaar houden.

Jij weet hoe graag ik wil dat je hem nooit meer ziet.

Dat weet ik en daarom zal ik je uitleggen wat mijn redenen zijn om terug te gaan. Eén keer per maand. Dat is niet zo vaak.

Ik zeg niks, liefste. Jij weet hoe je het spel moet spelen. Maar om je elke maand in deze toestand terug te zien, nou ja... ik...

Zij houdt haar vinger tegen zijn mond.

Hij houdt niet van zichzelf. Hij koelt zijn woede op jou... Je moet niet naar hem teruggaan.

Leo, ik heb er jaren over gedaan om dit besluit te nemen. Weggaan of blijven. Of vluchten. Ik zei tegen hem, Álvaro, geef me één uurtje rust. Eentje maar. Ik geef je mijn hele leven. Weet je wat zijn antwoord was? Hij zei: 'Wil je de waarheid weten? Goed, die krijg je niet te horen. Ik zal je iets beters geven. De leugen. Want in de leugen kan liefde schuilen, maar nooit in de waarheid.'

Zij nam opnieuw afscheid. Álvaro deed de deur voor haar open en zei: Ik doe de deur voor je open. Waarom ga je niet weg? Je bent vrij.

Heb medelijden met me, Álvaro. Zoek me niet meer. Waarom dwing je me om terug te komen? Waarom martel je mij op deze manier?

Je vergist je – Álvaro keek haar niet aan, hij liet zijn blik door de gele slaapkamer gaan – ik wil je niet zien. Donder op.

Zij had bijna zijn hand aangeraakt.

Ik ben niet meer bang dat je me zult opsluiten, echt niet. Het kan me niet schelen om je slavin te zijn.

Álvaro doet de deur voor haar open.

Waarom ga je niet weg? Jij bent vrij. Hoe vaak heb ik je dat al gezegd. Vlieg weg, duifje, vlieg weg. Mijn huis is geen kooi.

Ik zal je nooit verlaten, Álvaro.

Ga weg. Doe maar alsof ik dood ben.

Ik wil voor je zorgen. Jij bent mijn man.

Ik wil niet meer aan problemen denken. Als ze zich voordoen, zal ik ze zelf wel opknappen. Stel je voor.

Hij zei dat met een kalme, maar niet berustende blik in zijn ogen.

Het leek of hij beter wist wat er zou gebeuren dan wat er al was gebeurd, Leo...

Hoezo? Wat zei hij dan?

Hij zei dat hij op een kruispunt stond omdat hij van mij niet die totale liefde kreeg die maar een enkele nacht duurt...

Wat heb jij toen gezegd?

Niets. Hij viel voor me op zijn knieën. Hij duwde zijn hoofd tegen mijn buik en ik streelde hem.

Heb je niets tegen hem gezegd?

Ja. Ik zei: 'Ik zal je nooit verlaten.'

Waarom toch, Cordelia, zeg me alsjeblieft waarom je naar hem teruggaat. Jij hebt geen enkele verplichting tegenover hem. Wil je gestraft worden omdat je van mij gehouden hebt?

Nee, Leo. Het punt is alleen dat zijn ogen mij herinneren aan hoe ik was toen ik jong was. Hij zegt het zo tegen mij: 'Jij blijft bij mij omdat alleen ik nog weet hoe mooi je vroeger was. Alleen ik heb jouw jongemeisjesogen nog op mijn netvlies.'

Ze trok haar gele jurk uit. Ze hoorde het geblaf van de gele hond op de binnenplaats niet. Ze liet hem langdurig haar loshangende, gelige haar strelen. Ze overwoog om nooit meer terug te gaan.

Koor van de vader van de rock

Pater Silvestre Sánchez protesteert tevergeefs, de menigte jongens en meisjes schreeuwde huilde rukt op als een Romeins legioen in hun uitdossing van T-shirts sandalen en minirokken helemaal Palacio* met op hun ruggen de naam en de afbeelding van het gevallen idool Daddy Juan terwijl ze de teksten van zijn liederen zingen en schreeuwen.

think twice before you go

when the lights go out

pretty girls don't cry

it's too late

I told you so

intussen probeert pater Silvestre tevergeefs de kakofonie van geluiden tegen te gaan met de treurige zeurzang van het requiem

rustig meisjes en jongens orde dit is een religieuze plechtigheid

done eis domine

requiem aeternam

lux perpetua

de doodkist van Daddy Juan ligt al in het open graf laat mij het graf zegenen voordat de arbeiders er aarde op werpen en het daarna dichtmetselen en de wereld weer tot rust komt want jongens en meisjes jullie willen toch niet dat jullie idool door de honden of de wormen wordt opgegeten?

locked up in makesicko seedy

drowning in the shit of the cow the muck

fucking with the nuts the gland
dancing to the mock the zooma
je bent goddelijk Daddy Juan je draagt God op je rug idool,
    hoewel jij God bent
anathema anathema
Ana tast maar
Ana komt klaar
als jullie zoveel van Daddy Juan houden respecteer dan de plech-
    tigheid meisjes respecteer de stoffelijke resten en zij rukken
    onbedwingbaar als een lawine op huilend schreeuwend Daddy
    Juan verlaat ons niet Daddy Juan ik gooi mijn slipje naar je toe,
    neem mijn beha, hier heb je mijn tampon, heilige God, mooie
    papacito
alleen Juan zei Jezus is God
vóór hem heeft Mattheus noch Lucas noch Marcus dat gewaagd
    te zeggen
Daddy Juan is God
Daddy Juan is als de zon drie dingen in één licht warmte en he-
    mellichaam
Ana Thema
Daddy Juan kwam als een lichtstraal in ons leven
Jezus Christus is uitstraling bescherming en erectie
Daddy Juan werd gecreëerd geïnstalleerd en gelanceerd
God is het woord
Het woord is Daddy Juan
God is de herder de poort de waarheid de wederopstanding
Daddy Juan leid ons open ons zeg ons sta op uit de dood
de rumoerige menigte rond het graf geeft de biertjes van hand
    tot hand door om de pijn te verzachten en het afscheid te ver-
    hevigen met de liederen van Daddy Juan en ze duwen pater
    Silvestre naar voren laat me toch in godsnaam de mis opdra-
    gen hou je kop zwartrok hier is geen andere God dan Daddy
    Juan

hier is Mexico Makesicko City hier waar ze de poten van Cow
The Muck hebben verbrand waar ze Mock the Zooma hebben
gestenigd hier werd de city gesticht in het water en de rots en
de doorn en de stofwolken met klieren en kloten, de stad van
de eeuwige rock and roll twaalf graden op de schaal van Rich-
ter

hier is de enige vader verlosser vadertje John omringd door rulle
aarde en woedend stof en zwijgende cipressen en een ver-
schroeiende zon daddy-oh daddy-oh

tot ze pater Silvestre in het open graf van Daddy Juan duwen en
de woelige menigte van vijftienjarigen in minirok eromheen
schreeuwend en zingend zelf de spades van de doodgravers
afpakt en schoppen vol aarde in de kuil begint te werpen op
het lichaam van pater Silvestre die ruggelings en nu zwijgend
maar met open mond op de cederhouten lijkkist ligt en met
een zilveren gitaar in plaats van het kruisbeeld

it serves you right to suffer mompelt de priester uiteindelijk onder de schoppen vol aarde, jij hebt het lijden gezocht, Here Jezus, Onze-Lieve-Heer Daddy Juan

when the lights go out de lichten doven

I'm ready zingt Muddy Waters ter ere van Daddy John en pater
Silvestre mompelt als responsorie

it's too late stray cats we're underneath it all
de spookgestalten vertonen zich in het graf van de woelige
menigte
everything in a box, ingesloten in de kist

I won't stand in your way de weg vrijmaken voor de dood Daddy
Juan stray cats tollin' bells voor wie de klok luidt for whom the
bells toll for whom de balls roll for whom the blues roll and
rock baby in a deep grave zwaar is de dood van de wieg tot het
graf from the craddle to the grave the cradle will rock and roll

als de lichten doven Daddy Juan it serves you right to suffer

amen pater Silvestere pulvis eris et in pulvis reverteris

Bedroefde moeder

José Nicasio, wie was mijn dochter? Ik weet niet waar ik moet beginnen met mijn verhaal. We stammen allemaal van anderen af. We komen allemaal ergens anders vandaan. Zelfs de indianen komen hier niet vandaan. Zelfs de indianen niet. Ze zijn miljoenen jaren geleden uit Azië gekomen. Hier woonde niemand. Daarom is het zo mooi om op de trappen van de ruïnes van Monte Albán naar de ondergaande zon te zitten kijken. Bij jezelf te zeggen dat de bergen daar in de verte er altijd zijn geweest, dat ze elke keer in het schemeruur de zon ontvangen die erachter ondergaat en het licht van een vergeeflijke rust verspreidt. Zij heeft ons de hele dag haar licht gegeven. Nu verdwijnt ze. Niet achter maar binnen in de bergen. De zon maakt haar bed op in die heuvels. Ze spreidt een bed dat we 'schemering' noemen. Achter de bergen is de lucht grillig. Elke avond wisselt hij van kleur. De ene keer is hij dieprood, de volgende wazig blauw, de ene namiddag oranjeachtig en later grijs en bejaard. En al voordat de mens op aarde kwam deed dat verschijnsel zich voor, José Nicasio. De natuur was er al en had er geen behoefte aan om gezien te worden. Ze zag hoe dan ook zichzelf. Ze verheugde zich in eenzaamheid. De bergen van de Sierra Madre hadden toen nog geen naam. Zouden ze nu weten dat ze gezien worden? Zouden ze weten dat een man en een vrouw op een middag, zes maanden geleden, op de trappen van Monte Albán gingen zitten om te kijken naar het schouwspel van de zonsondergang? Ik begrijp heel goed, José Nicasio, dat een jonge man en een jonge vrouw, twee menselijke wezens, daar blijven zitten, ongevoelig voor de tijd en verrukt over dat schouwspel. De contouren van de bergen. Het verdwijnende licht. De vallei die al in schaduw is gedompeld. Ook het hoge uitzichtpunt op de ruïnes, de trap van de piramide. Hoe zou ik dat niet begrijpen. Twee jonge mensen, een man en een vrouw, vergeten de tijd. Ze letten niet op de verre, routineuze stemmen van de bewakers. Het is sluitingstijd. Het is tijd om te gaan. De ruïnes worden gesloten... Worden de koninkrijken van het verleden gesloten, José Nicasio? Hebben de eeuwige monumenten van een ras openingstijden? Controleerden de bouwers van de piramides de in- en uitgangen? Luister, José Nicasio, luister, ik probeer het te begrijpen. Ik probeer erachter te komen. Ik denk te weten dat de oude goden de bewakers van hun tempels zijn. De goden heffen geen entreegeld voor hun gewijde plaatsen. Waarom schonken mijn dochter en u aandacht aan het gefluit van de bewaker, tijd om te vertrekken, Monte Albán gaat sluiten, het is tijd om naar Oaxaca terug te gaan, naar de beschaving, naar het huis en het bed en het bad en de strijd die ons wachten? Laat de goden hun plaats behouden. Laat ten minste 's nachts de tempel alleen van hen zijn, en niet van indringers als José Nicasio en Alessandra. Vertel me eens, waarom was u daar?

Señora Vanina, ik dank u voor uw brief. Ik had helemaal niet verwacht dat u zo'n mooi gebaar zou maken. Zo oprecht edelmoedig, mevrouw. Ik verwacht niet dat iemand contact met mij zoekt in mijn eenzaamheid. Niemand komt naar me toe. Niemand bezoekt mij. Bedenkt u eens wat het voor mij betekende om zo'n aardige brief van u te ontvangen. Ik dank u dat u mij deze gelegenheid biedt om u uitleg te geven. Ik zweer u dat het niet nodig was. Wat is, is. Wat was, is al geweest. Heeft u opgemerkt hoe vaak wij Mexicanen dat beroemde AL gebruiken? Het was AL goed. Het was AL tijd voor me. Ik heb AL genoeg van dat wachten. Ik ga AL weg. Hij is AL dood. Maar die middag zei ik tegen mezelf: Ik ben AL teruggekomen. Ik kan na lange afwezigheid AL met andere ogen naar deze plek terugkeren. Terugkeren alsof iemand anders naar de plek was gegaan waar ik naartoe ging, het land waar ik ben geboren. Natuurlijk was ik ontroerd, mevrouw, geschokt, mevrouw... Toen ik nog in het dorp woonde, wist ik niet eens dat er zo'n plek bestond. Wij in het dorp waren altijd bezig met het verbouwen van wat we op marktdagen op het marktplein van Tlacolula verkochten. Bent u daar wel eens geweest? We werkten allemaal hard, zodat we op zondag en op donderdag, dat zijn de marktdagen, genoeg koopwaar hadden. Als u daar een keer stopt, zult u zien dat het aan niets ontbreekt: koriander, melganzenvoet, tomaten, sesamzaad, kaas, boompepertjes, milde rode peper, gerookte peper, gedroogde peper, peterselie en bananen, *zapote**, watermeloen, kalkoen, en zelfs de beroemde eetbare sprinkhanen van ons land, alles wat God, Onze-Lieve-Heer, aan Oaxaca heeft gegeven, zodat wij de gezegende vruchten verzamelen en ze tweemaal per week naar de markt brengen.

'God heeft ons dat alles gegeven omdat we heel arm zijn,' zei mijn vader.

Gaat u maar eens naar de markt, mevrouw Vanina, en probeert u het Spaans te horen in het gegons van indiaanse stemmen, die hoog maar zacht zijn. Het zijn vogelgeluiden, mevrouw, Zapoteekse woorden vol *tlanes* en *tepecs*. Wij spreken alleen maar Spaans om onze waren aan te bieden aan de klanten die naar ons toe komen, twee peso het dozijn, mevrouwtje, de kaas is zo lekker dat ze vanzelf uit elkaar valt... Mevrouw, u zegt dat we allemaal ergens anders vandaan komen en dat is zeker waar. Als klein jongetje speelde ik al met kleuren en *amate** en later begon ik te schilderen op de witte kant van de schors en vierkantjes te bedenken, eerst kleine en daarna grote, tot mijn vader tegen me zei: Neem ze mee naar de markt, José Nicasio, en dat heb ik gedaan en toen begon ik mijn schilderijtjes te verkopen. Tot de leraar in de stad Oaxaca zag wat ik maakte en zei: Die jongen heeft talent, en hij nam me mee naar die stad om daar te wonen (met toestemming van mijn vader), en daar groeide ik op en ik leerde lezen en schrijven en schilderen met zoveel plezier, mevrouw, alsof ikzelf amate-papier was of een leemstenen muur die gaandeweg wordt bedekt met een specie van kalk en klei en agavesap, tot die muur van aarde zo zacht en glad wordt als de rug van een vrouw... Het was niet gemakkelijk, mevrouw, denkt u dat maar niet. Iets in mij trok me altijd terug naar het dorp, zoals ze zeggen dat ook de geit naar de bergen wordt getrokken. Mijn nieuwe gelukkige situatie kon me niet het geluk van vroeger doen vergeten, toen ik een ongeletterd kind was dat geen woord Spaans kende, geen schoenen droeg, alleen een spijkerbroek, een al totaal versleten wit hemd en sandalen vol modder. Verder had ik nog een heel stug wit hemd en een onberispelijk gestreken zwarte broek, en ik liep één keer per week op schoenen om als een fatsoenlijk mens naar de mis te gaan... Nu, in de stad, was ik al een fatsoenlijk mens, ik ontwikkelde me, ik las boeken, ik ging naar school, ik leerde mensen kennen die uit Mexico-Stad hiernaartoe waren gekomen en vrienden van de leraar die zijn studio bezochten. Maar ik zweer u dat een enorm stuk van mijn ziel verbonden bleef met het leven dat ik achter me had gelaten, met het dorp, de markt, de herrie van ezels en varkens en kalkoenen, de slaapmatjes, de keukens met open vuur, de eenvoudige gerechten, de heerlijke geuren... Maar als ik op zondag en op feestdagen in het dorp terugkwam, was het alsof ik de mensen die daar waren gebleven beledigde, alsof ik ze in het gezicht wreef dat ik had kunnen vertrekken en zij niet meer. Ik zweer u dat het niet alleen achterdocht van me was. Op een dag keerde ik zuiver en alleen uit een gevoel van emotie terug, mevrouw, wat jullie heimwee noemen, en in het begin herkende niemand mij, maar toen het gerucht ging: 'José Nicasio is al weer teruggekomen', keken sommigen mij zo rancuneus aan, anderen zo hebzuchtig en de meesten zo afwijzend, mevrouw, dat ik besloot om nooit meer terug te gaan naar de plek waar ik vandaan kwam. Maar kun je jezelf voorgoed afsnijden van je wortels? Blijft er niet iets in ons achter wat pijn doet, zoals ze zeggen dat een geamputeerde arm pijn blijft doen...? Ik kon niet terugkeren naar mijn dorp. Ik kon alleen maar terugkeren naar de ruïnes van mijn dorp en vandaar rustig kijken naar een wereld die de mijne was, maar die mij niet meer erkende. De wereld uit de tijd voor de wereld.

José Nicasio, ik dank u voor uw brief. Ik waardeer het dat u de tijd hebt genomen om mij te antwoorden. Wat moet ik zeggen, dacht ik toen ik uw bericht ontving. Die man heeft alle tijd van de wereld voor zich. Zal hij leren om geduldig te zijn? vroeg ik me aanvankelijk af. Zal hij naar me weten te luisteren? Zal er nog een restje zachtheid in hem zijn, een snippertje inzicht om te kunnen begrijpen waarom ik hem schrijf? Ik denk het wel. Ik lees uw brief, José Nicasio, en ik denk dat het wel zo is. Ik denk ook dat u een *furbo* bent, zoals we in Italië zeggen, een schavuit, een boef, zoals ze hier in Mexico zeggen. U bent me voor geweest. U vertelde mij waar u vandaan kwam, en over de mengeling van geluk en moeite waarmee u uw dorp verliet en naar de stad kwam, waar u succes had. José Nicasio, ik ben zo onvoldaan over u. Ik begrijp u minder dan ooit. Ik ben te verbijsterd om uw gedrag te kunnen bevatten. Ik hoop dat ik u niet beledig als ik u zeg dat ik uw brief als niet-ontvangen wil beschouwen. Wat voor mij van belang is, is dat u weet wie mijn dochter Alessandra was. Ik geef met een gevoel van schuld toe dat ik weinig geduld met u had. Maar ik besef dat als ik u schrijf om u duidelijk te maken wie mijn dochter was, ik zal moeten verdragen dat u me vertelt wie u zelf bent... Ik vertelde u dat we allemaal ergens anders vandaan komen. U komt uit een indiaans dorp in Oaxaca. Ik kom uit een familie van Europese ballingen die Spanje na de burgeroorlog verliet. Mijn vader was een republikein. Hij heeft niet de tijd gehad om te ontsnappen.

Hij werd gevangengenomen en door de fascisten gefusilleerd. Mijn moeder, een Italiaanse uit het noorden, uit Turijn, wilde niet wijken van het graf van haar man, en ze wist niet eens waar ze zijn lijk hadden weggegooid.

'Heel Spanje is een kerkhof,' zei ze en ze verdween in de vlaktes van Castilië. Ik heb niets meer van haar vernomen. Een Mexicaanse diplomaat voegde me bij een groep weeskinderen die aan boord ging van een schip met bestemming Veracruz. Een familie van Spaanse kooplieden adopteerde mij toen ik twaalf was. Ik trouwde met de zoon van de familie, Diego Ferrer, al een echte Mexicaan. Een zakenman. Uit dat huwelijk werd Alessandra geboren. U heeft haar gezien. Haar lange honingkleurige haar. Haar Italiaanse profiel, een lange, zeer smalle neus, haar ogen als de nevel in Lombardië, haar middeltje dat je met twee handen kon omvatten... Ze was anders. Het was alsof in haar mijn voorouders herleefden, de doden uit het huis in Italië... Uiterlijk leek ze op mijn moeder. Maar ze had het temperament van haar grootvader. Mijn man zag haar met verbazing opgroeien. Alessandra, José Nicasio, was een uitzonderlijk intelligente jonge vrouw. Ze studeerde zo snel dat ze de knapste student een jaar voor was. Haar speciale interesse ging uit naar de filosofie, de literatuur en de kunst, het universum van de cultuur. Haar vader, mijn man, volgde haar wantrouwend, verwonderd. Alessandra trouwde niet. Of liever gezegd, ze was getrouwd met de wereld van de esthetische vormen. Net zoals u? Ja, maar bedenk eens wat een verschil. Zij kwam uit een welgestelde familie. Denkt u dat het een grotere verdienste is om je hard in te spannen om hogerop te komen als je iemand bent van heel lage afkomst, zoals u? U vergist zich. Als je uit een hogere klasse komt, is het heel verleidelijk om je te laten gaan, *se laisser aller*. Strijden tegen een comfortabel leventje is moeilijker dan opboksen tegen de armoede. U moest krijgen wat u niet had. Zij moest afstand nemen van wat ze al had... Haar vader, mijn man, was bang. Hij wilde een 'normale' dochter, die uit dansen ging en jongens uit haar eigen kringen leerde kennen, die trouwde en hem kleinkinderen schonk. Hij durfde dat niet tegen haar te zeggen. Mijn dochter had een sterke blik die familiariteit uitsloot, zowel in huis als daarbuiten. Haar ogen zeiden tegen ons allemaal: 'Kom niet dichterbij. Ik hou veel van jullie, maar ik kan het alleen af. Neem me zoals ik ben.'

Diego, mijn man, legde zich er niet bij neer. Om haar te 'normaliseren' noemde hij haar Sandy, denkt u zich eens in, alsof mijn dochter serveerster bij McDonald's was. Sandy! Ze was Alejandra gedoopt, maar om het verschil aan te geven en om tegen mijn man in te gaan, heb ik haar altijd Alessandra genoemd.

Het is waar. Alessandra deed niet mee, maakte geen vrienden, ze sloot zich op in een bol van cultuur. Ze zei jij en jou tegen denkers en kunstenaars uit het verleden. Ik moest lachen als ze het niet alleen had over Miguel Angel en Rafael, maar ook over Marcel of Virginia, alsof ze intiem bevriend met hen was.

Ik verdedigde de afzondering van mijn dochter. Haar onafhankelijkheid. En vooral de belofte die ze inhield. Ik zei tegen mijn man: Als Alessandra trouwt en kinderen krijgt, zoals jij zo graag wilt, dan zal ze een voortreffelijke moeder en echtgenote zijn en geen gewone doorsneehuisvrouw. Soms troostte mijn man zich. Op een gegeven moment zou Alejandra – Sandy – haar verstand wel gebruiken en een 'normaal leven' gaan leiden. Normaal zijn betekende daarentegen voor mij dat ze was zoals ze was, een gretige lezer en uiterst leergierig, alsof haar grootvader, mijn vader, de oorlog en de Franco-dictatuur had overleefd om zich als een spookbeeld voort te zetten in het leven van zijn kleindochter, die gedisciplineerd en bedachtzaam was, maar geen flauw idee had van de wereld.

Onschuldig. Onschuldig maar veelbelovend.

Zo was mijn dochter, José Nicasio. Een belofte binnen een doorschijnende bol waar de bedorven lucht van de stad niet kon binnendringen. Een belofte, José Nicasio. Zeg dat in uw eenzaamheid een paar keer tegen uzelf. Herhaal dat dag en nacht. Ik wil dat die woorden voorgoed centraal in uw leven zullen staan. U moet weten wie mijn dochter was. En verschuilt u zich alstublieft niet, zoals mijn man, achter de leugen dat Alessandra koelte zou uitstralen naar haar omgeving. Ach ja, vervolgens zeggen ze dat ze wel een veelbelovend meisje was, maar niet echt menslievend. Het ontbrak haar aan warmte. Het ontbrak haar aan gevoel.

Ik kan me vreselijk opwinden over mensen die zo denken, te beginnen met mijn man, dat zeg ik u in alle eerlijkheid. Het betekent dat ze niet begrepen dat dat 'jij en jou' van Alessandra tegen geniale personen – of genialiteit misschien – een intense, erotische vorm van liefde was. Alessandra had lief, meneer. Niet in de banale betekenis die iedereen aan dat werkwoord geeft, de fysieke aantrekkingskracht, zelfs niet de tederheid en de warmte die je voor anderen voelt. Alessandra had Nietzsche of de gezusters Brontë lief omdat ze voelde dat ze *eenzaam* waren, eenzaam in de tombes van hun boeken en hun gedachten. Alessandra benaderde de genieën uit het verleden om hen te bezielen met haar aandacht, en dat was de uitdrukking van haar liefde: *aandacht* geven.

Zij wilde niemand iets afnemen. Ze wilde juist geven aan degenen die er het meest behoefte aan hadden. De doden? Ja, misschien wel. 'Wat zijn de doden toch eenzaam', dat is waar. Maar zij zocht het gezelschap van de doden die het minst werden bezocht. De onsterfelijken. Dat zei ze tegen mij. De kunstenaars en denkers aan wie studies en biografieën zijn gewijd en die wel gelezen worden, maar niet het voorwerp zijn van een *liefde* die gelijkwaardig is aan de liefde die we geven aan een levend wezen dat ons nabij is, die wilde ze als menselijke wezens aandacht geven en helpen. Een handreiking doen aan de onsterfelijken. Dat was de roeping van mijn dochter. Misschien was ze daarom wel die middag daarginds, op Monte Albán.

José Nicasio, veroordeel me niet zonder naar me te luisteren. Ik heb veel met mijn dochter gesproken. Ik heb haar gewaarschuwd dat de liefde ons kan isoleren van alles wat ons omringt. Maar als er geen liefde is, kan de angst ons bekruipen dat er iets is wat vergelijkbaar is met liefde.

Ik denk dat mijn dochter het onvergelijkbare wilde liefhebben en dat elke onderwerping aan het vergelijkbare haar heel onrustig maakte. Zou het waar zijn wat ik zeg? Kunt u zo niet oordelen, dan toch ten minste begrijpen wat een bedroefde moeder zegt? Denken is begeren, zei ik tegen mijn echtgenoot. Hij begreep me niet. Heeft u aan mijn dochter gedacht? Heeft u haar begeerd, José Nicasio?

Mevrouw Vanina, u heeft me nooit gezien. U weet niet hoe ik eruitzie. Ik heb geen reden om te verbergen hoe ik ben, noch waar ik vandaan kom. Ik ben lelijk, mevrouw. Een lelijke indiaan uit Oaxaca. Ik ben klein maar gespierd. Ik heb een korte nek, die bijna tussen mijn schouders verdwijnt. Daardoor komt mijn sterke bovenlichaam des te beter uit. Als u eens wist hoe krachtig mijn hart klopt. Soms denk ik dat mijn hemd ter hoogte van mijn borst mij verraadt. Als u uw hand daar legt, dan voelt u precies op die plek de kracht van mijn hartslag, mevrouw. Ik heb een ongeduldig hart, mevrouw. Ik had succes, liet mijn dorp en mijn mensen achter mij en, om de waarheid te zeggen, ik voel me daardoor schuldig. Ongelukkig. Ik kan het niet laten om voortdurend een vergelijking te maken met wat ik had kunnen zijn – alles wat ik achterliet – en wat ik nu ben. Daarom voel ik me schuldig. Had ik niet daar beneden in het dorp, op de markt van Tlacolula, moeten blijven? Had ik het recht om meer te zijn dan de mensen die me geboren zagen worden, die me zagen opgroeien, spelen en werken? In mijn borst bonst altijd die vraag, mevrouw Vanina, een verontrustende vraag die opklimt naar mijn nek, waar mijn dikke aderen kloppen om mijn uitdagende hoofd hoog te houden, ik geef het toe, mevrouw, ik heb een lelijke indianenkop, een platte neus, een smal voorhoofd en een ondoorgrondelijke grimas op mijn gezicht die niet wil veranderen, hoe ik mijn best ook doe. Ik kijk naar mezelf in de spiegel en zeg tegen mezelf: José Nicasio, haal die grimas van je gezicht, glimlach, probeer vriendelijk te zijn. Ik voel dat ik vriendelijk ben, maar die grimas kan ik niet veranderen. Mijn gezicht moet van heel ver komen. Mijn masker, ja natuurlijk, mevrouw. Begrijp ons toch. Wij zijn geboren met het gezicht dat ons werd gegeven door de tijd. Bijna altijd een harde tijd. Een tijd van lijden. Een tijd van dulden. Wat voor gezicht zouden we anders kunnen zetten...?

U ziet het, het inheemse komt bij mij naar buiten, hoe graag ik het ook wil verbergen. Het toont zich gewoon, als een in mijn buik weggedoken tijger. Ik zeg u dat ik mezelf in de spiegel zie en tegen mezelf zeg: Je moet een andere uitdrukking op je gezicht zetten, José Nicasio, laat een vriendelijk glimlachje om je mond spelen, vertrek je mond niet zo, niemand bedreigt je. En ik probeer dat te doen, mevrouw, maar het lukt me niet, de kleuren in mijn hoofd en de bevingen in mijn borst wijzen me daarop. Laat het niet zo merken, José Nicasio, laat niet zo duidelijk zien dat je wraak neemt, niet voor je nederige afkomst, maar voor je succes van vandaag, snap je? Zeg niet meer tegen de wereld: Vergeef me dat ik succes heb, ik ben een indiaan die eeuwen van vernedering met zich mee torst, een doorsneeman met een donkere huid, een Zapoteek die niet op het trottoir mag lopen, met zweepslagen drijven ze ons naar de stoffige straat...

Mag ik even lachen, mevrouw. Ik ga naar de musea in Mexico-Stad en loop door de zalen van de inheemse culturen – die van de Maya's, de Olmeken en de Azteken – ik ben stomverbaasd over de kunst van mijn voorouders. Daar willen ze ons hebben, mevrouw, opgeborgen in de musea. Als bronzen standbeelden op de boulevards. Wat gebeurt er als koning Cuauhtémoc van zijn sokkel op de Paseo de la Reforma stapt en zich onder de mensen begeeft? Ze zullen opnieuw zijn voeten verbranden...

Mag ik even lachen, mevrouw. Zodra we op straat lopen, zijn

we weer de smerige indianen, de onderdanige indiaantjes, de zwartjes. Ze pikken onze oude grond in, ze drijven ons op de vlucht de bergen in en de honger tegemoet, ze verkopen ons geweren en brandewijn zodat we met elkaar op de vuist gaan. Ze misbruiken onze vrouwen en maken gebruik van het recht op de eerste nacht. Ze schuiven ons alle misdaden in de schoenen. Ze komen erachter dat hun blanke vrouwen ons heimelijk begeren en storten zich op ons en krassen met hun nagels over onze rug opdat het donkere bloed nog zwarter bloed zal vergieten. Ze schreeuwen indiaan! of zwarte! als ze op ons af komen. Wist u dat niet of sluit uwe genade de ogen daarvoor? Uwe genade. Wij zijn geen 'verstandige mensen'. Wij zijn geen 'fatsoenlijke mensen'. Ze vermoorden ons zodra we hun de rug toekeren. Ze schieten ons zogenaamd op de vlucht neer. U bent een verstandige vrouw, weet u wat het betekent om een lompe, achterlijke indiaan te zijn, een ruw beest dat in dit land veracht wordt? Een blotevoetenindiaan, een woesteling die onder tromgeroffel uit de bergen is gekomen?

En weet u wat het betekent om de wereld van onze ouders te moeten ontvluchten? Eerst naar Oaxaca, omdat ik zulke verdienstelijke tekeningen had gemaakt. Toen, dankzij de gringo's die mijn werk bewonderden, naar een school voor Mexicaans handwerk in San Diego in Californië, vlak bij de grens van Mexico. Ver van het dorp van mijn ouders naar het bevoorrechte leven in Oaxaca, in huis bij de leraar die me half en half als zoon behandelde, als bewijs van zijn edelmoedigheid tegenover de armoedzaaiers. Ik hoorde het hem zo zeggen: 'Ik ben niet racistisch. Kijk maar naar José Nicasio. Ik behandel hem als mijn zoon.'

En nu zwerf ik hier, ver van mijn dorp, langs de grens. De *mojados** in Californië kwamen droog aan omdat er geen rivier is tussen San Diego en Tijuana. Je hebt daar prikkeldraad. Je hebt daar de immigratiedienst. Je hebt daar tunnels vol ratten. Je hebt daar vuilniswagens waarin je je kunt verbergen om over de grens te komen. Je hebt daar goederenwagons die in de woestijn zijn achtergelaten, vergrendeld en vol gestikte arbeiders die al honderd of tweehonderd dollar hadden betaald om als vee de grens over te steken. Je hebt daar onrecht, mevrouw. Je ontkomt er niet aan, ook al emigreer je naar Californië...

Maar ik was al aan 'de andere kant'. In alle opzichten, mevrouw. Ik werd door de gringo's gerespecteerd omdat ik talentvol was en kon werken. Ze nodigden me zelfs uit op hun feesten om te laten zien hoe democratisch ze waren. Ik was wat ze hun 'token Mexican' noemen, hun model-Mexicaantje, en ze zeggen dat één voorbeeld als bewijs genoeg is. Ik was hun Mexicaanse voorbeeld.

De pas aangekomen Mexicanen keken me nog vuiler aan. Als ik het eens waagde om ze aan te geven. Ik moest niet denken dat ik ze kon wegjagen. Ik was overal een buitenstaander, in mijn indianendorp, in de hoofdstad van Oaxaca en in San Diego in Californië. Ik heb alleen maar discriminatie gekend, mevrouw, zelfs als ik geaccepteerd word dien ik alleen maar om slechte gedachten te verhullen. 'Kijk eens hoe we erop vooruit zijn gegaan, José Nicasio. Vroeger zetten we borden buiten de restaurants met opschriften als NO DOGS OR MEXICANS ALLOWED. Vroeger noemden we hen *greasers*, smeerkezen, vuilpoetsen, onaanraakbaren.'

'En nu kunnen ze niet meer buiten ons voor het werk,' zei ik tegen ze en ik kreeg met iedereen ruzie, met de gringo's, de natte ruggetjes en zelfs met mezelf.

Waarom heb je zo'n grote bek, José Nicasio?

Leer eens wat kalmer te worden.

Het leven is goed voor je geweest.

Maar de grimas is er nog, mevrouw, alsof er niets is gebeurd.

José Nicasio, u vergist zich als u denkt dat mijn dochter Alessandra u discrimineerde. Tot zo'n laagheid was ze niet in staat. Ik zeg niet dat Sandra een heilig boontje was. Ze deed niet neerbuigend. Daar gruwde ze van. Ze behandelde haar minderen eenvoudigweg met respect en waardigheid. Ik bedoel, de mensen die anders waren dan zij. Ze was zich bewust van de hypocrisie van onze samenleving en wees die af. Hoe vaak heb ik haar niet gevraagd, sluit toch vriendschap met dat meisje, ga naar die mevrouw toe en zij, nee mama, heb je niet gezien dat dat meisje al heel bedreven is in de kunst van het huichelen, heb je niet gezien dat die mevrouw een echte bedriegster is?

'Hoe weet je dat, Alessandra? Het zijn geen slechte mensen. Ik ken ze.'

'Nee, slecht zijn ze niet. Maar noodgedwongen pretenderen ze dat ze goed zijn. Ze zijn opgevoed om te bedriegen, achterdochtig te zijn en zich tegen onze samenleving af te zetten. Zo wil ik niet zijn. Ik verkeer liever in het gezelschap van de geesten...'

'Accepteer alsjeblieft de grenzen die ons door anderen worden gesteld. Vroeg of laat zul je toch iets van de samenleving moeten weten.'

Ze reageerde hooghartig.

'Nooit.'

Een moeder praat met u, José Nicasio. Ik praat vrijuit met u en ik heb een heel klein beetje hoop dat u zich vrij voelt. Wat ik u over Alessandra vertel, vertel ik u om u duidelijk te maken wie mijn dochter was. Tegelijk vraag ik me af: wie was Alessandra? Ik dacht dat ik haar karakter kende. Dat heb ik u beschreven. Maar ik wist ook dat elk karakter zijn eigen uitzondering heeft. Is dat u overkomen? Heeft u die namiddag op Monte Albán gemerkt wat de uitzondering was bij mijn dochter? Ontdekte u toen die fout, die barst in haar zo zorgvuldig opgebouwde persoonlijkheid?

Haar vader, mijn echtgenoot, die een praktisch mens is, werd er wanhopig van.

'Zeg, Vanina, heeft onze dochter dan geen enkele tekortkoming?'

Ik zei nee, Sandra was volmaakt, want ik zou nooit toestaan dat haar eigen vader haar als een insect zou ontleden. Alessandra was voor mij heilig. Maar zelf ben ik geen heilige en achter de rug van mijn man om moest ik op zoek gaan naar sporen van gebreken in mijn dochter.

De liefde.

Was Alessandra werkelijk liefdevol? Ging achter haar liefde voor kunstenaars en denkers een diepe minachting voor gewone, alledaagse mensen schuil? Neem me niet kwalijk, José Nicasio, maar was mijn dochter een snob, een willekeurige *bas-bleu*? Neem me mijn openhartigheid alstublieft niet kwalijk. Mijn man en ik houden van elkaar. Mijn man is een uitstekende minnaar. Hij weet hoe hij me genot kan schenken. Pardon. Ik wilde zeggen dat Alessandra niet uit de sleur van een huwelijkse verplichting is voortgekomen. Nee, mijn man wist hoe hij me kon opwinden, verrukken, het hoogste genot geven, passend bij een vrouw die weet dat ze niet alleen begeerd wordt, maar ook *lichamelijk* in vervoering wordt gebracht. Alessandra is uit genot geboren. Maar dat genot dat ik u beschrijf lijkt zij tijdens haar leven nooit te hebben ondervonden.

Terwijl ik de seksuele onverschilligheid van mijn dochter waarnam, was ik bang dat haar koelheid mij op mezelf, haar moeder zou terugwerpen, op de droefheid die de prijs is van de liefde die niet met geliefden wordt gedeeld. Sandra moest weten dat ze mooi was. Ik wist het in ieder geval. Toen ze al een jonge vrouw was, vroeg ze mij om haar na het bad af te drogen. Terwijl ik met de handdoek over haar vochtige lichaam wreef, zei ik bij mezelf, wat is mijn dochter mooi en begeerlijk, zou ze dat zelf weten, of is ze nog steeds het kleine meisje van vroeger dat ik met de tederste liefde droogwreef?

Weet u, José Nicasio, elk menselijk lichaam heeft tegelijk een zichtbare en onzichtbare kant. Wat zich aan de buitenkant van ons lichaam toont is even belangrijk als wat zich binnenin verschuilt. Ik had heimelijk het gevoel dat bij mijn dochter het zichtbare met het onzichtbare samenviel. Zij verhulde niets van haar lichaam omdat het geheim ervan alleen in haar geest bestond. Dat was voor mij en voor de wereld het onzichtbare deel van Alessandra. Zo bood ze het mij, haar moeder, aan. Ik moest mezelf wel afvragen, hoe zou ze het een man aanbieden? Wat zou er gebeuren op het moment dat Alessandra haar zichtbare lichaam opent voor een man die alleen haar lichaam begeert en pas later haar ziel? Want zoals Alessandra nu was, was ze geen onbevredigde vrouw.

Zeg me eens, José Nicasio, denkt u dat u de verborgen lichamelijke onbevredigdheid van mijn dochter heeft wakker gemaakt? U, die zichzelf beschrijft als een, vergeef me dat ik uw woorden herhaal, lelijke man, bijna een langstaartaap, een aangeklede aap, een slingeraap met een smal voorhoofd, dikke nek en lange armen? Neemt u me niet kwalijk. Neemt u me niet kwalijk. Ik wil u zien zoals mijn dochter u die middag heeft gezien. U, nee, u heeft niet de begeerte van mijn dochter kunnen wekken. U, u heeft die middag mijn dochter begeerd, al zult u het nooit willen toegeven. U heeft haar het gevoel gegeven dat ze bedreigd werd door het geslacht van een man. U wilde begeerd worden door een vrouw die u niet begeerde. U wilde gezien worden door een vrouw die niet naar u keek. Gegroet door...

U heeft Sandra seksueel misbruikt. U heeft van de schemerduistere verlatenheid op Monte Albán gebruikgemaakt om uw dierlijke instincten op mijn weerloze dochter bot te vieren. Zeg me dat het zo is gegaan, José Nicasio. Ik moet de waarheid weten. Ik ben eerlijk tegenover u geweest. Ik heb u in de gevangenis een brief gestuurd opdat u zou weten wie mijn dochter was. U moet weten wie u die middag op Monte Albán heeft vermoord.

Geef me antwoord.

Zeg me dat u het begrijpt.

Ik ken uw situatie. In San Diego werd u Amerikaans staatsburger. Dat was, denk ik, een noodzakelijke stap om de discriminatie het hoofd te bieden. Nu heeft uw ambitie zich tegen uzelf gekeerd. Als u Mexicaan was geweest, had u op zijn hoogst levenslang gekregen en zou u via uw connecties weer op vrije voeten zijn gekomen. Maar niet in Californië. Hier wordt u als burger van de Verenigde Staten berecht. Ze zullen u de doodstraf geven.

Voordat u sterft moet u mij de waarheid vertellen. Waarom heeft u mijn dochter vermoord?

Mevrouw Vanina, geloof me als ik u zeg dat ik u oprecht dankbaar ben voor uw brieven. Ik verzeker u op mijn woord dat ik diep respect heb voor uw moed en uw geestkracht. Ik weet wat me te wachten staat. Daar hoeft u me niet aan te herinneren. Ik zweer u dat ik u de waarheid wil zeggen. We waren die namiddag alleen, uw dochter en ik, terwijl we op Monte Albán naar de invallende schemering keken. Het was duidelijk dat we daarom daar waren achtergebleven, toen alle bezoekers al waren vertrokken. Om zittend op de trappen van de Zapoteekse tempel de zonsondergang te bewonderen.

Wat betekent een blik, mevrouw? Is de blik die zich op de bergen richt dezelfde als de blik die op een persoon is gericht? Kijk je op dezelfde manier naar de schemering als naar een vrouw? Ik wilde niet naar uw dochter kijken, mevrouw, maar ik wilde wel naar uw dochter kijken terwijl zij naar hetzelfde keek als ik, om te weten dat ik samen met haar de ontroering deelde voor de schoonheid van de natuur. Misschien had ik me moeten inhouden. Misschien had ik de les die ik mijn hele leven heb geleerd opnieuw ter harte moeten nemen en onderdanig moeten blijven. De indiaan die zijn blik niet van de grond mag opslaan.

Ik verzette me daartegen, mevrouw. Ik wilde naar uw dochter kijken. En ik keek naar haar. Niet als de onderdanige, maar als de

trotse indiaan. De hooghartige? De gelijkwaardige? Of de vrijge-
maakte? Oordeelt u zelf maar. De kunstenaar. De man die ziet.

En nu geef ik mezelf de schuld. Maar kunt u mij vergeven, mevrouw, dat ik, toen wij tweeën, uw dochter en ik, die middag op
dat moment alleen waren, omringd door stilte, dat ik toen de blik
van het meisje zocht dat drie meter van mij vandaan zat? Vergeeft u mij dat ik mezelf de blik van uw dochter waardig achtte?
Vergeeft u mij dat ik het waagde de blik van Alejandra te zoeken
om de schoonheid van mijn land met haar te delen? Schenkt u mij
vergiffenis voor het feit dat ik ben opgestaan zonder aandacht te
schenken aan de kreet van schrik die als een vogel aan de mond
van uw dochter ontsnapte? Vergeeft u mij dat ik niet in staat was
om de sympathie die uit mijn ogen sprak over te brengen op de
verbitterde trek om mijn mond?

Uw dochter keek me aan, mevrouw, en ik had tegen haar willen zeggen: 'Ik lijd omdat ik niemand kan helpen. Wat kan ik mijn
oude indiaanse volk geven? Wat kan ik de Mexicaanse mestiezen
geven die me verachten omdat ik hen eraan herinner dat ze half
indiaans zijn en dat ze het risico lopen naar hun stam te zullen terugkeren? Wat kan ik de gringo's geven die me als excuus gebruiken om zich menslievend te voelen? Ben ik overal een deel
van iets, nooit een volledig mens: een deel, een bepaalde hoeveelheid tussen twee delen, nooit een volledige mens?'

Uw dochter keek me angstig aan. Ze keek me aan met ogen die
zeiden, raak me niet aan, kom niet dichterbij, ze keek me aan met
ogen die zeiden, kom niet van je plek, blijf daar staan. Wat is mijn
plek? Onderaan, mijn plek is onderaan, altijd onderaan, hoe hoog
ik ook klim, ik zal altijd onderáán zijn. En daarom gingen mijn
handen omhoog, mijn armen konden zich niet beheersen, mijn
nagels voelden aan als messen en terwijl ik haar met geweld
smoorde met liefkozingen, kon ik alleen maar tegen uw dochter
zeggen: Ik ben jouw indiaan, ik ben de indiaan die je in jezelf niet
wilt zien, ik dood je niet, ik dood mezelf, ik zie heel duidelijk dat

ik mezelf dood als ik jou dood, dat ik mezelf verdoem als ik jou verdoem, maar ik kan niet meer stoppen, mijn leven lang ga ik bergafwaarts, maar ik zal niet in mijn eentje vallen, jij zult samen met mij vallen, jij zult betalen voor de angstige blik die je op de indiaan wierp die naar je durfde te kijken, ik weet dat ik je nooit zal kunnen bezitten, hoe heet je vrouw, noem me man, noem me indiaan, ik weet dat je me zou laten afranselen als ik je vrijlaat, ik hou van je, maar dat geeft je nog niet het recht om bang voor mij te zijn, je mag jegens mij voelen wat je wilt, fysieke afkeer, sociale minachting, rassendiscriminatie, maar je moet geen ángst voelen, geen angst, alsjeblieft, bij je leven, wees niet bang voor me, als je me angstig blijft aankijken, zal ik je niet kunnen loslaten, dan knijp ik nog steviger en druk met mijn vuisten je keel dicht, je moet niet bang voor me zijn zonder dat je er een reden voor hebt, ik ben niet slecht, ik ben niet slecht, wil je dat horen nu je niet meer kunt praten en alleen je tong laat zien en je ogen niet kunt sluiten, die doodsbang zijn voor de schemering omdat je weet dat er geen nieuwe dag voor je zal zijn, want elke nacht is de laatste nacht van de wereld? Alejandra, Alejandra, ik dood je zonder dat ik zelfs je naam weet, Alejandra, vergeef me, vergeef me de pijn die je me deed voelen toen je zonder je mond open te doen tegen me zei: 'Kom niet dichterbij. Ik ben bang voor je.'

Mijn hele leven wilde ik de angst uit mijn hoofd bannen. Mevrouw, uw dochter was bang voor mij, maar ik was banger voor haar omdat zij bang voor me was en ik werd bang van mezelf omdat ik mijn angst niet de baas kon worden.

Schrijft u me alstublieft niet meer, mevrouw Vanina. U zegt dat ik nog alle tijd van de wereld heb. Ik zal u geloven. God zegene u. Bedankt dat u me hebt geschreven. Bedankt voor uw aandacht.

José Nicasio, je hoeft me nergens voor te bedanken. Ik wilde alleen maar dat je zou weten wie je van het leven hebt beroofd. Ik bedank jou dat je naar mij hebt geluisterd. Bedankt voor je aandacht.

Alessandra, lieve dochter. Ik heb contact gezocht met de man die je heeft vermoord. Ik wilde dat hij zou weten wie hij vermoord heeft. Ik wilde niet dat hijzelf zou doodgaan zonder te begrijpen *wie jij was*. Ik weet niet of ik in mijn opzet ben geslaagd. Ik voelde dat er in die man iets was afgesloten, een deur die niemand – ook hijzelf niet – zou kunnen openen. Daarom schrijf ik jou. Een brief naar een dodelijke bestemming. Ik voel me onvoldaan, dochter, machteloos door alles wat ik die man had willen zeggen en niet kon zeggen. Misschien wel door een verborgen minachting voor zijn intelligentie, wat de basis van mijn intuïtie zou aantasten: meneer, u moet weten wie mijn dochter Alessandra, Alejandra, Sandra, Sandy was. U moet weten wie u heeft vermoord. Wees mijn medeplichtige. Wees voordat u sterft de herinnering aan de dood van mijn dochter.

Zou hij me hebben begrepen? Ik kon hem niet vertellen dat jij je aan je beul hebt overgeleverd. Niet met je geslacht. Alleen met je blik. Maar ik wilde de beul bevrijden, snap je dat, kindje? Of liever, keur je dat goed? Alessandra, dochter, ik heb toch niet tegen die man gezegd: 'Maak een koninkrijk van je gevangenis. Verroer je niet meer. Zul je je nooit meer verroeren? Raak nooit meer iets aan.'

Weet je nog, Alessandra? Je had altijd zoveel vertrouwen in mij, een vertrouwen dat je je vader nooit hebt gegund en dat je alleen aan mij had voorbehouden. En dat is de reden waarom ik contact móest zoeken met je moordenaar, zodat hij zou begrijpen wie hij had vermoord. Je weet het nog, je las Pascal en citeerde iets van hem. Alle kwalen van de wereld komen voort uit ons onvermogen om rustig in onze leunstoel te blijven zitten.

Ik heb nu een brief geschreven aan een man die zit opgesloten in een cel in Californië, over een vrouw die zich bevindt tussen de muren van een kerk in Coyoacán. We komen allemaal ergens anders vandaan. Allemaal verlaten we de stoel van Pascal en laten we ons meeslepen door de enorme aantrekkingskracht van de wereld. Ik stel me de man voor die ik nooit met eigen ogen zal zien en ik zie een donkere pelgrim wiens voorouders naar het gebied kwamen waar de goden hun bergen hebben, een man die naar Oaxaca emigreerde en in Californië eindigde.

Het land heet de USA. Hoe heet de Mexicaan die daar in de gevangenis is opgesloten? Kan ik hem op grond van mijn eigen omzwerving troosten, lieve dochter, kan ik met hem praten over mijn Spaanse vader, die door de falange werd vermoord, over mijn moeder, die moest vluchten voor het Italiaanse fascisme? Kan ik met hem praten vanwege het feit dat ik een weeskind was dat als jong meisje op een boot vol weeskinderen naar Veracruz was gestuurd? Kan ik praten uit naam van die eindeloze verplaatsing van een mensheid die dwalend en dolend is, voortvluchtig en vluchtig, niet bij machte om rustig te blijven waar ze is omdat ze denkt dat onbeweeglijkheid het tegengestelde van vrijheid is?

We zijn vrij omdat we ons verplaatsen. We verlaten de wond die eenzaamheid wordt genoemd en reizen naar een andere wond die de dood wordt genoemd. Er is een kruising van wegen tussen het vertrekpunt en de aankomsthaven. Op die *carrefour*, mijn allerliefste kind, komen we altijd de ander tegen, degene die anders is dan wij, en we zijn gedwongen te begrijpen dat we, als we ons verplaatsen en elkaar ontmoeten, vanuit de tegenstelling van elkaar moeten houden. Heb je die tegenstelling bij je moordenaar gevoeld? Heeft hij die ook bij jou gevoeld, liefje? Of zijn we soms de wereld in getrokken om onontkoombaar een keus te maken voor het kwaad?

Onontkoombaar, want op het kruispunt ontmoeten we de ander en we handelen ten nadele van die persoon, terwijl we de vrije teugel geven aan onze vrijheid, die altijd een vrijheid is om het leven van de anderen aan te tasten. Misschien was José Nicasio, toen hij je die middag op Monte Albán zag, heimelijk bang dat hij niet vríj kon zijn met jou, dat hij zijn vrijheid zou verraden als hij je liet gaan. Hij moest handelen tegenover jou, met jou, maar *hij wist niet hoe.* Jij gaf hem de gelegenheid. *Je werd bang voor hem.*

Jij besloot voor hem, lieve schat. Hij wilde iemand anders als onderpand voor zijn vrijheid kiezen. Maar die middag was er niemand anders dan jij. Als José Nicasio niet naar je toe was gekomen, had hij verraad gepleegd jegens zichzelf. Voor dat moment had hij geleefd, besef je dat? Stel je voor dat hij alleen tegenover een vreemde en verboden persoon staat en het waagt haar aan te kijken, op zoek naar een glimlach. Maar hij bespeurt alleen angst in haar ogen. Hij zag het kwaad, Alessandra. Die angst voor hem was in zijn ogen het kwaad. Hij had zijn leven lang geleefd om respect te verwerven. Vooral het respect om niet gezien te worden als een gevreesde, slechte, schuwe, lelijke indiaan.

Als José Nicasio je niet vermoord had, had hij verraad gepleegd jegens zichzelf. Hij moest je doden om te weten dat hij bestond. Dat hij het hoogtepunt van zijn leven bereikte met de woorden: 'Jullie moeten niet bang voor me zijn. Alsjeblieft. Jullie moeten me niet bang maken. Jullie moeten me liefhebben.'

En jij maakte hem bang.

Hij vermoordde jou uit angst voor zichzelf, voor zijn poging om uit het duister te komen. Je verraadde hem door hem af te wijzen, meisje.

En nu, terwijl ik hier gehurkt zit voor de urn met jouw stoffelijke resten, zeg ik je dat jij misschien de angst niet uit je geweten wist te bannen. Dat was de enorme scheur in jouw schitterende intellect. Je was bang. Het is mijn schuld. Je hebt me heel veel gegeven. Als ik deze regels kan schrijven, is dat omdat jij mij hebt opgevoed toen ik jou opvoedde. Maar door mijn beschermende liefde heb ik je niet op tijd kunnen zeggen: 'Je moet niet bang zijn.

Er komt een dag waarop je niet genoeg hebt aan je intelligentie. Je moet kunnen liefhebben.'

Meisje, wees goedgunstig voor mij.

Dit is mijn bede.

Ik zal leven en me door je dood verzoenen met de wereld die je me bij je dood naliet.

Koor van de volmaakt gehuwde vrouw

vóór alles de huid glad maken
vocht inbrengen
ongerechtigheden verwijderen
zodat de bruidegom geen vlekje kan vinden
een scrub en je bent klaar om je bruidsjapon te passen
kies: sprookjesverhaal gouden droom of
    lentegodin
vaarwel aan het vrijgezellenleven
al je vriendinnen
drinken koffielikeurtjes
ze bieden je een kit-spa aan een kit-moon een kit-honey een
    honeymoon-kit
ze geven je een snelwerkende zonnebrandolie zodat je niet
    doodsbleek bent
ze lezen je de kaart louter en alleen geluk honderd jaar leven
    acht kinderen twintig kleinkinderen
je zult je echtgenoot overleven
wow wow
huil alleen in de kerk
luister niet naar de preek van de pastoor tegen de abortus tegen
    de pil tegen het condoom voor het leven
vergeet het epistel van Melchior de vrouw is zwak
    ze is gehoorzaamheid verschuldigd de man is
sterk de man is de baas
luister alleen maar naar de dj bij het diner die zingt I will

always love you
wees jij alleen maar verrukt over je huwelijksdiner in
de tovertuin
alles een droom alles zo in spiegelbeelden in plaats van
afhangende tafellakens met swarovski-kristal erop
magnumflessen champagne mango-*ceviche** varkensrolletjes
iguana-ijs
cactustaartjes
de supersfeer het knalfeest het geweldig hebben het
fantastisch hebben
wow wow
het gouden paar
we dansen aan één stuk door
ik leer hem het sprongetje
veel kussen en strelen
alles zo in
i will always love you
trek een engelachtig gezicht
geluksvogel je bruidegom ik bedoel echtgenoot ik bedoel aap
harig
beest verschrikkelijke kingkong
mama mamamama mamama
allons enfants de la patrie
een foto waarop zij op het toilet zit
perverse klootzak
we gaan naar Cancún

De moeder van de mariachi

1. U kent haar. Niemand kent haar beter dan u. Maar nu zou u haar niet herkennen. Hoe kan dat? Doña Medea Batalla in haar blootje? Een bejaarde vrouw – van zestig, zeventig – naakt in een politiecel? De grootmoeder met het grijze haar die niets anders aan haar lijf heeft dan een met veiligheidsspelden vastgemaakte luier, zegt u? Innerlijk gebroken, alsof ze overdreven trots is geweest? Met magere, sterke armen die gewend zijn om te werken en niet om boete te doen?

Wat voor werk, vraagt u? In de buurt schrijven ze doña Mede veel bezigheden toe, omdat ze vanaf de vroege ochtend op de markt heen en weer loopt. Ze wil als eerste haar keus maken uit de aardappels en de gedroogde pepers, en in het seizoen uit de sprinkhanen en de mieren. Dan gaat ze terug naar haar huis, dat maar één kamer heeft en dat tussen een vulkaniseerbedrijf en een rommelwinkel staat helemaal achter op een parkeerterrein, en daar haalt ze haar echte schat uit haar omslagdoek. Het slangendrankje. Doña Mede weet dat zij nog leeft dankzij de ratelslang, waar ze een brouwsel van maakt voor een lang leven. Elke slang heeft vijf ratels. Met twee doses per week blijf je goed gezond.

U kende dat geheim misschien niet en ik vertel het u nu zodat u het ook weet. Doña Mede roept louter vermoedens en raadsels op, want zij bewaart haar geheimen zorgvuldig in haar omslagdoek en ze laat de buurt maar praten. Ze zeggen dat ze naaister is. Heeft u haar niet haar huis zien binnengaan met een grote baal kleren, en later naar buiten zien komen met een paar zakken waarin heel goed hemden, bloezen of rokken zouden kunnen zitten? Ze zeggen dat ze pottenbakster is. Heeft u gehoord hoe ze de schijf laat draaien en heeft u gezien hoe ze haar met klei besmeurde handen ging wassen onder de kraan buiten haar huis? Ze zeggen dat ze vroedvrouw is. Waar gaat ze zo haastig naartoe als een kind uit de buurt komt aanrennen en haar waarschuwt: kom, doña Medea, kom vlug, mijn zuster schreeuwt en roept dat u haar moet komen helpen? Ze is ook een heks, een protestantse predikster, een koppelaarster voor niet-bestaande plaatselijke miljonairs. Ze dichten doña Medea Batalla meer wonderen toe dan die waarvoor zijzelf dankzegt door voortdurend persoonlijke ex voto's op te hangen voor de Heilige Maagd in de Onbevlekte Ontvangeniskerk hier in het dorp.

Een strokleurige vlecht siert haar hals en haar rug. U weet nog wel dat toen ze jong was haar steile, tot op haar billen hangende zwarte haar de mannen gek maakte. Ze zeggen nu dat ze met één been in het graf staat. Hoewel ze dat al jaren zeggen.

'Doña Mede staat met één been in het graf.'

'Ze legt al bijna het loodje.'

'Doña Mede gaat binnenkort de pijp uit.'

'Een dezer dagen gaat ze het hoekje om.'

'Haar laatste uurtje heeft al geslagen.'

'Ze kijkt alsof ze al naar de andere wereld is verhuisd.'

Dat klopt niet. U weet dat doña Medea niet de dood in haar ogen heeft, maar droefheid. U weet dat het gaan en komen van die vrouw niet haar werkelijke bezigheid verraadt. In haar leeft een ander, verborgen verlangen. Heeft dat te maken met de mannen die ze in haar leven heeft gekend? Misschien weet u het. In haar ogen ligt een blik van pure droefheid.

U heeft wel gehoord dat er mannen in doña Medea's leven zijn geweest. Maar u noch iemand anders heeft hen ooit in levenden lijve gezien. Eén ding is zeker: die vrouw is al haar mannen kwijtgeraakt in de *pulquerías**.

Dat was haar noodlot. En het noodlot is als een konijn. Het springt tevoorschijn waar je het het allerminst verwacht. Uitgerekend in de pulquerías zag doña Medea het konijn van het noodlot tevoorschijn springen. Het is hier een dichtbevolkte buurt, dat weet u heel goed. Het is alsof de levens hier door elkaar raken. De namen gaan verloren. De mannen veranderen van leven en van naam zonder noodzaak of angst. Net als filmsterren, gemaskerde strijders en criminelen. De Heilige. Het Bloemetje. De Dief. De Snee. Allemaal namen van gespuis. De Fret. Aan de andere kant heb je, als een soort compensatie, gezegende namen. Het Heilig Kindje van Atocha, de Christus van de Bedroefden, de Heilige Maagd van Bijstand.

Zo verspreiden de vlammen zich, want volgens doña Mede waren de bijnamen van de mensen als vlammen. Vlammen van de stad. Plotselinge flikkeringen. Strovuur.

'Waarom hebben ze u zo'n vreemde naam gegeven, doña Medea?'

'Dat komt door keizerin Charlotte.'

'Hoe dat zo?'

'Mijn moeder had een film gezien met een actrice die de rol van Charlotte speelde.'

'Hoe heette ze?'

'Medea. Keizerin Medea van Navarra.'

'Zou het niet Novara zijn?'

'Navarra, Novara, wat maakt dat uit op mijn leeftijd. We hebben allemaal een naam gekregen die iemand anders in zijn fantasie bedenkt. Echt waar.'

De mannen veranderen van naam en van leven. Daarom is het zo eigenaardig dat alle geliefden van doña Medea *pulqueros* zijn geweest. Om precies te zijn, geen eigenaars maar slachtoffers van de pulquerías. In De Eenzame Dame raakte een echtgenoot verdwaald tussen de zilveren spiegels en de houten vaten. In De Mooie Barbara is een andere man van haar verdronken in de *cura-*

do de avena*. En volgens zeggen is een derde echtgenoot verzwolgen door een mengsel van zachtgekookte eieren, gedroogde peper en waterige melk in de pulquería De Zoon van de Azteken.

Niemand weet dan ook wie de vader is van de enige zoon van doña Medea. De mariachi.

2. Weet u waarom doña Medea Batalla op het politiebureau zit, met alleen een luier aan? Alleen dat ontbrak er nog maar aan, zult u zeggen. Alleen dat? Ze had heus niet zo'n gekweld leven. Los van haar amoureuze escapades in de pulquerías heeft doña Medea haar zaakjes altijd goed op orde. Haar dag begint gewoonlijk met een bezoek aan de markten. Ze is de hele ochtend bezig met kijken zonder te kopen, kiezen zonder te betalen en ze heeft het gevoel dat de lawaaierige rust van de oude plaatselijke markten een compensatie vormt voor het leven, of ten minste haar nieuwsgierigheid naar het leven kalmeert. Als ze in de winkeltjes komt, moet ze lachen om het moderne speelgoed, de barbiepoppen, Dragonball en Sponge Bob. Vertederd herinnert ze zich de ledenpoppen van vroeger. De stierenvechterspoppen met roze kousen, de dikbuikige cowboys met grote snorren en brede hoeden, de dikke dames uit Torcuata met hun wijde rokken en hun opgerolde vlechten.

Ze vraagt of ze de vinylplaten met oude bolero's en ranchero's voor haar willen draaien. Ze heeft zin om boos te worden en te huilen om haar tegenstrijdige gevoelens, maar uiteindelijk geeft ze toe, de mariachimuziek ontroert haar, maakt haar stil, brengt haar aan het huilen en ergert haar ook.

Ze gaat naar een restaurant om tot kalmte te komen en terwijl ze eet haalt ze herinneringen op, tot grote vreugde van de serveersters, die het prachtig vinden en haar onthalen op gratis maaltijden terwijl doña Medea over dingen uit het verleden vertelt. Het is alsof er een brede rivier van herinneringen ononderbroken verder stroomt, want in de gezichten van de nieuwe kok-

kinnen en serveersters ziet doña Medea haar eigen jeugd en leest
ze dezelfde gevoelens van liefde, droefheid, hoop, angst en traditie waarover de teksten van de liederen gaan. *Moles**, *pozoles**, enchilada's. Het gevoel laat zich voeden, de maaltijd laat zich voelen. Zo gaat dat, dat weet u maar al te goed. Leve God!

Doña Medea loopt over de markt en koopt niets, want ze voelt
dat alles wat ze daar ziet van haar is. Daarom heeft elk voorwerp
voor haar een prijs. Alles wat je gebruikt, heeft een waarde die
verloren is gegaan en die op magische en onverwachte wijze terugkeert in een etalage met stoffige bruidsjaponnen, in een plaat
met rancheromuziek, in een ex-voto waarmee we de Heilige
Maagd bedanken omdat zij ons van een zekere dood heeft gered... Zij vereert de Onbevlekte Ontvangenis van Maria en bezoekt dagelijks het kerkje van de Moeder Gods. U kent haar en
weet dat ze niet de eerste de beste vrome vrouw is. Haar verering
heeft een missie. Waarom gaat ze op haar knieën de kerk binnen?
Waarom steekt ze kaarsen aan? Waarom bidt ze eigenlijk tot de
Heilige Maagd? En vooral, waarom leest ze de ex voto's zo aandachtig, alsof ze in één daarvan – eentje maar – de boodschap
vindt waar ze op wacht, het telegram uit de hemel, de aankondiging die de Heilige Maagd speciaal aan haar en aan niemand anders stuurt?

Ze blijft staan om die ex voto te lezen. Een zekere dood. Heeft
u gemerkt hoe de begrafenisondernemer op de hoek haar water-
tandend voorbij ziet lopen? Zij lacht erom. Die ondernemer wil
haar angst aanjagen, legt doña Medea uit. Hij neemt haar de maat
voor de kist. Maar het zal nog heel lang duren voordat zij in een
doodskist gaat liggen.

'U moet uw neus niet overal in steken,' zegt ze tegen de doodgraver.

'En u moet niet zo hulpvaardig zijn.' En glimlachend zegt hij:
'Luister toch naar me. Kom bij me langs. Het is beter dat ik u nu
alvast opmeet.'

'Doe niet zo stom. Dood zijn is niet belangrijk. Doodgáán is verschrikkelijk.'

'Ik wacht hier op u, doña Medea. Wees gewaarschuwd.'

'Dan moet u wel veel geduld hebben, want als u met uw kist komt aanzetten, dan ben ik al weer uit de dood herrezen.'

Het is een feit dat doña Medea zich niet zomaar aan de eeuwige duisternis wil overgeven. Zij past wel op dat de guacamole niet uit haar taco loopt. Ze kijkt naar andere vrouwen om zich met hen te vergelijken en naar hun lotsbestemming te gissen. Ze weet ze perfect in te delen. Sommige vindt ze op lastdieren lijken. Andere willen te uitgekookt zijn. Doña Medea ruikt al van verre de gevaarlijke vrouwen die de hele dag lopen te konkelen en de vrouwen die zo in hun lot lijken te berusten dat ze zelfs niet meer mopperen.

De hele buurt is een broeinest van roddels, ambities en verlangen om de rotzooi van de stad achter zich te laten. Dat zijn uw woorden, meneer.

'Een stad zonder hoop, vanbuiten en vanbinnen kapotgemaakt, maar met toch nog enkele illusies die zich, als ze geluk hebben, de luxe veroorloven uitgekookter te zijn dan een noodlot dat alles langzamerhand opslorpt tot er voor de buurtbewoners geen andere uitweg is dan de misdaad. Geweld als laatste wijkplaats van de hoop, hoe vreemd dat ook mag klinken.'

'Misschien is het geweld bang voor doña Medea. Dat komt doordat haar hele leven is opgebouwd als een verdedigingswal tegen twee dingen.'

'En dat zijn?'

'Ten eerste, de hartslag van het geweld die ze om zich heen voelt en die ze met haar dagelijkse routine de baas wordt.'

'En verder?'

'Ah, dat is haar geheim. Laat het voor u voorlopig genoeg zijn te weten dat ze met het Picot-liedboek onder haar hoofd slaapt. Ze denkt dat de teksten in haar hoofd komen door het gat dat volgens don Lupino, de drogist, in de overloop van onze schedel zit, en zo verdwijnt de angst zoals het slangenbrouwsel in haar mond verdwijnt. Waar ze echt bang voor is, zonder dat ze het eigenlijk begrijpt, is voor de golf van de stad die alles mee kan slepen, meneer de advocaat, naar een bestemming die niet de hare is, of die haar fouten kan aanwrijven die ze niet heeft gemaakt...'

Tot ze met een luier aan in handen van de politie valt, terwijl ze altijd zo goed overweg kon met de agenten. Die lui hebben misschien wel iemand als zij nodig om hun het vertrouwen in het leven terug te geven. Ach!

Dat zegt ze allemaal tegen zichzelf en u verwijt het haar terecht.

Het geweld is lang geleden bij doña Medea aan huis gekomen. Het verdriet klopte verraderlijk bij haar aan. Met woedende knokkels en vogelgepiep. Pure schijnvertoning. Zij draagt het geweld immers al mee, en alles wat er is gebeurd was niet nodig.

Het geweld in huis.

En het geweld op straat.

Verdriet overal.

3. Daarom loopt de oude vrouw markten en restaurants af, daarom maakt ze praatjes met zowel marktvrouwen als agenten. Daarom luistert ze naar muziek van Agustín Lara en José Alfredo Jiménez. Om te geloven dat er oplossingen zijn voor het leven in de buurt. Dat het vandaag nog net zo is als vroeger. En als het niet zo is, zou ze de dreiging willen uitdrijven die ze op haar huid en in haar botten voelt, alles wat er hier bestaat en wat ze niet wil toegeven, alsof een lekkere gele mole genoeg is om het plezier en de rust in het leven te bevestigen. Alsof de zachte muziek van een bolero alle kwaad van het bestaan kan verjagen door het te benoemen...

Want doña Medea Batalla is een vrouw met voelsprieten en ze weet heel goed dat er niet alleen onaangename, maar ook afschuwelijke dingen gebeuren. Achter de brandschone façade die ze heeft opgetrokken schuilt veel vuiligheid, veel pijn, veel misdaad, veel wrok. Ze weet dat sommigen zijn vertrokken, maar dat anderen zijn gebleven en van de nood een deugd hebben gemaakt, of het nu gaat om de boef die een manier heeft gevonden om een graantje mee te pikken van de ellende of de schoft aan de onderkant van de maatschappelijke ladder die besluit slimmer te zijn dan de schoften aan de top.

'Wil je een zaakje voor me opknappen?'

'Een rivaal in de liefde?'

'Nee, een vijand van onze handel.'

'Zeg tegen je zoon dat hij de hond aangelijnd moet uitlaten.'

'Is dat het teken?'

'Wandelen met huisdieren.'

'Angst geeft je vleugels.'

'Zero tolerance.'

'Zero wroeging.'

'Wat zeg je? Ik kan je nauwelijks verstaan.'

'Spoel je keel met kaasjeskruidthee.'

'Ah, nu hoor ik je.'

'Echt waar?'

'Zet 'm op.'

'Geen zorgen.'

'Nee hoor. We gaan rustig door.'

'Echt waar?'

'En loop 's nachts nooit onder de bomen.'

'Zo is het maar net.'

Natuurlijk snapt zij dat allemaal. Daarom juist is ze zoals ze is, doet ze zoals ze doet. Om anders te leven dan alle anderen. Om te kunnen geloven dat zij, hoewel niemand baat heeft bij haar voorbeeldige bereidheid eenieder te helpen, ten minste een soort aureool van weldadige normaliteit schept in een wijk waar als enige norm het kwaad geldt.

'Dat wist u al.'

Daarom verlaat doña Medea, gedreven door een vreemde mengeling van argumenten en voorgevoelens, die avond haar armoedige huisje, waar niemand meer binnen is geweest sinds haar zoon haar in de steek liet.

Wat is er aan de hand?

Waarom gaat iedereen zijn huis uit, waarom sluiten de winkels, waarom blijven alle stoplichten op groen staan? Waarom zijn de straten overspoeld met mensen, kreten, loeiende sirenes?

Zij kent de mensen uit haar buurt heel goed. Ze wist alleen niet dat ze zo grimmig konden zijn. De bewoners, mannen en vrouwen, trekken als één tijger op, ordeloos maar met de kracht van een stortzee. Ze trekken op en omsingelen de politiemannen. De agenten dreigen met opgestoken vuisten en toonloze stemmen, gedempt door het toenemende tumult. De mensen sluiten hen verder in, jullie zijn geen politieagenten, jullie zijn ontvoerders, we zijn hier gekomen om jullie te beschermen, waartegen? We kunnen onszelf beter beschermen. Ze hebben ons gewaarschuwd dat er hier drugs waren, jullie leven van de drugshandel. Luister, vuile smerissen, we regelen hier onze zaakjes zelf, hoe minder agenten hoe beter, we weten hoe we onszelf moeten beschermen. De cirkel sluit zich en ongewild maakt Medea Batalla al deel uit van de golf. Ze trekken en duwen aan haar, ze stoten haar met geweld opzij, ze drukken haar als kauwgum tegen de bewegende muur die de hele buurt is en die de vijf steeds zwakker protesterende agenten insluit. Er zijn hier drugs, we zullen de huizen doorzoeken, we zullen jullie beschermen. We kunnen onszelf beter beschermen, jullie zijn geen politiemensen, jullie zijn ontvoerders, een stelletje kinderdieven. Zero geweld, mevrouw, zero wroeging, smeris, we kennen jullie, jullie zijn al weken foto's aan het nemen bij de uitgang van de school. Kinderdieven, jullie komen hier niet levend vandaan. Sla ze dood. Laat ze niet ontsnappen. Kijk, die man wil op het dak van de auto klimmen. Grijp hem. Sleur hem mee. Trap hem in elkaar. Gooi hem op de grond. Sla hem in elkaar. Op de grond. Afgeranseld. Ze bloeden als runderen, die drugsdealers. Gooi nu benzine over ze heen. Steek ze in de fik. Laat er niets anders van ze overblijven dan de as van hun schaduw, de afdruk van hun profiel en de schim van hun botten. Verbrand ze levend. Laat ze branden. Laat ze roosteren.

Er gaat een gejuich op als ze de politieagenten overgieten met benzine en hen in brand steken. Doña Medea voegt zich bij het vreugdekoor. De buurt heeft het geweld dat van buitenaf kwam verslagen met het geweld van binnenuit. Twee van de agenten verbranden levend, onder een gekrijs dat de sirenes doet verstommen. De tv-camera's zenden alles *live* uit. De helikopters van de burgemeester en die van de president vliegen als gedrogeerde hommels boven de menigte en grijpen niet in, waarmee ze in de ogen van de buurt bevestigen dat we er goed aan doen om de veiligheidsagenten te vermoorden. Dat het goed is dat de wijk zichzelf bestuurt en niet bang is. Zouden ze vanuit de lucht wel goed gezien hebben dat de agenten in brand zijn gestoken door de buurtbewoners? Zouden ze de restanten van het gezag komen ophalen, de blauwe uniformbroeken en de met kopspijkertjes beslagen schoenen? Geroosterd op een vurige brandstapel. Vuren van takken en stro.

'Verbrand ze!'

'We hebben de regering niet nodig.'

'Wij zijn vrije buurten en we mogen handelen en erop los slaan, schelden en moorden, brullen en sterven!'

'Kom maar op!'

'Pas op, rijke stinkerds, klotepolitici.'

'Kom maar op.'

'Kijk maar goed naar ons op jullie televisies.'

'Kijk maar naar ons, we hebben geen pasje of niks.'

'Des te beter.'

'O, mijn god,' zegt doña Medea terwijl ze over de grond rolt, meegesleurd door de razende menigte. 'Laat ze mijn beenderen niet als knots gebruiken.'

De lynchpartij wordt door het hele land gezien, maar doña Medea heeft maar oog voor één man. Een man die door de menigte in elkaar wordt getrapt omdat de menigte niet weet dat er tussen de rook en het bloed en het gejank van de sirenes nog een stem is te horen die met geweld wordt gesmoord.

Zij hoort hem. Natuurlijk hoort ze hem. Ze heeft hem haar hele leven gehoord. Zo woedend en wanhopig en verslagen hij nu schreeuwt, zo mooi zong hij vroeger. Het was een prachtige stem. Nu wordt de stem met klappen gesmoord te midden van de nachtelijke menigte in de buurt, die bewaakt wordt door de ordetroepen, die nu een chaos veroorzaken in de rook en de mist van verbrande autobanden en omvergesmeten auto's en levend verbrande en verkoolde agenten in een stank van haar en rubber en onverteerde maaginhoud. Door hun dood komt de verzamelde geur vrij van gebakken etenswaren maïs warme tortilla oksels voeten scheten overalls omslagdoeken zaagsel hooi leer nat hout brandende daken. Uit de opengereten buiken vloeien de vele versierselen van de dood.

4. Als kind kon Maximiliano Batalla al prachtig zingen. Hij ging altijd naar de binnenplaats om zich te wassen, en terwijl hij emmers water over zich heen gooide zong hij de liederen die toen populair waren. Hij was nog maar klein toen ze hem vroegen om in het koor van de Heilige Ontvangeniskerk te komen zingen. Hij zei nee omdat hij zijn liederen alleen voor zijn moeder zong.

Doña Medea (naïef als ik was) dacht dat dat zingen van haar zoon nooit zou ophouden, want de kracht van een zoon is afhankelijk van de kracht van een moeder. Hoe agressief de kracht van de zoon ook is en hoe beklemmend die van de moeder. Het is iets wat je erft. Maximiliano was per slot van rekening grootgebracht met pulque en dus was hij vrij om ruzie te zoeken. Medea keek naar Max en de jongen moet hebben gevoeld dat zoveel liefde troost bood voor een armoede die in het hele land leidde tot de gevleugelde uitspraak: 'We eten al eeuwenlang tortilla's en bonen, jongen. Je hebt zo weinig nodig om te overleven.'

Als Maximiliano al tevreden was, dan kwam dat omdat hij nooit iets vroeg. Een rustig en misschien berustend kind. Je hebt zo weinig nodig om te overleven.

Nu, jaren later, denkt doña Medea dat ze één ernstige, heel ernstige fout heeft gemaakt. Dat ze Maximiliano een pop cadeau heeft gedaan die ze toevallig op de markt had gevonden. Een Kindje Jezus dat als cowboy gekleed was.

Een gelukkig kind.

Alleen kwam hij, toen hij vijftien was, met een bleek gezicht bij doña Medea en beet haar toe: 'Wie is mijn pappie?'

Zij haalde haar schouders op. Maximiliano was zo'n gedwee en verstandig kind dat die vraag overbodig was in zo'n tedere verhouding als die tussen moeder en kind. Maar het jochie hield ditmaal voet bij stuk: 'Ik wil weten van wie ik de zoon ben.'

'Je bent mijn zoon,' zei doña Medea glimlachend en alsof het vanzelf sprak.

'En van de Heilige Geest?' zei de jongen met een houding van geveinsde vroomheid.

'Kom,' glimlachte doña Medea, totaal misplaatst. 'Zing "Cucurrucucú paloma" voor me.'

'Misschien kan ik beter "Paloma negra" zingen.'

'Nee, dat is zo'n droevig lied.'

'Nou, ze zeggen immers dat ik een zoon van de droefheid ben.'

'Wie zegt dat?'

'Kunt u zich dat niet voorstellen? Op school.'

'Laat ze naar...'

'Naar de hel lopen? Maar ik leef al met mijn verdomde moeder.'

'Ach jongen! Welke duivel is er in jou gevaren?'

'De duivel van de schaamte, mevrouw.'

Maximiliano hield het nog een jaar vol in dat armoedige huisje achter op de parkeerplaats. Zij wilde hem kalmeren. Ze nam hem mee naar de parochiekerk en moedigde hem aan om in het koor te gaan zingen. Maxi schold de pastoor de huid vol. Medea legde zich erbij neer. Ze gaf hem precies zo'n cowboypak als dat van het Kindje Jezus. Ze hing de slaapkamer vol met op de vlooienmarkt gevonden foto's van Jorge Negrete en Pedro Infante. Ze deed beloftes aan de Heilige Maagd van de Onbevlekte Ontvangenis, opdat haar zoon weer van zijn moeder zou houden. Ze had altijd al geweten – u kent haar – dat die uiterlijke handelingen niet genoeg waren, niet belangrijk waren. Als ze de liefde van haar zoon had verloren, dan zou ze hem niet met cadeautjes terug kunnen winnen. In doña Medea's hart klopte iets, en dat was de zekerheid dat hoe onafhankelijk of ver haar zoon ook mocht zijn, hij zou zijn moeder nodig hebben om de kracht te verwerven die zelfs de machtigsten ontbrak. U mag het noemen zoals u wilt. Tederheid. Geduld. Aanvaarding van ongelukken. Afweging van de definitieve misstap.

In de verbeelding van doña Medea zou haar zoon Maximiliano de beschermer van zijn moeder zijn. Toen ze hem naar zijn vader vroegen, ging Maxi op de vuist met zijn klasgenoten, sloeg ze in elkaar, aan moed ontbrak het hem niet. De directeur van de school vertelde het Medea en maakte haar verwijten. Zij voelde zich vooral trots, want ze wist dat de woede van haar zoon zijn oorsprong had in de nerveuze kracht van zijn moeder. In de reservekracht van puur verzet van de moeder. Maximiliano leerde te vechten omdat zijn moeder hem beschermde, ook al wist hij dat niet.

Die zekerheid, dat begrijpt u denk ik wel, heeft de moeder nooit in de steek gelaten. Dat vertrouwen had ze ook wel nodig toen haar zoon zonder afscheid van haar te nemen vertrok.

Ze zag hem niet meer terug. Ze hoorde over hem via het soort koor dat ongewild elke burger begeleidt, en dat van stem tot stem wordt doorgegeven en door onverschillige oren gaat die hun eigen functie van doorgefluik niet kennen, tot het onwillekeurig de verre persoon ter ore komt voor wie het bedoeld was. De stad en haar wijken vormen zo een onvrijwillig aureool van verlangens, herinneringen, raadsels, pleonasmen en spelmomenten die een boog spannen over elke buurt, elke straat, elk gezin en elk leven. Wij weten dat, u en ik voelen dat. Er is geen enkele noodzaak om het persoonlijke van het collectieve te scheiden, het eigen leven van het gedroomde leven, dat wat gedaan moet worden van wat al gedaan werd. De stad is genereus en omvat alles, vanaf het kleinste tot het grootste, vanaf het meest verborgene tot het meest openbare, vanaf het meest persoonlijke tot het meest sociale. Het heeft geen zin om de dingen die een grote stad als de onze creëert, op te delen en van elkaar te scheiden. Alleen de ideologie brengt een scheiding aan, zonder het geheel te respecteren, vriend. Dat weet u ook. De ideologie verandert imbecielen en wijzen in kameraden. Maar dat wist u al.

Dankzij dat stille stadskoor kreeg doña Medea dus te horen dat Maxi zich bij een groep mariachi's op de Plaza Garibaldi had aangesloten en dat ze hem, omdat hij de jongste van het stel was, een luxueus zwart pak hadden gegeven, met zilveren knopen en een geborduurde arend en slang op zijn rug. Een driekleurig dasje en een zwarte hoed met versieringen van zilver.

Hij zag er zo jong en knap uit dat ze hem in de groep naar voren duwden, want hij trok de aandacht van de rijke meisjes die in de periode die voorafging aan het wijdverbreide geweld, in hun grote Lincolns met open dak langsreden en hem vroegen om voor hen te zingen, terwijl ze uitriepen: Mijn god wat ziet hij er prachtig uit in zijn cowbowpak, en om te neuken bij het gelispel van het lied *'s Ochtends werd ik weer wakker in jouw armen*.

Zo werd Maximiliano Batalla een man, maar dan wel via de San Camilitosteeg. Een man worden is niet je jeugd achter je laten, maar de weg naar de criminaliteit inslaan. Op de Plaza Garibaldi staan zo'n vijfhonderd musici klaar om hun diensten te verlenen aan wie erom vraagt, ofwel naast de auto die op het plein zelf stopt, ofwel om een serenade te brengen aan een meisje op de Lomas de Chapultepec; soms, als ze geluk hebben, om te spelen op een chique partij en andere keren, ook soms, maar dan zonder geluk, om een stomvervelend feest op te vrolijken.

Het maakt niet uit. Gitaren, trompetten, violen en contrabassen volstaan om een spetterend leven te leiden en verpersoonlijken avond aan avond de teksten van de mariachi.

De mariachi zingt zijn vrolijke lied
De gitaar klinkt, de guitarrón klinkt
De viool klaagt net als ik.

Maar toen Maxi twintig was en een lustrum als mariachi achter zich had, voelde hij dat noch het mariachipak – dat alleen vergelijkbaar is met dat van een torero – noch de gratis seks met getrouwde dames en gemotoriseerde meisjes, noch de incidentele braspartijen in de bars hem kon bevredigen. Want in Maxi leefde een verborgen behoefte en dat was de behoefte aan gevaar. Hij had het gevoel dat als hij zich niet aan gevaar blootstelde, niets wat hij deed zin had. En ook geen toekomst of verleden, omdat het gevaar zowel de erfenis van zijn moeder was als de uitdaging die zij waard was.

Hoe en wanneer hij zich losmaakte van de groep waarin hij als jong broekje werd opgenomen toen hij het huis uit ging, om zich daarna bij het stel mariachi's te voegen dat zich El Sabor de la Tierra (De Smaak van de Grond) noemde, kan u noch ik precies zeggen. Feit is dat het eenentwintigjarige baardeloze mannetje met zijn zijdezachte huid, zonder puberpuistjes of op ervaring wijzende littekens in zijn engelengezicht, of zonder enige valse schaamte in zijn duivelse lichaam, en met ogen die gestolen leken te zijn van het altaar van de Verschijning van het Kindje Jezus, het volmaakte aas werd voor de bende pseudo-mariachi's, die hem met zijn onschuldige uiterlijk gebruikten om tegen vooruitbetaling van vijfduizend peso de diensten van het orkest aan te bieden. Maxi ontving het geld en liet de klanten zitten. Gewoon zo. Met het briljante idee om de kost te verdienen zonder te werken. Hoewel Maximiliano Batalla van zingen hield en hij graag had gezongen zonder zo nodig te moeten stelen. Maar zijn maten zagen daar niets in. Het aardige was juist dat ze geld vingen zonder hun stem te vermoeien. Het geld werd gedeeld met de andere vier pseudo-mariachi's, duizend *varos** de man.

Het duurde niet lang voordat de vijf oplichters betrapt werden, en hoewel Het Bloemetje en De Dief wisten te ontsnappen, kwamen De Snee (omdat hij zo lelijk was) en De Fret (omdat hij een sufferd was) in de cel terecht. Tegen de knappe Maxi zeiden ze dat hij op vrije voeten zou worden gesteld als hij zich bij het korps van de federale politie voegde, waar zijn engelachtige uiterlijk en gevoelvolle stem als geroepen kwamen voor de politieagenten die zich bezighielden met afpersing, intimidatie en het afleggen van valse verklaringen. Wie zou die mooie Maxi niet geloven?

Ze stuurden hem naar de buurt waar hij was geboren. Hij verzette zich daartegen, want ze zouden hem herkennen en hem letterlijk in mootjes hakken. De agenten dreigden hem. Hij was daar juist op zijn plaats omdat hij iedereen kende, maar niemand hem na tien jaar afwezigheid zou herkennen. Hij was als een jong broekje vertrokken en keerde als een schoft terug. Dat was de grap. Hij zou van huis tot huis gaan en de mensen onder bedreiging voorstellen doen. Geen enkel probleem als jullie ons de helft van de drugs, de drank en de meisjes overhandigen. Door het innen van bijdragen, een belasting voor rust, begonnen de politiemannen en Maxi al binnen te lopen, toen ze de enorme fout maakten om het buurtschooltje te gaan bewaken, met de smoes dat daar hetzelfde werd verkocht als wat zij in de aanbieding hadden.

Toen begonnen de bewoners, zowel de criminele figuren als de fatsoenlijke mensen, zich af te vragen: wat willen die ellendelingen toch? Onze kinderen verrassen, drugs aan hen verkopen, ze de prostitutie in drijven? Terwijl ze hierover in dubio waren, besloot de gemeenschap tot handelen over te gaan en louter als voorbeeld af te rekenen met de vijf agenten.

Twee van hen werden levend verbrand.

Drie werden in elkaar geslagen.

Onder wie Maximiliano Batalla.

Hij werd gevloerd door een klap met een knuppel in zijn nek en verloor voorgoed zijn spraak.

5. Doña Medea nam hem in haar armen, bloedend en verdoofd als de Christus van de Bedroefden. Moeder en zoon liepen wankelend naar het hok achter op de parkeerplaats. Maxi leunde tegen de auto's, besmeurde met zijn rode handen de voorruiten en kermde als een mooi beest dat weet dat het niet alleen gewond is maar ook verdwaald, en niet alleen verdwaald maar ook voorgoed uitgeschakeld. Hij was hoogstens nog de geestverschijning van de mariachi die hij ooit was.

Hij kon niet goed zien omdat hij een waas van bloed voor zijn ogen had. Misschien wist hij zelfs niet waar hij was, of het moest zijn dat hij de vertrouwde geuren herkende, hoewel het heel algemene geuren waren. Melganzenvoet, tijm, majoraan. De hele kruidenhandel uit de keuken van doña Medea, ofwel de keuken van de hele wereld. Want de vrouw – u weet hoe ze is – had niet gezegd wie ze was. Ze verzorgde haar zoon zoals de heilige Veronica Christus zou verzorgen. Onzichtbaar. Zwijgend. Onverwacht maar getolereerd... Want een afgeranselde mannelijkheid is nog geen verslagen mannelijkheid, het betekent dat je mans genoeg bent om het volgende gevecht aan te gaan. Maar als ze naar

Maxi keek, had doña Medea het gevoel dat deze haan niet opnieuw zou kraaien...

Toen gebeurde er iets wat tegelijk ongewoon en voorspelbaar was. Na enkele dagen kwam haar zoon weer bij kennis. Doña Medea diende hem kruiden toe, legde verbanden aan, gaf hem maïsdrankjes en extract van ratelslangen. Maxi zweefde op het randje van de dood na dat pak slaag en hoorde aanvankelijk zijn moedertje heen en weer lopen zonder te beseffen dat zij het was. Later rook hij de kookgeuren en herkende hij misschien iets vertrouwds in de smaak van de soepen die Medea hem met een lepel voerde. Nadat zijn opgezwollen ogen waren geslonken, kon hij ten slotte weer om zich heen kijken. Dus het was het een of het ander. Of hij herkende haar en wilde dat niet toegeven, of hij herkende haar niet en gaf dat toe. Als de zaken er zo voor stonden, wat aanvaardde hij dan? Dat hij zichzelf niet de baas was. Zijn bewegingen, die van een zieltogende traagheid waren, verraadden hem. Hij wist echt niet waar hij was. Of hij veinsde het niet te weten.

Medea gaf geen blijk van herkenning en liet hem evenmin blijken wie zij was. Een heel oude wijsheid in haar zei dat het zo beter was. Als Maxi haar wilde herkennen, zou hij dat uit zichzelf moeten doen. Zij zou zich niet door haar gevoelens laten omkopen. Zij had zo'n sterk karakter dat ze, na de ongelukkige ervaringen van de laatste dagen, uit zichzelf zoiets wist te putten als anderen uit oude verlaten mijnen, die het mysterie van het zilver verbergen waarvan men dacht dat het al lang op was geraakt.

Maxi kon horen. Maxi kon ruiken. Maxi kon voelen en ten slotte zien. Medea hoopte vurig dat haar zoon zou gaan zingen. Ze deed een paar zinloze dingen. Ze zette een plaat van Cuco Sánchez op. Ze joeg de kanaries op stang. Ze floot de tango 'Madreselva'. Het leverde allemaal niets op. Maxi bleef op zijn opklapbed liggen, onder twee dekens en met het liedboek van Picot als hoofdkussen. Met een verre blik in zijn ogen en zonder zijn mond open te doen.

Toen zei Medea tegen zichzelf: zachte heelmeesters maken stinkende wonden.

Ze ging naar de cheffin van het nabijgelegen restaurant om haar te vragen of ze de rolstoel mocht lenen die bestemd was voor gehandicapte gasten. Toen ze weer thuis was, zette ze Maxi met veel moeite in de rolstoel en ging met hem naar buiten.

Ze wist heel goed waarheen ze op weg was.

Op de zeer gelukkige datum van de 22ste november, de dag van de Heilige Cecilia, patrones van de muzikanten, zette ze haar lotsbestemming en die van haar zoon op het spel.

Ze betrad de Onbevlekte Ontvangeniskerk. Een van de muren hing vol ex voto's waarmee bedankt werd voor allerlei wonderen, en dat ging van het overleven van een verkeersongeluk tot een wederopstanding twee dagen na de dood. Zou Medea Batalla haar eigen ex voto aan die galerij kunnen toevoegen? Zou de Heilige Maagd haar zoon, de mariachi, zijn stem teruggeven?

Moeder en zoon kwamen bij het altaar. Maximiliano leek verrukt te zijn en afwezig, alsof het feit dat hij leefde al een wonder op zich was. Doña Medea hoopte op het wonder. Ze ging er niet van uit.

Ze knielde voor het beeld van Maria, die gehuld was in een blauw kleed waar sterretjes op geborduurd waren en met een halvemaan bij haar voeten. Het was een beeld dat wonderen verrichtte. Volgens zeggen had het de dochter van een kermisacrobaat weer tot leven gewekt toen het meisje uit een stoeltje was gevallen en haar borst doorboord was door staken. Ze was gered toen het beeld van de Heilige Maagd boven het reuzenrad was verschenen.

Nu vroeg Medea om een nieuw maar kleiner wonder: of Maria haar zoon zijn stem wilde teruggeven. Of Maxi weer zou gaan zingen. Of de mariachi niet stom zou blijven, want dat zou voor iedereen rampzalige gevolgen hebben: voor de wereld, voor het land, voor de muziek, en voor Maxi en Medi.

Medea richtte zich via haar zoon tot Maria.

'Het geeft niet dat je niet van me houdt, Maxi. Jouw ware moeder is Maria.'

En tegen Maria zei ze: 'Moeder Gods, geef mijn zoon zijn stem terug en hij zal u prijzen.'

En tegen Maximiliano: 'Vooruit, Maxi, je ziet toch dat Onze-Lieve-Vrouw het aan je vraagt? Aarzel niet zo!'

Ze zeggen – heeft u dat niet gehoord? – dat toen het wonder is gebeurd. Maria reikte Medea Batalla de hand en gaf haar een bos sleuteltjes. 'Hiermee kun je mijn huis binnengaan, Medea.'

De vrouw nam de sleutels, drukte er een kus op, hield ze tegen de mond van Maxi en zei: 'Vooruit, jongen. Zing. Maria heeft jou je stem teruggegeven.'

Maar Maxi deed zijn mond niet open. Hij opende alleen zijn ogen, waarin nog steeds een half verwarde, half afwezige blik lag. Toch hield Maria haar blik op hem gevestigd. Maxi keek niet naar haar. Maar Medea wel. De moeder keek naar Maria zoals ze graag had gewild dat haar zoon naar haar zou kijken. In die blik lag heel Medea's leven besloten, haar extreme liefdes, haar vreugde over de geboorte van haar zoon vijfentwintig jaar geleden, de opleving die ze door het slangenbrouwsel voelde, haar futiele werk als wasvrouw voor anderen, haar middelmatige werk als pottenbakster en haar fantastische werk als hulp bij de bevalling van de vrouwen in haar wijk. Alles kwam samen op dat moment waarop Maria en de zoon verenigd werden, de zoon van Medea en de zoon van Maria, de mariachi die op de dag van de straatrellen zijn stem was kwijtgeraakt door een klap in zijn nek, de zanger die nu, als Maria werkelijk wonderen kon verrichten, zijn stem terug zou krijgen...

Er viel een intense stilte.

Alles werd verlicht.

Elke ex voto floepte aan als een lampje van hoop.

De kaarsen straalden.

Maximiliano bleef zwijgen.

Medea opende haar mond en begon te zingen.

Pauw je bent een koerier
je gaat naar Real del Oro
Pauw als ze het je vragen
Pauw vertel ze dat ik tranen huil
van mijn bloed
voor de zoon die ik aanbid.

Medea zong, staande voor de kaarsen, en wenste onwillekeurig dat ze door haar adem zouden doven. Maar de kaarsen doofden niet. Ze vlamden op door Medea's lied. Ze werden bezield door haar levendige stem. Een heldere, krachtige, welluidende stem, een stem om een hanenvechtplaats te animeren. De stem van een man, van een mariachi. Een stem die uit de moeder van de mariachi kwam en alles deed oplichten, de ex voto's, de kaarsen, de sleutels die de Heilige Maagd haar had gegeven, het altaarkleed met de afbeelding van het Laatste Avondmaal...

Een stem die de hele stad vervulde met licht.

6. Doña Medea Batalla zit naakt in een politiecel. Ze heeft alleen maar een met veiligheidsspelden vastgemaakte luier aan. Ze hadden haar op die tumultueuze dag tijdens de algemene razzia meegesleurd. De smerissen, de blauwen, de veldwachters, zoals zij ze noemde, waarmee ze haar eigen verbale ouderdom verraadde. Maar de buurtbewoners die zich het dichtst bij het vuur bevonden voerden ze af, trokken hen de kleren uit en sloten hen op. Ze hadden haar tenminste toegestaan om die beschamende luier aan te houden, die zij berustend gebruikte tegen de incontinentie.

Nu hoopt Medea dat u haar komt bevrijden. Dat u de borgtocht betaalt. Ze moest uw naam wel opgeven. Wie kon ze anders noemen? De begrafenisondernemer? De serveersters in de restaurants? Haar geliefden die in de pulquerías zijn gestorven? De mariachigroep El Sabor de la Tierra? De zoon die ze midden in het gedrang van de avond tevoren dacht te zien?

Nee, meneer. U bent haar enige hoop. U was twintig toen zij veertig was en iedereen in de wijk achter haar aan liep omdat ze zo'n frisse, donkere schoonheid was en iedereen zich liet leiden door Medea's zwarte vlecht, die tot op haar billen hing. Herinnert u zich dat nog, opgedirkte meneer de advocaat? Of bent u uw geheugen kwijt, meneer de fat? Weet u niet meer hoe mooi Medea was en dat ze besloot om alleen van u een kind te krijgen, de vader van de mariachi? U moet zich schamen. Alleen u kunt haar redden. Wees geen schoft. Erken hem. Neem uw verantwoordelijkheid. Voor één keer in uw hele leven, meneer. Vergeet wie u bent en word weer de man die u was. Ter wille van uw moeder.

En kom me niet met hetzelfde verhaaltje als altijd aanzetten: 'We zijn in Mexico. Bid.'

Neemt u liever een slok slangenbrouwsel.

Koor van de naakte wittebroodsweken

Regino en Regina staan in het kantoor voor zoekgeraakte bagage op het vliegveld om te protesteren, ze zijn op huwelijksreis en zijn vanuit Tuxtla Gutiérrez via Mexico-Stad in Acapulco aangekomen, hoe komt het dat hun koffers er niet zijn, wat is er aan de hand, waar zijn ze, ach, mevrouw en meneer – Regino, Regina – maakt u zich geen zorgen, binnen een halfuur hebben we ze weer, gaat u intussen een kopje koffie drinken, hoor eens die dertig minuten zijn al voorbij, wat is er gebeurd? waar zijn ze? Regina denkt aan het prachtige ondergoed dat haar vriendinnen haar met erotische intenties cadeau hebben gedaan op de *shower party* in Tuxtla en het vliegveld de koffers zijn er nog niet een autobotsing weet u, waar? in Chiapas op de startbaan van het vliegveld ze zijn dus nooit in het vliegtuig geweest? nee het laatste nieuws is dat de koffers vernield zijn maar er zat allemaal splinternieuw ondergoed in, bruidskleren, begrijpt u? ach juffrouw ik raad u aan, mevrouw alstublieft, mevrouw u moet geen dingen in een koffer stoppen die u kunt kwijtraken, maar het is mijn bruidsuitzet, ach de mensen raken hier van alles kwijt als u eens wist, god mag weten wat er met uw uitzet is gebeurd, maar soms verdwijnen er prothesen, middeleeuwse harnassen en zelfs gesmokkelde poppen met afschroefbare kop waarin drugs zijn verstopt, wat we hier niet allemaal tegenkomen en u klaagt dat u uw nachthemd bent kwijtgeraakt, graag wat meer respect voor mijn vrouw, ja meneer, maar weet u, meer dan twee miljoen mensen raken jaarlijks op het vliegveld hun bagage kwijt en dus raden we de mensen aan om op reis de kleren te dragen die ze nodig hebben dus ondergoed hemden en sokken en alles wat de familie niet kwijt wil raken in een klein koffertje te stoppen en als u wilt maakt u foto's van wat er in het koffertje zit dan raakt het niet weg, weet u, alle koffers lijken op elkaar ze zijn allemaal zwart want dat is elegant en u mag de hemel prijzen want op een keer arriveerden er meer dan vijfhonderd koffers voor een zekere mister Mazatlán en de gringo's in Los Angeles dachten dat het om een passagier ging in plaats van om een vliegveld en dus kunt u als u wilt een klacht opstellen en die richten aan het depot van Scottsboro Alabama dat is het kerkhof van alle verloren koffers in Noord-Amerika en wat heeft dat echtpaar eigenlijk te klagen, zeg, alsof ze kleren nodig hebben voor hun wittebroodsweken in Acapulco, die hebben ze toch helemaal niet nodig.

De geliefden

Manuel Toledano ging in Venetië aan boord van het schip waarmee hij gedurende de volgende vijf dagen via Triëst en Split naar Dubrovnik zou varen. Een *vaporetto* bracht hem vanaf zijn hotel aan het Canal Grande naar het Darsena, maar in de ogen van de reiziger bleef de herinnering aan de hertogelijke stad als een eeuwige en verdubbelde luchtspiegeling. Terwijl hij wegvoer, verwijderde Manuel zich van een fantasie die in zijn herinnering veranderde in een geestverschijning van zichzelf. Even dacht hij dat het spookbeeld van Venetië misschien meer werkelijkheid bezat dan de bedrieglijke werkelijkheid van straten, kanalen, pleinen en kerken van de stad.

Het versterkte Dogenpaleis herinnerde eraan dat alle mooie gebouwen in Venetië – de Parel van de Adriatische Zee – voortkwamen uit een eeuwenoude nabootsing, uit een blijvende hang naar de Italiaanse theatraliteit. Venetië verkoos haar dramatische decor – haar weelderige achtergrond – boven iets wat uiteindelijk een handelscentrum was, even kaal als de steiger waar Toledano die ochtend op was gestapt, met het vergeten gevoel weer vaste grond onder de voeten te hebben, een bevestiging van het feit dat Venetië drééf en dat de reiziger daar moest wennen aan de wiegelende stenen.

Maar nadat hij door de douane was gegaan, had de stad toch nog een laatste illusie voor hem in petto, een gloed die zich als een floers over Venetië legde: licht, adem, polsslag, schuimige lucht, speeksel van de zee.

153

Nadat hij zich in zijn hut had geïnstalleerd, maakte Manuel een wandelingetje over het dek. Hij wilde zich de aankomst in Triëst niet laten ontgaan, noch de eveneens spookachtige aanblik van Miramar, het geliefde verblijf van het trieste keizerlijke paar Maximiliaan en Charlotte.

Toen de haven in zicht kwam, zag Manuel het paleis en in een flits voelde hij medelijden met het jonge vorstelijke paar dat, naïef en ambitieus tegelijk, door zijn onschuld en zijn dromen van een erfelijk kalm leven in Europa werd afgehouden om in Mexico de dood te vinden door geweervuur en gekte.

Uiteindelijk waren zij alleen maar een ongelukkig paar.

'Kijk eens naar het paleis, meisje... O, wees niet zo onhandig. Sukkel!'

Er klonk een verschrikkelijke herrie van achteruitgeschoven stoelen en daarna een berustende zucht die eindigde in een moeizaam gehijg. Manuel ging de hoek van het dek om en zag hoe een vrouw een omgevallen stoel overeind probeerde te zetten. Hij haastte zich om haar te helpen. De boze dame kon weer achterover gaan liggen in haar *deck chair*.

'*Grazie*,' zei ze tegen Manuel.

'Geen dank, mevrouw,' glimlachte Manuel. Zij deed niet vriendelijk terug, maar wierp een nieuwsgierige blik op hem en deed alsof ze zich opnieuw in haar modetijdschrift verdiepte.

Hun blikken hadden elkaar evenwel een moment lang vragend gekruist en toen Manuel terugkeerde naar zijn pseudo-uitkijkpost aan de reling (mensen reizen altijd alsof het van hen afhangt of de tocht per trein, vliegtuig of boot goed verloopt), waagde hij het om heimelijk te denken dat die mevrouw een Mexicaanse was, haar manier van uitdrukken verraadde haar, kende hij haar? Had hij haar eerder gezien? En herkende zij hem?

Manuel glimlachte tegen Triëst. Hij had zich al zo vaak vergist wanneer hij een vriendschap uit zijn jeugd dacht te vinden in het diepst verborgen lichtje in een blik van vroeger, in de vermoeide klank van een stem die ooit zo helder was...

Soms was het raak, jij bent toch Borras Barroso, die basketbal-kampioen van de Francés Morelos-school? O nee? Jij zat toch vooraan bij het college burgerlijk recht op de San Ildefonso? Met mannen was het een duidelijke zaak: ja of nee. Met vrouwen was het ingewikkelder, u bent wel heel brutaal, meneer, uw tactiek is heel afgezaagd, pardon, u vergist zich en zelfs, wat jammer, ik had u graag leren kennen toen u jong was, of openlijk, u bent een ouwe geilaard, u ziet er nog heel goed uit maar u bent wel een beetje opdringerig...

Vijfenzestig jaar goed geconserveerd. Als een pot jam...

De dame concentreerde zich op haar lectuur. Manuel obser-veerde haar vanuit zijn ooghoeken. Ze moesten beiden van de-zelfde leeftijd zijn, en ook dezelfde nationaliteit hebben. Met een beetje geluk zouden ze bij het diner misschien aan dezelfde tafel zitten, dan zou er gelegenheid zijn om elkaar op een natuurlijke manier te benaderen, hoffelijk, zonder belachelijke of riskante voorwendsels...

Ze verscheen niet aan tafel. De boot bleef de hele nacht in Triëst liggen. Misschien was ze naar een restaurant in de haven gegaan. Zij. Hij bleef nadenken, had hij haar eerder gezien? Waar? Wanneer?

Het geheugen moest wel een paar extra spiegeltjes hebben waarmee je laag na laag de gezichten van vroeger over het ge-zicht van nu kunt leggen, tot het laatste gezicht van de dood wordt onthuld. Dit proces zou zich ook in omgekeerde richting moeten voordoen, tot het eerste profiel op zijn beurt tevoor-schijn komt, dat van de begeerde jeugd, samen met het onloo-chenbare gevoel dat we jong waren en dus ook gelukkig, sterk, mooi en bijzonder...

Maar het verleden is een nevel die onzichtbaar boven ons hoofd opdoemt, zonder dat we het beseffen. Tot het op een dag gaat regenen.

In zijn binnenste voelde Manuel dat zijn hart nog net zo stevig klopte als toen hij jong was. Het verontrustte hem niet. Het verbaasde hem juist. De kalenders, de spiegels, maar vooral de blikken van de mensen die hem niet meer herkenden, konden het beeld dat Manuel Toledano van zichzelf had niet uitwissen. Zijn innerlijke blik hield zijn vroegere blik, die van zijn jeugd, in stand. Voor hem was het een getrouw, een oproepbaar beeld, vastgezet in honderd en één trekken van zijn door de tijd veranderde gezicht.

Misschien dat de rest niet de Manuel Toledano zag die hij was, maar híj wel. Hij was de beste, de zekerste bewaker van zijn ware beeld: dat van de jeugd.

En zij? Was haar innerlijke en vroegere blik die van een geheugen dat trouw de gezichten van de meest nabije verwanten, van verloren vrienden, van vergeten geliefden had opgeslagen?

En zij...?

Toen Manuel de dag erna over het dek wandelde, met zijn hand bij wijze van klep boven zijn voorhoofd tegen de felle Adriatische zon, maakte hij daarvan gebruik om verstolen blikken te werpen op de dame, die gemaskerd was met haar modetijdschrift en ontmaskerd werd doordat ze een ongeduldige verstrooidheid vertoonde, alsof haar lectuur een vermomming was voor iets anders, een voortdurend afgeleide waakzaamheid, een tegelijk onaangename en gebiedende taak... De vrouw sloeg zonder te kijken de pagina's van het tijdschrift om. Ze bekraste ze bijna alsof haar geheugen een scherpe nagel was.

Ten slotte – onvermijdelijk? – kruisten hun blikken elkaar. Haar ogen werden verblind door de weerkaatsing van de zee, die van hem verduisterd door de schaduw van zijn hand. Manuel glimlachte tegen de vrouw.

'Neemt u mij niet kwalijk, maar gisteren hoorde ik u praten en toen zei ik tegen mezelf dat u Mexicaanse bent.'

Zij knikte zonder iets te zeggen.

Hij ging door, zich bewust van het feit dat hij een gevaarlijke en vermetele stap zette.

'Sterker nog. Ik heb de indruk dat we elkaar al eens eerder ontmoet hebben.'

Hij lachte om zichzelf, met toegeknepen ogen. Nu zou de verbale oorvijg komen, nee, we hebben elkaar nooit eerder ontmoet, u moet niet zo brutaal en opdringerig zijn, die truc is oeroud.

Zij keek op.

'Ja. Die indruk had ik ook.'

'Ik ben Manuel Toledano...'

'Manuel! Manolo!'

Hij knikte verrast.

'Manuel, ik ben Lucy, Lucila Casares, weet je nog?'

Hoe zou hij dat niet meer weten. Er schoten zowel zoete als heftige beelden uit zijn jonge jaren door zijn hoofd, toen hij negentien, twintig was, van warme nachten, alleen door de sterren gekoeld. De stranden. De geur van een jeugdig lichaam, het door de zee gewiste zweet dat hen al kussend opnieuw uitbrak. Dicht tegen elkaar aan gedrukt roerloos dansend in nachtclub La Perla in Acapulco... Vluchtige geuren. Dode aroma's.

Lucila Casares. Hij keek haar met oneindige tederheid aan, nu zonder een spoortje verbazing of voorzichtigheid. Hij zag geen vrouw van ruim zestig, even oud als hij. Hij zag een meisje met krullend haar van een onbestemde kleur, blond maar donker, koper op goud, tarwe op gerst: ze was klein, sensueel, zich bewust van elke beweging die ze maakte; Lucila met de zachte armen en de goudbruine benen en haar gezicht voor altijd belicht door de tropenzon... Manuel proefde op zijn lippen het schuim van de weemoed.

'Lucila...'

'Een wonder, Manuel.'

'Toeval?'

'Wat je maar wilt. Wat leuk.'

Met een koket gebaar klopte zij zachtjes op de luie stoel naast haar, Manuel aansporend om daar plaats te nemen.

Manuel vreesde maar één ding. Dat informatie over hun actuele situatie – het huidige leven van een man en een vrouw van zestig – de verrukkelijke terugkeer naar hun jeugd, de jeugdliefde waarvan ze allebei zo genoten hadden, zou doen vervagen. Hij, Manuel. Zij, Lucila.

'Ben je het echt, Manolo?'

'Ja, Lucila. Voel mijn hand maar. Herken je hem niet?'

Ze schudde glimlachend haar hoofd.

'Dat verandert niet. De handpalm,' drong hij aan.

'Ach ja, de levenslijn. Ze zeggen dat hij in de loop der jaren korter wordt.'

'Nee, hij wordt dieper.'

'Manuel, wat een verrassing...'

'Zoals vroeger, in Acapulco, in 1949...'

Ze lachte, legde haar vinger tegen haar mond en sperde zogenaamd verontrust haar ogen open.

Hij lachte.

'Oké, Acapulco voor altijd.'

Hij voelde dat hij er recht op had om herinneringen op te halen en vroeg haar om het samen met hem te doen. De Adriatische Zee, een kalme en kleurige zee, bood die ochtend eveneens een onvergetelijke hemel.

'Stel je voor, ik had je al gehoord voordat ik je kende.'

'En wanneer was dat?'

'Tijdens de feesten in '49. Ik logeerde in een kamer naast de jouwe in hotel Anáhuac. Ik hoorde je lachen. Nou ja, in het Engels heet dat *giggle*, zo'n frisse, jeugdige, onschuldige lach...'

'Bedrieglijke lach,' glimlachte Lucila, met doelbewust opgetrokken wenkbrauwen.

Maar hun ontmoeting die avond tijdens de cocktailparty was niet bedrieglijk. Hij zag haar komen aanlopen, licht, stralend, en van top tot teen overgoten met die tinten van goud en koper, een mooi meisje. Hij zag haar binnenkomen en zei: Dat kan alleen maar dat meisje uit de kamer naast de mijne zijn, hij ging naar haar toe en stelde zich voor.

'Manuel Toledano. Uw buurman, juffrouw.'

'Jammer.'

Hij keek haar vragend en onthutst aan.

'Ja,' ging het meisje verder. 'We zijn gescheiden door een muur.'

Ze waren onafscheidelijk gedurende die onvergetelijke decembermaand in het jaar '49, en die situatie ging door in de januarivakantie, na de San Silvester-feesten, met een herhaling van hun eerste verrassende en tedere ontmoeting, tijdens die cocktailparty spraken we alleen maar met elkaar hadden we alleen maar oog voor elkaar de andere gasten bestonden niet voor ons ze kraamden alleen maar onzin uit vanaf het eerste moment waren daar alleen jij en ik Lucila en Manuel Lucy en Manolo.

De dagen waren lang, de nachten te kort.

'We dansten in La Perla, weet je nog?'

'Weet je nog wat voor muziek ze speelden?'

'Ik loop over het tropische pad...'

'De nacht is vervuld van onrust...'

'In de bries uit zee...'

'Nee, je vergist je. Eerst komt "Met zijn geur van vocht..."'

Ze schoten beiden in de lach.

'Wat een kitsch,' zei Lucila.

Toen Acapulco nog een klein plaatsje was, een puber, zoals zij zelf ook pubers waren, half volwassen, altijd verdeeld tussen bergen en strand, arm en rijk, inwoner en toerist, en toen Acapulco nog een schone zee had en heldere nachten, families die van elkaar hielden en ontluikende liefdes, het warme, kalme water van Caleta en Caletilla, het onstuimige water van de Revolcadero, de razende golven van Playa de Hornos, de stille golven van Puerto

Marqués, de stenen ravijnen van La Quebrada, pas geopende hotels zoals Las Américas en Club de Pesca, en oude hotels zoals La Marina, La Quebrada, maar allemaal zandkastelen.

'De bolero's gaven ons de kans om dicht tegen elkaar aan te dansen.'

'Ik weet het nog.'

'In de bries uit zee...'

'Hoor je een lied weerklinken...'

Een vakantieplaats, onverschrokken en rustig tegelijk, weifelend tussen haar nederige verleden en haar waarschijnlijk paradijselijke toekomst. In de lucht boven het vliegveld trilde al een ander Acapulco met supervliegtuigen, supermiljonairs en superberoemdheden. In 1949 was dat nog niet zo, hoewel de huiselijke rust van toen niet de sociale kloof kon verhullen, die dieper was dan de Quebrada* zelf.

'Ik weet het nog,' glimlachte Manuel.

'Ik ook,' zei Lucy.

De geur van twee lichamen in de bloei van hun leven. Het aroma van de zon van Acapulco. Het aanstekelijke zweet van Manuel. Het zoete zweet van Lucy. Allebei veranderd door de ongekende ervaring van hun jongehondjesliefde... Een dag waaraan we soms terugdenken, Lucy, en soms niet, Manuel.

De volmaakte symmetrie van de dag en het leven tijdens een vakantiemaand in Acapulco.

Ze spraken met ingehouden emotie, en terwijl ze door de bootreis gescheiden waren van de wereld, waren ze door hun gedeelde herinnering verbonden met de aarde. Acapulco in de vakantie van '49. Acapulco aan het begin van het decennium van de jaren vijftig. Een tijd van vrede, van illusies, van vertrouwen. En zij tweetjes, Lucila en Manuel, elkaar omhelzend in het centrum van de wereld. Wat zeiden ze tegen elkaar?

'Ik weet het niet meer. Jij wel?'

'Wat twee jonge hondjes tegen elkaar zeggen,' lachte Manuel. 'Wat die doen...'

'Weet je dat ik mijn hele leven nooit meer zo gelukkig ben geweest, Manolo?'

'Ik ook niet.'

'Fantastisch hoe je in vijf weken intenser kunt leven dan in vijftig jaar... Sorry dat ik zo openhartig ben. Door je leeftijd mag je dingen zeggen die je vroeger beslist niet kon zeggen.'

Ze overstelpten elkaar met gedetailleerde herinneringen, de stranden van toen, Caleta overdag, Hornos tegen de avond, de kinderen die met zand speelden, de vaders die langs de zee wandelden in lange broek en overhemd met korte mouw, en de moeders in een gebloemde jurk en strooien hoed, nooit in badpak, waakzame ouders die zagen hoe de pubers zich verwijderden van het strand en naar het eiland La Roqueta zwommen waar de vaderlijke blikken niet konden komen waar de jongehondjesliefde kon samengaan met de enig zichtbare liefde de opgewonden eerste liefde eerder overgave van de ziel dan van het lichaam maar de dwaze en onbedwingbare polsslag van het lichaam de blik met gesloten ogen – weet je nog Lucy weet je nog Manolo? – de eerder onzekere dan ervaren sensuele en verkennende aanraking in de vroege ochtend Lucy, Manolo, terwijl vanaf Caleta de ouders bezorgd naar het eiland kijken en zich alleen maar afvragen zullen ze op tijd terugkomen voor het eten? en de moeders zullen hun parasols nog wijder openen en de vaders zullen met hun panamahoeden zwaaien en vragen of ze terug willen komen kom terug het is al laat...

'Is het zo gegaan, Manolo?'

'Geen idee. De dag dat je elkaar voor het eerst ontmoet is altijd een dag zonder herinnering.'

'Het waren veel dagen, een liefde die heel lang leek te duren...'

'Nee, herinner je haar als een enkele dag, de dag van onze ontmoeting.'

Lucila stond op het punt Manolo's hand vast te pakken, maar ze hield zich in. Ze zei alleen: 'Wat heb je lange vingers. Ik geloof dat ik me die nog het best herinner. Daar hield ik het meest van. Je lange vingers.'

Ze keek hem strak aan, met een wrede schittering in haar ogen die hem verbaasde.

'Ik heb me zo vaak afgevraagd: hoe zou het met hem zijn? Zou hij gelukkig zijn, ongelukkig, arm, rijk?'

Ze glimlachte. 'Maar één ding wist ik zeker. Manuel heeft heel smalle, heel lange, heel lieve vingers... Vertel me eens, waren we in die tijd zo onervaren?'

Hij glimlachte terug.

'Weet je dat in het tsaristische Rusland stellen die ouder waren dan vijftig toestemming van hun kinderen nodig hadden om te kunnen trouwen?'

Lucila boog haar hoofd.

'Verwijt je me dat veertig jaar later nog?'

Nee, schudde Manuel, nee.

'Weet je dat ik vreselijk naar je verlangde?'

'Waarom heb je me dat toen niet gezegd?'

Zij antwoordde niet rechtstreeks. Zonder de man aan te kijken wuifde ze zich lusteloos koelte toe.

'Er werd van mij verwacht dat ik volmaakt zou zijn.'

Zij liet de waaier in haar schoot vallen, naast het tijdschrift. 'Wie is volmaakt? Zelfs niet de mensen die dat van je eisen.'

'Je hebt me veel pijn gedaan, Lucila.'

'Denk je eens in wat het mij gekost heeft om tegen jou te zeggen: Ga weg ik hou niet meer van je.'

'Moest je dat van je ouders zeggen?'

Ze raakte van streek.

'Dat moest ik tegen je zeggen zodat je weg zou gaan, zodat je niet meer van me zou houden...'

'Nee, zeg eens eerlijk, geloofde je dat?'

'Hoe kom je erbij?' Onwillekeurig verhief ze haar stem.

'Hebben ze dat van je gevraagd?'

'Ja, maar dat was niet de reden dat ik je afwees.'

Manuel hield voor zich wat hij wist. Lucila moest trouwen met een jongeman van goede komaf. Manuel was zoals ze dat noemden 'een fatsoenlijke vent', maar hij beschikte niet over een vette bankrekening. Dat was de ware reden, een categorisch bevel, breek met die arme sloeber, die Manuel kan je niet het leventje geven dat je toekomt, romantische liefde houdt geen stand, je wordt oud en wat je wilt is zekerheid, comfort, een chauffeur, een huis in Las Lomas, vakanties in Europa, winkelen in Houston, Texas...

'Nou, hoe zit het?'

Ze kwam trots overeind.

'"Ga weg. Ik hou niet van je."'

Ze keek hem recht in de ogen. 'Ik dacht dat ik je daarmee kon tegenhouden.'

'Ik probeer je te begrijpen,' mompelde Manuel.

Lucila sloeg haar ogen neer. 'Bovendien vond ik het een opwindend idee. Je wegsturen...'

'Als een bediende.'

'Ja. En me opwinden. Eens kijken of je zou tegenspartelen en niet zou geloven wat ik zei en mij met de rug tegen de muur zou zetten...'

'Jouw ouders hadden dat beslist.'

'En jij sleepte me mee, jij ontvoerde mij, jij liet je niet op je kop zitten... Het was mijn eigen beslissing. Dat hoopte ik.'

Ze kwamen met de bouillon en de toast. Manuel was in gepeins verzonken, verdiept in zichzelf en vechtend tegen een onaangename gedachte: de scheiding van de twee jonge geliefden puur zien als een episode in de autobiografie van een egoïst. Er moest iets meer zijn. Hij nam slokjes van de bouillon.

'We hebben toen een afspraak gemaakt, weet je nog?' zei Manuel.

'En we stelden die almaar uit,' zei Lucila.

'We konden de hoop toch niet opgeven?'

'Ik heb me zo vaak afgevraagd: hoe zou het met hem zijn? Ik heb mezelf zo vaak verweten: waarom liet ik hem gaan? Ik was niet gelukkig met de man die ze voor me hadden bestemd. Ik was gelukkig met jou, Manuel...'

Ze keken elkaar aan. Twee oude mensen die aan lang vervlogen tijden dachten. Dachten die twee dat er uiteindelijk niets was gebeurd? Of dat, gezien de rol die het toeval had gespeeld, alles heel anders had kunnen lopen? Terwijl ze nu naar elkaar keken zoals ze nooit naar elkaar hadden gekeken, nu het heimwee was verbannen door de aanwezigheid, dachten ze allebei dat als al die dingen gisteren niet waren gebeurd, ze nu zouden gebeuren en alleen zo voorgoed in hun herinnering zouden blijven. Het zou een onherhaalbaar moment in hun levens zijn. Het heden zou alle nostalgie naar het verleden vervangen. Misschien zelfs elk verlangen naar een toekomst.

'De zoete pijn van de scheiding. Wie zei dat?' mompelde hij.

'De pijn om je te verliezen,' zei ze heel zachtjes. 'En de dwang om mijn emoties te verbergen...Weet je dat ik vreselijk naar je verlangde?'

'Waarom heb je mij dat toen niet gezegd?'

Lucila veranderde opeens van onderwerp. Nee, ze had geen gelukkig huwelijk gehad. Toch was ze wel gelukkig omdat ze drie dochters had gekregen. 'Allemaal vrouwen,' glimlachte zij. En hij? Nee, de eeuwige vrijgezel.

'Het is nooit te laat,' lachte Lucila.

Hij lachte ook.

'Op je zestigste kun je beter voor de vierde keer trouwen dan voor de eerste keer...'

Ze moest bijna lachen, maar hield zich in. In de woorden van de man lag een vluchtige maar waardige droefheid. Een sentiment dat voor hun beider leven van nu noodzakelijk was. Toch bespeurde Lucila een zekere koelte in hem zodra ze van de herinneringen uit hun jeugd overstapten op de toekomst van de oude dag.

'Hoe is het verder met je gegaan, Lucila?'

'Ik was omringd door mensen wier gezelschap te prefereren was boven hun intelligentie.'

'Ongeïnteresseerde mensen.'

'Ja, nette mensen. Soms ben ik blij dat ik niet jong meer ben.'

'Hoezo?'

'Ik hoef niemand meer te verleiden. En jij?'

'Het tegendeel. Oud zijn betekent dat je gedwongen bent om te verleiden.'

'Waar is een oude vrijgezel naar op zoek?' hernam Lucila op speelse toon.

'Een rustig plekje om te werken.'

'Heb je dat gevonden?'

'Geen idee. Ik denk van wel. Ik heb geen familieverplichtingen. Ik kan reizen.'

Hij besloot niet te zeggen waar dat plekje was. Hij was bang deze wonderbaarlijke ontmoeting te verpesten. Om opnieuw de deur open te zetten voor uitgestelde afspraken, alsof ze weer twintig waren en op het punt stonden om onder druk van anderen hun relatie te verbreken. Om de wil opgelegd te krijgen van mensen die niets begrepen van de liefde van twee jonge mensen zonder levenservaring.

Wie begrepen het? De lui die niet het wonder kenden van verliefde jonge mensen, die elkaar al kenden toen ze elkaar leerden kennen. Ze hadden het voorvoeld en er misschien naar verlangd zonder dat ze er al een naam of een gezicht aan konden geven. Voor hen is de eerste keer al de volgende keer.

'Ik stel me zo voor dat je niet in Mexico woont.'

'Nee. Af en toe ga ik terug naar Mexico.'

'Waarom?'

'Vroeger uit heimwee naar de rust. De traag verstrijkende

uren. De nog tragere maaltijden. Alles was toen zo menselijk. Nu keer ik terug uit angst voor de dood.'

'Hè...?'

'Ja. Ik wil niet doodgaan voordat ik Mexico nog een laatste keer heb gezien.'

'Maar de stad is tegenwoordig heel onveilig. En vijandig.'

Hij glimlachte. 'Niet voor een romantische man die zo gekwetst...' Hij onderbrak zichzelf en veranderde plotseling van onderwerp en van toon. 'Ik moet je zeggen dat ik mijn liefde voor jou al had voorzien. Zij was altijd al binnen in mij.' Hij zweeg en keek haar in de ogen. 'Hoe kon ik afstand doen van iets wat er al was voordat ik je zelfs had gezien? Moet ik toegeven dat het alleen maar kon voortduren toen ik je verloor?'

Hij stopte toen hij op het punt stond toe te geven aan iets wat hij het meest verachtte. *Self-pity.* Zelfmedelijden. Misschien dacht zij wel hetzelfde als wat hij nu verzweeg... Dat hij gekwetst was door de liefde voor de verkeerde vrouw en het niet kon helpen...

'Dat hij van haar hield.'

'Hè?'

'Kijk eens naar de zee,' gebaarde hij. 'Zie je daar geen nonnen met hun kleren aan voorbij zwemmen?'

Nu moest ze toch lachen.

'Ik had altijd zo'n plezier met jou, Manuel.'

'Ik was helemaal de kluts kwijt en moest zonder jou mijn leven een andere richting geven.'

'Zeg dat niet. Je moet het zelfs niet denken.'

'Nee. En jij?'

'Ik woon in New York. Mexico-Stad is me te onveilig. Ze hebben de man van een van mijn dochters ontvoerd en vermoord. We betaalden het losgeld. En toch hebben ze hem vermoord. Mijn andere twee dochters wonen nog in Mexico-Stad, want hun echtgenoten werken daar, ze rijden in auto's met kogelvrije rui-

ten en met een leger van lijfwachten. Ik mis ze. Vooral mijn kleinkinderen. Ik ga bij hen op bezoek en zij komen bij mij.'

Ze lachte zachtjes.

'Ach, Manuel.'

Ze barstte in snikken uit. Hij sloeg zijn armen om haar heen.
Schokkend van het huilen zei ze: 'Al jarenlang kijk ik vanuit mijn
ooghoeken naar wat eraan komt en ik durf het niet aan te kijken,
ik durf niet te kijken naar wat eraan komt, nu denk ik dat jij het
altijd was, als een spookverschijning uit mijn jeugd, waarom worden er geen uitzonderingen gemaakt voor alles wat we niet horen
te doen, terwijl wat we graag doen altijd uitzonderlijk is?'

'Ik niet,' zei hij met iets van toenemende zekerheid. 'Ik blijf ho-
pen. Ik blijf dat geluid achter me horen. Ik ben nergens zeker van.
Al voordat ik vermoedde dat jij in Acapulco in de kamer naast de
mijne was, had ik jouw verrukkelijke verschijning al heel diep in
mij voorvoeld. Het enige wat eraan ontbrak om het spook tevoorschijn te laten komen was jij.'

Hij omhelsde haar innig en drukte een kus op het voorhoofd
van de vrouw.

'Hoe kan ik iets opgeven wat er altijd al was? Moet ik toegeven
dat iets alleen kon blijven bestaan nadat je mij had verlaten?'

Hij liet haar los en allebei bleven ze een poosje naar de zee kijken. Zij dacht dat er niets treuriger is dan een teleurgestelde
jeugdliefde en hij dacht dat wij, als we onze eerste intense emotie
opgeven, de kalmte van de afstandelijkheid verwerven. En allebei
vroegen ze zich af, zonder dat ze het durfden te zeggen, of ze alleen maar een puberfantasie hadden beleefd of een noodzakelijke groeifase hadden doorgemaakt.

'Wat fijn dat we elkaar weer zijn tegengekomen,' ging Lucila
ten slotte met onbedoelde oprechtheid verder. 'Elk van ons had
dood kunnen gaan zonder de ander terug te zien, besef je dat
wel? Weet je,' zei ze met een bepaalde intonatie, 'soms dacht ik
met zowel vreugde als pijn aan alles wat we samen hadden kun-

nen doen, lezen, kletsen, denken... Samen naar de film, naar een restaurant...'

'Ik niet,' antwoordde Manuel. 'Besef wel dat we ontkomen zijn aan de sleur en de onverschilligheid.'

Hij zei dat anders dan hij gewild had. Scherp, onaangenaam en met achterhouding van de redenen die zij niet kende en die hij nooit zou onthullen aan het meisje uit het jaar 1949, maar die hij met een heftig schaamtegevoel vertelde aan de vrouw van nu, het was niet alleen jouw beslissing, Lucila, het waren niet alleen jouw ouders die tegen mij waren, ook mijn moeder was tegen, mijn moeder ging achter mij staan terwijl ik me voor de spiegel aan het scheren was, ze pakte mij bij de schouders, omarmde me met een vlinderachtige aanraking die voelde als de dodelijke omknelling van een inktvis en ze zei: Je lijkt zo op mij mijn jochie kijk eens naar jezelf in de spiegel dat meisje verdient je niet die familie van haar past niet bij jou ze zullen je kleineren laat haar toch lopen ik wil niet dat je zo moet lijden als ik lijd sinds je vader is weggegaan en gestorven mijn lieve zoon denk goed na, past zij wel bij je?

'Waarom zijn we uit elkaar gegaan, Manuel?'

'Omdat jij wilde dat ik me helemaal aan jou zou overgeven.'

'Ik?' glimlachte de vrouw die het gewend was om zich aan te passen.

'Ik moest mijn vrienden vergeten, mijn werk, mijn moeder. Ik moest me bij jouw exclusieve en buitensluitende wereldje voegen.'

Lucila reageerde met een vreemd verlangen om Manuel niet teleur te stellen.

'En jij wist niet hoe dat moest. Of je kon het niet, hè?'

'Wij wilden allemaal andere dingen doen, Lucy, en we zijn de weg kwijtgeraakt. Laten we tevreden zijn met wat we bereikt hebben. Onze families dwongen ons onder ogen te zien waarin wij verschilden. Jij hebt een rijke arme in de steek gelaten voor een arme rijke.'

Hij stopte even en veranderde van houding terwijl hij haar recht in de ogen keek.

'Is het wachten op een toekomstige liefde triester dan de droefheid om een verloren liefde? Laat ik je als troost zeggen dat het mooi is om van iemand te houden die we niet wilden, alleen al omdat we samen beloftevol waren en dat altijd zullen blijven...'

'Je hebt me nog niet verteld...' zei Lucila met een lichte minachting, 'waar jij je eigenlijk mee bezighoudt.'

Hij haalde zijn schouders op.

'Einde gesprek,' concludeerde Lucila.

'Ja,' zei Manuel als afscheid. Hij maakte een beleefde buiging en liep weg over het dek, binnensmonds mompelend: 'Wij zijn parasieten van onszelf geworden.' Hij had een onzeker gevoel over de ontmoeting en werd gekweld door twijfel.

Lucila glimlachte bij zichzelf. Wat hadden ze veel dingen tegen elkaar gezegd en nog veel meer dingen nagelaten tegen elkaar te zeggen. Ze kon toch niet tegen die man zeggen: Weet je, ik leef met de hoop dat iemand mij de dagelijkse dingen vertelt, van die kleine dingen waarmee we onze tijd vullen, zodat ik tegen mijzelf het allerbelangrijkste kan zeggen?

'Weet je, jij gaat dood. Dit is je laatste vakantie. Haal er alles uit. Jij gaat dood. Verzin een leven voor jezelf.'

Ze was dankbaar voor wat er gebeurd was. De herinnering aan haar adolescentenjaren en haar heftige eerste liefde vulde de leegte van de scheiding en haar gefnuikte liefde volledig op. Het was een ondraaglijke gedachte om te sterven zonder besef te hebben van zowel de dood als de liefde. Dat moest zij aan wie dan ook vertellen, aan de eerste persoon die ze zou tegenkomen met het floers van onwetendheid op zijn gezicht en met handen die door de handschoenen van het verleden waren vermomd... Ze moest het vertellen aan de eerste man die op haar afkwam, een bekende of een onbekende. En als het een onbekende was, dan moest ze rekenen op de slimme medeplichtigheid van een solitaire reiziger, zoals zijzelf, die maar al te graag de herinnering aan iets wat nooit was gebeurd met haar wilde delen...

Manuel Toledano daarentegen dacht, terwijl hij naar het voordek liep, dat hoe onbereikbaarder de herinnering is, hoe vollediger zij is.

Hij versnelde zijn pas om naar Lucila terug te gaan en bleef staan toen hij haar van veraf zag, vergezeld van een jong meisje. Hij draaide zich om om via een gang dicht bij het dek ongezien in hun buurt te komen.

'Met wie praatte je, oma?'

'Met niemand, Mercedes.'

'Ik zag jullie. Maar ik wilde jullie niet storen.'

'Het stelde niets voor, hoor. We keken elkaar alleen maar aan. Ga eens na, meisje, hoe vaak we een blik met iemand wisselen en vervolgens weer doorlopen.'

'En is er niets gebeurd?' vroeg Mercedes plagerig.

'Nee, er is niets gebeurd.'

'Waar hadden jullie het dan over?'

'Nieuwsgierige snotaap,' riep Lucila. 'Over plaatsen die er niet meer zijn.'

'Zoals?'

'Acapulco. En over spitsmuizen.'

'En wat gebeurde er?'

'Niets, zei ik toch. Je moet leren om met gevoel aan dat soort plekken terug te denken. Ook al zijn het pure leugens.'

De grootmoeder streelde de wang van het meisje.

'En nu is het genoeg, Meche. Nu gaan we op zoek naar dat ondeugende zusje van je. Het is etenstijd. Vooruit.'

Manuel bleef staan luisteren tot het meisje haar oma hielp om overeind te komen en ze beiden wegliepen. Misschien zou hij ze tijdens de reis opnieuw tegenkomen. Misschien zou hij dan Lucila durven benaderen en tegen haar zeggen: 'Wij hebben elkaar niet echt leren kennen. Het zijn allemaal verzinsels. Wij besloten een nostalgisch verleden voor onszelf te scheppen. Pure leugens. Schrijf het maar op rekening van het pure toeval. Er was geen verleden. Er is alleen het heden met zijn momenten.'

Hij keek naar de Dalmatische kust. Ze naderden de haven van Spalato, in feite een immens paleis dat zich had ontwikkeld tot een stad. Hier had keizer Diocletianus gewoond op binnenplaatsen die nu pleinen waren, tussen muren die nu restaurants, in vertrekken die nu appartementen, bij galerijen die nu straten en baden die nu waterreservoirs waren.

Manuel zag die details niet vanaf het dek. Hij zag de luchtspiegeling van de oude keizerlijke stad, de fictie van haar teloorgegane grootheid die alleen werd hersteld door de verbeelding en meer dan wat ook door de honger naar meer kennis over hoe zij was in plaats van hoe zij is en had kunnen zijn.

Van *mirage* tot *mirage*, van Venetië tot Spalato veranderde de wereld van de herinneringen in de wereld van de verlangens, en tussen die twee klopte een hart dat verdeeld werd door de op de proef gestelde liefde tussen verleden en heden.

Toen stak de Adriatische wind op, de vochtige en zoele sirocco die geladen is met de dreiging van regen en nevel. Het is een droge wind vanwege zijn Noord-Afrikaanse oorsprong, en de zee bezwangert hem met stoom en water.

Nog niet. De wind blies zachtjes en de Dalmatische stad schitterde als een extra illusie van de god Apollo.

Manuel mompelde slechts: 'Ik blijf aan je denken.'

Koor van de vermoorde familie

Mijn vader en mijn moeder
zijn vermoord bij het bloedbad in El Mozote
op 11 december 1981
omdat het leger van de dictatuur de guerrillastrijders van het
    Frente Farabundo Martí* niet kon verslaan
besloten zij onschuldige mensen te vermoorden om de bevolking
    angst aan te jagen
ze zeiden dat ze ons dorp zouden binnenvallen maar dat ze
de mensen die in hun huizen bleven
niet zouden doden
alleen degenen die op straat liepen en de mensen uit de nabije
    dorpen
die zouden ze als konijnen neerschieten
het Atacatl-bataljon dat gefinancierd en opgeleid was door de
    USA
pleegde toen een verrassingsaanval en liquideerde alle inwoners
    van El Mozote
mannen vrouwen kinderen
op 10 december trokken de soldaten van het bataljon
El Mozote binnen
zij haalden iedereen uit de huizen
en brachten hen op het dorpsplein bijeen
en bevalen hun op hun buik te gaan liggen
ze werden geschopt
en ervan beschuldigd dat ze guerrillastrijders waren

ze moesten vertellen waar de wapens verborgen waren
maar er was alleen maar zaad ploeg spijker hamer dakpan
een uur later moesten ze terugkeren naar hun huis en mochten
   ze
onder geen beding naar buiten komen
wij dromden samen in onze huizen wij hadden honger
wij hoorden de soldaten van het bataljon op straat lachen
   drinken
de overwinning vieren
op de vroege ochtend
van de elfde december
hebben ze ons toen uit onze huizen gehaald
ze brachten ons bijeen op het plein voor de kerk van de Driekoningen
ze lieten ons daar urenlang staan
later dreven ze de mannen en de jongens
   de kerk in
de vrouwen en de kleintjes moesten naar een verlaten huis
we waren met zo'n zeshonderd man
wij mannen moesten op de buik gaan liggen met gebonden
   handen
en opnieuw vroegen ze waar de wapens verborgen waren
en omdat we van niets wisten begonnen ze ons de volgende ochtend
te vermoorden
wij, de mannen in de kerk, werden onthoofd
   met
machetes
de een na de ander
opdat we zouden zien wat ons te wachten stond
daarna sleurden ze de lichamen en de hoofden naar de sacristie
een berg hoofden die daar naar elkaar keken zonder elkaar te
   zien

omdat ze genoeg kregen van het onthoofden
werd de rest buiten gefusilleerd
staande tegen de rode bakstenen en onder de rode
dakpannen van de school
zo stierven daar honderden mannen
de vrouwen werden naar Cerro Cruz en naar Cerro Chingo
 gebracht
en daar werden ze herhaaldelijk
verkracht
en daarna opgehangen, doodgestoken
in brand gestoken
de kinderen stierven onder luid gehuil
de soldaten zeiden de kinderen die overblijven zijn heel lief
wij kunnen ze beter mee naar huis nemen
maar de commandant weigerde dat
of wij vermoorden de kinderen of zij vermoorden ons
de kinderen schreeuwden terwijl ze vermoord werden
maak al die rotzakken dood maak ze af zodat ze niet meer
 krijsen
en algauw klonk er geen gekrijs meer
mijn grootmoeder verstopte mij onder haar rokken
wij tweetjes zagen de slachting vanuit de bomen
ik zweer u dat toen het Atacatl-bataljon langskwam
de bomen bewogen om ons te beschermen
mijn grootmoeder en mij
later wist iedereen in het hele gebied
dat de soldaten van het reguliere leger
waren teruggekomen om El Mozote schoon te maken
in de boerendorpen konden ze het rottend vlees ruiken
ze haalden de lijken uit de Driekoningenkerk
en stopten ze allemaal bij elkaar in de grond
maar de zoete geur van lijken bleef hangen
de varkens doolden daar rond en verslonden de enkels

van de doden
daarom zeiden de soldaten eet niet van dat varken
want het heeft mensenvlees gevreten
niemand raapt de poppen op, de speelkaarten, de sierkammen,
    de beha's, de schoenen die verspreid
door het hele dorp liggen
niemand bidt tot de met kogels doorzeefde maagden uit de kerk
    of
tot de hoofden van de onthoofde
heiligen
in de biechtstoel ligt nog een doodshoofd
en op de muur staat een opschrift
het Atacatl-bataljon was hier
we schijten hier op die klootzakken
en als je je ballen niet kunt vinden
zeg dan maar dat het Atacatl-bataljon ze per post
aan jou moet opsturen
wij zijn de engeltjes van de hel
wij willen iedereen afmaken
eens zien wie het tegen ons opneemt
ik en ik en ik en ik en ik en ik
de hele mara*
de kinderen van de soldaten van het jaar '81
de kinderen van de slachtoffers van het jaar '81
niets gaat er verloren in Midden-Amerika
de smalle taille van een continent
alles wordt doorgegeven
alle wrok gaat van hand tot hand

De gewapende familie

Toen generaal Marcelino Miles de bergen van Guerrero binnen-trok, bevond hij zich op een terrein waar hij heel goed bekend was. Hij voerde het bevel over het vijfde bataljon infanterie en had een duidelijke opdracht: de vernietiging van het Volksleger Vicente Guerrero, zo genoemd naar de laatste guerrillastrijder van de Onafhankelijkheidsoorlog, die in 1831 was gefusilleerd. Daar hebben we lering uit kunnen trekken, mompelde generaal Miles terwijl hij de colonne leidde die moeizaam de hellingen van de Sierra Madre del Sur beklom.

Hij moest zich in alle omstandigheden voor ogen houden dat het leger gehoorzaamde en niet in opstand kwam. Die stelregel had zeventig jaar lang het verschil uitgemaakt tussen Mexico en de rest van Latijns-Amerika: het leger gehoorzaamde de burger-lijke macht, de president van de Republiek. Klip en klaar.

Maar die ochtend voelde de generaal dat hij een verwarrende opdracht had: de aanvoerder van de rebellerende strijders was zijn eigen zoon, Andrés Miles, die in opstand was gekomen na de enorm ontgoochelende ervaring met de democratie in Mexico. Van jongs af aan had Andrés zich ingezet voor de zaak van links, binnen de wet en in de hoop dat de doelstellingen van het volk ge-realiseerd konden worden met politieke acties.

'Een land met honderd miljoen inwoners, van wie de helft in armoede leeft.'

Dat was aan tafel de mantra van Andrés, waar zijn broer Roberto bedaard tegenin ging. Je moest tegen elke prijs de sociale vrede bewaren, te beginnen met de vrede binnen de familie.

'En alles maar uitstellen en uitstellen?' protesteerde Andrés, uiteraard links van zijn vader gezeten.

'De democratie vordert langzaam. Autoritair gezag werkt sneller. Je kunt je maar beter neerleggen bij een langzame voortgang van de democratie,' zei Roberto zelfgenoegzaam.

'De revolutie is het snelst, broer,' zei Andrés ongeduldig. 'Als de democratie niet langs vreedzame weg een oplossing vindt voor de problemen, dan zullen ze links terugdrijven, het oerwoud in.'

Generaal Miles, die een bemiddelende rol speelde tussen zijn zonen, had een geheugen dat verder terugging dan dat van hen. Hij herinnerde zich de bloedige geschiedenis van Mexico met zijn opstanden, en de dankbaarheid voor de zeventig jaar eenheidspartij en rustige wisselingen, waardoor in 2000 de democratie de macht kon overnemen.

'Verandering, ja. Overgang, nee,' zei Andrés energiek, zich inhoudend om niet met het lepeltje tegen het koffiekopje te tikken. Hij wendde zich naar zijn broer en zei: 'Ze moeten de deuren niet voor ons sluiten. Ons niet met wettelijke trucs bestoken. Niet arrogant op ons neerkijken.'

Ze moeten ons niet terugdrijven het oerwoud in.

Andrés was nu in het oerwoud, aan het hoofd van een leger dat in het duister opereerde en alleen bij het ochtendkrieken en bij zonsondergang aanviel, 's nachts in de bossen verdween en zich overdag onzichtbaar maakte tussen de mannen in de bergdorpen. Het was onmogelijk om een opstandige leider te vinden tussen honderd niet van elkaar te onderscheiden boeren. Andrés Miles wist heel goed dat alle landarbeiders in de ogen van stedelingen sprekend op elkaar leken, zoals de ene Chinees op de andere lijkt.

Daarom hadden ze heel doortrapt hem, generaal Miles, uitgekozen. Hij zou de leider weten te herkennen. Want het ging om zijn eigen zoon. En tussen de grijze, stekelige, steil oplopende begroeiing zonder paden – de grote paraplu van de opstand – heb je geen schutkleur waarmee een zoon zich kan vermommen als hij zijn vader tegenkomt.

Generaal Marcelino Miles vervloekte binnensmonds de onhandigheid van de rechtse regering, die stuk voor stuk alle deuren voor een wettig optreden van links had dichtgedaan door hun leiders te vervolgen, hen middels legalistische trucs te beroven van hun immuniteit, perscampagnes tegen hen te lanceren en hen zo in het nauw te drijven dat hun enige uitweg de gewapende opstand was.

Zoveel jaren van opening en verzoening waren in één klap verpest door de onbekwaamheid van rechts, dat was ondergedompeld in een put van arrogantie en ijdelheid. De toenemende corruptie van de regering was de laatste druppel, en Andrés zei tegen zijn vader: 'Er zit niets anders op dan de wapens op te nemen.'

'Geduld, zoon.'

'Ik loop alleen maar voor je uit,' zei Andrés met profetische eenvoud. 'Aan het eind van de weg, als alle middelen zijn uitgeput, zullen jullie, de generaals, geen andere keus hebben dan de macht te grijpen en een eind te maken aan de passieve lichtzinnigheid van de regering.'

'En halverwege zal ik je moeten fusilleren,' zei de vader streng.

'Het zij zo,' zei Andrés en hij boog zijn hoofd.

Daaraan dacht Marcelino Miles tijdens de klim door de uitlopers van de Sierra Madre del Sur. Hij deed zijn plicht, maar tegen zijn wil. Zoals de voorhoede van de troep zich met kapmessen een weg baande tussen de lianen, in de ondoordringbare schaduw van amate-bomen en ficussen, die met elkaar verstrengeld waren door tropische bloemen en omarmd werden door klimplanten, zo streden en verwarden de liefde voor zijn zoon en de militaire plicht zich met elkaar. Misschien had Andrés wel gelijk en zou het offer van de rebel nogmaals de prijs voor de vrede zijn.

Alleen welke vrede? Generaal Miles bedacht (want je moest aan alles of niets denken om de moeilijke beklimming te volbrengen van een onbedwingbaar gebergte, wachtwoord van een land dat verkreukeld was als een stuk perkament) dat Mexico niet paste in de gebalde vuist van een berg. Als de hand zich opende, kwamen uit de gewonde huid doornen en modderpoelen tevoorschijn, groene cactustanden, gele poematanden, dooraderd gesteente en droge stront, scherpe geuren van dieren die in de bergen van Coatepec, La Cuchilla en La Tentación verdwaald waren of inheems waren. Bij elke stap zochten ze naar het ontastbare – het revolutionaire leger – dat altijd in de buurt was, en vonden ze het meest concrete: de agressieve sporen van een natuur die ons afwijst omdat zij ons niet kent.

Natuurlijk had Roberto Miles zich tegen zijn broer Andrés gekeerd. De generaal had zijn zonen met bescheiden middelen grootgebracht. Het had hun aan niets ontbroken. Maar ze hadden evenmin in overdaad geleefd. De generaal wilde laten zien dat er in het leger ten minste geen plaats was voor het nationale tijdverdrijf: de corruptie. Hij was een spartaans ingestelde man uit het zuiden van Mexico, waar het harde leven en de onmetelijke natuur een mens kunnen redden of te gronde richten. Degene die een minimum aan waarden weet te behouden en zich niet door het oerwoud, het gebergte of het klimaat laat overweldigen, houdt zich staande.

Marcelino Miles was zo iemand. Maar vanaf het moment dat hij door zijn superieuren van Chilpancingo naar Mexico-Stad was overgeplaatst, toonde zich de ware aard van zijn zonen en keerden zij zich tegen de door de vader (in zijn pact met de natuur) opgelegde regels.

Het oerwoud en de bergen waren ironisch genoeg de bondgenoten van divisiegeneraal Miles. Hij deed zijn plicht terwijl hij al kappend met zijn machete omhoogklom. Hij ontliep zijn plicht door de gedachte dat guerrillastrijders nooit rechtstreeks het gevecht aangaan. Zij vallen het leger in de kazernes aan of verrassen het in het oerwoud. Daarna verdwijnen ze als hersenschimmen, beslagen spiegels in de angstaanjagende, ondoordringbare magie van het oerwoud.

Ze vielen aan en verdwenen. De aanval was onmogelijk te voorzien. Ze hadden de lessen van het verleden ter harte genomen. Zapata zou nu niet zoals toen in de val van de regering lopen; hij geloofde destijds oprecht dat de vijand naar zijn kant was overgelopen en hem naar Chinameca liet komen om het dubbele verraad te bezegelen. Gefingeerd verraad van het regeringsleger van zijn leider Carranza. Een duidelijke voorspelling van het echte verraad van elke Zapata.

Verraad was de naam van de eindstrijd.

Nu was er sprake van een tekort aan onschuld, zoals er indertijd een overmaat aan vertrouwen was geweest. Marcelino Miles dacht dit met bitterheid, want als hij zijn zoon Andrés amnestie aanbood als hij zich overgaf, dan zou de zoon de grootmoedigheid van de vader als een truc beschouwen. De zoon zou de vader niet vertrouwen. De zoon wist dat de vader verplicht was hem gevangen te nemen en te fusilleren.

Generaal Marcelino Miles maakte twee overwegingen terwijl hij zijn manschappen door de bergen leidde. De eerste was dat de mensen in de bergen en op de vlakte solidair zouden zijn met de opstandelingen. Niet omdat ze zich identificeerden met hun zaak. Ze steunden hen niet uit noodzaak of uit overtuiging. Ze waren loyaal omdat de guerrillastrijders hun broers, hun echtgenoten, hun vaders, hun vrienden waren. Degenen die anders ook aan de normale activiteiten deelnamen, zoals zaaien en oogsten, koken en dansen, kopen en verkopen: kogels, leemstenen, maïs, dakpannen, volksdansen, gitaren, kruiken, en meer kogels... Die familieband maakte de strijders sterk, verschafte hun onderdak, verborg en voedde hen.

De andere overweging van de generaal tijdens die nacht met zoemende geluiden van apen en wolken die zo laag hingen dat ze bijna leken te gaan zingen terwijl ze de colonne beschutting boden en de soldaten gek maakten, alsof het echte sirenengezang uit de lucht zelf kwam en niet uit de verre en atavistische zee, de andere overweging was dat de plattelandsbevolking vroeg of laat de oorlog beu zou worden en de rebellen in de steek zou laten. Hij bad voor een spoedige komst van dat moment, want dan zou hij zijn eigen zoon niet gevangen hoeven te nemen en te vonnissen.

Hij hield zichzelf voor de gek, dacht hij meteen daarna. Andrés Miles was niet iemand die zich zonder slag of stoot overgaf, ook al zouden de dorpen hem in de steek laten. Hij was iemand die doorging met de strijd, ook al waren er nog maar zes, twee of een enkele strijder, hijzelf, overgebleven. Andrés Miles met zijn gebruinde gezicht en zijn melancholieke ogen, zijn weelderige haardos die op zijn dertigste al vroegtijdig grijs was, zijn slanke lichaam, nerveus, ongeduldig, altijd op de loer en als een wild dier altijd klaar om te springen. Hij voelde zich duidelijk niet thuis op geplaveide wegen, hij was geen trottoirbeest. Hij was nostalgisch van aard en de bergen riepen hem. Tijdens zijn jeugd in Guerrero verdwaalde hij soms, dan ging hij de bergen in en was de hele dag onvindbaar. Bij thuiskomst gaf hij nooit toe dat hij verdwaald was. Als klein jongetje viel hij al op door zijn verbazend koppige trots.

Was zijn broer beter? Roberto was slim, Andrés was intelligent. Roberto was berekenend, Andrés spontaan. Roberto een acteur die je glimlachend bedroog, Andrés een hoofdrolspeler in het drama van de oprechtheid. Allebei slachtoffers, was het pijnlijke vermoeden van de vader. Andrés had zich als adolescent verbonden met de strijd van links. Hij was niet getrouwd. De politiek was zijn wettige vrouw, zei hij. Zijn geliefde was een vriendinnetje uit zijn puberjaren in Chilpancingo. Af en toe bezocht hij haar. Soms kwam zij naar de hoofdstad. Andrés woonde bij zijn vader, de generaal, maar hij stelde het meisje niet aan hem voor. Niet omdat hij zich aan burgerlijke conventies stoorde. Maar meer omdat hij haar voor zich alleen wilde en geen zin had dat iemand een oordeel over haar zou hebben, ook hijzelf niet.

Roberto daarentegen was op zijn achtentwintigste al tweemaal getrouwd geweest en tweemaal gescheiden. Hij wisselde van echtgenote volgens zijn eigen opvatting van maatschappelijk aanzien. Hij begon te werken in een bedrijf van hoogwaardige technologie, besloot toen een eigen zaak in elektromagnetische apparatuur op te zetten maar wilde eigenlijk softwaremagnaat worden. Het ging nu aardig met hem, maar meer ook niet en daarom kwam hij na zijn scheiding weer thuis wonen, in navolging van de nu universele 'Italiaanse' wet om zo lang mogelijk thuis te blijven wonen en aldus huur, eten en bedienden uit te sparen. Hij wist altijd wel vrouwen te versieren, want hij zag er goed uit, 'een knappe kerel' zei de vader tegen zichzelf, alleen showde of noemde hij hen niet.

Vader en zonen waren door één vrouw met elkaar verbonden, Peregrina Valdés, de moeder, die gestorven was aan een koliek al voordat de jongens de puberteit hadden bereikt.

'Zorg goed voor ze, Marcelino. Ik weet hoe gedisciplineerd je bent. Maar geef ook hun de liefde die je mij gegeven hebt.'

Roberto was heel anders dan zijn broer. Zijn huid was lichter, de blik in zijn groene ogen was ommuurd door wantrouwen en hij schoor zich tweemaal per dag, alsof hij elk ruw schilfertje wilde wegschuren van een gezicht dat vertrouwen eiste maar het nooit helemaal kreeg.

Ondanks de warme herinnering aan zijn gezin viel het de generaal toch op dat zijn mannen ontmoedigd waren. Alle dagen verkenden ze stap voor stap de bergen van Guerrero. De generaal ging methodisch te werk. Niemand mocht hem voor de voeten werpen dat hij zich niet naar behoren kweet van zijn taak om in elke uithoek van het gebergte op zoek te gaan naar de rebellen. Miles wist dat het zinloze moeite was. Ten eerste omdat de opstandige groep klein was en het oerwoud immens groot. De revolutionairen wisten dat ook en konden zich gemakkelijk verbergen door voortdurend van plek te wisselen. Ze waren naalden in een reusachtige hooiberg. De generaal verkende de bergen van bovenaf en kon geen enkele weg ontdekken, laat staan een dorp. Er was in dat uitgestrekte gebied zelfs geen rookpluim te zien die op leven duidde. De dichte begroeiing liet geen andere ruimte toe dan haar eigen compacte en groenige natuur.

En ten tweede omdat de troep die onder zijn commando stond wist dat hij het wist. Ze begonnen elke dag aan hun tocht in het besef dat ze de vijand nooit zouden vinden. Niemand durfde hardop te zeggen wat hij dacht: dat deze zinloze veldtocht van generaal Miles hen verloste van de confrontatie met de rebellen. Tot nu toe hadden ze alleen geschoten op konijnen en kalkoengieren. De konijnen waren snel en boden als spel een opwindend mikpunt. De kalkoengieren waren konijnenvreters en pikten ze van de soldaten af.

Door het pact van bedrog tussen de commandant en de soldaten kon Marcelino Miles zich verheugen in de dankbaarheid van zijn mannen en uitbranders van zijn superieuren voorkomen. Ze mochten elke soldaat vragen of de generaal wel of niet aan zijn opdracht voldeed en in de bergen op zoek was naar de rebellen. Van hem mochten ze dat vragen. Als de commandant gezond was, waren zijn mannen dat ook.

Ze waren al zes weken bezig met die spookachtige campagne toen er iets gebeurde wat de generaal niet kon vermoeden en de soldaten nooit zouden kunnen bedenken.

Na drie weken de bossen doorzocht te hebben, waren ze ingekwartierd in Chilpancingo. Marcelino Miles en zijn soldaten liepen daar rond met het air van we hebben onze plicht gedaan en daarom hebben we recht op een paar rustige dagen. Hoewel de generaal begreep dat de soldaten, net als hij, wisten dat de guerrillastrijders zich niet in de bossen ophielden, hadden ze toch hun schuld ingelost door de fysieke inspanning van het beklimmen en verkennen van het terrein. Wat zou er gebeuren als de rebellen nu wel wegglipten naar de bergen en de generaal en zijn mensen hen daar nu wel te pakken kregen?

Als deze dubbelhartige gedachte al door het hoofd van Miles en zijn soldaten speelde, dan verdoezelden ze haar moeiteloos. De generaal voerde het bevel en de soldaten gehoorzaamden. De generaal deed ten volle zijn plicht door de bergen te verkennen. Het bataljon deed dat ook door elk stukje van het steile, verlaten en beboste terrein te doorzoeken. Wie zou hun kunnen verwijten dat ze zich aan hun plicht onttrokken?

Roberto Miles. In eigen persoon. De jongste zoon van de generaal. Roberto Miles, in een tropenhemd en met een arrogante, fallische sigaar tussen zijn tanden. Roberto Miles, die op de binnenplaats van het hotel zat met een *chilindrina** en een kop zwarte koffie voor zich op de tafel, die koud werd terwijl hij wachtte tot zijn vader kwam opdagen en geen enkele verbazing zou tonen omdat die hem vreemd was.

Marcelino ging rustig naast Roberto zitten, bestelde ook een kop koffie en vroeg hem niets. Ze keken elkaar zelfs niet aan. De strengheid van de vader was een zwijgend verwijt. Wat voerde zijn zoon hier uit? Hoe durfde hij een professionele campagne te verstoren door zijn zowel zinloze als ongelegen aanwezigheid? Het was brutaal, beledigend. Wist hij dan niet dat zijn vader in de bergen zijn oudste broer achtervolgde?

'Zoek hem maar niet meer in de bergen, vader,' zei Roberto terwijl hij opzettelijk traag slokjes koffie nam. 'Daar zult u hem niet vinden.'

De generaal draaide zich naar zijn zoon en wierp een koele blik op hem. Hij vroeg niets. Hij zou zijn persoonlijke plan om de rebel *niet te vinden*, om de legerleiding te misleiden zonder een greintje schuld op zich te laden, niet in gevaar laten brengen – of frustreren – bekende hij zichzelf.

Roberto moest maar praten. De generaal zou niets zeggen. Diep vanbinnen gaf zijn intuïtie hem dat gedrag in. Niet kijken. Niet praten.

Toen de generaal de volgende ochtend zichzelf in de spiegel zag, vond hij dat hij er belachelijk uitzag met dat dunne snorretje dat zo smal was als een potloodstreep; met een paar halen van zijn Gilettemes schoor hij het weg, waarna hij zich plotseling bevrijd voelde van verleden, gewoonten en zinloze eigendunk. Hij zag zichzelf als een verslagen commandant. Het hemd was hem te groot en zijn broek hing futloos om hem heen.

Hij reageerde door zijn riem steviger aan te halen, zijn zweterige oksels te wassen en zijn kazak gespannen van woede en tegenzin dicht te knopen.

Andrés Miles zat al in de cel. Hij glimlachte tegen zijn vader toen ze hem thuis bij zijn geliefde, Esperanza Abarca, arresteerden.

'Geen betere vermomming dan onzichtbaarheid,' glimlachte de oudste zoon toen hij werd aangehouden. 'Of liever gezegd, je moet de realiteit onder ogen durven zien.'

Hij stak een kleine Dominicaanse banaan in zijn mond en gaf zich zonder verzet over. Toen hij de gezichten van zijn vader en van de soldaten zag, begreep hij dat ze met tegenzin uitvoerden wat ze deden. Het was bijna alsof zowel de vader als de soldaten in één klap hun geloof verloren hadden in de bestaansreden van een campagne die gericht was op wat er nu gebeurde – de gevangenneming van de opstandige rebellenleider Andrés Miles – en dat ze nu tot de ongewenste conclusie kwamen die hen allemaal confronteerde met het fatale besluit. De rebel doden.

'Schiet me alleen niet op de vlucht neer,' glimlachte Andrés toen ze zijn handen vastbonden.

'Jongen...' waagde zijn vader te mompelen.

'Generaal,' antwoordde zijn zoon met staalharde stem.

En zo was Marcelino Miles de hele nacht met zichzelf aan het worstelen. Moest hij een vonnis over zijn zoon vellen volgens de standrechtelijke procedure zoals gedicteerd door het militaire handboek? Het zou de politieke autoriteiten wel heel goed uitkomen als de rebel gefusilleerd werd zonder een spoor achter te laten: hem laten verdwijnen, kortstondige protesten aanwakkeren en de eventuele triomf van de vergetelheid veiligstellen. Het zou lastig zijn om de rebel voor de rechter te brengen, die hem de verdiende straf voor opstand en insubordinatie zou opleggen. Het zou vernietigend zijn voor de vaderlijke moraal om het proces tegen de zoon bij te wonen en dan het laaghartige bewijs te moeten leveren dat zijn broer hem had verraden. Misschien was het beter om Roberto buiten de zaak te houden en dat zijn vader zich volledig verantwoordelijk stelde.

'Ik heb hem in de bergen gevangengenomen. Mijn mannen zullen dat bevestigen. Mijn taak is volbracht. Spreek een rechtvaardig vonnis uit.'

Hij herinnerde zich hoe Roberto gekeken had toen hij zijn broer verraadde...

'Het zit zo dat twee en twee vier is,' waagde hij ironisch op te merken. 'Vertel me niet, vader, dat het nooit bij u is opgekomen dat de rebel zich hier in Chilpancingo als een lafaard onder de rokken van zijn liefje verstopte.'

Hij schoot in de lach.

'En u dolend door de bergen.'

'Waarom, Roberto?'

Het ironische masker brak.

'Heeft u wel eens berekend wat het mij kost, vader, om een broer te hebben die als voortvluchtige opstandeling dagelijks de krant haalt? Heeft u er wel eens aan gedacht hoe enorm schadelijk dat alles is voor mijn zaken? Dacht u dat de mensen, generaal, de mensen, de regering, de zakenlieden, mijn gringo-partners, iedereen, dacht u dat zij vertrouwen in mij zullen hebben met een guerrillastrijder als broer? In godsnaam, vader, denk aan mij, ik ben achtentwintig, mijn zaken lopen niet goed, geef me alstublieft een ka...'

'Het was slechts een kwestie van tijd dat we hem te pakken zouden krijgen. Je hebt geen geduld met mij gehad.' Marcelino Miles sloeg met veel moeite een verzoenende toon aan.

'Niks daarvan,' zei de jongere broer met openlijke spot. 'Lulkoek! U maakte zich zachtjes gezegd belachelijk, u...'

De generaal richtte zich op, gaf zijn zoon Roberto een zweepslag in het gezicht en begaf zich naar de gevangenis.

'Laat hem gaan,' zei hij tegen de kapitein van de wacht. 'Vertel hem dat hij deze keer echt moet verdwijnen, want de volgende keer is hij de klos...'

'Maar generaal... als uw superieuren erachter komen, dan zullen ze u...'

Miles onderbrak hem ruw.

'Wie zal hun vertellen wat er gebeurd is?' zei hij met onwrikbare vastberadenheid.

'Geen idee...' zei de kapitein aarzelend. 'De soldaten...'

'Die zijn mij trouw,' was het stellige antwoord van de brigadegeneraal. 'Niemand wilde mijn zoon gevangen nemen. Dat is u bekend.'

'Dus uw andere zoon, generaal,' zei de kapitein op dezelfde besliste toon, 'de jongen die hem uitleverde, die...'

'Judas, kapitein?'

'Tja, ik...'

'Mijn zoon Kaïn, kapitein?'

'U mag het zeggen...'

'Wat vindt u van de wet die bepaalt dat een gevangene op de vlucht mag worden neergeschoten, kapitein?'

De kapitein moest moeizaam iets wegslikken.

'Tja, soms is dat de enige oplossing...'

'En wat vindt u erger, kapitein, verzet of verraad? Ik zeg het nog eens: wat is een grotere smet op de eer van het leger? Een rebel of een verrader?'

'De eer van het leger?'

'Of de eer van de familie, als u dat liever hebt...'

'Geen sprake van, generaal' – nu knipperde kapitein Alvarado wel met zijn ogen. 'Een verrader is verachtelijk, een rebel dwingt respect af...'

Niemand weet wie Roberto Miles in de rug schoot toen hij hotel La Gloria in Chilpancingo wilde binnengaan. Hij viel dodelijk getroffen op straat, midden in een zich onmiddellijk vormende plas stroperig bloed, dat navrant glanzend uit zijn onberispelijk witte tropenhemd liep.

Generaal Marcelino Miles deelde zijn superieuren mee dat de rebel Andrés Miles uit zijn militaire detentie was ontsnapt. 'U weet, excellentie, dat het hier een bijzonder pijnlijk familiedrama betreft. U zult wel begrijpen dat het mij veel moeite heeft gekost om mijn eigen zoon gevangen te nemen, nadat we zes weken lang de bossen hebben uitgekamd. De missie is voltooid. Ik kon niet bedenken dat mijn andere zoon, Roberto Miles, een pistool tegen het hoofd van een eerzaam man als kapitein Alvarado zou zetten, zodat zijn broer Andrés kon ontsnappen.'

'En wie heeft Roberto gedood, generaal?'

'Kapitein Alvarado in eigen persoon, excellentie. Een moedige soldaat, dat verzeker ik u. Hij wilde zijn eer als officier niet laten bezoedelen door mijn zoon Roberto...'

'Het is moord.'

'Dat is ook de opvatting van kapitein Alvarado.'

'Denkt u dat? Of weet u dat? Of gelooft u het alleen?' reageerde de onderminister van Defensie met ingehouden opwinding.

'Excellentie, kapitein Alvarado heeft zich in de Sierra Madre del Sur aangesloten bij de rebellen van het volksleger Vicente Guerrero.'

'Nee maar, beter bij de guerrilla dan bij de narco's.'

'Inderdaad, Excellentie. U weet toch dat vier op de tien soldaten naar de narco's overlopen.'

'U kent uw plicht, generaal Miles. Ga door met uw zoektocht,' zei de onderminister met een brede ironische glimlach, waarin generaal Marcelino Miles kon lezen dat zijn toekomst er niet bepaald rooskleurig uitzag.

Marcelino Miles keert met plezier naar het Guerrero-gebergte terug. Hij houdt van de planten en de vogels in het oerwoud. Niets doet hem meer plezier dan vanuit de verte een tropische amandelboom te herkennen, de hoge wachter van het oerwoud, elke herfst opvlammend om zich vervolgens te ontkleden en onmiddellijk weer te vernieuwen: bloemen als sterren, een geur waar de hommels op afkomen, met gele vlezige vruchten. Ook geniet hij ervan om van heel dichtbij de zwarte leguaan, de *garrobo*, te verrassen, die op zoek is naar de gloeiend hete rotsen in het gebergte. Hij telt de vijf bloemblaadjes van de magnolia; het verbaast hem dat de bloem niet alleen op binnenplaatsen groeit maar ook doordringt in het dichte oerwoud. Hij kijkt omhoog en verrast de witkopekster met zijn zwarte kuif in zijn luidruchtige vlucht, de lange hals van de sociale roodflanktowie met zijn gevlekte kroon, de naaldvormige snavel van de kaneelkleurige kolibrie. De blauwkapmot geeft de uren aan met zijn zwarte snavel, kletsend met de eekhoornkoekoek met zijn golvende vlucht... Daarvan geniet Marcelino Miles het meest. Bomen herkennen. Vogels bewonderen. Daarom houdt hij van het Guerrero-gebergte. Hij is niet op zoek naar Andrés. Hij vergeet Roberto. Hij is in het leger vanwege zijn passie voor de natuur.

Koor van de bedroefde kinderen

waarom gaan we ervandoor?

mijn vader verbood mij met andere kinderen te spelen niemand
mocht komen spelen

niemand mocht met mij een uitstapje maken

mijn vader sloeg zowel mijn moeder als mij

mijn moeder was bang en ik was ook bang

ik was opgesloten in mijn kamer en hoorde de scheldwoorden de
klappen

ik heb nachtmerries

ik slaap niet

mijn vader respecteert mijn moeder niet en als hij haar niet
respecteert kan hij mij niet

respecteren

mijn vader dwingt me om een ijskoude douche te nemen zodat ik
me goed gedraag

mijn vader dwingt me om samen met hem naar pornofilms op de
tv te kijken

als mijn vader mijn moeder uitscheldt, waarom ik dan ook niet?

waarom gaan we ervandoor?

ze misbruikten ons ze sloegen ons in elkaar ze bedreigden ons
met een mes

ze joegen ons uit huis

papa en mama, papa die ons misbruikt, alleenstaande moeder,
gescheiden vader en moeder, drugsverslaafde ouders, dronken ouders, werkloze ouders

papa en mama hebben alleen ons als spiegels van hun verloren
    jeugd
papa en mama zijn verbitterd door het leven en verpesten ons
    leven we moeten het niet wagen om beter te zijn
wij hebben geen grootouders en onze grootouders zijn geen
    schoften
mijn man wilde een jongen als erfgenaam en dwong me tot een
    abortus toen de dokter hem vertelde
dat mijn baby net als ik een meisje was
ultrasonisch ultrasonisch er zijn geen geheime foetussen meer
bergen foetussen
meer foetussen dan vuilnis
het meisje is niet gewenst ze zal ten slotte vertrekken met haar
    man ze zal de naam van de vader kwijtraken
een meisje grootbrengen is water naar de zee dragen de echtge-
    noot zal gebruikmaken van de opvoeding die we haar gaven
    ten koste van zoveel offers
ondankbare honden
(het geslacht van een foetus is geen geheim meer)
(het geslacht wordt gedoopt door de vuilnisman)
hoed je voor gelukkige gezinnen
kijk naar je ouders: de dingen worden alleen geregeld door
    geweld
kijk naar je ouders: heb geen respect voor vrouwen
kijk naar je ouders: je vader heeft je vermoord omdat hij je moe-
    der wilde vermoorden en jij was vlakbij
waar nu naartoe?
ontsnap aan je stomme familie de suffe school het verstikkende
    kantoor de eenzaamheid van
de straten
jongen, word motorboy ze geven je een motor je lacht om de
    stoplichten de scheldwoorden
de agenten de eindeloze vertragingen

191

zigzag motorboy voetgangersmoordenaar, vrijvrijvrij snelsnel-
    snel
adrenaline express
bulletmoto motorboy urban cowboy
ook al sterf jij stipt elke dag de enige van duizend motorboys die
het er de ene dag levend af brengen om zich de dagen daarna één
    voor één te pletter te rijden
waar nu naartoe?
voeg je bij de flashmobs de bliksembendes zoek uit waar van-
    daag het feest is
ontsnap: kom erbij en verspreid je na amper twee minuten dit is
    het feest van de
vluchtige vriendschap van de onmogelijke communicatie van de
    onmiddellijke vlucht
neem een slok cola en ren weg
er is geen uitweg
smeer 'm voordat ze de avondklok laten ingaan voordat ze je op-
    sluiten je in de rug schieten
snel snel de kus de groet de vrijgeleide
en nu waarheen?
duivelse stuurloze stommeling
heb je geen huis? ik heb geen familie want niemand zoekt me en
    niemand zoekt me omdat ik geen
huis heb
met hoeveel zijn jullie? hoeveel vliegen gaan er in een toilet met
    open ramen?
waarom ga je niet terug?
omdat ik geen kind meer ben ik ben een man net als mijn vader
waarom ga je niet terug? Omdat ik uitgekotst ben
help me

The gay divorcee

Guy Furlong en José Luis Palma leerden elkaar in Balmori kennen, een oude bioscoop aan de Avenida Álvaro Obregón. Balmori was een weelderig art-decopaleis met de beste geluidsinstallatie van zijn tijd, waar de bronzen beelden, de spiegels en het marmer verleidelijk glansden. Toevalligerwijs kwamen ze naast elkaar te zitten. Bij het eerste contact, dat van hun knieën, werd er haastig en zenuwachtig teruggedeinsd. Bij dat van hun ellebogen werd er een verontschuldiging gemompeld. Dat van hun handen, die elkaar pakten omdat ze zo hard moesten lachen om wat er op het doek gebeurde, was spontaan en maar één minuut gênant, namelijk het moment voordat hun ogen elkaar vonden en het erotische dansje van Fred en Ginger overschaduwden met hun felle blik.

De film waarin het paar Ginger Rogers en Fred Astaire optrad, heette *The gay divorcee*. Daarna kwamen nog *The gay desperado*, met een als Mexicaanse cowboy verklede Italiaanse zanger, en *Our hearts were young and gay*, het levensverhaal van een Broadway-actrice. In die tijd betekende het woord *gay* alleen nog maar 'vrolijk, onbezorgd en gelukkig', terwijl homoseksuelen minachtende en beledigende termen waren voorbehouden. Mietje. Nicht. Flikker. Een heel scala. Eenenveertig, naar een vroegere club van bourgeois travestieten waarvan eenenveertig mannen lid waren. Adelita's*, vanwege hun 'populariteit bij het leger', omdat het relatief makkelijk was om onverschillige soldaten te ronselen voor een snel nummertje. Jota's, omdat García Lorca

Méjico met een *j*, een *jota*, schreef in plaats van met een *x*, en verder had de vermoorde dichter het in een bepaald gedicht* ook
nog over de vogels van Havanna, de bleekselderijen van Sevilla,
de flora's van Alicante en de adelaida's van Portugal.

Terug naar Mexico. Daar gebruiken ze de term *jotería* om een
hele seksuele categorie mee aan te duiden. Zijn kano maakt water. Hij houdt van rijst met een rietje. Hij geniet van kokende Coca-Cola. De regen van minachtende termen die over de Mexicaanse homoseksuelen werd uitgestort, was misschien alleen
maar een onhandige poging van de grootste machomannen om
hun eigen, goed gemaskeerde neigingen te verbergen: degenen
die hun vrouw bedrogen met mannen en die met venerische ziek-
tes naar hun keurige huisje terugkwamen. De 'enchiladas met
coldcream'. De mannenhoeren.

Vanaf het eerste moment hadden José Luis en Guy zich, als bij
niet uitgesproken maar in praktijk gebracht akkoord, gepresen-
teerd als een stel, wars van heimelijkheid of verontschuldiging.
Het kwam goed uit dat de film hen bijeen had gebracht toen ze
pas achttien waren. Ze waren nog niet geëmancipeerd, maar hun
vroegtijdige verhouding dwong hen zo snel mogelijk iets te bedenken om de gezinnen waartoe ze behoorden (en die niets wisten van de situatie omdat de geliefden het zo wilden) te verlaten
en samen te gaan wonen. Het lukte Guy het eerst. Als succesvol
kunsthandelaar ontving hij goede provisies en kon hij een bureau
oprichten, Artvertising, dat hem al spoedig een aanzienlijke
klantenkring bezorgde. In de tussentijd studeerde José Luis op
zijn drieëntwintigste af als advocaat.

Het kwam goed uit dat de film hen bijeen had gebracht. In de
beelden op het witte doek in Balmori ontdekten zij hun vermogen om zich te verbazen, waardoor hun liefde werd aangewakkerd en levendig gehouden. De filmische aantrekkingskracht
verdeelden ze over de verschillende onbereikbare filmsterren
die ze te zien kregen in de onvervangbare duisternis van de bio-

scoopgrot. Mooie jongens als Robert Taylor, ruwe bolsters als James Cagney, extrovertelingen als Cary Grant en een introvert type als Gary Cooper lieten ze passeren, en ze concentreerden zich op hun geheime, androgyne bewondering voor Greta Garbo, een vrouw zoals mannen wilden zijn. Maar zo'n vrouw zou geen enkele man ooit worden. 'Mademoiselle Hamlet', zoals Gertrude Stein haar noemde (of was het Alice Toklas?). 'De sfinx'. Haar op het witte doek geprojecteerde gezicht met zijn winterse leegte was een aanbod en een uitdaging tegelijk. Laat me alleen, zoals stierenvechters, maar maak mij tot de uwe, zoals courtisanes.

Zodra ze zich samen in een fraai neoklassiek appartement in de Romabuurt konden vestigen, hingen Guy en José Luis enkele foto's van la Garbo op strategische plaatsen. De belangrijkste schilderijen werden hun echter cadeau gedaan door Alfonso Michel en Manuel Rodríguez Lozano. Een levenslust uitstralend stilleven van de uitbundige en stevige Michel met zijn woeste haren (een verloskundige in de schilderkunst), en een begrafenisstoet in zwart, wit en grijs van de hand van Rodríguez Lozano (de doodgraver).

Ze vonden tegelijk hun bestemming. Guy Furlong opende een galerie in de Calle de Praga, om schilders die op een ezel werkten de ruimte te geven en te bewijzen dat het in Mexico niet allemaal muurschilderkunst was wat de klok sloeg. José Luis begon een advocatenkantoor aan de avenida Juárez, dat zich al snel specialiseerde in discrete echtscheidingsformaliteiten, boedelscheidingen, voogdij en andere lastige kwesties met betrekking tot het gezinsleven die wel moesten afwijken van de gangbare mening.

'Om te kunnen zijn zoals we willen zijn, hebben we geld nodig,' zei José Luis verstandig, en natuurlijk was Guy het met hem eens.

Om je geen zorgen te hoeven maken over geld moest je geld maken. Onopvallend. Het belangrijkst was het de begeerte en het vermogen om zich te verbazen levend te houden, samen tijd door te brengen, een gemeenschappelijke basis van herinneringen te creëren, evenals een vluchtige oase van begeerten. Al verdeelden ze hun liefde over verschillende onbereikbare mannelijke modellen, hun genegenheid concentreerde zich op één enkel intiem model. Zijzelf.

De twee jongens stelden bepaalde regels voor hun gemeenschappelijke leven vast. Op een avond zei Guy: 'De eerste keer dat je met me naar bed ging, accepteerde je me voor eeuwig en altijd en had je er geen behoefte aan me op de proef te stellen of onze band voortdurend opnieuw te bevestigen. Tussen ons geen complicaties.'

Het was inderdaad niet nodig een liefde, die even spontaan vloeide als de waterstraal uit een fontein, opnieuw te bevestigen, al wezen ze voortdurend op alles wat hun in het leven buitenshuis beviel en waarmee ze zich identificeerden. De intimiteit was heilig, onaantastbaar, als een onaanraakbare diamant die in een stuk steenkool kon veranderen als er te vaak overheen werd gewreven. In het geheime kamertje van de intimiteit bouwden Guy en José Luis een verhouding op die zichzelf zo nabij was als de zee de kust. *Muerte sin fin* (Dood zonder einde), het grootse dichtwerk van José Gorostiza, was een van de lijfboeken van het stel. De vorm was de inhoud en de inhoud de vorm, met als enige reden de normale verrukkingen van de tastzin sinds die alsmaar verder weg lijkende middag in de bioscoop. De vreugde van het naar elkaar kijken. De wetenschap dat ze elkaar en het paar respect verschuldigd waren.

Wat de wereld betreft... Ze waren niet naïef. Ze wisten dat ze tot de maatschappij behoorden. En de maatschappij stelt ons op de proef, eist regelmatig examens, vooral van homoseksuele geliefden die het lef hebben om gelukkig te zijn. José Luis en Guy maakten zich goedgehumeurd op om de wereldse proeve te ondergaan, want ze wilden wel contact hebben met anderen, maar promiscuïteit moest worden vermeden (alsof het schurft was).

'Jij bent geen flirt,' zei José Luis vaak tegen Guy. 'Je showt jezelf alleen. Je laat je graag zien. Dat is goed. Je bent knap en je moet je laten bewonderen. Ik vind het prettig dat je zo bent. Ik vind het prettig dat anderen je bewonderen.'

'Vergis je niet,' antwoordde Guy. 'Je moet me kennen om van me te houden. Wie me niet kent, vindt me zelden leuk.'

Ze lachten erom en erkenden: 'Er kan altijd iemand komen die ons verleidt.'

Tot nu toe was er niemand tussen hen gekomen. Door hun serieuze en vriendelijke gedrag en hun stabiliteit als stel werden de twee jongens sympathiek gevonden. Ze kleedden zich goed, ze spraken goed, het ging goed met hun carrières. Alleen thuis leverden ze kritiek op anderen. Zij waren geen roddelaars.

'Heb je gezien wat een bekken Villarino trok? Hij was met je aan het flirten.'

'Jij vindt het toch leuk dat ik bewonderd word, heb je dat niet gezegd?'

'Show jezelf nu je nog jong bent. Kijk goed naar Villarino om af te leren dat je een flirt wordt op je oude dag. Gruwelijk!'

'Nee, belachelijk!'

Ze waren allebei op een Engelse school geweest, maar ze hadden het nooit over de zogenaamde 'Engelse zonde'. De regel die er met corrigerende stokslagen op de billen in was geslagen, accepteerden ze echter wel.

Never complain. Never explain.

Niet klagen en geen uitleg geven. De eisen van de liefde legden zich op natuurlijke wijze op, zonder dat er hoefde te worden geklaagd of verklaard, tijdens de liefdesdaad zelf. Eisen voorafgaand aan de liefde waren meestal dodelijk voor het genot en dan werd de impliciete bevrediging ervan iets abstracts wat verloren ging door de logica, de strenge tegenstandster van de liefde, al versterkte dit de beroepsmatigheid van beide mannen.

Er was dus een bijzonder aantrekkelijk evenwicht in hun leven ten aanzien van de verdeling tussen werk en privé. Maar dat neemt niet weg dat mijn vrienden Guy en José Luis ook nog een maatschappelijk leven hadden in de zeer swingende stad Mexico van de jaren veertig, vijftig en zelfs tot halverwege de jaren zestig. Zij maakten deel uit van allerlei groepen die opkwamen op het bijna biologische ritme van de decennia en de bijbehorende nieuwe modes, hun onvermijdelijke verval, de aansluiting bij en het weer losraken van de maatschappelijke kringen, in het bijzonder van de gegoede burgerij, waartoe ze allebei behoorden. Ze maakten het einde mee van het feest dat werd beheerst door Diego Rivera en Frieda Kahlo, die als twee grote, kleurrijke *piñatas** heel behendig wisten te ontkomen aan de stokslagen van de regering, de politieke partijen en de maatschappelijke klassen. Een kunstenaar was een geval apart. Hij was aan niemand iets verschuldigd, alleen aan zijn kunst. De schilderachtige Frida en Diego schommelden op een onbereikbare hoogte, waartoe je alleen toegang had als je Trotski, Breton of Rockefeller heette, of als je een eenvoudige kroegbaas was of een filmoperateur of de altijd nodige verpleegster. José Luis en Guy maakten van 1940 tot 1950 alleen het eind van het feest mee, de staart van de komeet met in zijn genereuze kielzog oplevingen van artistieke creativiteit, seksuele verwarring en politieke willekeur.

Later bewogen zij zich op de klanken van de romantische violen in de club van Reyes Albarrán, de Rendez Vous, en in de Jockey Club, de meest discrete en verfijnde plek voor zondagse ontmoetingen, omdat daar de scepter werd gezwaaid door een aardige en elegante man, Jaime Saldívar, die het voor elkaar kreeg dat iedereen achter hem aan liep alsof hij de rattenvanger van Hamelen was, zowel de kinderen van de nieuwe rijken als de patriarchen van de oude stempel. Maar de mengeling van Europese *épaves* uit de Tweede Wereldoorlog en sterren uit een Hollywood dat nog aarzelde tussen de New Deal van Roosevelt en de

Heksenjacht van McCarthy, sprak met elkaar af in de Ciro's, van de kleine A.C. Blumenthal, de compagnon van de gangster Bugsy Siegel, of in wat er nog over was van de nachtclubs uit de oorlogstijd, de Casanova, de Minuit en de Sans Souci...

Ze volgden de avonturen van de felle en anarchistische Basfumistengroep, een uitvinding van Adolfo Best Maugard en Ernesto de la Peña. Best, een schilder, was indertijd assistent van Sergej Eisenstein geweest in Mexico-Stad en hij was de gelukkige bezitter van een aldaar wonende Vestaalse Maagd, Mercedes Azcárate. De la Peña was een blonde, slanke filosoof die meer dan twintig talen kende, inclusief die van Jezus Christus. De groep vertoonde een vage roeping om alarm te slaan in een maatschappij die nog in staat was zich te verbazen, maar die van de ene op de andere dag haar eigen nieuwigheid weer vergat. Het Basfumisme is nooit meer geweest dan een Chaplinachtige schreeuw om aandacht in de ontmenselijkte maatschappij.

Het was de laatste klaroenstoot van de jaren veertig, daarna smoorde de immense stad elke poging om zich te groeperen onder de vleugels van de cultuur en om via avant-gardistische kringen een persoonlijkheid te ontwikkelen. Aan de horizon doemde reeds de Zona Rosa op, een mengeling van Saint-Germain des Prés en Greenwich Village rond het café Tyrol, waar elke middag een Colombiaanse schrijver te vinden was die sinds 1960 in Mexico woonde, Gabriel García Márquez. Ook de schilder José Luis Cuevas, een verleidelijke kater met scherpe klauwen, gaf zijn zegen aan die buurt.

In die tijd waren Guy Furlong en José Luis Palma nog de enige Mexicanen die zich in smoking hulden als ze gingen dineren. Ze onderscheidden zich door hun weigering de stijl uit hun jeugd op te geven. Volgens beiden was elegantie gebaseerd op stijl, niet op mode. Het vervelende was dat je, als je in de jaren zestig op een cocktail of tijdens een vernissage een smoking droeg, al kans had dat de mensen je voor een ober hielden.

De oude verleider van jonge jongens, Agustín Villarino, had al lang het tijdelijke met het eeuwige verwisseld. Hij had echter een opvolger in de stad, zijn neef Curly Villarino, en dit is eigenlijk het echte begin van ons verhaal.

Guy en José Luis wilden niet achterblijven. Genoemde groeperingen en kringen verkondigden stilzwijgend hun moderniteit, hun kosmopolitisme en hun jeugdigheid. Juist door deze drie dingen waren ze gedoemd te verdwijnen. Het moderne is ertoe bestemd snel in rook op te gaan vanwege zijn eigen actualiteit, die eindig is, ten gunste van het volgende nieuwste van het nieuwste. Of dat nu postmodern of retro wordt genoemd, heimwee ontkent of oproept, het is niets anders dan een herhaling van de waarschuwing van de Dood aan de Mode, in het boek *Pensieri* van Giacomo Leopardi: 'Madama la Morte, Madama la Morte, vraag me niet wie ik ben: ik ben de Mode, de Dood... Ik ben jij.'

Het feest eindigde in een saaie *slumming* in nachtclubs van het goede leven en een ellendige dood, in buurten als Guerrero en San Juan de Letrán. In tenten zoals De Klap, King Kong, De Ezel, De Artiestenclub... Als je op zondag samen met je huispersoneel de mambo wilde dansen, moest je naar De Engelensalon. Daar vervaagden de grenzen tussen de sociale klassen in een sfeer van lol en nepdemocratie. Een natuurlijke dood stierven de nachtclubs met animeermeisjes, waar de *danzón* werd gedanst, zoals de Río Rosa vlak bij de arena, of de Waikiki op de Paseo de la Reforma, waar als enige vegetatie wat cactussen staan. Alleen de door Aaron Copland onsterfelijk gemaakte Salon México overleefde. Hier hing het befaamde bordje: 'Geen brandende sigaretten op de vloer gooien, de meisjes kunnen hun voeten branden.'

Het kosmopolitisme dat op dat moment in zwang was, vereiste een voor de hele wereld aantrekkelijk centrum, zoals Parijs in de negentiende of New York in de twintigste eeuw. De val van de koloniale machten na de Tweede Wereldoorlog betekende het einde van een of zelfs twee culturele metropolen ten gunste van de rehabilitatie van tradities, die elk op zich verankerd zaten in een kalender die afweek van de westerse. Voor een Mexicaan was het in elk geval gemakkelijker naar de Maya's of de Barok te verwijzen dan naar de bijdragen van Kenia, Indonesië of Timboektoe, de nieuwe hoofdsteden van de als derdewereldrevolutie vermomde antropologie.

Wat hun jeugd betreft, die veranderde langzaam in een eenzame boulevard, die José Luis en Guy niet langer bewandelden omdat ze zich geestverschijningen voelden. Het kostte hun moeite de plicht de vertegenwoordigers van *een* jeugd te zijn op te geven. Wat hun restte was weemoed over het feit dat ze – door verwaarlozing, dood, inertie – de mensen kwijtraakten die zichzelf, met de nodige zelfverheffing, *our crowd*, *our set* noemden. Deze complimenteuze termen vormden echter geen requiem voor een vaste overtuiging van Guy en José Luis: wij hebben ons niet ingelaten met vervangbare mensen, wij waren niet inwisselbaar, wij waren *onvervangbaar* als paar.

Te midden van deze veranderingen behielden zij alle twee de vrienden die zich niet overgaven aan het geweld of werden weggevoerd door de dood. Je hebt behoefte aan treurige vrienden aan wie je dingen kunt vertellen die je niet aan je geliefde vertelt. We hebben behoefte aan geduldige vrienden die de tijd voor ons nemen die ons door de geliefde wordt geweigerd. We hebben behoefte aan de vriend die ons over onze geliefde vertelt en een soort gedeelde warmte bij ons oproept waarvoor de aanwezigheid van een derde persoon, een speciale vertrouweling nodig is. En we hebben er vooral behoefte aan de relatie te respecteren met de vriend die niet de geliefde is en die ons de zekerheid geeft dat de passie zou kunnen worden verstoord.

De omgang met vrienden hield voor Guy en José Luis een geheime verplichting in: promiscuïteit moest worden vermeden. Het was impliciet duidelijk dat een vriendschap, hoe innig ze ook mocht zijn, nooit de grens van de fysieke liefde zou overschrij-

den. Sinds ze samen waren, vanaf hun jeugd tot en met hun ontluikende volwassenheid, hadden Guy en José Luis zich voorgenomen aan alles mee te doen, maar met mate, zonder grofheid, met
respect voor elkaar. Ze zeiden tegen elkaar dat een stel behoefte
heeft aan omgang met anderen, maar dat het de dialoog tussen
jou en mij voor zichzelf hoort te houden en de intimiteit nooit aan
de groep, de anderen, mag uitleveren. En het is vooral nodig de
relatie te respecteren met de vriend die niet de geliefde is en die
ons de zekerheid geeft dat de passie ons zou kunnen meeslepen.

Zowel Guy als José Luis – de avant-garde was al op de terug-
weg – dacht dat Curly Villarino die vriend was, een brug tussen
de twee bijna zestigjarige mannen en de rest van de wereld, die in
de dertig was. Guy en José Luis hadden het akelige gevoel dat ze
hun 'groep' kwijt waren, de kring waarin ze van hun twintigste
tot hun vijftigste hadden verkeerd en die nu was uitgedund door
leeftijd, dood en onverschilligheid; dat ze hun centrum kwijt waren, evenals de uitstapjes naar de buitengebieden van een dantes-
ke stad: wilde wildernis.

Om kort te gaan, elke groep stelt zich de vraag: Wat voor indruk maken we? De aristocraten in de Jockeyclub, de jeunesse
dorée in L'Aiglon, de kunstenaars en intellectuelen in de Zona
Rosa, allemaal wilden ze indruk maken. Maar in dit verlangen lag
de wortel van hun nederlaag of hun overwinning. Beide zijn van
voorbijgaande aard, maar de verliezers moeten kiezen of ze naar
hun gezin terugkeren of dat ze zich, naar de kreet van André Gi-
de – families, ik haat jullie – overgeven aan een treurig, arm, eenzaam en ranzig bohémienleven en even afhankelijk worden van
wat ze bij elkaar kunnen bedelen als de meest losgeslagen zoon
des huizes. Slechts enkelen bleven drijven op de golven van de
'groepen' van vroeger en deden hun talent gelden door hoge eisen aan zichzelf te stellen in de vorm van ongedisciplineerdheid,
purgeersessies van monogamie (soms enkele achter elkaar) en
goed gedoseerde periodes van afwezigheid uit het verslindende

vaderland. Mexico-Stad dreigde elk van zijn inwoners levend op te eten, of ze nu slachtoffers of beulen waren.

In plaats van één centrum te hebben – het gebied tussen het Zócalo en el Ángel – verplaatste Mexico-Stad zich in concentrische cirkels steeds verder weg van wat Guy en José Luis als het hart van de stad beschouwden. Later zou de Zona Rosa, geprostitueerd en vol prostituees, zijn mobiele massa van restaurants, cafés en boetieks verbannen naar de Avenida Masaryk, vanwaar het centrum zich weldra opnieuw verplaatste, nu verjaagd door dievenbendes die auto's overvielen, horloges jatten, hele families van zakkenrollers wier specialiteit het was huizen leeg te halen, banken te beroven, lopers te hanteren, tegen betaling te doden, mensen in elkaar te slaan en neer te steken, als pooier te werken en samen te hokken. Gepensioneerde oude mannen zonder pensioen, lui die op de vlucht waren voor de politie, oplichters... Wat was er nog over van de oude Stad der Paleizen? Een grote supermarkt vol blikjes bloed en flessen met rook? Bloed en honger, artikelen die tot de eerste levensbehoeften van de monsterstad behoorden.

'De consumptiemaatschappij,' schreef Georges Bataille in *La part maudite*, 'is een uitvinding van de Azteken. Zij consumeerden harten.'

Guy en José Luis meenden dat hun hart gespaard was gebleven voor het rituele Mexicaanse kannibalisme. Op hun zesenvijftigste konden ze met nostalgische vrees naar hun jeugdige ontmoeting in Balmori kijken en tegen elkaar zeggen: Ik geloof dat we gered zijn, we geloven dat wij geen ongewenste emoties hebben gevoeld, we geloven dat niets ons nu nog in verwarring kan brengen... En zij veroordeelden de stad ter dood.

Ze hadden niet op de oppositie van Curly Villarino gerekend. Deze deed zijn uiterste best om de tijden te doen herleven van een aristocratische vrijheid die in deze tijd was voorbehouden aan een handjevol multimiljonairs en leden van de Europese en

Arabische koningshuizen. Dat was het visitekaartje van Curly: een beroep doen op Guy en José Luis' heimwee naar hun jeugd, een zoete herinnering aan de verloren tijd die hij, Curly Villarino, louter leek of wenste te belichamen ten dienste van de twee vrienden.

'Alle vrienden van mijn oom Agustín zijn dood. Alleen jullie zijn nog over uit die tijd, Guy, José Luis... mijn liefjes. Jullie zijn mijn verleidelijke geurtjes.'

Hij zei het zo kinderlijk en aanbiddelijk. Door zijn stem en zijn maniertjes vergaf je hem het excentrieke uiterlijk van een dik jongetje dat maar niet wil groeien. Het babyvet in zijn wangen schommelde heen en weer door de heftige beweging van zijn roze cherubijnenlippen. Maar de serafijnse dikzak werd ontmaskerd door de bijziende ogen achter het kleine Schubert-brilletje dat, Curly *dixit*, de plaats zou innemen van de grote vliegeniersbrillen die in de mode waren in dit betreurenswaardige tijdperk van minirok, macroceintuur en pantalons met uitlopende pijpen.

De bolronde gestalte van Curly werd bekroond door een massa krulletjes die ooit blond waren, maar waar nu grijze strepen doorheen liepen, en die gelijkenis vertoonden met de inspirerende haardos van de grote Harpo Marx. Harpo was beroemd om zijn zwijgzaamheid, maar Curly praatte aan één stuk door, vrijuit en geestig. Mijn vrienden vonden het heel leuk toen Curly zei, terwijl hij zich aan hen voorstelde: 'Ik doe dit niet belangeloos, dat moeten jullie geen seconde denken. Jullie zijn mijn klassieken. En ik heb "een klassiek" nodig om te kunnen leven en sterven. Ik vind jullie' (en hij keek hen met onschuldige ogen aan) 'het neusje van de zalm. Jullie zijn *de mon genre*, als je dat nog kunt zeggen. Nee, echt waar. Het zou volmaakt zijn als we onsterfelijk waren. Dat zijn we niet, dus laten we dan op zijn minst oneindig zijn. Ofwel, laten we ons de vraag stellen: waarom tolereren de mensen ons homo's? Antwoord: om ons niet te discrimineren.

Als we deze waarheid aanvaarden, moeten we voor de gevolgen instaan. Ik houd me alleen bezig met het zoeken naar kansen die me geweigerd zouden worden door de zogenaamd normale mensen.' En na een lange zucht zei hij: 'Soms krijg ik ze, soms niet. We zijn allemaal als onderzeeërs die met veel bombarie door de wateren glijden om te zien of de jachten al dan niet voor anker liggen, hoeveel eendenmossels zich aan hun bodem hebben vastgezogen en of het een oude of een nieuwe boot is. Ik waarschuw jullie, dat is voor mij het moment van de *aanval*. Een serieuze aanval. Met torpedo's. Ik waarschuw vooraf, dan voelt niemand zich bedrogen. Als ik vermoed dat het niet goed gaat met een paar, doe ik een verleidingspoging...'

Guy en José Luis zeiden tegen elkaar dat Curly een aardige nar was die hen deed denken aan de grootste uitspattingen in vroeger tijden. Tegenwoordig verdwaalden bijzondere persoonlijkheden in het zwavelgele stadsmagma en vielen de groepen uiteen, waardoor er niets anders voor hen op zat dan in de hooiberg op zoek te gaan naar de schitterende speld van de schitterende excentriciteit van vroeger.

'Heb je in de gaten dat we beginnen te praten als een stelletje oude zakken?' zei Guy.

José Luis gaf geen blijk van melancholie of fataliteit. 'Daarom vinden we Curly leuk. Hij is jong, maar we zitten op dezelfde golflengte.'

'Vroeger hadden we geen clowns nodig,' zei Guy fronsend.

'Nee, want toen was iedereen een komiek, behalve jij en ik.'

'Ben je zo trots op ons gedrag?'

'Trots is het woord niet. Doe niet zo wijsneuzig. Misschien waren we serieus, serieus te midden van het circus. Serieus zou de goede term zijn. We hebben nooit iemand bedonderd en we hebben ons niet laten bedonderen. Als je ons leven goed bekijkt, Guy, zul je toegeven dat we altijd toeschouwers zijn geweest, maar nooit totaal hebben deelgenomen aan het leven.'

'Dat we onze privé-relatie en ons sociale leven nooit door elkaar hebben laten lopen?'

'Nog beter. Dat we getuigen waren om overlevers te kunnen zijn.'

'Denk jij dat we het hebben overleefd? In welk opzicht?'

'Wat we ons hadden voorgenomen. Een stel dat trouw is aan elkaar, Guy. Ik geloof dat we allebei heel goed weten dat we nooit tekortgeschoten zijn in onze trouw aan elkaar. Iedereen om ons heen ging met iedereen. Wij hebben dat nooit gedaan.'

'Wees daar maar niet zo zeker van,' grapte Guy. 'We hebben nog tijd.'

Nu ze bijna zestig werden, hadden Guy en José Luis hun persoonlijke relatie geconsolideerd, evenals hun beroepsleven en hun – steeds zeldzamer – omgang met een maatschappij waarin ze zich niet meer herkenden. Te abrupte successen en nederlagen. Bekende namen werden beruchte namen. Anonieme mensen bereikten hun vijf minuten van roem à la Warhol alvorens een pirouette te maken en weer te verdwijnen. De akelige normen van de hypocriete katholieke moraal waren verdwenen, maar helaas werden ze vervangen door de niet minder hypocriete cultus van de normloosheid: genot, geld en jachtige consumptie als bewijs van vrijheid, en een elegante onverschilligheid met een masker van oprechtheid dat je zelfs zag bij mensen die er niet aan meededen, maar die zich genoodzaakt voelden deze normloosheid toe te juichen. Er waren geen stevig gewortelde eilandjes meer. Het was allemaal één groot politiek en sociaal Xochimilco op drift, een eiland dat doorkruist werd door bootjes met in bloemen geschreven namen die van de ene op de andere dag verwelkten. De mannen aan de macht wisselden. De fouten van de macht bleven.

Curly was dus een eilandje van zowel pret als heimwee naar een verdwenen wereld: die van de jeugd van Guy en José Luis. Hij kwam met gewaagde grappen en karikaturale overdrijvingen,

een privé-genoegen dat het paar Furlong en de Palma met zijn af-
wachtende natuur bijna opeiste als een verworven recht. Curly
was hun show.

Natuurlijk ging de jonge dikzak zowel in daden als in woorden
te ver. Ofwel, in zijn eentje verving hij enkele generaties uit hun
maatschappelijke verleden. Het was een deel van zijn charme.
Het was onvermijdelijk. Hij was voor Guy en José Luis een remi-
niscentie. Als een jongere Oscar Wilde vuurde Curly links en
rechts paradoxen af.

'Het leven zou volmaakt zijn als ik onsterfelijk was.'

'Promiscuïteit betekent van jezelf houden.'

'Seks maakt niet gelukkig, maar kalmeert de zenuwen.'

'Amity is zo dronken dat ze zelfs de bloemenvazen leegdrinkt.'

'Niets zo opwindend als een man neuken in de kerk.'

'Het probleem met Rudy is dat hij een kunstpik heeft.'

'Gustavito heeft een wondpapje op zijn hoofd.'

Deze kwaadaardige clownerieën werden lachend aangehoord.
Guy lachte er harder om dan José Luis, die – zo biechtte hij zijn
geliefde op – de verbale uitspattingen van Curly langzamerhand
zat was.

'Hij kan zo onbeschoft zijn. Dat is niet onze stijl.'

'Je moet je er niks van aantrekken, José Luis. Onbeschoftheid
duidt enkel op verborgen leegte. Je verwachtte toch geen diepzinnigheid van zo'n jongen?'

'Diepzinnigheid niet, nee. Maar ook geen onbeschoftheid.'

'Laat toch gaan. Wie zouden we in de plaats moeten zetten van
deze gezegende, uit de lucht gevallen Rigoletto?'

'Of uit een zwavelhol opgedoken, weet jij veel...'

Toen ze op een avond met zijn drieën in een restaurant in de
calle de Havre zaten te eten, kregen ze medelijden met hem. Curly's blik begon gevaarlijk weg te dwalen. Guy zat met zijn rug
naar de mensen toe. José Luis, die naast Curly zat, kon het duistere object van diens verlangen zien.

Een zwartharige jongen liep heen en weer met bewegingen die op voorouderlijke snelheid duidden, alsof een verre voorvader de taak op zich had genomen naar de kust te gaan en met verse vis voor keizer Moctezuma terug te komen naar diens paleis op de hoogvlakte.

Hij was snel, alsof hij vleugels had, en slank, geen grammetje te veel op zijn gezicht of zijn lichaam. Curly keek naar hem met een begeerte die hij steeds minder kon verbergen, en dat ging zo ver dat hij niet langer tegen mijn vrienden praatte en, verstrooid als hij was, de onvergeeflijke fout maakte er met open mond bij te zitten terwijl zijn ogen de bewegingen van de ober volgden. José Luis moest erom lachen en zei: 'Als je je mond dichthoudt, komen er geen vliegen in', wat weer de irritatie van Curly opriep en leidde tot de volgende daad die onthullend was – als je er een naam aan wilde geven – voor de natura naturata en de natura naturans van het grappige dikkerdje.

Curly liet zijn servet op de grond vallen toen de jonge indiaanse ober langsliep, en keek met een mengeling van verontwaardiging en minachting naar de bediende.

'Waar wacht je op?' zei Curly.

'U wenst?' antwoordde de ober.

'Stomme indiaan. Pak dat servet op.'

De ober bukte en raapte het servet op, waar wat lippenstift-vlekken op zaten zoals Guy en José Luis lachend zagen, maar het gedienstige object van Curly's gekwetste minachting niet. De bediende.

'Je mag wel eens leren bedienen,' vervolgde Curly. 'Je mag wel eens leren onderscheid te maken.' En met de grootste nadruk op de laatste twee woorden kwam hij tot de climax: 'Ik ben *een heer.*'

Hij zei het op zo'n ondraaglijk hoogartige toon dat Guy en José Luis begonnen te blozen. De een keek naar Curly en de ander naar de ober en allebei straalden ze verontschuldigingen en spijt uit. De kelner maakte een ernstige buiging voor Curly en trok zich terug om door te gaan met zijn werk.

'Zij zijn onze enige aristocraten,' zei José Luis toen de storm was gaan liggen.

'Wie?' vroeg Curly met een rood hoofd.

José Luis gaf geen antwoord en dit werd in Curly's blik geregistreerd als een serieuze belediging.

'Heb je het in de gaten?' zei José Luis, met de New Yorker in zijn handen, toen ze weer thuis waren. 'Omdat hij jou niet kon straffen voor het feit dat jij had gezien dat hij er als een idioot bij zat met zijn openhangende mond, richtte hij zich op de zwakkere, de bediende.'

Guy knoopte zijn pyjama dicht en zei niets.

'Hij is een grote lafaard,' luidde het vonnis van José Luis, 'ik weet niet of het de moeite waard is met hem door te gaan.'

'Ja,' zei Guy gapend. 'Misschien is zijn plannetje al gelukt...'

'Wat voor plannetje?' vroeg José Luis terwijl hij zijn krant weglegde.

Guy haalde zijn schouders op. 'Eerlijk gezegd kan het me niets schelen of we hem regelmatig zien of niet...'

'O,' riep José Luis uit, die gewend was aan minder dubbelzinnige of tegenstrijdige antwoorden van zijn partner. 'Je denkt dus dat het een van de talloze *overkomelijke* incidenten is.'

Hij vroeg het niet. Hij constateerde het.

Het gesprek begaf zich op onbekend terrein. Over het algemeen waren Guy en José Luis het met elkaar eens, omdat ze wisten dat ze samen pal stonden tegenover een wereld die hen vijandig zou behandelen als zij hem niet zelf bewoonbaar maakten. Het paar was eenstemmig in zijn mening over de maatschappij en dit vertaalde zich in een bevestiging van het paar in de intimiteit thuis. En deze twee dingen verdedigden en versterkten elkaar, zoals ze heel goed wisten.

Nu was er iets aan de hand waardoor Guy zich genoodzaakt

voelde op sarcastische toon te zeggen: 'Weet je hoe ze ons stiekem noemen?'

'Nee,' zei José Luis glimlachend.

'Tweedledum en Tweedledee, de tweeling van Alice, die altijd op hetzelfde moment hetzelfde zeggen...'

'Maar nooit stompzinnige dingen,' zei José Luis om het gesprek te laten escaleren.

'Zit me niet te jennen,' zei Guy en hij glimlachte weer.

Toen gingen ze slapen, zonder verder nog iets te zeggen en zelfs zonder elkaar aan te raken. Terwijl ze zich de volgende ochtend in hun art-nouveaubadkamer naast elkaar stonden te scheren, brak Guy als eerste het ijs.

'We gaan niet meer met hem om als je dat liever wilt.'

'Over wie heb je het?' zei José Luis vanachter het schuim.

'Kom op, José Luis.'

'Hij laat me koud.'

'Dat is niet waar.'

'Erewoord. Ik wil in elk geval niet dat die pudding op twee benen ons leven verpest. We zijn hem niks verschuldigd.'

'Helemaal niks,' zei Guy zonder overtuiging. 'Helemaal niks.'

Diezelfde ochtend dook Curly toch weer op, in de vorm van een bos rozen en een handgeschreven briefje. 'Lieve vrienden. Waarom laten jullie niets van je horen? Zoals de Brazilianen zeggen: ik bewaar jullie afwezigheid. Hou van jullie, C.V.'

Ze besloten hem voor de volgende dag te eten uit te nodigen bij hen thuis. Een kwestie van beleefdheid. Meer nog, om zich niet beledigd te tonen. En om Curly's macht te ontkennen, dat vooral.

Ze trokken hun smoking aan, zoals het hoorde.

'Uit heimwee,' zei Guy.

'Uit gewoonte,' merkte José Luis op.

'Uit lamlendigheid,' lachte Curly, in rood fluweel en een overhemd met ruches. 'Weten jullie het al? Ik weet dat jullie weten dat die jongen me heeft afgewezen, en nu kom ik jullie vragen het aan niemand te vertellen.'

Guy gaf geen commentaar. José Luis was verontwaardigd over zo'n grove provocatie. Hij liet met veel lawaai zijn bestek vallen.

'Ik dacht dat je een betere smaak had, of althans een hogere graad van ironie,' zei hij tegen Curly.

'Ik ben vanavond niet in de stemming voor ironie,' zuchtte Curly. 'Ik heb liefdesverdriet.'

Hij draaide zijn plompe lijf naar Guy. 'Jij kent dat wel, hè schat?'

José Luis kon zijn ogen niet geloven. Guy bloosde. José Luis ging in de verdediging. 'Wij weten alleen wat voor ons van belang is te weten. En jij bent bezig je banderilla's in ons te prikken, maar dat pikken we niet.'

'O nee?' zei de efebe. 'Luister eens, José Luis, of je nou banderilla's, houwelen of zwaarden in me steekt, ik word niet kwaad. Probeer het maar eens bij je vriendje, eens zien of hij het pikt...'

'Ik begrijp je niet. Wat moet je toch?' vroeg José Luis aan Curly, hoewel hij naar Guy keek.

'Godallemachtig,' antwoordde deze. 'Maak toch geen storm in een glas water.'

Curly schaterde het uit. 'Niet te geloven! Houden jullie alsjeblieft op. Jullie geven me veel te mooie kansen. Verdedig je tegen jullie kleine spion Curly Villarino, de bemoeial die alles weet en alles rondbazuint. Zo is het toch? O nee, discretie is niet mijn sterkste kant!' Opeens veranderde hij van toon. 'Wat zal ik zeggen? Dat ik alleen opgewonden raak van iets nieuws? Dat ik wanhopig ben omdat ik die *bus boy* eergisteravond niet heb kunnen verleiden? Dat ik geen behoefte heb aan getuigen bij mijn mislukkingen op liefdesgebied? Dat ik jullie hier op mijn knieën kom smeken dat jullie je mond houden? Dat ik iets ga verzinnen om jullie het leven zuur te maken als jullie me verraden bij de anderen?'

José Luis zei later tegen mij dat 'de anderen' een te weids begrip was om een steeds kleiner wordend kringetje mee aan te duiden. Hoe het ook zij, de dag dat Curly bij mijn vrienden at, hief hij een jammerklacht aan. Tot nu toe hielden ze zich nog eensgezind aan hun oude gewoonte om zich niet met andermans passies te bemoeien en een discreet stel te zijn, desnoods solitair te leven, maar er in elk geval nooit van te kunnen worden beschuldigd deel te nemen aan wat indertijd een hoorspel, tegenwoordig een soapserie en altijd en eeuwig een melodrama heet. En zoals bekend is het melodrama een komedie zonder humor.

'Altijd een outsider zijn?' ging Curly verder. 'Altijd in de marge blijven? Uit de kast komen zonder dat iemand me volgt?' Hij liet opeens zijn vingers knakken alsof hij het geluid van castagnetten imiteerde. 'Of *the life of the party* zijn?' Hij schaterde van het lachen. 'En soms *the death of the party*.' Hij zette een somber gezicht en stond op. 'Ik begrijp het al. Jullie willen dat ik wegga. Jullie willen niet dat ik jullie liefdesnestje bevuil. Goed, mijn vogeltjes. Ik laat het me geen twee keer zeggen. Jullie denken dat jullie gewonnen hebben. Prima. We zullen zien.'

Hij maakte een belachelijke pirouette en kwam ondanks zijn grote lichaamsmassa even los van de grond, waaruit bleek dat hij niets dan een ballon was gevuld met louter zelfmedelijden. 'Prima. Ik trek me terug. Maar mijn doos met verrassingen is nog niet leeg. Wachten jullie maar af. Hoe meer een bij zijn gif binnenhoudt, des te harder hij steekt.'

De volgende dagen bewaarde Guy een ongebruikelijke geestelijke afstand, wat José Luis eerder uitlegde als onrust dan als geïrriteerdheid over de door Curly opgevoerde scène. Het leek José Luis het verstandigst om iets wat er serieus uitzag te behandelen alsof het om iets luchtigs ging, en dat wat diep zat alsof het iets oppervlakkigs was. Het bracht geen verandering in hun omgang, in het ritme van hun dagelijkse handelingen of in het gebruikelijke gedoe tussen twee al zo lang en zo intiem met elkaar verbonden levens. Zij begrepen maar al te goed dat de rijkste momenten van zowel de fysieke liefde als de begripvolle omgang tussen twee mensen niet werden uitgesloten, maar juist versterkt door de ruimte die de meest rimpelloze normaalheid bood.

Enigszins in zichzelf gekeerd vuurde José Luis in stilte vragen op Guy af. Wat is de basis van onze relatie? Begeerte en afgunst? Of onschuld en minachting? Zul je altijd op natuurlijke wijze van me blijven houden zoals je tot nu toe deed? Of ga je me laten voelen dat je me duldt? Is dulden niet de meest bedrieglijke vorm van tolereren?

('Jij en ik hebben elkaar nooit getolereerd. We zouden niet zo lang hebben samengewoond als we elkaar alleen maar hadden getolereerd.')

Zijn blik viel toevallig op een foto van toen ze jong waren. Guy en José Luis naast elkaar, glimlachend maar ernstig en niet met de armen om elkaar heen geslagen, om te bewijzen dat hun relatie serieus was, niet demonstratief maar discreet. Zodra hij zichzelf zag als iemand van even in de twintig, toen hun verhouding al een onomstotelijk feit was, wist hij dat hij en Guy hun moeilijke momenten altijd te boven waren gekomen en dat de typische irritaties als gevolg van een gedeeld, intensief en langdurig samenzijn door deze zekerheid waren afgewend. De woede-explosies werden uitgesteld. De misverstanden uitgebannen. De verveling en de onverschilligheid verdreven. Juist omdat al die dingen bestonden in hun verhouding, niet omdat ze er niet waren.

Misschien behandelde het stel het onvermijdelijke niet als iets waarover je niet sprak, hypocrisie, maar als precies het tegenovergestelde, fantasie. Een slecht humeur werd opgeheven door een goede grap op het juiste moment. De misverstanden werden verheven tot een kans voor de fantasie. De verveling afgewend door een verwijzing naar een film, een literair werk, kunst, alle dingen die van hen waren, maar die van iedereen hoorden te zijn...

Dat was het verschil. Het leek nu wel of de rollen die ze vroeger samen speelden langzamerhand monologen werden. José Luis weigerde de acteur van de jaloezie te zijn tegenover de hoofdrol van de begeerte in de ontwijkende blik van Guy. Hij vreesde dat zijn jaloezie in minachting zou omslaan naarmate de begeerte van Guy zich op belachelijke wijze vermomde als onschuld.

Feit is dat José Luis zijn vriend zo door en door kende dat hij de temperatuur van de begeerten van zijn geliefde kon peilen. Maar wat hem sinds enkele dagen zorgen baarde was dat hij niet kon vaststellen wat het object van die begeerte was. Want hijzelf, José Luis, was noch het object noch het subject van Guys duidelijke opwinding.

José Luis was aan het eind van de middag in zijn kantoor toen Curly belde om hen uit te nodigen voor het diner in zijn penthouse, vlakbij, tegenover de Diana de Jageres. José Luis probeerde bij Guy bevestiging te vinden voor de uitnodiging van de tegenwoordig weinig betrouwbare Curly, maar Guy was al niet meer in de galerie. Hij was ook niet naar huis gekomen. José Luis verkleedde zich en ging alleen naar het diner bij Curly.

'Welkom in het Pink Pantheon,' zei Curly lachend toen hij José Luis binnenliet. 'En denk aan mijn devies: *sex copuli, sex dei...*'

Curly hield zijn volle glas zo schuin als de toren van Pisa. Hij was in zijn gastherenkostuum, een fluwelen jasje, een lang wit hemd, een pantalon van Schotse ruitjesstof en zwarte sloffen met een zon op de ene en een maan op de andere. Hij droeg geen sokken.

'O,' verzuchtte hij. 'Wat wil je drinken? Je moet drinken om het met mij te kunnen uithouden, José Luis. Ik zweer je dat ik me vanavond vreemder voel dan een groene hond, en ik zie mijn toekomst als een martelgang met zonnebril...'

'Je bent in technicolor,' zei José Luis lachend, terwijl hij de margarita aanpakte die Curly hem aanbood.

'En op breedbeeld, liefje,' zei Curly. 'Kijk maar eens.' Hij ging naar het grote raam van het penthouse en trok aan het koord van de gesloten gordijnen. 'Er bestaat geen mooier uitzicht op de stad,' zei hij, terwijl de gordijnen opengingen en het terras onthulden. Daar waren twee mannen die elkaar omhelsden en kusten, de een wat ouder, de ander jong. Hun gezichten waren onzichtbaar door de lange kus, tot het licht in de kamer op de gesloten oogleden van de geliefden viel en hen dwong hun ogen te openen, hun hoofd om te draaien en zich aan Curly en José Luis te tonen. 'Kop op, José Luis. Maak je geen zorgen,' zei Curly lachend. 'Seks is net als een kater, het duurt maar acht uur.'

Als hij hem de volgende dagen had gezien, zou José Luis tegen Guy hebben gezegd wat hij in een brief schreef die nooit werd verstuurd. 'Geloof maar dat ik je begrijp. Jij bent de behoefte om anderen aan te trekken nooit kwijtgeraakt. Ik heb het je al eens gezegd, je bent geen flirt, je wilt jezelf alleen graag showen. Opvallen. Omdat ik dit begrijp, kan het me niet zoveel schelen dat je althans één keer een stap te ver bent gegaan. We hebben het altijd vermeden. We hebben het nooit uitgesloten. Hebben we onszelf toch voor de gek gehouden? Moeten we dulden dat we worden vergiftigd door wat we altijd uit de weg zijn gegaan: jaloezie, ontgoocheling, beschuldigingen? Ik bekijk onze foto van toen we dertig waren en ik plaats mezelf in de tegenovergestelde situatie. Herinner je je Agustín Villarino nog? Hij was zijn jeugd kwijt en ging op zoek naar jonge mannen om hem terug te krijgen. Hij flirtte met ons. We hebben hem uitgelachen. Niet de dood in Venetië, zei jij toen, maar de dood in Xochimilco. Je zult zeggen dat dit wreed klinkt. Ik wil je niet kwetsen. Ik wil alleen dat je begrijpt dat ik jou begrijp. Het is ons gelukt om samen oud te worden. Mijn smeekbede is heel eenvoudig. Bederf niet alles.'

Hij hoorde dat Curly met Guy en de jongen naar een huurhuis in Acapulco was gegaan. José Luis verwachtte een brief. Hij kreeg een telefoontje.

'Sorry. Ik had het nodig. Ik dacht dat je het er wel mee eens zou zijn.'

'Ik wilde je schrijven.'

'Ik heb niets ontvangen.'

'Vind je het niet genoeg dat ik het van plan was?'

'Ik weet niet of je het hebt gemerkt.'

'Wat gemerkt?'

'Saffraan lijkt precies op jou.'

'Met zo'n naam? Laat me niet lachen.'

'Nou ja, Curly heeft hem die naam gegeven.'

'Dan kan hij dus niet op mij lijken.'

'Hij is precies zoals jij toen je twintig was, José Luis.'

'Laat het verleden alsjeblieft met rust.'

'Ik was hier niet op voorbereid.'

'Ik ook niet.'

'Houden we onszelf voor de gek?'

'Wie weet. We komen er altijd te laat achter of we van de ene fase van het leven overgaan naar de volgende. Tegen de tijd dat we het weten is het eerste bedrijf al voorbij en het stuk bijna afgelopen.'

'Ik zeg je nog iets anders, als troost. Deze jongen is onbereikbaar.'

'Laat me niet lachen. Jij bent achter hem aan gegaan. Of hij achter jou.'

'Begrijp me, José Luis... Ik bel je nederig... Ik heb behoe...'

'Jij bent gek geworden. Of kinds.'

'Het hangt af van jouw medeleven. We moeten de moeilijke momenten te boven komen.'

'Je wilt me toch niet vertellen dat je bij me terugkomt? Hoe dan? Teder, vol heimwee, met spijt?'

'Wij zijn een oud stel, José Luis. We komen wel over deze crisis heen. Je hebt op een dag toch gezegd dat ik knap ben, dat ik ervan hou me te laten zien, dat jij ervan houdt dat ik zo ben...?' En na een stilte: 'Haat me niet, José Luis.'

'Ik haat niemand.'

Hij hing op, want (vertelde hij mij) hij stond op het punt om eraan toe te voegen: 'Ik haat niemand. Ik hou van jou.' Maar hij wilde die woorden niet zeggen. De woorden van Guy echoden in zijn hoofd: 'Hij lijkt precies op jou toen je jong was.'

Toen de duisternis inviel, verliet José Luis het huis en liep door de straten. Een allesbepalende, riskante kracht dreef hem naar de Avenida Álvaro Obregón en naar de plaats waar vroeger de luxueuze Balmori-bioscoop had gestaan.

Nu was het een lege plek waar zich wat metalen skeletten verhieven. Er vlogen vogels in de schemering alsof ze een nest zochten tussen de herinneringen aan vroeger. Greta Garbo. Die unieke geur van celluloid, kleverige honingtaartjes, gesmolten chocolaatjes, roze programmablaadjes, een geruis als het geluid van de klapperende vleugels van een vogel. Dat eerste contact van hun handen indertijd, toen ze Fred en Ginger zagen dansen met op de achtergrond een sneeuwbui boven Manhattan. Greta, Ginger, Fred. Terwijl José Luis naar de ingestorte bioscoop keek, voelde hij dat de sterren die we bewonderen en najagen uit onszelf voortkomen. Ze worden ons niet opgelegd. Wij bedenken ze en zij verschijnen magisch en sierlijk op het witte doek. Ze zijn slechts onze eigen schaduwen, veranderd in licht. Ze zijn ons meest bevredigende portret. Ze blijven zelfs in de dood jong.

'Ik loop als een geest door de straten. Ik heb mijn beeld achtergelaten in een ingestorte bioscoop. Kom hierheen als je durft, om te zien of je het herkent. Ik ben alles kwijt behalve mijn herinnering aan jou. Ik heb geen lichaam meer. Wat ik nog wel heb is het verlangen om je terug te zien, om weer met je te praten.'

* * *

Guy: rechte neus, enigszins vooruitstekende kaak. Krulletjes, geen bij zijn leeftijd horende kale plekken. Ogen die belangstelling tonen voor alles wat ze zien. Hij weet zeker dat hij ooit de hemel heeft aangeraakt.

José Luis: rond gezicht. Zichtbare kaalhoofdigheid. Heel grote ogen, meren van verzwegen scherpzinnigheid. Rampzalig voor intriganten. Hij voelt nooit de behoefte de ander uit te dagen. Zijn wet is het vermijden van promiscuïteit. Hij zou in het hartje van een constellatie willen zitten.

Koor van een zoon van de zee

het eind van het schiereiland opent zich als de grootste waaier
    van de wereld
de Stille Oceaan botst koud en ver op de warme stormen uit
    Sinaloa
en spreidt tweehonderd graden golven uit
Nicanor Tepa staat op zijn plank te wachten op de monstergolf
    van negen voet hoog
met moed elegantie gereserveerdheid eenvoud kracht neemt hij
    hem
altijd van de linkerkant
een grote golf neem je nooit van rechts
van rechts valt de golf over de surfer heen en verplettert hem hij
    verdrinkt
van links overwint Nicanor Tepa de golf verandert hij zelf in een
    golf
een groot wit zeil ondersteunt Nicanors lichaam
het witte schuim kroont zijn zwarte hoofd
de spanning van zijn spieren is onmerkbaar zet zich juichend om
    in de overwinning
op de kristalblauwe golf
het is augustus de grote maand van de kapen in Baja California
in september gaat Nicanor Tepa naar het strand van San Onofre
    in Californië
veertig kilometer uitnodigende golven die door hem getemd
    willen worden alsof de zee

een reusachtige walvis is en de golf enkel de geiser van het mon-
    ster die de dauw van de zee de lucht in spuit
tot vierentwintig meter hoogte
in oktober staat Nicanor al tegenover het kerkhof van de ijskou-
    de zee bij Ierland
in de baai van
Donegal met zijn troebele groene golven die oprijzen en stuk-
    slaan op de
barrière van de riffen
en in december gaat hij naar Hawaï om de Triple Corona te win-
    nen
blootgesteld aan het onophoudelijke gedreun in de baai van Wai-
    mea
met zijn golven van zesendertig meter hoog
Nicanor viert oudjaar op het schiereiland Guanacaste in Costa
    Rica en
in februari zakt hij af naar Australië naar de langste baan van de
    wereld waar drie reusachtige golven bijeenkomen
en stukslaan waardoor hij de kans krijgt als een meeuw
over de toppen van de zee te glijden
en de zee smijt hem aan het eind van de moessontijd op de kus-
    ten van Tahiti
met zijn elektrische stormen
bliksemende zee waar Nicanor de allergevaarlijkste golf over-
    wint
de Teahupoo
maar nu knalt de golf tegen het hoofd van Nicanor die zich ver-
    giste en hem
van rechts nam
en hij wordt wakker onder een net van hoogspanningskabels in
    een hutje
in de Capulínbuurt
en hij grijpt zich vast aan de vulkanische rots om niet te verdrin-
    ken in het moeras

en hij wordt wakker in een hutje van één kamer zonder ramen
en hij snelt naar buiten om te zien of hij nog wat te pakken kan
krijgen van de spullen
die van de vrachtwagens afvallen onderweg naar de markt
en hij bouwt zijn piramide van pinda's langs de weg naar het
vliegveld
en hij kijkt onverschillig naar de verkopers van kauwgum plastic
speelgoed lootjes
haarspelden
en in stilte zegt hij dat hij voorruiten zou schoonmaken als hij
dapperder was en zelfs
vuur zou slikken op de kruispunten van de wegen
je moet vuur slikken om je zes broertjes en zusjes weer tot leven
te brengen zij zijn al vóór hun eerste verjaardag overleden
aan tyfus polio rabiës
er moet een golf komen naar de buurt zonder drinkwater om die
weg te vagen en de bergen vuilnis mee naar zee te voeren
maar Nicanor Tepa vertrouwt op zijn geluk
hij kijkt opnieuw naar de kalender van de surfers ze moeten nu
naar Jeffreys Bay in Zuid-Afrika
Nicanor draait de blaadjes van zijn golvenkalender een voor een
om
juli in Fiji augustus terug naar de kapen en onmiddellijk daarna
weer San Onofre en dan
Ierland tot nieuwjaar in Costa Rica maar in december loopt het
jaar ten einde
en Nicanor Tepa heeft geen kalender voor volgend jaar deze
heeft hij gevonden in een
vuilnisbak van een hotel op het vliegveld
vanwaar je naar Indonesië Tahiti Australië Hawaï kunt vliegen
en Nicanor valt uitgeput in slaap en droomt dat hij alles zal veranderen wat hij kan
en zijn hoofd zal buigen voor wat hij niet kan veranderen en over
voldoende wijsheid zal beschikken om

het verschil te leren kennen
overal om hem heen is droge zure kapotte aarde
Nicanor grijpt zich vast aan de vulkanische rots
Nicanor zakt weg in het terrein vol doornstruiken
en dan valt de reusachtige golf van de slaap over zijn hoofd

De presidentiële familie

1. President Justo Mayorga werd wakker van een onverwacht, verschrikkelijk en niet te lokaliseren lawaai. Hij opende zijn ogen, eerder van wantrouwen dan van schrik. Zijn eerste impuls was altijd om niet toe te geven aan de paniek, maar te kijken of er sprake was van een afkoopbare vergissing of een strafbare daad. Met zijn slaperige hoofd zag hij de optocht van ambtenaren nog voor zich die waren ontslagen, gestraft of genegeerd *omdat ze zich hadden vergist.* Andermans dwalingen vormden zelfs in zijn dromen de leidraad voor zijn presidentiële beslissingen en gaven toegang tot – hij moest onwillekeurig gapen – lijsten waarin ontrouw slechts een onderdeel, het laagste en gemeenste, vormde van de catalogus van overtredingen die meneer de president altijd bij de hand had. Judassen ontbraken nooit.

Hij keek met ochtendlijke afstandelijkheid naar zijn stevige, brede hand met de lange, smalle vingers. Hij wist heel goed hoe hij die moest gebruiken tijdens zijn toespraken. Eén hand, de rechter, was genoeg. Gebald betekende kracht, geopend edelmoedigheid, met de palm omlaag rustig maar, rustig maar; omhoog, richting het publiek, een waarschuwing of een verzoek? En met de vingers licht naar zijn eigen lichaam gebogen: kom maar, kom maar dichterbij, ik hou van jullie, wees niet bang voor me. Justo Mayorga gebruikte niet langer beide handen tijdens zijn toespraken. Op de grootste tv-schermen en op de kleinste pleinen leek het hem niet alleen een afgezaagd hulpmiddel, maar ook dat het een tegengesteld effect had. Het betekende dat de orator oreerde en dat hij al orerende bedroog, dat hij beloftes deed waarvan hij wist dat hij ze nooit zou nakomen. Hij vroeg om vertrouwen aan de ongelovigen en om twijfel aan de gelovigen.

Op de lange weg – twintig lange jaren – van het gemeentehuis in Culiacán naar het presidentiële kantoor in het paleis Los Pinos, had hij zich een stevige maar rustige manier van spreken aangeleerd. Hij gebruikte voor zijn redenaarskunsten alleen zijn rechterhand en hield zijn linker in de zak van zijn colbert of op de verzilverde gesp van zijn riem. Eén onvergetelijke keer gebeurde het, en nog wel op de nationale televisie, dat hij naar zijn ballen greep om zijn tegenstander tijdens een verkiezingsdebat toe te snauwen: 'Waar u te weinig van heeft, heb ik meer dan zat.'

Hij was nu helemaal wakker en merkte dat 'zijn ballen begonnen te zwellen' toen hij de helse herrie hoorde waardoor hij – na een snelle blik op zijn horloge kwam hij tot zijn verscherpte positieven – om drie uur 's nachts wakker werd. Mexicaanse presidenten vóór hem hadden kunnen denken aan dingen als 'een gewapende overval', 'een militaire opstand' of 'een demonstratie'. Justo Mayorga leed niet aan achtervolgingswaanzin. Het was een hels lawaai, maar zelfs de duivel kon niet in Los Pinos binnenkomen, daarvoor waren de hekken te goed bewaakt en zijn bewakers te goed getraind.

En toch... Geen twijfel mogelijk. De herrie die hem wakker maakte kwam uit zijn eigen ruimte, het presidentiële paleis Los Pinos; het kwam echter niet uit het huis maar – president Mayorga deed de balkondeuren open – van buiten, van de laan die door de tuin liep onder het toeziend oog van de koude, onbeweeglijke standbeelden (je hebt ook warme, dynamische) van degenen die hem waren voorgegaan als leiders van de staat.

Spoedig werd het hem duidelijk wat er aan de hand was. Hij stapte het balkon op. Met een onhoudbare, zelfmoordachtige snelheid scheurden twee auto's over de laan in Los Pinos, waarbij het leven van de twee wilde chauffeurs meer op het spel stond dan hun moed. Ze dreven hun lage auto's, de ene was rood en de andere zwart, op tot een dodelijke snelheid en waren in staat alle standbeelden in de tuin tot leven te wekken, vanaf de kleine Madero tot en met de reusachtige Fox.

Mayorga herinnerde zich een typisch Mexicaans spreekwoord dat duidt op de stoïcijnsheid en de onwrikbare kracht van de indianen: iets of iemand heeft net zoveel effect op mij als de wind op de stad Juárez.

De president van de Republiek verloor zijn kalmte niet en deed evenmin een expliciet beroep op de Vader des Vaderlands, Benito Juárez*. Hij drukte op de juiste knopjes, trok zijn ochtendjas aan, wachtte rustig tot zijn militaire adjudanten verschenen en vroeg hun om een verklaring. De ene lachte schaapachtig. De andere lachte niet.

'Het is uw zoon, meneer de president,' zei de ernstige.

'Enriquito,' lachte de idioot.

'Hij speelt racebaantje met een vriend.'

'Richi, weet u wel? Richi Riva.'

'Wij dachten dat u hun toestemming had gegeven.'

'"Maken jullie je geen zorgen. Mijn vader weet ervan." Dat zei hij. Quique en Richi,' zei de ene adjudant grinnikend, dus voor hem was er weinig toekomstperspectief in het presidentiële paleis.

2. Enrique Mayorga voelde zich beledigd, ongemakkelijk, en hij had regelrecht de pest in omdat zijn vader, meneer de president, hem om negen uur aan het ontbijt wenste te zien zonder rekening te houden met de weinige uren slaap die zijn zoon had genoten, om nog maar te zwijgen van diens barre lot, de luizige blik in zijn ogen en zijn tong als schuurpapier...

Tot overmaat van ramp had president Mayorga ook de moeder van Quique aan tafel laten plaatsnemen, de First Lady, mevrouw Luz Pardo de Mayorga, 'Lucecita'. Vader en moeder zaten elk aan een uiteinde van de tafel. Enrique ging als beklaagde in het midden zitten, tussen de twee vuren, naakt onder zijn geel met groen gestreepte Calvin Klein-ochtendjas. Op blote voeten. Het enige wat ontbrak, dacht de jongen, waren de beul met zijn capuchon en de guillotine.

Hij krabde over de al weer opkomende stoppels in zijn hals en bedacht trots dat zijn adamsappel niet zenuwachtig op en neer ging.

'Nou, wat is het probleem?'

De president stond op en gaf zijn zoon een klinkende klap in zijn gezicht. Enrique slikte moeizaam en doorstond het.

'Weet je wel wie je bent, rund?' vroeg Justo Mayorga, die nog steeds stond en uit de hoogte naar zijn ineengekrompen nakomeling keek.

'Natuurlijk. Enrique Mayorga, je zoon.'

'Is dat alles wat je weet, stommeling? Alleen dat?'

'De zoon van de president tussen aanhalingstekens,' kon Quique uitbrengen.

'En weet je wie ik ben?'

'Don Corleone,' zei de jongen lachend alvorens de tweede klap te incasseren.

'Ik ben een man van het volk.' Met krachtige hand tilde de president de kin van zijn zoon op. Deze voelde de ingehouden beving in de lange, sensuele vingers van zijn vader. 'Ik ben van heel lage afkomst. Het heeft je moeder en mij veel moeite gekost om zo hoog te klimmen. Ik ben als kind in Sinaloa opgegroeid in een hut waar je op je knieën naar binnen moest kruipen, zo laag was het dak. Ja meneer, als kind sliep ik met mijn neus tegen het strooien dak...'

'En nu wil jij dat ik net zo leef als jij, pappie?'

De derde dreun van het ontbijt.

'Nee, meneer. Ik wil dat je mijn positie respecteert, mij niet belachelijk maakt, mijn vijanden geen munitie levert en de mensen geen aanleiding geeft te denken dat ik een zwak of lichtzinnig type ben die zijn zoontje verwent, een rijkeluisjoch, een waardeloze nietsnut...'

Enrique wist al dat noch de woorden noch de klappen hem van zijn stuk zouden brengen. Maar nu deed hij er het zwijgen toe.

'Van onderop, jongetje. Door inspanning, toewijding, studie, avondlessen en eenvoudige baantjes, maar een grote ambitie: het ver schoppen, het land dienen...'

'Zonder vrienden?' viel Quique hem in de rede. 'Alleen, helemaal in je eentje?'

'Met je moeder,' zei de president op ferme toon.

'Je slavin,' zei Quique glimlachend, maar doña Luz knikte en gebaarde met een vinger naar haar man.

'Mijn gezellin. Trouw en discreet. Mijn toegewijde verzorgster die geen keitjes op mijn pad zal leggen...'

'Justo...' mompelde doña Luz, en het was onduidelijk wat ze bedoelde.

'Ik kan geen vrienden hebben,' zei Justo Mayorga ruw. 'Jij ook niet.'

'Zonder vrienden,' herhaalde zijn zoon terwijl hij rechtop ging zitten in zijn stoel. 'Je wordt de kluizenaar van Los Pinos genoemd. Jij houdt van niemand, hè? Waarom heb je geen vrienden?'

Justo Mayorga liep terug naar zijn stoel. 'Een president van Mexico heeft geen vrienden.'

Doña Luz bewoog haar hoofd, smekend of begrijpend. Haar gebaren waren altijd dubbelzinnig.

'Het is me juist allemaal gelukt omdat ik geen vrienden had.' Hij zweeg even en speelde met de broodkruimels. 'Ik had handlangers.'

'Justo...' Doña Luz stond op en liep naar haar man toe.

'Een president van Mexico kan alleen regeren als hij geen vrienden heeft. Je moet niemand iets verschuldigd zijn.' Hij keek zijn zoon kil en streng aan. 'En niemand hoeft ermee aan te komen dat ik het land niet kan regeren omdat ik mijn eigen zoon niet de baas ben.' Hij stond op. 'Ik wil niet dat jouw vriendjes hier nog een stap zetten.'

3. Laat de moed niet zakken, zei Richi Riva tegen Enrique Mayorga terwijl hij een arm om hem heen sloeg op het schommelende jacht dat voor anker lag in de baai van Acapulco, prima, dan houden we geen races meer op Los Pinos, maar zolang je vader je de bodyguards niet afneemt kunnen we toch grootscheeps doorgaan met feesten, moet je zien, we zijn nu lekker met zijn tweeën hier op mijn jacht en zo meteen valt de sinistere duisternis in, zoals dat heet, maar jij en ik hebben nog een heel leven vóór ons, laat je niet inpakken door die oudjes, hou ze voor de gek, daar in de verte ligt Acapulco, geweldig, zoals die lichtjes glinsteren en elk lichtje is een uitnodiging om je over te geven, Quique, je over te geven aan je emoties, dat kan niemand ons afnemen, daardoor zijn onze ouders zo stinkend jaloers op ons, die kunnen zich niet meer vermaken, maar jij en ik wel, mijn Quique, kijk maar, Acapulco ligt op ons te wachten, stel je voor wat een nacht ons daarginds te wachten staat, we kunnen gaan en staan waar we willen, jij kunt rekenen op de bescherming van het federale leger, suffe Quique, is er iemand anders in dit land die kan zeggen: 'Het leger is mijn kindermeisje', wij zijn onaantastbaar, makker, laat je niet inpakken, alles is onder controle zolang je met Richi Riva bent, uw trouwe dienaar, we gaan naar de disco die jij wilt, jouw lijfwachten maken de weg vrij, wij zijn de echte binken, we hebben alles onder controle, zoek het leukste grietje uit, zeg tegen de luitenant dat hij haar naar ons tafeltje brengt, waarvoor wil je anders macht, man, moet je zien wat een keuze hier in de disco, wat wil je het liefst, nuffige grietjes, mooie meiden, topmodellen of gewoon Europese hoeren, ach wat een gezeik, kom op, zeg tegen die geblondeerde dellen dat ze voor ons gaan staan op de dans-

vloer en hun blote billen showen, dat ze hun tanga laten zakken en hun kont laten zien, kom op Quique, wees niet zo preuts en ga met me mee naar de dansvloer, laten we ons overgeven aan de e-mo-tie, wil die gringa niet naar ons tafeltje komen, zeg dan maar tegen de luitenant dat hij haar moet bedreigen met zijn uzi, god-samme, laat je niet inpakken door de macht, gebruik hem, mijn beste Quique, laat je adelaar omhoog vliegen en je slang kronke-len, laat je niet inpakken, wees niet bang, ik heb de soldaten op-dracht gegeven het dakterras van deze disco te bezetten en als je genoeg hebt van deze tent gaan we naar een betere, hé luitenant, breng dat oude wijf eens hierheen en als ze niet wil bedreig je haar met je geweer en als er al een andere gegadigde is (ik bedoel voor die oude, niet voor u, luitenant, het is geen hint) gooi die er dan maar uit en als hij lastig is fusilleer je hem op het strand, wat een gelazer, als ze het beest in mij maar niet wakker maken, mijn beste Quique, want ik wil goede maatjes zijn met het hele univer-sum, ik wil dat de mensen me aardig vinden, tof, ik wil het alleen maar te gek goed kunnen vinden met het hele heelal, echt waar, ik vind het prachtig om een goede relatie te hebben met slechte vrienden, dat is mijn specialiteit, godsamme, maak je toch niet zo'n zorgen, Quique, weet wie je bent, jij bent de zoon van de Grote Baas, jij kunt alles doen waar je zin in hebt, laat je omringen door soldaten, daar is het leger toch voor, zodat jij en ik de groot-ste lol kunnen hebben in de wereld, cool, kom op, we gaan, het is al niks meer in deze tent, Mancuernas zit op ons te wachten, weet je wel, die vent van die ouderwetse drankjes, die vent die mijn ge-zicht aait en zegt o Richi, je hebt zo'n griezelig lief gezichtje, maar je ogen zijn van glas...

4. Doña Luz, Lucecita, liet zich zorgvuldig kappen, maar ze wei-gerde in de spiegel te kijken, want ik wil niet weten hoe ik eruit-zie na drie jaar in Los Pinos, ik wacht op de dag dat Justo en ik weer een voor mij en voor hem en voor onze zoon rustiger leven

kunnen leiden, ik ben vanuit Sinaloa met Justo meegegaan naar Los Pinos, ik ben zijn trouwe gezellin geweest, ik heb nooit iets voor mezelf gevraagd, ik heb de weg voor Justo vrij gemaakt en ervoor gezorgd dat hij door mij niet zou struikelen, ik heb nooit enige persoonlijke ambitie gehad, ik heb alleen aan het succes van mijn man gewerkt, hem nooit overschaduwen, nooit iets zeggen wat schadelijk voor hem is, niets zeggen wat een schandaal in de pers kan ontketenen of aanleiding kan geven tot roddels, ik klaag nergens over, ik heb een goed leven gehad, ik ben altijd een provinciaaltje gebleven, ik heb nooit een andere ambitie gehad dan mijn man te steunen en begrip te hebben voor zijn hartstocht om Mexico te dienen, helemaal in zijn eentje, alleen, zoals hij altijd maar weer tegen me zegt, in zijn eentje en zonder echte vrienden, alleen met handlangers, zoals hij zegt, de president heeft geen vrienden, de president houdt van niemand maar gebruikt iedereen. Maar mijn zoon dan? Heb ik na al die offers soms niet het recht om van mijn eigen zoon te houden, hem een beetje te verwennen, hem te beschermen tegen zijn strenge vader? Heeft mijn zoon, juist omdat hij zo van feesten houdt, niet een beetje liefde verdiend? Want dat krijgt hij niet van zijn vader, zijn vrienden of de vrouwen. Ik wil die reservevoorraad liefde voor mijn zoon zijn, ze hebben mij de liefdadigheidswerken toegeschoven, want zo hoort het bij een waardige presidentsvrouw die haar plaats kent, maar ik moet mijn man liefdadigheid geven opdat hij althans binnenshuis leert lief te hebben, en ook mijn zoon om te zorgen dat hij geen rancune tegen zijn ouders koestert. Waarom bescherm ik mijn zoon? vraag ik me af als ik alleen ben, heeft hij dat soms verdiend? Misschien doe ik het uit egoïsme, ik hou mijn ogen dicht om mijn gezicht in de spiegel niet te hoeven zien terwijl mijn haar wordt gedaan, want zo kan ik iemand anders zijn, zo kan ik me onttrekken aan de politiek, die alles vuilmaakt, aan de macht die onze ziel uitrukt, en zo bescherm ik het meest authentieke wat me nog rest, de herinnering aan mijn jeugd, mijn verlangen naar de provincie, de schoonheid, de jeugd, de kust van Sinaloa, namen die herinneringen oproepen aan dorpen als Navolato en La Noria, El Dorado en El Quelite, Mocorito en La Mesa de San Miguel, de zonsondergangen in Mar del Cortés, de vijf rivieren die naar de zee stromen, de valleien met suikerriet en rijst, de muziek van Tambora op het pleintje in Santiago Ixcuintla, alles wat je als kind hebt gekend en nooit meer vergeet, want zonder kindertijd geen heimwee, zonder kindertijd geen herinneringen, en mijn liefde voor de man die me uit de rust heeft weggehaald en me in zijn sterke armen bergopwaarts voerde terwijl hij van alles fluisterde, Justo Mayorga, die me van alles toefluisterde, mij, Luz Pardo, zijn verloofde uit Mazatlán, wees gelukkig mijn liefste, verwacht alles en begrijp niets, en ik klaag niet want door hem heb ik een heerlijk leven geleid en verwachtte ik alles, al begreep ik niets, maar ik zei altijd tegen mezelf, Luz, je hebt recht op geluk in alle omstandigheden, probeer vandaag gelukkig te zijn, laat je niet door de macht wijsmaken dat al het mooie en interessante van het leven, al het goede van het leven van vroeger tot het verleden behoort, raak je intimiteit niet kwijt, Lucecita, want als je die laat ontsnappen zal ze nooit meer terugkomen hoeveel macht je ook bezit, bezwijk niet voor je geheime verlangen afwezig te zijn, word niet totaal onzichtbaar, laat de mensen geloven dat je de droom van je man deelt: opnieuw hoop te geven aan Mexico na alle rampen die ons zijn overkomen, hierin wil ik mijn echtgenoot de president bijstaan, ook al weet ik heel goed dat wij alle twee, zowel hij als ik, niets dan acteurs in een farce zijn, hij glimlachend en optimistisch, al spreekt de werkelijkheid hem tegen, ik glimlachend en discreet om te zorgen dat het volk al die mislukkingen vergeet en de illusie behoudt dat Mexico gelukkig kan zijn, daarvoor werken wij, daarvoor glimlachen wij tegen de camera's, opdat de mensen de eeuwige leugen geloven, de illusie die om de zes jaar wordt vernieuwd, ja, nu wel, dit hebben we gedaan, dit keer gaat het allemaal lukken, ach, verzucht ik, ja, het gaat allemaal zo snel en waaraan kan ik me anders vastgrijpen dan aan de liefde voor mijn man, die een rol speelt in de eeuwige komedie van het gelukkige, ordelijke en stabiele land, en de liefde voor mijn arme zoontje, dat totaal niets in de gaten heeft en probeert de door zijn vader gevestigde orde omver te werpen, maar hij realiseert zich niet dat dit maar zes jaar duurt, en ik hoop dat hij niet in de gaten heeft dat hij, als hij er nu niet van profiteert, later naar dat kleine huisje terugkeert, wat betekent dat je niemand bent nadat je alles bent geweest in een groot huis, ik moet die twee illusies vasthouden, de macht van mijn man en het plezier van mijn zoon en ik weet niet of ik ze moet verwennen of steunen om daarmee duidelijk te maken dat noch het een noch het ander lang duurt, dat macht en plezier niet meer dan een zucht zijn, en dat ik alleen maar echt gelukkig was toen ik nog alles verwachtte en niets begreep, toen alles warm was als op een strand in mijn geboortestreek en ik nog geen weet had van de kille waarheid dat het geluk niet terug-komt, al heb je nog zoveel macht...

5. Aan zijn werktafel zittend, met de nationale driekleur achter zich als een dorstige cactus, las president Justo Mayorga het drin-gende bericht. De boerenleider, Joaquín Villagrán, had samen met een horde met machetes gewapende boeren het congresge-bouw ingenomen en eiste – niets minder – een radicale politiek op alle fronten met het doel het land uit zijn endemische armoede te halen. Er stonden geen scheldwoorden op hun spandoeken. Alleen eisen. Onderwijs. Veiligheid. Eerlijke rechters. Van on-derop. Alles van onderop. Banen. Werk. Van onderop. Geen in-vesteringen van bovenaf verwachten. Geen leningen aanvragen en schulden inlossen. Scholing en werk, van onderop. Pachters, dagloners, gildebroeders, handwerkslieden, leden van coöpera-ties, indianen, fabrieksarbeiders, kleine ondernemers en arme boertjes, dorpshandelaren en plattelandsschoolmeesters.

En de vlag van de beweging. Een indiaan die op een berg goud zit. 'Mexico is het land van het onrecht,' zei Von Humboldt in 1801, zoals de president zich herinnerde. De indianen, de landarbeiders en de fabrieksarbeiders hadden zich verenigd. Ze hadden het congresgebouw bezet. Wie zou hen eruit halen? Hoe? Schietend? Het congres is omsingeld door het leger, meneer de president. Want in Mexico regeert niemand zonder het leger, maar het leger is een instituut en het gehoorzaamt alleen aan de president.

'Zolang de president de staat vertegenwoordigt,' zei Jenaro Alvírez, de staatssecretaris van Defensie, waarschuwend tegen Justo Mayorga. 'Wij soldaten kunnen een onderscheid maken tussen de regeringen, die voorbijgaan, en de staat, die blijvend is.' Hij keek Mayorga strak aan. 'Maar als de president niet langer de staat vertegenwoordigt en alleen zijn eigen regering verdedigt...' Hij glimlachte minzaam. 'Wij Mexicanen zijn één grote familie...'

Generaal Alvírez strooide met puntjes alsof het kogels waren. En Justo Mayorga sloeg het dossier met het nieuws van de dag dicht en gaf de vrije teugel aan zijn innerlijke stem, ik onderhandel niet met mijn geweten, ik zal doen wat ik moet doen, op dit moment weet ik niet wat ik moet doen, het is een ernstige zaak en ik ga hem niet zoals andere keren oplossen door staatssecretarissen te ontslaan, ambtenaren te vervangen, anderen de schuld te geven, te zeggen dat ik bedrogen ben door ontrouwe medewerkers, de eeuwige judassen, want de pure waarheid is dat ik geen medewerkers meer heb wie ik de schuld in de schoenen kan schuiven, het balletje van de roulette is op mijn nummer gevallen, het is geen dag voor lolletjes, het is een dag voor zelfverzekerdheid, mijn hart moet sterk zijn opdat mijn lichaam buiten, op straat, sterk kan zijn en ik moet mezelf voorhouden dat president zijn betekent dat je niemand iets verschuldigd bent en al helemaal geen dankbaarheid, om me in het openbaar te kunnen vertonen alsof het de droom van de man in de straat is om president van Mexico te worden, want elke Mexicaan denkt dat hij dat verdient, de Baas zijn, dit is een land van baasjes, zonder bazen zijn we stuurlozer dan een muis op de Noordpool, zo is het, ik moet vanbinnen koel blijven om een warme uitstraling naar buiten te hebben, maar nu verschijnt mijn zoon met dat lichtzinnige gedrag van hem als een irritante vlieg in een storm, het idee dat hij steeds terugkomt steekt me, mijn grootste vijand is mijn zoon en niet de boerenleider Joaquín Villagrán, die het congresgebouw heeft bezet, niet het leger onder bevel van generaal Jenaro Alvírez, die het paleis San Lázaro heeft omsingeld en wacht op mijn bevel: 'Haal die rebellen eruit.' Die onverbeterlijke zoon van me en zijn vriendje Richi Riva spelen de hele tijd door mijn hoofd en ik wil ze daaruit hebben om helder te kunnen denken. Ik kan niet de geestelijke gevangene zijn van een paar onbezonnen jochies, ik wil niet dat iemand zegt hoe kunt u het land regeren als u geen macht heeft over uw eigen zoon, o kleine klootzak, jij geeft me het verlammende gevoel van mislukking, het is me niet gelukt om jou mijn moraal bij te brengen: wees niemands vriend, je kunt niet regeren met lichtzinnigheid en sentimentaliteit, president zijn betekent niemand iets verschuldigd zijn...

'Meneer de president. Het leger omsingelt het congresgebouw. We wachten op uw bevel het te ontruimen.'

6. Luz Pardo de Mayorga liep de godganse dag als een geestverschijning door de lege zalen van Los Pinos. Door haar duurzame, intieme verbintenis met Justo Mayorga was ze zo gevoelig als een vlinder die gevangenzit in een luchtledige bol. Er was iets aan de hand. Iets anders dan het onaangename ontbijt van gisteren. Wie weet waarom, maar vanmiddag was ze er het liefst niet geweest. Ze had zich gekleed voor de lunch, maar haar man liet haar weten dat hij niet op tijd zou zijn. Er was niemand in de residentie, afgezien van de onzichtbare bediendes met hun katachtige discretie. Doña Luz kon de middaguren naar haar eigen goeddunken doorbrengen, ze kon naar soapseries kijken of een cd met haar meest geliefde bolero's opzetten.

Wij hebben elkander zo innig lief
dat onze liefde in een prachtige zon is veranderd...

zong ze, heel zachtjes, want in dit huis hebben zelfs de muren oren, zoals de president zei, je moet oppassen, Lucecita, je mag je gevoelens niet uiten, houd al je wrok binnen, je kunt niet oprecht zijn want je bent de gevangene van Los Pinos, je zou willen dat je man niet zo machtig was en dat je hem, als hij ziek werd, je echte liefde zou kunnen tonen, en dat je, als je dapperder was, van hem zou kunnen eisen dat hij Enrique begreep, je moet niet afgunstig zijn als die jongen plezier heeft en jij daar niet meer aan mee kunt doen, Justo, jij weet niet meer hoe je je moet vermaken en je kunt er niet tegen als een ander plezier heeft, doe een poging je mijn gespleten ziel voor te stellen, aan de ene kant mijn liefde voor jou en aan de andere kant mijn liefde voor onze zoon, jij zegt toch dat je alleen van je familie houdt en van niemand anders, dat een president niet het recht heeft om van iemand anders te houden dan van zijn gezin? Breng je mij aan het twijfelen, Justo, laat je mij denken dat jouw politieke kilheid in ons huis is binnengedrongen, dat je ons, je zoon en mij, behandelt als onderdanen? Nee, niet eens dat, want je doet heel verleidelijk en lief tegen de massa, je verstopt je achter het masker van het volk, maar wie ben je voor ons, Justo? Het moment is aangebroken dat je zegt wie je voor je vrouw en je zoon bent...

'Maak je niet zo zwaar op. Wees wat discreter.'

'Ik wil er alleen maar goed uitzien.'

'Verwen jezelf niet zo.'

Justo Mayorga boog voorover om haar een kus op haar slaap te geven. Toen zag hij iets wat hij nooit eerder had gezien. Een traan die in de ooghoek van zijn vrouw was blijven zitten. Hij had het gevoel dat hij naar een andere plek vloog, naar een andere ruimte werd overgebracht... Hij keek naar die unieke, trillende, daar gestokte traan die nooit over haar wang omlaag gerold was, hij zag dat die traan daar al zat sinds haar jeugd, sinds hun trouwdag, de dag waarop Luz Pardo aan zichzelf had gezworen dat ze nooit zou huilen in het bijzijn van haar man.

'Ik kan me niet voorstellen dat ik jou kwijtraak en dat ik gewoon verder leef. Dat zou geen zin hebben.'

7. Aanvallen, meneer de president. In een halfuur hebben we het congresgebouw ontruimd. Niets doen, meneer de president. Alleen omsingelen, net zo lang tot ze zich overgeven van de honger. Maak geen martelaren van ze, meneer de president. Als ze een hongerstaking houden komen er meer mensen om ze aan te moedigen dan er soldaten zijn om ze te omsingelen. Gaat u weg van deze plaats, meneer de president. Wees nobel. Laat ze daar zitten tot ze uit eigen beweging naar buiten komen.

Aanvallen. Omsingelen. Niets doen.

De stoffige wind op die februarimiddag bracht zowel de bomen in het park als de gordijnen in het presidentiële paleis in beweging. Vader, moeder en zoon gingen aan tafel voor het avondeten. Eerst was er een lange stilte. Toen zei de First Lady dat er vanavond slecht weer op komst was. Ze beet op haar tong. Ze wilde het niet over ernstiger dingen hebben dan het weer.

Onrustig, impulsief en geïrriteerd snauwde Quique: 'Waarom zou je zo hoog komen en niet van het leven genieten...?'

'Maak je geen zorgen, zoon. Nog drie jaar en dan gaan we terug naar het dorp.'

'Jij wel, maar ik niet,' zei de opstandige en hij zette zich schrap. 'Ik ga naar geen enkel dorp. Al word ik erheen gesleept. Ik blijf hier in de hoofdstad. Hier zijn mijn vrienden, mijn leven, ik heb jullie niet nodig...'

'Hierbinnen weten we niet wat daarbuiten gebeurt,' zei de president rustig maar raadselachtig. 'Houd jezelf niet voor de gek.'

'Jullie kunnen mijn vriendschap met Richi niet verhinderen,' zei Quique met provocerende stemverheffing. 'Als ik bij Richi ben, ben ik niet langer die stomme zoon van de president, dan ben ik mezelf...'

Hij stond met een ruk op. 'Zonder pappies en mammies...'

'Let op je woorden in gezelschap van je moeder,' zei de president zonder van zijn stuk te raken. 'Bied haar je excuses aan.'

'Excuses, mevrouw.' Quique ging naar doña Luz toe en gaf haar een kus op haar voorhoofd. 'Maar begrijpen jullie me toch.' Hij keek smekend en hooghartig op. 'Ik ben een ander, met Richi ben ik een ander...'

Toen schraapte doña Luz al haar moed bij elkaar en terwijl ze van de een naar de ander keek, verhief ze voor het eerst van haar leven haar stem in de wetenschap dat ze het nooit meer zou doen. Dankzij de indrukwekkende rust van haar man kon ze nu een stem opzetten en het glas dat om hun levens zat stukslaan.

'Verdienen wij elkaar echt? Houden wij alle drie van elkaar? Geven jullie me antwoord.'

Ze wreef haar mondhoeken af met haar servet. Daar was ongewenst schuim terechtgekomen, als de golven in Mazatlán, door de kracht der omstandigheden, door de wet der getijden...

'Geven jullie me iets,' schreeuwde Luz Pardo. 'Waarom krijg ik nooit wat? Ben ik niets waard?'

Ze huilde niet. Ze huilde nooit. Die middag liet ze alleen die ene traan ontsnappen die ze Justo Mayorga schuldig was. Haar wanhoopsgehuil bleef nu steken in haar trillende kin. Ze stond van tafel op en liep weg, terwijl ze met onhoorbare stem zei: 'Geven jullie me antwoord.'

Ze kon nog net de woorden van haar man horen, 'Ik wil geen chaos in mijn huis', en toen Justo Mayorga later de slaapkamer binnenliep en haar daar op bed aantrof, vroeg hij haar: 'Heb je televisie gekeken?' En zij: 'Nee, ik had geen zin, Justo, begrijp me...'

De president zette het toestel aan. Hij ging naast doña Luz zitten en pakte haar hand. Op het beeldscherm verscheen Justo Mayorga, hij liep naar het congresgebouw toe, beval generaal

Alvírez: 'Laat me alleen, ik ga daar alleen naar binnen', en Justo Mayorga ging in zijn eentje het door de opstandige arbeiders bezette congresgebouw binnen, zonder adjudant, zonder een enkele gewapende man, alleen met zijn moed en zijn hoog opgerichte hoofd, zo zag de hele natie hem op de televisie het gebouw binnengaan en zo zagen ze hem later naar buiten komen, hand in hand met de boerenleider Joaquín Villagrán, glimlachend, zwaaiend met zijn vrije hand, de rechter zoals altijd, terwijl hij met zijn linkerhand de rechterhand van de boerenleider in de lucht hield en aankondigde: 'Wij hebben een akkoord bereikt.'

Maar de voor het congresgebouw verzamelde mensenmenigte was niet geïnteresseerd in een akkoord, voor hen telde de moed van de president, zijn lef om in zijn eentje het hol van de leeuw binnen te stappen en tot een akkoord te komen met de vakbondsleider, van belang was dat het volk van hem hield, dat het volk gelijk had, de president was een echte kerel, als er slechte dingen gebeurden kwam dat doordat de president er niets van wist, als de president het zou weten, als de ambtenaren hem niet zouden voorliegen, zien jullie wel, hij gaat in zijn eentje naar binnen en komt met de leider aan de hand naar buiten en morgen gaan we met zijn allen naar het Zócalo om onze president toe te juichen, hij is een echte macho. Justo Mayorga staat op het balkon van het paleis, met zijn ene arm omhoog, de rechter, en zonder te blozen geeft hij stilzwijgend toe, ja, ik ben de lieveling van de massa's, ik ben het bewijs dat een man van de straat aan de top kan komen, kijk naar mij, bewonder mij, de president is de amulet van het Mexicaanse volk...

Zeg het nooit hardop, zeg het tegen jezelf, zoals nu, in het geheim, als een intieme biecht... Ik ben de minnaar van mijn volk... En met een nog geheimere stem: de macht stelt de dood uit, hij stelt hem simpelweg uit...

8. Richi Riva werd op een Qantas-toestel gezet met bestemming Australië. Quique Mayorga Pardo probeerde vergeefs door de muur van bodyguards heen te breken die hem de toegang tot de startbaan belemmerde.

'Ik ben de zoon van de president!'

De lijfwachten waren een vijandige en ondoordringbare wereld geworden.

Quique reed in zijn Porsche terug naar Los Pinos. Hij zette de auto in de garage van de residentie. Hij stapte uit. Hij knalde de deur dicht. Hij klemde zijn tanden op elkaar, hield zijn tranen in en begon tegen de rode sportwagen te trappen, stevige trappen die deuken maakten in de carrosserie.

9. 'Wat ik de leider Villagrán heb gegeven? Niets, Lucecita. Ik heb hem om mijn vinger gewonden. Dezelfde beloftes als altijd. Het belangrijkst is dat de mensen me in mijn eentje naar binnen hebben zien gaan. Ze weten dat de hand van hun president niet trilt. Zonder een schot te lossen. Toen ik naar binnen ging schreeuwden ze: dood aan Mayorga. Toen ik naar buiten kwam was het een en al leve Mayorga. Louter lef, Lucecita, louter lef. De rest van mijn ambtsperiode houden die zich wel rustig. Daarna gaan we naar ons dorp terug.'

Koor van de buurtfamilie

Hij was van huis weggelopen want ze sloegen me ze kleedden
me uit
ze dwongen me
Mijn vader en moeder
Want ze zijn alle twee dood en ik was de enige in
huis
Want ik heb geen familieleden
Want die kerels zeiden doe niet zo stom ga mee de straat op je
bent in je eentje thuis ze slaan je ze trekken je broek uit ze
noemen je rat
Thuis ben je de lul ben je minder dan een kakkerlak
Ik voel me zo alleen, man, net zo'n stom insect op zijn buik
Zo gedeprimeerd man
Zo aangevallen man
Geef me dakloos onderdak op straat
Ga toch veilig op straat wonen
Lui die niet van de straat zijn moet je niet eens aankijken
Hier ben je veiliger dan in je huis man
Hier stelt niemand je vragen
Hier heb je niks geen verantwoordelijkheden
Hier is alleen het territorium
Hier op het stuk tussen El Tanque en El Cerro zijn we familie van
elkaar
Laat niemand passeren die niet uit deze buurt is man
Wie de grens oversteekt moet je op zijn bek slaan

We zijn een leger van honderdduizend kinderen en loslopende
   pubers
Die in hun eentje op straat leven zonder familie
We zitten aan de straat vast
Willen jullie uit de straat wegkomen?
Je kunt nergens heen
Sommigen zijn hiernaartoe gekomen
Anderen zijn hier op straat geboren
De straat is hun familie
De straat heeft ons gebaard
Je moedertje heeft midden op straat een miskraam gehad
Ze hebben haar midden op straat geschopt net zo lang tot de
   foetus losschoot
Midden op straat
Want de straat is onze buik
De stroompjes zijn onze melk
De vuilnisbelten onze eierstokken
Laat je niet verleiden man
Niks inpakker in de supermarkt
Niks autovoorruitschoonmaker
Niks straatverkoper
Niks lullige voorruitenlapper
Niks helper van wankelende oudjes
Niks stomme vuile bedelaar
Weiger man
Leef van de wind van de alcohol van het cement
Je kunt beter als een stomme kakkerlak sterven
In de straten de tunnels de vuilnisbelten
Dan je overgeven

De slavin van de pastoor

1. Het is om te stikken hier in dit dorp. Je zou zeggen dat de lucht boven de drieduizend meter heel zuiver is. Dat is niet zo en jij begrijpt het. De vulkaan is een priester met een wit hoofd en een zwarte toog. Hij spuugt uit wat hij eet: asgrauwe eenzaamheid. Hier op aarde onderga jij de nabijheid van de hemel als drukkend.

De Popocatépetl is volgens de hardnekkige legende een waakzame krijger die het naburige lichaam van de slapende vrouw, Iztaccíhuatl, beschermt. Mayalde hebben ze dit verhaal, dat jij al vanaf je jeugd kent, niet verteld. Mayalde kwam met de pastoor de berg op om hier in de uitlopers van de Popocatépetl met hem te gaan wonen. Het was precies op de dag dat zij voor het eerst menstrueerde, en hij zei tegen haar: 'Kijk, dat is de onterende vlek. We moeten hier ver vandaan.'

'Waarom, pater?'

'Om te zorgen dat je geen zonde begaat.'

'Waarom zou ik zondigen?'

'Omdat je een vrouw geworden bent. Kom mee.'

Ze verlieten de sacristie in Acatzingo, waar een prachtig franciscanenklooster is, en kwamen hier wonen, waar je sneeuw ziet en as inademt. Het was de eenzaamste plek in de buurt van Puebla, en omdat niemand naar deze plek wilde komen, waar jij woont, stuurden ze hem er met genoegen heen.

'Neemt u uw nichtje mee, meneer pastoor?'

'Jullie denken toch niet dat ik haar achterlaat? Ze is van mij afhankelijk. Zonder mij zou ze een weeskind zijn. Ze heeft alles aan mij te danken.'

'O!'

'Maar ik zal het u uitleggen, meneer de bisschop. Zij is niet mijn nichtje. Komt u me niet aan met dat oude verhaal.'

'O. Is ze dan uw dochter?' zei de bisschop met opgetrokken wenkbrauwen.

De pastoor keerde hem de rug toe en verliet het bisschoppelijk paleis.

'Die man begint te vereenzamen,' was het commentaar van de prelaat. 'Hij weet niet hoe hij zich moet gedragen tegenover de mensen. Hij kan maar beter naar de bergen gaan.'

Het is niet zo dat pater Benito Mazón op zoek was naar een afgelegen parochie op de hellingen van een vulkaan om zich van de mensen te isoleren. De mensen ontweken hem juist en dat kwam hem heel goed uit. Uiteindelijk trok hij aan het langste eind. Al was don Benito nog zo onaardig, God was niet alleen aardig maar ook onmisbaar. Pater Mazón met zijn nerveuze wolvenoogjes, zijn leguanenprofiel en zijn toog als de vleugel van een vlieg, was de enige die het recht had om sacramenten toe te dienen, te dopen, een requiem te zingen en een overlijdensakte te tekenen. De mensen in die plaats waren van hem afhankelijk als ze met een rustig geweten wilden leven. En hij was weer iets minder afhankelijk van jou. Al kwam er niemand naar het armzalige, uit leemsteen opgetrokken kerkje aan de voet van de vulkaan, Benito zou zijn toelage ontvangen en natuurlijk zou het dorp, dat hem wantrouwde omdat hij zo onaardig was, hem niet van de honger laten omkomen. Jij.

Goed, feit is dat wij, de parochianen, jij, een wrok koesterden jegens pater Benito Mazón. Het is net of hij totaal geen aandacht voor je heeft. Jij verwijt hem dat hij zo hypocriet is om het meisje Mayalde, dat zestien is, voor te stellen als zijn peetdochter. Jij weet dat peetdochters meestal de dochters van meneer pastoor zelf zijn. Moeten we afdingen op de liefdadigheid waarvan hij blijk heeft gegeven door het meisje onderdak te verlenen? Of moet jij je verontwaardiging over zijn hypocrisie uitspreken?

Jij hebt daar niet een twee drie een antwoord op. Uiteindelijk vinden de gewoontes hun weg, met of zonder afdoende verklaringen. Je vermoedt. Je voelt. Je vreest. Uiteindelijk haal je je schouders op. Jij.

'Het is erger om slechte gewoontes te hebben dan helemaal geen gewoontes,' fluisterde pater Mazón verontwaardigd tegen onze allervroomste vrouw, doña Altagracia Gracida, tijdens de biecht.

'En waar slaapt het meisje dan, meneer pastoor?'

'Kom maar kijken, mens.'

De pastorie in de bergen bestond uit niet meer dan een huisje van leemsteen met een houtkachel om op te koken, een eetkamertje annex zitkamer, een slaapkamer en een wc in de openlucht. De kerk was al even bescheiden. Maar de bijbehorende kapel was een pareltje van barokkunst, rijk versierd en bijna (bijna) net zo schitterend als de betreurde kerk in Acatzingo. Zo hoorde het. Pater Benito vereert God omdat hij gelooft dat God gruwt van de wereld.

Mayaldes schoonheid veroorzaakte een kleine storm van onzekerheid in het dorp. Het was een fris, mooi meisje met een gezichtje dat in zuiverheid te vergelijken was met de sneeuw op de bergtop voordat ze in de as verdwijnt. Ze had een lichtbruine huid, zwart haar en grote zwarte ogen waarmee ze als het ware buiten de lijst van haar ovale gezicht probeerde te kijken. Maar alsof ze wist dat het van ijdelheid getuigde als je van je schoonheid profiteerde om gelukkig te worden, sloeg ze haar blik meteen neer en wijdde zich aan de werkzaamheden in het nederige huisje, dat de hemel raakte. Ze is eraan gewend. Ze verwacht niets anders van het leven. Jij denkt misschien dat meneer pastoor haar altijd slecht behandelde om het later weer goed te maken.

Hij zei namelijk altijd tegen haar: 'Als Onze-Lieve-Heer Jezus Christus heeft geleden, waarom zou jij dan niet lijden?' Daarna nam hij haar op schoot. 'Denk je dat ik niet lijd, Mayalde, als ik zie hoe jij lijdt?'

Zij moest alle lichamelijke werkzaamheden verrichten. Als pater Mazón langsliep en zag dat ze bezig was met de was, het bed opmaakte of de kleurige schilderijen in de kerk afstofte, zei hij dingen tegen haar als: 'Jij zou graag een echte dame willen zijn, nietwaar? Ik heb je te veel verwend toen je klein was. Nu ga ik je alle verwennerij weer afpakken. Maak de kerk schoon. En doe je best. Ik kijk elke kelk na, alsof je mijn melk eruit had gedronken.'

Daarna nam hij haar weer op schoot. Zij vreesde die momenten van genegenheid, want pater Benito maakte zich grote zorgen over zijn eigen goedheid en behandelde haar daarna weer slecht ter compensatie van de zwakte die hij had getoond met zijn tederheid.

'Je bent net een muildier. Een steriel monster. Maar je werkt hard en je kunt tegen de kou in de bergen.'

Zij glimlachte niet openlijk, uit angst de pater te beledigen. In haar hart moest ze lachen om die verdomde pater, en ze dreef de spot met hem als ze de vogels in hun koude kooien te eten gaf, als ze de vreemde bloemen uit de bergen in een glas water zette, als ze naar de markt ging en neuriënd weer terugkeerde met volle manden met groenten, varkenspootjes, lauwe tortilla's en Spaanse pepers.

'Dat meisje is een simpele ziel,' zeiden wij in het dorp.

Ze wist dat ze pater Benito ergerde door zo slaafs te doen. Ze was geen nutteloos wezen. Maar ze was ook geen lastdier. Als ze naar de markt ging, bewonderde jij haar ritmische manier van lopen, haar dunne gebloemde jurk, haar harde, ronde, vrouwelijke vormen, die je kon raden. Voor jou was Mayalde de ongrijpbare magie van het dorp. Ze glimlachte tegen iedereen.

'Ze is een simpele ziel.'

Jij denkt eerder dat haar koketterie een blijk was van haar trouw jegens pater Benito Mazón. Dat zei je tegen jezelf.

Op een dag sloeg pater Benito de bloempotten kapot en bevrijdde de kanaries uit hun kooien. Zij stond er heel rustig bij en keek de pater strak aan. Ze stelde zich voor dat ze, als ze het echt zou willen, zelf in een bloem kon veranderen of als een vogel kon wegvliegen...

Pater Benito wilde niet toegeven dat Mayalde niet klein te krijgen was. Hij had zin om tegen haar te zeggen: 'Vooruit, meisje, ga terug naar je moeder. Zeg maar dat ik je goed heb behandeld en dat ik aan haar denk. Maar je weet het, ik ben niet geschikt als vader. Eens zien of zij zich verwaardigt je te ontvangen. Ik betwijfel het. Je had moeten zien met hoeveel plezier ze afstand van je deed.'

Op haar beurt dacht zij: Ik maak hem razend omdat ik van de dingen hou, ik hou van de bloemen, de vogels, de markten, en hij niet. Ik dien hem, maar hij geniet er niet van. Het is een oude zuurpruim met azijn in zijn aderen.

Dat pater Benito wilde genieten, stond voor Mayalde vast. Ze baadde buiten onder de geïmproviseerde sproeier op een kleine binnenplaats en ze wist dat de pater haar bespioneerde. Ze vond het leuk om steeds op een ander uur te baden. De ene keer deed ze het 's ochtends vroeg, de andere keer 's avonds. De pater begluurde haar altijd, maar zij zeepte haar geslacht en borsten in en deed pas daarna alsof ze hevig schrok omdat ze betrapt werd, bedekte zich snel met haar handen en lachte de hele tijd, terwijl ze zich de verwarring voorstelde van de pastoor met zijn nerveuze wolvenoogjes en zijn leguanenprofiel.

'Zend de slechte gedachten verre van je,' zei de pater altijd als hij haar de biecht afnam. En met toenemende opwinding voegde hij eraan toe: 'Herhaal samen met mij, dochter: ik ben een zak vol stinkende rommel. Mijn zonden zijn afschuwelijk. Ik ben een gevaarlijke, aanstootgevende en onverbeterlijke vrouw. Ik verdien het in een cachot te worden opgesloten en op water en brood te leven tot ik sterf.' En terwijl hij zijn ogen wegdraaide naar de hemel: 'Mea culpa, mea culpa, mea grandissima culpa.'

Mayalde bekeek hem met een lachje, ervan overtuigd dat hij gek geworden was. Het meisje haalde haar schouders op en begon verbluft heiligen te tellen.

Pater Mazón zong altijd van die vervloekte lofzangen die al sinds vijfhonderd jaar in de Mexicaanse kerken worden gezongen, en verwijderde zich steeds verder van Mayalde, het object van zijn beschuldigingen, maar het eindigde ermee dat hij zichzelf begon te prijzen als hij terugdacht aan wat ze bij hem thuis zeiden toen hij zijn priesterroeping openbaarde: 'Benito, jij hebt niets van een geestelijke.' 'Benito, jij kijkt veel te ondeugend uit je ogen.' 'Benito, je wilt toch niet ontkennen dat je een geilaard bent?'

Hij beaamde de laatste twee stellingen, maar besloot die op de proef te stellen door zich te onderwerpen aan de discipline van de eerste stelling: het priesterschap te aanvaarden.

Door de relatie met de mooie Mayalde kwamen de drie verleidingen waaraan hij blootstond bijeen: de goddelijke, de wereldlijke en de erotische. Was het al zo ver met hem gekomen? Jij hier in het dorp wist het niet precies. De situatie op zich – priester met zogenaamde peetdochter of nichtje dat uiteindelijk een geheime dochter blijkt te zijn – had zich al zo vaak voorgedaan dat er geen andere uitleg mogelijk was. De macht van de traditie brengt jou ertoe bepaalde dingen te denken. Maar wij, jij, een enkeling, kunnen ook aan de uitzondering op de regel denken.

'Dat gebeurt alleen maar in oude films, doña Altagracia. Wie weet, misschien is het echt zijn nichtje of een vrouw die hij van de straat heeft gehaald of wat jullie maar willen en gebruikt de pastoor haar louter en alleen als dienstmeisje en niet als concubine...'

Sommigen zeiden ja, anderen nee. Jij probeerde onpartijdig te zijn en niet te luisteren naar ongegronde roddels of verdenkingen zonder bewijs. Maar toen Mayalde de berg afdaalde om naar de markt te gaan, hing er een treurige stilte om haar heen. Het dorp stonk naar natte hond, brandend houtvuur, geroosterd eten, ezeldrollen, rook van dennenhout, onbereikbare sneeuw en meedogenloze zon. Het meisje verplaatste zich alsof haar voet de grond niet raakte. Ze werd achtervolgd door de boze gedachten van sommigen, de argwanende stilte van anderen, de dubbelzinnige eenzaamheid van allen... Was Benito Mazón een man Gods of een vervloekte zondaar? Hoe het ook zij, alleen híj diende de sacramenten toe in dit afgelegen dorp. En als hij ons de hostie en het heilige oliesel gaf, wat zou hij het mooie meisje dat met hem samenleefde dan wel niet geven?

Enkelen van ons, jij, hadden onderwijs genoten en geloofden niet in de leugens van de kerk. Maar niemand – zelfs jij niet, terwijl je toch een atheïst bent, zo zeker als een en een twee is – waagde het vraagtekens te zetten bij de zware religieuze traditie in de dorpen. De hemel zou op ons neerkomen. Eeuwen en eeuwen van katholieke proclamaties wegen zwaar. Atheïst zijn is bijna een gebrek aan beleefdheid. Maar jij denkt dat een gelovige en een onverschillige naastenliefde en medeleven met elkaar moeten delen. Het is niet de rechtvaardigheid die ons verenigt. Jij kent heel wat mensen die hun uiterste best doen om onrechtvaardig te zijn. Tegenover minderen. Tegenover kinderen. Tegenover vrouwen. Tegenover dieren. En ze slaan zich op de borst en beweren dat ze christenen zijn en elke zondag naar de mis gaan.

Zo eentje ben jij niet. Jij probeert oprecht te zijn tegenover de wereld en tegenover jezelf. Jij wilt rechtvaardig zijn, al ben je geen gelovige. Jij denkt dat de gerechtigheid, al is ze niet katholiek, het meest christelijke is wat er bestaat. Uit een gevoel van gerechtigheid help je anderen, en medelijden is enkel een kleine medaille die ze ons later om de nek hangen.

Dus puur uit naastenliefde doe je net of je niets ziet en laat je de mank lopende jongeman die je 's avonds bespioneert van achter het raam in de kamer, waar geen licht brandt, gewoon doorlopen. Hij kijkt bezorgd alle kanten op en weet niet waar hij naartoe moet, en dan kom jij te midden van de stille klokslagen van het angelus tevoorschijn en wijst hem de weg: 'Loop maar een eindje omhoog. Volg de klokken.'

'Welke klokken?'

'Luister goed. Daar zul je liefdevol worden ontvangen.'

Jij dreef hem weg van het dorp, omdat je maar al te goed weet wie je buren zijn. De jongen was gewond aan zijn ene been, er zat een vies verband ter hoogte van zijn knie, zijn kleren waren gescheurd en hij droeg modderige laarzen; hij zou argwaan wekken, wie hij ook was, waar hij ook vandaan kwam. Jij bent er niet aan gewend dat er plotseling onbekende mensen opduiken. Jij bent bevooroordeeld tegen vreemden. Des te meer in een dorp van minder dan honderd zielen dat ergens verloren ligt in de vulkanische hooglanden van Mexico, een dorp van as en sneeuw, ademwolkjes en opgezwollen handen. Een dorp dat in een reusachtige grijze omslagdoek is gewikkeld als in een voortijdig, maar permanent doodskleed.

Als de onbekende zijn toevlucht zoekt in het huis van meneer pastoor, heeft hij niets te verbergen. De kerk zegent de mensen die ze ontvangt. Die jongen zou nu al van de kerk naar het dorp kunnen lopen zonder iemands argwaan te wekken. Maar zomaar opduiken, gewond en in de war als hij was en met vertoon van een jeugdige schoonheid zo somber en oogverblindend als die van een zwarte zon, dat zou niet kunnen.

'Loop de heuvel op. Doe een beroep op de christelijke naastenliefde. Vraag naar meneer pastoor. Zoek een reden.'

'Ik was een berg aan het beklimmen en toen ben ik gevallen,' was de eenvoudige verklaring van Félix Camberos, want zo stelde zei hij zich voor aan pater Benito Mazón toen deze bij het krieken van de dag de deur opende.

'Het is wel erg vroeg,' zei de priester op zure toon.

'Bergen moet je 's ochtends vroeg veroveren,' zei Félix Camberos en hij glimlachte zo goed en zo kwaad als het ging. 'Net als het mededogen...'

'Vooruit, Mayalde, zorg voor de vreemdeling,' zei de priester, die zich op een merkwaardige manier de gevangene voelde van een onbegrijpelijke tegenstrijdigheid.

Benito Mazón had gezien hoe de jongen eruitzag, en in zijn hart zou hij redenen genoeg hebben voor naastenliefde en wantrouwen. Deze twee dingen smolten samen in Mayalde. Wie zou de gewonde jongen verzorgen? De priester, waarom niet? Omdat hij dan voor de gewonde zou moeten knielen en dat was een positie die hij hooghartig van de hand wees. Hij zou zich nederig moeten betonen tegenover een man die jonger was dan hij. En die vooral knapper was dan hij. De pater had de blik in Mayaldes ogen gezien toen Félix verscheen. Haar gezicht was als een maan zonder stem, het drukte alles uit door middel van opkomende en afnemende bewegingen, alsof een hemels getij de vreemdeling naar deze afgelegen plek had gebracht.

Mayalde had haar eigen gezicht niet onder controle toen ze Félix zag. Pater Benito merkte het en besloot de jongen aan de zorgen van het meisje toe te vertrouwen. Waarom? De reden leek de priester net zo voor de hand liggend als jij nu vindt. Het leguanenprofiel en de wolvenogen van Benito Mazón waren het tegenovergestelde van het gebeeldhouwde profiel en de jongehondenogen van Félix.

Pater Mazón voelde een onhoudbare drang om het meisje Mayalde aan Félix over te dragen en haar daarmee aan de verleiding bloot te stellen. Hij genoot van zijn beslissing. Hij raakt er opgewonden van. Hij voelde zich een missionaris van de Heer, die ons eerst het geluk van de zonde schenkt om indruk op ons te maken en ons vervolgens met het probleem van de deugd opzadelt, om zich tot slot het recht toe te eigenen vergiffenis te schenken via de biecht. Tussen die twee dingen, de zonde en de deugd (bedacht Mazón terwijl hij zich verkneukelde), bewoog zich een slang in de vorm van de verleiding. De pater hoefde die slang niet te verslaan. De jonge vrouw wel. Deze gedachte was voldoende om zijn hart te verzekeren van vele uren marteling, ondervraging en eisen stellen als hij en Mayalde weer samen zouden zijn en hij haar in een hoek kon drijven en ervan zou genieten haar te vernederen en te beschuldigen. Uiteindelijk zou het verslagen meisje met een beetje geluk geen weerstand meer bieden...

Pater Mazón vertrok om zijn goddelijke arbeid te verrichten en Mayalde bleef alleen met Félix achter. Het meisje gedroeg zich heel discreet.

'Trek je broek eens uit, anders kan ik je knie niet verzorgen.'

Félix gehoorzaamde ernstig, maar lachte een beetje beschaamd toen hij in zijn korte, strakke onderbroek tegenover Mayalde ging zitten. Zij keek hem zonder nieuwsgierigheid aan en begon de wond aan zijn been schoon te maken.

'Wat doe je hier?'

'Ik doe aan alpinisme.'

'Wat is dat?'

'Bergbeklimmen.'

'Tot hoever?'

'Nou, tot de sneeuw als het kan...'

'En ben je toen gevallen?'

Het ontging het geheime meisje, dat met grote aandacht aan het werk was, niet dat Félix' stem aarzelend klonk.

'Nou ja, ik ben uitgegleden,' zei de jongen lachend.

'O,' zei ze en ze keek hem ondeugend aan. 'Een glijpartij.'

Ze gaf hem een lief tikje op zijn been. 'Zo, het is klaar, meneer de Glijer.'

Die middag stootte de vulkaan wat vonken uit, maar de as werd snel gedoofd door de zomerse middagregen.

'Wat gek dat je in augustus bent gekomen,' zei Mayalde tegen

Félix. 'In deze tijd verdwijnt de sneeuw. In januari komt die tot onze deur.'

'Daarom juist,' zei Félix lachend met iets van een verre ster in zijn blik. 'Ik vind het leuk om het allermoeilijkste te proberen.'

'O jee,' zei Mayalde zachtjes en ze raakte de hand van Félix aan. 'Dat ligt in Gods hand.'

Zij had ook een wens, net als pater Benito.

'O jee?' lachte Félix. 'Wat ligt in Gods hand?'

'De slechte gedachten,' zei Mayalde, haar ogen opslaand.

Op het moment dat pater Benito naar het dorp afdaalde om de bakker het heilige oliesel toe te dienen, droeg Mayalde haar deugdzaamheid al aan Félix over. Het duurde lang voordat de bakker stierf, en het jonge paar kon naar hartenlust de liefde bedrijven, verstopt achter het altaar van Maria Vredestichtster. De priesterkleren dienden als zacht bed en ze raakten allebei opgewonden door de doordringende geur van wierook, hij omdat het een exotische geur was, zij omdat ze eraan gewend was, en allebei omdat het heiligschennis was.

'Voel je je niet erg opgesloten hier?'

'Welnee. Waarom?'

'Het is net het dak van de wereld.'

'Maar jij kon toch naar boven komen, of niet soms?'

'Ik weet het niet. Er is nog een andere wereld dan deze hier.'

'Wat is daar dan?'

'De zee bijvoorbeeld. Ben je nooit naar de zee geweest?'

Zij schudde haar hoofd.

'Weet je welke kleur de zee heeft? Ik zou je mee willen nemen.'

'De pastoor zegt dat water geen kleur heeft.'

'Hij weet er niks van. Of hij houdt je voor de gek. De zee is blauw. Weet je waarom?'

Zij schudde weer van nee.

'Omdat de hemel erin weerkaatst wordt.'

'Je praat mooi. Ik weet niet of het waar is. Ik heb de zee nooit gezien.'

Hij nam Mayaldes hoofd tussen zijn handen en kuste haar. Toen zei zij: 'Eerst wilde ik uit het leven stappen. En toen kwam jij.'

2. Tegen het vallen van de avond arriveerde pater Benito Mazón. Met moeite beklom hij de berg, hijgend in de regen, zijn wolvenogen nerveuzer dan ooit. Hij had zijn terugkeer uitgesteld. Hij wilde het jonge paar alle gelegenheid geven. Hij had jouw verdraagzaamheid ten aanzien van hem geduld en jou met zijn eigen onverdraagzaamheid bejegend. Toen hij terugkwam, was hij gewapend met een onverschilligheid die in de val was gelopen van zijn boerse verbittering. De parochianen willen het sacrament ontvangen, ze vinden het afschuwelijk dat hij het hun geeft en hij weet dat zij geen andere keus hebben.

Hij was laat terug omdat hij in het dorp vriendelijk had gesproken met de burgerlijke en militaire autoriteiten. Jij was verbaasd over zoveel beleefdheid bij zo'n dor en hooghartig type als pater Mazón.

Pater Mazón kijkt als hij terugloopt opnieuw naar de verlatenheid van de askleurige vulkaan, die hij nogmaals vergelijkt met het gevoel dat hij door God verlaten is; hij zou de dingen duidelijk willen zien, niet met deze troebele ogen...

De man Gods kwam thuis en zette zijn strooien hoed af, waardoor zijn vlassige haren te zien waren. Het water droop van zijn jas van maïsbladeren.

Hij keek het paar kil maar zonder argwaan aan. 'Hoe gaat het met dat been?'

'Beter, meneer pastoor.'

'Wanneer verlaat je ons weer?'

'Wanneer u het zegt. Ik blijf geen minuut langer dan u wilt. Ik dank u voor de gastvrijheid.'

'Hm, maar die stel je eerst op de proef.'

Félix moest lachen. 'Uw gastvrijheid overtreft mijn verwachtingen.'

De pastoor liet het water van zijn overjas lopen en zei tegen Mayalde, zonder haar aan te kijken: 'Waar wacht je op?'

Zij ging naar hem toe om zijn geïmproviseerde regenjas uit te trekken.

'Het is een gehoorzaam meisje,' zei de pastoor streng.

Zij zei niets.

'Vooruit, ga het eten klaarmaken.'

Ze aten zonder iets te zeggen en toen ze klaar waren, vroeg pater Benito Mazón aan Félix Camberos of hij student of bergbeklimmer was.

'Nou ja,' zei Félix. 'Je kunt het allebei zijn.'

Maar de pastoor hield aan. 'Student?'

'Niet zo'n beste,' zei Félix terwijl hij zijn glimlach moduleerde.

'Elk kiest zijn eigen leven. Neem nu Mayalde. Zij wil dolgraag non worden. Dat zweer ik je bij de spijkers van Jezus Christus.'

Dit leidde tot grote hilariteit bij de pater, onverschilligheid bij de jongen en verbijstering bij het meisje.

'U moet geen dingen vertellen die niet waar zijn, pater. Dat is een zonde...'

'O,' zei Mazón verbaasd. 'Kom je in opstand, kind? Je wilt toch naar het klooster om aan mij te kunnen ontsnappen?'

Zij zei niets, maar pater Mazón zat al op het jou bekende stokpaardje.

'Nou, maar ik zweer je dat die opstandigheid niet lang zal duren. Weet je waarom niet? Omdat jij een onderdanig meisje bent. Onderdanig van ziel. Onderdanig aan de mannen. De onderdanigheid in jou is sterker dan de opstandigheid.'

Félix kwam tussenbeide. 'Maar de liefde is sterker dan de onderdanigheid of de rebellie, denkt u niet?'

'Natuurlijk, jongeman. Dat kunt u hier zelf vaststellen. In dit huis is alleen maar liefde...' Hij pauzeerde even en speelde met het blauw-witte kopje uit Talavera dat hij altijd bij zich had, zogenaamd om niet te vergeten dat hij oorspronkelijk uit Puebla kwam. Toen sloeg hij zijn wolvenblik op. 'Heb je dat nog niet gemerkt, jongeman?'

'Ik geloof van wel,' zei Félix. Hij besloot een ironische toon aan te slaan als tegenwicht voor de listen van de pastoor.

'Was het niet genoeg?'

'Liefde is iets moois,' zei Félix. 'Maar er is ook kennis nodig.'

De pastoor glimlachte zuur. 'Jij bent student, nietwaar?'

'Student en bergbeklimmer, zoals ik u al zei.'

'Denk je dat je veel weet?'

'Ik probeer te leren. Ik weet dat ik heel weinig weet.'

'Ik ken God.' De pastoor kwam onverwachts overeind. 'Ik tutoyeer God.'

'En wat vertelt God u, meneer pastoor?' ging Félix op vriendelijke toon verder.

'Dat de duivel de huizen binnengaat via de achterdeur.'

'U verzocht mij door de voordeur naar binnen te gaan,' antwoordde Félix op harde, eisende toon.

'Omdat ik niet wist dat je de hosties uit mijn tempel zou stelen.'

'Meneer pastoor', Felix stond ook op, al zou elk antwoord dat hij gaf een leugen zijn, 'een mens moet zich inhouden om respect af te dwingen.'

'Ik houd me niet in en ik heb geen respect voor mezelf...'

'Pater,' zei Mayalde terwijl ze naar hem toe ging. 'Gaat u naar bed. U bent moe.'

'Breng jij me maar naar bed, meisje. Kleed me uit en zing een slaapliedje voor me... Bewijs dat je van me houdt.'

Hij zei het alsof hij zijn wolvenblik wilde veranderen in de blik van een lam. Félix draaide wat om de stoel in de eetkamer heen, alsof hij door dat meubelstuk zijn evenwicht kon bewaren of alsof het een barrière was die hem ervan weerhield de stoel op het hoofd van de pater kapot te slaan.

'Meneer pastoor, houdt u zich alstublieft in.'

'Me inhouden?' antwoordde pater Mazón luidruchtig snuivend. 'Hierboven? In deze verlatenheid? Hier, waar niets groeit? Hier kom jij me vragen me in te houden? Heeft iemand zich tegenover mij ingehouden? Begrijp je me? Wat denk je wel dat je weet dat je er zo over kunt opscheppen, student?'

'Wat jullie je hele leven ontkend hebben,' schreeuwde Félix.

'Ik zal je uitleggen wat het enige is wat de moeite waard is om te weten,' antwoordde de pater terwijl hij zijn armen liet zakken. 'Ik kom uit een familie waarvan elk lid de andere familieleden op de een of andere manier kwaad deed. En vervolgens deed iedereen zichzelf kwaad, uit berouw.'

Hij keek de student met een woeste felheid aan. 'Iedereen bouwde zijn eigen gevangenis, iedereen, mijn vader, mijn moeder en vooral mijn zusters, wij geselden onszelf in onze slaapkamer tot bloedens toe. Daarna zongen we met zijn allen lofliederen op Maria, de enige vrouw die onbevlekt ontvangen is. Hoor je me, meneer de universitaire wijsneus? Ik heb het over een mysterie. Ik heb het over het geloof. Ik zeg je dat het geloof waar is, al is het absurd.'

De pastoor greep naar zijn hoofd alsof hij zijn lichaam, dat de neiging had te gaan galopperen, stabiliteit wilde geven. 'De Heilige Maagd Maria, de enige lieve, beschermende en pure vrouw te midden van de gedegenereerde harem van Moeder Eva. De enige!'

Mayalde had zich in een hoek teruggetrokken, alsof ze zich beschermde tegen een storm waar geen einde aan komt omdat hij de volgende al aankondigt. Mazón draaide zich om en keek naar haar. 'Een vrouw, ook nog een indiaanse. Een ras dat eeuwenlang schade is toegebracht. Daarom heb ik haar als dienstmeisje.' Hij keek Félix met beledigende minachting aan. 'En jij, eerschenner, steek er wat van op. Het leven is geen poncho.'

'Maar ook geen toog.'

'Denk je dat ik een castraat ben?' mompelde Benito Mazón, half uitdagend en half gekwetst. 'Vraag maar aan het meisje.'

'Weest u niet zo vulgair. Ik geloof dat er geen fysieke grens is voor de begeerte,' antwoordde Félix Camberos. 'Alleen een morele.'

'Aha! Je komt me een lesje moraal geven!' schreeuwde de pater. 'En mijn lusten dan, hè?'

'Beheerst u zich, meneer pastoor.' Félix stond op het punt Mazón te omhelzen.

'Denk je dat ik mijn hele leven niet aan het vechten ben tegen mijn eigen slechtheid, tegen mijn smerige lage gevoelens?' schreeuwde de pastoor buiten zichzelf.

'Ik beschuldig u nergens van.' Félix deed twee stappen achteruit. 'Toont u een beetje zelfrespect.'

'Ik ben een martelaar,' schreeuwde de pater met een waanzinnige blik in zijn ogen.

3. Toen ze diezelfde middag weer samen waren, nam de pastoor de gehoorzame, spottende Mayalde weer op schoot en zei dat God diegenen vervloekt die ons willens en wetens op het verkeerde pad brengen. Hij streelde haar knieën.

'Denk na, dochter. Ik heb je gered van de verleiding en ook van de ondankbaarheid. Heb je niets te zeggen?'

'Nee, pater. Ik zeg niets.'

'Vergeet de spookbeelden waarmee die jongen je hoofd heeft volgestopt.'

'Het waren geen spookbeelden, pater. Félix heeft iets heel anders in me gestopt, dat u het maar weet.'

De pastoor duwde het meisje verre van zijn schoot. Hij stond niet op. 'Vergeet hem, meisje. Hij is vertrokken. Hij hield niet van je. Hij heeft je niet van mij bevrijd.'

'U vergist zich, pater. Ik voel me nu vrij.'

'Hou je kalm.'

'U bent een heel droevige man, pater. Ik wed dat de treurnis u zelfs in uw dromen achtervolgt.'

'Wat ben je spraakzaam! Heeft de vluchteling je les gegeven?'

Mayalde zweeg. Ze keek de pastoor vol haat aan, ze had het gevoel dat hij haar had betast. De pastoor had niemand anders die hij kon vernederen. Wat zou hij haar nu vragen? Zou hij haar dieper vernederen dan vóór het bezoek van Félix Camberos?

Misschien had pater Benito Mazón nog een zekere fijngevoeligheid in zijn hart. Hij mishandelde Mayalde niet. Integendeel. Jij weet dat hij dingen tegen haar zei zoals dat ze goed moest bedenken of het voor haar gunstig was of niet om met hem te leven.

'Ga je met me mee naar het dorp? Als de zon schijnt heb ik zin om deze gevangenis te verlaten. Laat me je aankleden, laat me je mooi maken. Ik trek je een jurk aan.'

'Om te zorgen dat ik niets zeg, pater?'

'Jij bent stapelgek,' zei de pastoor en hij floot tussen zijn tanden. 'Je weet zelf niet wat een prettig leventje je hebt. Ik ben een man Gods. Jij bent minder dan een dienstmeisje.'

Hij begon haar te slaan en intussen schreeuwde hij: 'Spookbeelden, spookbeelden!'

Het zwarte omhulsel van het lichaam van de pater leek een vlag van de duivel terwijl hij schreeuwde: 'Man Gods, man Gods!' Mayalde, die op de grond lag, zei geen woord, ze beschermde zich tegen de klappen, ze wist dat de furie van de pastoor straks zou afnemen, zoals de lucht in een oude, kapotte blaasbalg. 'Spookbeelden, spookbeelden, waarmee heeft die jongen je hoofd volgestopt...?'

En tot slot zou hij, al buiten adem, met gebogen hoofd tegen haar zeggen (dat weet jij): 'Je bent stapelgek. Niemand wil je zien. Alleen ik. Bedank me. Kleed je uit. Heb je tegen iemand anders ooit *papacito* gezegd?'

Toen Mayalde amper twee jaar later de berg afdaalde om jou te waarschuwen dat pater Benito was overleden door een ongeluk, hij was in een ravijn gevallen, verbaasde het je helemaal niet dat het gezicht en de houding van het meisje van achttien zo veranderd waren. Het staat voor jou vast dat de pater haar gevangenhield na het incident met de student Félix Camberos. De jonge vrouw die nu naar je toe kwam zag er sterker uit, zelfverzekerder, beproefd en tot alles in staat. Ze was allesbehalve een gevangene.

'Wat is er met meneer pastoor gebeurd?'

'Niets. Hij is uitgegleden. Hij stapte mis.'

'Waar wil je hem begraven?'

'Daarboven. In de as. Naast de plek waar Félix Camberos is begraven.'

Daar liggen ze nu, naast elkaar in een diepe kloof in de berg die naar de hemel lijkt te worden geduwd. Vanaf dat punt kun je heel in de verte de stad zien liggen, grotendeels verborgen achter de massa van de vulkaan. De stad is uitgestrekt, maar dat kun je hiervandaan amper zien. Jij kunt je de stad voorstellen als een wereldbrand. Midden in de brandstapel is echter een vredige plek. De strijd in de stad is op zichzelf geconcentreerd en vergeet jou als je je in een verre hoek terugtrekt, een eiland in de massa.

Op een dag liepen zij en ik samen de vulkaanhellingen af naar de grote stad, die op ons wachtte zonder geluiden, vervloekingen of argwaan. Maar wel met herinneringen.

Zij kon niet vergeten en dat werkte aanstekelijk op mijn geheugen.

Sinds ik met haar getrouwd ben, nadat de pastoor was overleden, besloot ik dat we het dorpje op de berg zouden verlaten en samen heel ver weg zouden gaan. Ik praatte niet langer vanachter het masker van die 'jij', die me had afgehouden van het verlangen haar tot de mijne te maken. Ik werd een 'ik' die zijn best deed haar te bewijzen dat de gebruiken van het leven geen zonden zijn waarvoor je moet wegvluchten en je in de bergen verstoppen, en dat de valse heilige zich graag vernedert om ons zijn hoogmoed op te leggen, dat de nederigheid soms een grote trots verbergt en dat geloof, hoop en naastenliefde niets bijzonders

259

zijn. Het moeten realiteiten van onze wereld zijn.

Voor die dingen vocht Félix Camberos, zei ik tegen haar.

Ik weet niet goed of de mooie Mayalde had besloten om de naast elkaar liggende graven van pater Benito en de student Félix te verlaten. Er was een vluchtig schuldgevoel in haar ogen, dat ik met mijn liefde probeerde te sussen.

Op het laatst restten alleen nog de woorden die mijn vrouw jaren later uitsprak: 'Al die dingen gebeurden in het rampjaar 1968.'

Koor van de rancuneuze families

en niet alleen in El Mozote
op 22 mei 1979 protesteerden wij op de trappen van de kathe-
    draal en toen kwam het leger het begon te schieten en we zijn
    met driehonderd man gestorven
het bloed stroomde van de trappen als een rode waterval
op 22 januari 1980 werden katoenarbeiders
elektriciens kantoorbediendes schoolmeesters
neergeschoten ingeklemd tussen twee avenida's
Hij
ze zaten vast in het water van de rivier de Sampul ze waren op de
    vlucht
aan de ene kant de soldaten uit El Salvador die op ons schoten
aan de andere kant de troepen uit Honduras die ons tegenhiel-
    den
de Salvadorianen grijpen kinderen gooien ze in de lucht en snij-
    den ze het hoofd af met hun machetes
ze noemen het operatie grote schoonmaak
de volgende dag is de rivier de Sampul niet meer te zien
verdwenen onder een massa aasgieren die de lijken opvreten
beter dood dan levend jochie
we zagen het in de dorpen
ze praten erover in de hutjes
ga kijken ga kijken naar de twee lichamen van
je vader
de ene helft van het lichaam op de ene hoek

de andere helft op een andere hoek
ga kijken naar het hoofd van je moeder jochie
vastgebonden aan een hek
kijk naar de hemel jochie
kijk naar de dragon-fly jet fighters 37
ze hebben cadeautjes voor je
ze hebben drieduizend pond allesvernietigende brandbommen
   voor je
ze hebben witte fosforbommen voor je
ze schieten met M60-mitrailleurs op je
het zijn *spotter planes*
ze zien mensen
het zijn helikopters hoehoe
als ze geen mensen zien schieten ze op het vee
de koeien boe
je kunt beter vluchten
hele gezinnen op de wegen
je kunt beter de hemel vol vuur op je kop krijgen
je kunt beter overdag onderweg doodgaan van wanhoop
dan in hun handen vallen
ze hebben mijn vader gemarteld met een plastic zak
vol meel
op zijn hoofd
praat
ze hebben mijn vader verminkt door zijn testikels af te snijden
ze hebben bij mijn vader gewichten aan zijn ballen gehangen tot
   hij
voorgoed
was verminkt
maar wij gaan gewoon door in onze ellendige dorpen
de vrouwen wassen koken malen
wij kinderen zijn de postbodes
wij brengen berichten over

ze hebben Gerinaldo vermoord
Jazmín komt niet meer terug naar het dorp
wij kinderen spelen hinderlaagje
Rutilio en Camilo en Selvín
daarna zijn we gegroeid zo goed als we konden
we vormen bendes van rancuneuze weeskinderen:
er is rancune
geen mens die het ontkent
er zijn veertien families villa's in San Benito huizen
aan het strand cocktailparty's in de country club musicals uit
    Hollywood
in de Vi-bioscoop
er zijn hordes eenogige lootjesverkopers schoenpoetsers
shoeshine het geluksnummer het weinige licht
in de straten
en de veertien lezen alleen ingekorte romans van de reader's
en de veertien luisteren naar muziek van mantovani zelfs
als ze zitten te schijten
en ze worden beschermd door de militairen allemaal zwarte
    junks zonder voorhoofd zonder baard met knellende laarzen
    en broeksriemen
die te strak zitten
ze volgen de orders van de witkoppen op
die hun handen niet vuilmaken
en daar werd de bende gevormd
kinderen en kleinkinderen van guerrillero's van soldaten van
    weduwen
van andere kinderen die koeriers waren
die elke avond bijeenkwamen in afwachting van nieuws
over de mensen die verdwenen waren
zeg op
wie kan het wat schelen dat ik doodga?
wat is het ergst?

dood zijn?

of arm zijn?

dat wensen wij

allemaal even arm

dus laat zij nu maar allemaal bang zijn voor ons

zoals wij bang waren voor de doodseskaders

voor de helikopters hoehoe

van jongs af aan denken wij stel je voor dat je al dood bent en

je zorgen voorbij zijn

misschien zie je pas als je dood bent je vader en je moeder terug

en je broertje

kom op laat de bende je ontgroenen

doe de kotsproef

je stopt je vinger achter in je keel

je raakt je huig aan

als je niet kunt kotsen proppen we een lange stengel

tot onder in je keel en een cactusblad in je lekkere kontje

laat je ontgroenen

met een enorm pak slaag

kijken wat je aan kunt

trappen tegen je ballen

ze hebben ze er bij je vader afgesneden klootzak

trappen in je buik

ze hebben je moeder geschopt toen ze zwanger was lul net zo
    lang

tot jij naar buiten kwam

trappen tegen je knieën

ze hebben de benen van je opa afgehakt om hem aan het praten
    te krijgen

trappen tegen je scheenbeen

jouw opa heeft het scheenbeen van mijn opa afgehakt

laat nu je onderbroek zakken en ga schijten ten overstaan van
    iedereen

zet een blij gezicht
stel je voor dat je niet schijt maar doodt
wen aan het idee man dat doden net zo'n grote opluchting is
als schijten
jij wordt sergeant schijtlaars
jij wordt kapitein kak
maar blijf aan hen allemaal denken
de veertien families
het gepeupel
de moordenaars en beulen van de doodseskaders
net als jij
de guerrillero's die moordden uit zelfverdediging net als jij
de gringo's die wapens leverden doodsles gaven doodswapens
    gaven
denk nu aan een enkele soldaat van het eskader:
vergeet hem
denk nu aan een enkele guerrillero aan het front:
vergeet hem
het leven begint bij jou
in de mara-bende
wen aan het idee
jouw dood interesseert geen mens
probeer aan een enkele atacatl te denken
probeer aan een enkele farabundo* te denken
vergeet hen
zet de woorden vaderlandsliefde en revolutie uit je hoofd
er is geen geschiedenis geweest
de geschiedenis begint met de mara salvatrucha
je hebt geen andere identiteit dan je huid
met tatoeages van
swastika's totems tranen een beetje dood
messen stenen afgezaagde windbuksen dolken
alles is goed

verschroeien jullie de aarde maar
laat niemand overeind blijven
we hebben geen bondgenoten nodig
we hebben het oerwoud nodig om ons in te verstoppen uit te rusten uit te vinden
we leren lopen als schaduwen
elk bendelid is een boom die loopt
een schaduw die op jou afkomt
ja op jou onbezorgde klootzak
denk je dat je veilig voor ons bent?
denk je dat je veilig voor ons bent?
ruik de zurigheid van onze getatoeëerde huid maar
proef de roest van onze navels maar
stop je vinger maar in de modderpoel van onze aars
zuig de gestremde melk uit onze pik maar op
laat je maar wegzakken in de rode boter van onze mond
kroel maar in het zwarte bos van onze oksels
wij zijn de mara
wij salvatrucha's redden alles wat jullie
o zo schoon netjes op zijn zondags verborgen hielden
wegschoren schoonmaakten met deodorant besmeerden
en over alles de getatoeëerde huid
en de waarschuwingen van de huid
tranen en tekens op het gezicht
een traan per dode
terwijl jullie advertenties zien in de krant op de televisie
kondigen wij marginalen
onszelf aan met onze bittere stinkende rancuneuze
getatoeëerde huid
leest de nieuwsberichten op onze huid

Het geheime huwelijk

Altijd als ik je de waarheid wil vertellen, komt er iets tussen.

Maak je geen zorgen, Lavinia. We zijn alleen, mijn liefste. Ik heb opdracht gegeven dat niemand ons lastig mag vallen. Wat wil je me vertellen?

Ik ben erg ongelukkig. Nee, val me niet in de rede. Ik wil je liefde, niet je vriendschap.

Die heb je allebei, dat weet je. Vertel maar.

Mag ik bij het begin beginnen?

Geheel de jouwe. Bij wijze van spreken.

Leo, jij kent mijn leven en je weet dat ik nooit lieg. Ik wil het over hem hebben. Ik wil, zoals jij tijdens discussies zegt, 'recapituleren'. Hopelijk lukt het me om het kort te houden. Uiteindelijk zijn we al negen jaar samen. Ik wil dat je alles weet over mijn relatie met Cristóbal. Ik verberg niets voor je. Je weet bijna alles, maar bij stukjes en beetjes. Ik wil dat je je in mijn plaats stelt en begrijpt waarom mijn relatie met hem al zo lang duurt. Je moet je voorstellen wat het voor een vrouw betekent om op haar negenentwintigste, als ze vol schrik de dertig ziet naderen, een nieuw leven te beginnen met een frisse, nieuwe en vooral gevaarlijke passie...

Ik zweer je, Lavinia...

Val me niet in de rede, *please*. Negen jaar geleden was ik op een leeftijd waarop je denkt dat je een nieuw leven kunt beginnen, dat je de oude bagage overboord kunt gooien en jezelf van top tot teen kunt vernieuwen. Ik geef toe dat ik het al in me had, de onrust, het wormpje, hoe je het maar wilt noemen. Ik had succes en verdiende goed met mijn werk. Het is heel wat om een toppubliciste te zijn. Veel vrouwen vinden dat genoeg. Die trouwen met hun carrière.

Ze zeggen dat een vrouw die succesvol is in haar beroep, altijd een minnaar in haar bed heeft: haar carrière.

Akkoord. Een carrière is iets heel erotisch. Maar toch was ik niet tevreden. Mijn carrière was als kalkoen met chocoladesaus. Maar de saus was niet pikant genoeg. Nou ja, ik was een goed bemest veld, zoals dat heet... Feit is dat op de middag dat híj mijn kantoor binnenkwam, onze blikken elkaar kruisten en wij allebei tegen onszelf zeiden wat we later zachtjes in het halfdonker tegen elkaar zouden zeggen, je snapt het wel. Liefde op het eerste gezicht. Een blikseminslag. Ik zeg het je zonder enige schaamte. Cristóbal kwam het kantoor binnen en ik kleedde hem met mijn ogen uit. Ik wist hoe hij eruitzag als hij naakt was, en hij had hetzelfde bij mij. Dat hebben we diezelfde avond vastgesteld. Vind je het erg dat ik het je precies vertel zoals het was?

Nee, ik vind het prettig. Als je geheimen voor me had, zou je een egoïste zijn.

Jij bent een barbaar. In de slaapkamer trok hij mijn slipje uit, en met de rest van mijn kleren nog aan werd ik door hem opgetild, met enorme kracht tilde hij me op en nam me terwijl ik mijn benen om zijn middel sloeg... Ik ben nog nooit zo klaargekomen. Behalve met jou.

Thanks.

Maar niet de eerste keer. Ik moest aan je wennen. Bij hem vreesde ik dat ik door meteen zo'n groot genot te beleven alleen maar, laten we zeggen, een kater kon krijgen, en dat de opwinding minder zou worden naarmate de tijd verstreek en we eraan gewend raakten samen te zijn...

The law of diminishing returns.

Maar nee hoor. De opwinding van het begin hield langdurig

stand. Het gevaar hielp daar natuurlijk bij. De afspraakjes, de prettige, maar noodzakelijkerwijs geheime plekken, de angst te worden betrapt.

De man als verleiding, niet als gewoonte.

Dat bedoel ik. Het paradijs op aarde, nietwaar? Alles is zo onvoorspelbaar, zo gewaagd en zo schadelijk voor iedereen als het ontdekt wordt, dat... Goed, ik erken dat het allemaal heilzaam is voor de ijdelheid van een vrouw die zich bemind en bewonderd weet en niet het vernederende gevoel heeft dat ze maar een meubelstuk is.

Dat is het voordeel als je de minnares bent en niet de echtgenote.

Waarom?

Een echtgenote maakt het bed op na het bedrijven van de liefde. Een minnares heeft een dienstmeisje dat het voor haar doet.

Doe niet zo lollig, Leo. Ik bedoel het serieus.

Je had het over een meubelstuk...

Dat wacht tot de man op je gaat zitten, aan je gaat eten of in je urineert zonder zelfs maar naar je te kijken... Cristóbal gaf me het gevoel dat ik uniek was. Koningin over een rijk met slechts twee onderdanen, hij en ik, allebei onderworpen aan de wensen – alle wensen – van de ander, en omdat de wensen van de een precies waren wat de ander wilde, waren ze van alle twee en van ieder apart, zowel van mij als van hem...

Neuken is een universeel en ongeschreven recht.

In het begin was ik dolenthousiast. Ik werd door hem betoverd. Hij zei dingen tegen me als: Je hebt een breekbare schoonheid en een diep verdriet. Van zo iemand moet je toch wel houden? Het is een subtiele uitspraak, goedkoop wellicht, maar zoiets zeggen ze niet alle dagen tegen je, Leo, ze zeggen: Hoe laat zien we elkaar, ik ben om zeven uur thuis, bestel wat taco's voor me, waar heb je de sleutels gelaten, en niet je hebt een breekbare schoonheid en een diep verdriet, dat niet... Alleen een verliefde man zegt dat hij niet weet of je zo mooi bent door je arrogantie of dat je arrogant bent vanwege je schoonheid, dat soort dingen. Ik keek toe terwijl hij zijn haar kamde en ik raakte verschrikkelijk opgewonden. Hij kamde het namelijk met zijn nagels, weet je. Ik gluurde naar hem terwijl hij in zijn eentje voor de spiegel toilet maakte in zijn eentje zijn haar achterover kamde voordat hij in zijn eentje naar de slaapkamer terugkwam met de kracht van een dier in zijn eentje, en met mijn eigen geheime dierlijkheid hield ik mijn zeer menselijke liefde voor hem verborgen in de ogen waarmee ik naar de man keek zonder dat hij wist dat ik naar hem keek. We bedreven de liefde en hij zei schaamteloze geile hoer met je clitoris of liever je kittelaar je poesje als een golfveld al die dingen zei hij zonder enige schaamte en op het laatst: 'Als je me bedriegt, wil ik dat je me trouw blijft. Als je me trouw blijft, wil ik dat je me bedriegt.'

Je bent bijna over alles heel oprecht en je hebt een goed geheugen.

Wat? Denk je dat je zoiets kunt vergeten?

Niet iedereen weet hoe hij geheugen en begeerte moet koppelen. Als de begeerte voorbij is, verdwijnt de herinnering.

De aantrekkelijkste ijdelheid kan afstotelijk worden, Leo. De verrassing uit gewoonte kan op een dag geen verrassing meer zijn. Nee, hij heeft me altijd het beste gegeven. De beste hotels, de beste restaurants, de mooiste reizen, alles altijd het allerbeste. Ik heb nergens over te klagen. Maar weet je, Leo, zelfs het onverwachte wordt routine. Ik kan hem niet verwijten dat hij me wil verwennen en dat hij me altijd naar de meest elegante locaties meeneemt. Op een goed moment wilde ik allesbehalve iets uitzonderlijks. Want ik begon al bij voorbaat te voelen dat er iets heel bijzonders zou gebeuren, begrijp je? En toen dreigde het gewone weer terug te komen. Met ontembare kracht, de kracht van het uitzonderlijke. Het normale luisterde overal mee, in elke eersteklasvlucht van Air France, in elke suite in elk Ritzhotel, op elke tafel in El Bodegón, ik begon jeuk te krijgen van de truffels, ik werd scheel van de kwartels en de kreeften grepen me bij mijn handen om me mee terug te nemen naar de bodem van de zee... De liefde kan ons verstikken, Leo. Het is net zoiets als de hele tijd snoepjes eten. We moeten de verveling haar rechten gunnen. We moeten dankbaar zijn voor saaie momenten in een relatie. We moeten... We moeten niet langer vooruitlopen op het bijzondere. We moeten leren het voorspelbare te voorzien.

Dat is het mooiste van de liefde.

Dat zeg jij! Maar niemand voorziet het moment waarop je niet meer zo gelukkig wilt zijn als je was en je naar iets van die ongelukkigheid verlangt die het dagelijks leven wordt genoemd. Nou ja, wat jij me geeft, Leo.

De praatjesmaker vermoordt de mooie jongen en de bezitter van de Maserati vermoordt de praatjesmaker.

Jij schenkt aandacht aan me...

Ik laat me op de proef stellen.

Jij hebt het nooit over jezelf. Je luistert naar me.

Ik schenk alleen maar aandacht aan jou, Lavinia.

Voel je je nooit beledigd?

Wij hebben nooit hoeven doen alsof. Vroeger niet en nu niet.

Ik geef toe dat ik bepaalde vertrouwelijkheden liever niet hoor.

Bij mij is het andersom, Lavinia, ik geniet van de jouwe. Ga alsjeblieft door.

Weet je waardoor ik een hekel aan hem begon te krijgen?

Nee.

Door zijn lach. Zijn manier van lachen. In het begin dacht ik dat het bij zijn charme hoorde. Jij bent tamelijk plechtstatig, eerlijk gezegd...

Ik ben gewoon ernstig. Een ernstige man.

Hij lachte op een elegante manier. Spontaan. Vrolijk. Allemaal goed ingestudeerd.

Heb je wel eens treurig gelach gehoord?

Iets veel ergers. Er bestaat gewichtig gelach.

Ik begrijp je niet.

Natuurlijk wel, dat ken je toch wel? Van die lui die nooit lachen als een ander een grap vertelt, maar die zich altijd slap lachen om hun eigen grappen, die verder niemand leuk vindt. Met andere woorden, Cristóbal begon te lachen om zijn fouten te vergoelijken. Ik ontdekte dat hij niet alleen lachte om een grap of om een vervelende situatie op te heffen. En niet eens om een gesprek op te vrolijken of het leven zelf. Hij lachte om zich te verontschuldigen. Als hij iets verkeerd deed. Als hij iets zei op het verkeerde moment. Als hij een verjaardag vergat. Als hij te laat kwam op een afspraak. Als hij een bediende ontsloeg zonder met mij te overleggen. Als hij mijn make-up of mijn jurk niet mooi vond of het boek of het tijdschrift dat ik aan het lezen was, lachte hij. Hij lachte me uit. Als hij mijn lippenstift in de vuilnisbak gooide of de helft van mijn kleren aan het Rode Kruis schonk of het boek van Dan Brown of het tijdschrift *Hola* ruw uit mijn handen trok, verontschuldigde hij zich lachend en zei: Wat een slechte smaak, dat is troep, ik moet je heropvoeden.

Wat zei je dan terug?

Behandel me niet als Pygmalion, zeg. Dat flapte ik eruit. Het was onze eerste aanvaring. Sindsdien had hij er lol in om druppelsgewijs kritiek op me leveren, en altijd maar lachen.

Zei je er iets van?

Mij folter je niet. Dat zei ik tegen hem. Het was een vergissing. Hij begon me steeds meer te pesten. Ik ging er niet op in. Je successen vervelen me, zei ik. Vertel ze me maar niet meer. Kom hier niet meer als de man die elk halfuur een belangrijke beslissing neemt. Je beslissingen vervelen me. Elke avond als je naar mijn slaapkamer komt, schreeuw je: 'Land in zicht!' Je hebt me nu wel lang genoeg gekoloniseerd, Cristobalito. Stel je nooit eens een beslissing uit? Denk je nooit na, neem je nooit de tijd voor iets? En dat niet alleen, Leo. Ik begon langzamerhand in te zien dat er achter die opschepperij over zijn successen waarmee Cristóbal indruk op me wilde maken, een heel krachtige liefde schuilging, veel sterker dan welke genegenheid voor mij dan ook. Liefde voor manipulatie. Verknochtheid aan liegen. Dat zat er achter die dikdoenerij van hem.

Hoe ontdekte je dat?

Het is ongelooflijk, Leo. Ik had met mijn beste vriendin, Priscilla Barradas, je kent haar wel, die dikke, afgesproken in de bar van de lobby van het Camino Realhotel. We dronken onze margarita's en zaten heel tevreden te kletsen, toen die dikke Pris opeens zonder een spier te vertrekken opstond en naar de lobby liep. Cristóbal kwam het hotel in en zij pakte hem bij de arm, fluisterde hem iets in het oor – met haar zure bonenadem – en hij keek zenuwachtig naar de bar, zonder mijn blik te kunnen vangen – niet zoals de eerste keer, begrijp je – en ging haastig weg. Priscila liep schaamteloos achter hem aan en liet mij gewoon zitten, en daar zat ik met mijn margarita die steeds lauwer werd. Ik kon de blaadjes aftellen, dat stomme mens.

Neem de volgende keer een cognac.

Die avond wierp ik Cristóbal zijn ontrouw voor de voeten. Hij lachte me uit. Ik had de verkeerde conclusie getrokken, zei hij. Priscila was de vrouw van onze vriend José Miguel Barradas. Ze was alleen maar naar hem toe gegaan om hem een boodschap over te brengen van José Miguel. En waarom was dat mens dan niet teruggekomen om me gedag te zeggen? Zoals altijd lachte Cristóbal. Om je te pesten, zei hij, om je jaloers te maken... Ja, antwoordde ik, getrouwde vriendinnen die voor geen goud hun man zouden willen ruilen voor de jouwe, daar moet je het van hebben. Dat vond Cristóbal buitengewoon grappig. Voor de zoveelste keer vrijde hij met grote hartstocht met me en voor de zoveelste keer was ik machteloos tegenover hem.

En je vriendin Priscila? Jullie hebben elkaar vast wel weer ergens ontmoet...

Die cynische dikke taart. Op een cocktailparty zei ik er wat van en zij antwoordde: 'De gedachte dat jij de enige vrouw bent die van je man kan houden lijkt me het toppunt van egoïsme.'

En wat heb jij geantwoord?

Jou maakt het niets uit, de ene echtgenoot of de andere. Wees tevreden met wie je hebt, *fatso*.

En toen?

Toen hebben we elkaar bij de haren gegrepen. Dat komt in de beste kringen voor.

En wat deed Cristóbal?

Ik zal je zeggen dat hij hartstochtelijk met me vrijde en me daarmee ontwapende. Ik ben een arme sukkel.

Zoals in dat lied wat je zo mooi vindt: *let's fall in love, why shouldn't we fall in love?*

Het was liefde op het eerste gezicht, Leo. Moet je soms op het tweede gezicht wachten voordat je de eerste stap zet?

Let our hearts discover...

Beetje bij beetje. We waren ertoe veroordeeld stukje bij beetje de waarheid te ontdekken. We hadden het van het begin af aan moeten weten, voordat we met elkaar in zee gingen. Op zijn minst uitzoeken of er reddingsboten zijn. Is het onvermijdelijk dat de liefde de Titanic van het leven is?

Heb je de film gezien? De enige verrassing is dat het schip zinkt. Maar had je van de liefde afgezien als je toen had geweten wat je nu weet?

Vergeet het maar. Oké, iets nieuws is niet alleen opwindend, het verblindt ook. Ha, dat zal ik als hoofd publiciteit niet weten.

We were not made for each other. Een poëtische variant. Cristóbal was een uitzondering. Hij is voor jou te gewoon geworden.

Ik zeg je dat zijn successen me vervelen. Ik zou wel eens willen zien wat voor gezicht hij zet als er iets mislukt. Hij zal natuurlijk nooit toegeven dat hij een nederlaag lijdt. Anderen mislukken. Hij nooit. Welnee! Als ik zo naar hem kijk, zeg ik tegen mezelf dat ik liever iets doe en me vergis dan dat ik niets doe en passieve successen behaal, zoals een oester op de bodem van de zee voordat hij wordt geplukt om te worden opgegeten. Misschien was dat met hem aan de hand, maar dat zou hij natuurlijk nooit toegeven. Hij rekende op mij, op mijn medeplichtigheid of passiviteit of erotische behoeftes, weet jij veel. Feit is dat hij handelt in de wetenschap dat hij op me kan rekenen. Moet je je voorstellen wat een benauwenis. Hij praat en laat me goed voelen dat ik de kracht ben waarop hij steunt.

Laten we zeggen: moeder aarde.

De stomme huiselijke Coatlicue, de moedergodin met haar slangenrok die wacht op de echte Mexicaanse macho avonturier. Bah, ik heb genoeg van dit standbeeldenspel, Leo, we veranderen de hele tijd in stenen afgodsbeelden, binnenhuisgoden, zonder avontuur, zonder illusie, zonder enig gevaar, zonder... weet ik veel. Ik voel me de gevangene van een verkeerde loyaliteit, het is een vergissing om door te gaan met een mislukte relatie. Ik heb er genoeg van.

Nee, Lavinia. Ga er alsjeblieft mee door. Bedenk dat de liefde altijd, met welke man dan ook, zoiets is als inspiratie. Gewoon werk.

Je praat als iemand in een van jouw soapseries.

Daar leef ik van, Lavinia.

En van de erfenis van je tante Lucila Casares.

Inderdaad. Mijn tante is in de hemel en kijkt hoe ik ervan geniet.

Wat voor vrouw was jouw tante Lucila?

Kijk maar naar mijn soap *De Geliefden*. Zij heeft de hoofdrol.

Die oude aanstelster die terugverlangt naar de geliefden uit haar jeugd?

Precies, zij. Ik heb niets anders gedaan dan haar dagboek overschrijven.

En dat vriendje uit Acapulco, wie was dat?

Weet ik niet. Zij heeft het alleen over ene Manuel.

Een slappeling. Een vent zonder wilskracht.

Kijk je wel eens naar mijn soaps?

Ik niet. Mijn dienstmeisjes houden me op de hoogte. Die Manuel is een aansteller.

Nou ja, het Spaanse *cursi*, aanstellerig, komt van 'courtesy', *cortesía*, beleefdheid, en van 'curtsy', een reverence maken, een goede opvoeding hebben genoten.

Dan ben ik liever een barbaar, Leo.

Ga de straat op. Maar vergeet nooit dat de liefde gewoon werken is.

Met elke man?

Ja. Met hem. Cristóbal.

En met jou?

Ook.

Al gaan de dagen de een na de ander voorbij en zijn ze altijd hetzelfde, een eindeloze optocht, totdat je leven op een dag alleen nog een beetje zand is onder in een fles die in zee is gegooid?

Ja.

Is er niets aan te doen?

Jawel. Je moet steeds een ander spel met hem spelen. Dat is de enige manier om een man te houden.

Heb ik jou daarom nog?

Ja. Doe hetzelfde met Cristóbal. Speel een ander spel. Je bent tot dezelfde routine vervallen die je hem verwijt. Je bent te trouw, te passief en je verlangt te veel terug naar het eerste moment van de liefde. Begrijp me goed: dat komt niet terug. Bedenk nieuwe eerste momenten.

O, zeg je dat voor jezelf?

Mij heb je voorgoed. Met mij hoef je geen spelletjes te spelen van de liefde en het toeval. Van mij zul je nooit kunnen scheiden.

En ben je ook nog mijn beste vriend?

Ik denk het wel, Lavinia. Alleen moet je het volgende bedenken: er bestaat niets verleidelijkers dan een vriend. Je kent al zijn geheimen. Wat hij leuk vindt, wat niet. Daarom moet je niet alles aan je vrienden vertellen.

Wat heeft geluk met vriendschap te maken? En trouwens, wat heeft liefde met geluk te maken?

Zoek nergens definitieve antwoorden op. Vraag je toch niet zo vaak af waar we naartoe gaan. Laat je gaan, Lavinia. Zo hebben we vijf jaar lang geleefd en van elkaar gehouden.

Het had nooit mogen gebeuren.

Onze liefde?

Nooit.

Jouw huwelijk?

Dat wel. Dat was onvermijdelijk.

Geloof me, Lavinia. Ga door met Cristóbal. Ik zweer je dat het daarvan afhangt of jij en ik de minnaars zijn die we zijn. Wees je echtgenoot trouw.

Trouw?

In de diepste zin van het woord. Ga trouw met hem door, want dan kunnen wij altijd van elkaar blijven houden, in het geheim en met de opwinding van het eerste uur.

Arme Cristóbal... Ik weet niet. Ik weet niet of...

Maak je zin niet af, Lavinia. Jij en ik hoeven onze zinnen niet af te maken...

Het was een vergissing dat we elkaar hebben leren kennen.

Drie puntjes...

Vergeet het...

Koor van de dochter die zelfmoord pleegde

Het meisje ging naar het kerkhof met het pistool van haar vader
die haar had misbruikt het pistool was donkerder en harder dan
de roede
van de vader hopelijk zou hij het begrijpen nadat het meisje
zich een kogel door het hoofd had geschoten en daarna
(net als in de film)
zou herrijzen en opstaan
(net als daffy duck roadrunner woody woodpecker en poes tom
die van een wolkenkrabber valt tegen een berg aan knalt in
een accordeon verandert tot moes wordt geslagen tot pap en
altijd herrijst zijn oude vorm aanneemt en achter het muisje
jerry aan rent rent rent)
net als in de film
en tegen hem zou zeggen oude zak dacht jij dat ik niet in staat
was om
zelfmoord te plegen zelfmoord te plegen
kijk naar me ik ben dood en leer je lesje pappie en straf
je dochtertje niet omdat ze de bloemenvaas heeft gebroken en
zich heeft opgehangen aan de waslijn
en maken jullie geen ruzie meer papa en mama want daarna
komt papa
stoom blazend door zijn neusgaten en kwijlend uit zijn mond de
kamer binnen
om zich op mij te wreken voor die ruzie met mama
maken jullie geen ruzie meer want ik zweer dat ik me van het
dak stort

maken jullie me niet meer wanhopig pappiemammie

denken jullie dat ik van hout ben?

ik raak mijn huid aan ik knijp erin ik voel weten jullie niet dat ik
    iets voel?

wij zijn met vierhonderd de kinderen die elk jaar zelfmoord ple-
    gen in de Rep Mex

wedden dat je dat niet wist?

De zoon van de ster

1. Jij staat voor de spiegel in je badkamer. Je bekijkt jezelf in de spiegel. Je zoekt naar D'Artagnan die van een balkon op het paard springt dat in het steegje op hem wacht. Je verwacht de Zwarte Piraat aan de mast van de Folgore te zien schommelen tijdens de bestorming van Maracaibo. Je stelt je voor, terwijl je in de spiegel kijkt, dat je de graaf van Monte-Cristo bent – jijzelf, als jongeman, met dat ingevette, grijze en onbeweeglijke haar op je slapen als een stenen zee – maar in je spiegel zie je Alejandro Sevilla, dat ben jij zelf, tijdens de opnamen van *Los siete niños de Écija* (De zeven jongens uit Écija) en jij bent ze alle zeven, jij kunt in je eentje zeven genereuze Spaanse bandieten uit de achttiende eeuw belichamen. Jij bent de gebochelde Henri de Lagardère, de vermomde heer die het hof van Lodewijk XIII voor de gek moet houden en de eer van Blanche de Nevers moet redden... alleen kun je nu je valse bochel niet afschudden, Alejandro, hij is aan je lichaam vast blijven zitten, de misvorming is nu niet langer van rubber, maar van bot, en nu schud je je hoofd in de hoop dat de spiegel je de fiere gestalte van de gemaskerde Zorro teruggeeft, die altijd klaarstaat om de geschonden gerechtigheid in Vieja California te verdedigen.

Jij bent het niet meer.

Hoe hard je je hoofd ook schudt.

Zorro noch de graaf noch Lagardère keert terug. Je kunt noch de derde noch de vierde musketier zijn. De laatste keer dat je D'Artagan wilde spelen, sprong je van het balkon van je mooie

Constance, en in plaats van fraai op je zadel neer te komen (net als vroeger) landde je als een zak aardappelen met je hele lijf op het matras dat daar door de goddelijke voorzienigheid (de Mexigrama-filmstudio) was neergelegd om ongelukken te voorkomen.

'Hou toch op met die ridderfilms, Alejandro.'

Je onthield je van commentaar en zei niet dat jíj de ster was, dat de films de kolossale verbeelding van jouw leven waren en dat de studio je nooit een productie had aangeboden op jouw niveau. Jij was niet de bediende van de producent of het knechtje van de directeur. Jij bent Alejandro Sevilla, de grootste Don Juan van de Mexicaanse film. Dat ben je dertig jaar geweest. Je was de stem van Charles Boyer. Je bent tot in Hollywood doorgedrongen. Je bent beroemd geworden als de minnaar van Marlene Dietrich, en of het waar was of niet maakt niet meer uit: Marlene is vergeten, Boyer is overleden en jij weigert te geloven dat je een schim hebt bemind of een dode hebt nagespeeld.

Het beeld laat je geloven dat je altijd jong zult zijn en het eeuwige leven hebt, Alejandro... Maar vroeger weigerde geen enkele jonge actrice jou als je om haar 'sirenenkontje' vroeg, terwijl nu zelfs de figurantenmeisjes je afwijzen of je uitlachen of je een geweldige dreun verkopen als je tegen hen zegt: 'Schenk me je harige diadeem.' En Peggy Silvester, de Hollywood-actrice, zei toch dat ze niet met jou wilde werken omdat je een *has been* bent, een relikwie uit het verleden, die ook nog uit zijn mond stinkt...?

'We kunnen je rollen geven van een oudere Don Juan. Je weet wel, zo'n huisvader met begrip voor de jeugd van tegenwoordig. Of een onbegrepen neuroot van de vorige generatie.'

Je lachte. De studio was van jou afhankelijk, jij niet van de studio.

Jij was de eerste die om een mobiele kleedkamer vroeg – en hem kreeg – om met de sirenen en hun diademen te kunnen dollen, uit te rusten, rollen uit je hoofd te leren, een beetje te drinken... Tegenwoordig moeten ze jouw teksten op grote stukken papier zetten, en soms lopen jouw bewegingen, de papieren en de camera's niet synchroon en dan kijk je ontzet in de spiegel en je zegt: Ik ben D'Artagnan, ik ben Zorro en alle zeven jongens van Écija bij elkaar. Maar je weet dat je de grote vervanger bent, een schaduw zonder eigen profiel, je bent alleen Alejandro Sevilla omdat je de Zwarte Piraat bent, en als je eindelijk uit de mast valt en vermoedt dat ze je achter de coulissen uitlachen, ga je met een sjaal om en een zonnebril op naar de bioscoop om jezelf op het witte doek te zien. En daar schatert het publiek wel degelijk, ze schreeuwen naar je, trek je terug, ouwe, ga naar het bejaardenhuis, kadaver, ga vegeteren, vegetariër. En de producent van al je films sinds je debuut *Sufre por el amor* (Lijd uit liefde), jouw grote vriend voor het leven, deinst er niet voor terug om tegen je te zeggen: 'Alejandro, de hoofdrolspeler moet iemand zijn die voor de dag kan komen, maar uiteindelijk moet hij verdwijnen om te kunnen blijven bestaan.'

Jij antwoordt dat jouw stem, jouw zo karakteristieke, melodieuze, zo goed gearticuleerde stem (jij was de stem van Charles Boyer) op zijn minst nog ergens voor zou kunnen dienen, bijvoorbeeld om nieuws te lezen of de tekst in te spreken bij de reizen van Fitzpatrick, nee, Alejandro, ook je stem vertoont rimpels.

Alle deuren gingen voor je dicht. Nu kreeg je zelfs geen rol als maître d'hôtel meer aangeboden. Ik weet tenminste nog hoe je een rokkostuum moet dragen, voerde je aan. Laten ze je dan maar aannemen in een luxerestaurant, was het antwoord. Maar er zijn geen restaurants meer zoals vroeger, verzuchtte je tegen jezelf omdat er niemand naar je luisterde. Het Ambassadeurs bestaat niet meer omdat de oude klanten zijn overleden... Restaurant 1-2-3 bestaat niet meer omdat de barman in Acapulco is verdronken... Rivoli bestaat niet meer, dat is ingestort bij de aardbeving van 1985...

'Of je wisselt van generatie of de generatie ruilt jou in voor een nog mooiere jongen...'

Je sprong van het balkon van Constance Bonacieux, het paard schoot ervandoor, voerde jij aan, het paard had niet mogen bewegen maar het deed het toch, jij maakte een geweldige rotsmak, ze haalden je uit de film, en het enige wat je kon bedenken was: of je blijft in je mobiele kleedkamer opgesloten zitten, vermomd als musketier, als eeuwige mummie... of je gaat na al die jaren terug naar huis.

Na al die jaren.

Op dat moment verdwijnt jouw gezicht uit de spiegel en komen er andere voor in de plaats, alsof ze uit het kwik opduiken, alsof ze uit de mist opdoemen...

2. Je hebt alle vrouwen gehad, Alejandro. Je hebt ze allemaal gehad. Maar je had maar één vrouw lief, Cielo de la Mora. Ze kwam uit Nicaragua en belandde als jong meisje in de studio. De opnamen van *De terugkeer van Zorro* waren begonnen, en zij paste uitstekend in het decor van het koloniale Californië met haar sierkam, haar krulletjes en een crinoline. En met een moedervlek 'vlak bij haar mond'. Je maakte van de romantische scènes gebruik om 'het ijzer dichter naar haar toe te brengen' (zoals jij het op geheel eigen wijze uitdrukte) en het gewicht van haar antwoord in te schatten. Zelfs de meest verontwaardigde vrouwen gingen uiteindelijk door de knieën. Wie weet waarom, maar voor Cielo de la Mora had jij vanaf het eerste moment diep respect. Het enige wat je durfde was in haar oor te zingen: 'Die moedervlek daar bij je mond, mijn liefste Cielito, geef hem aan niemand anders...'

'Dan aan mij,' maakte zij de regel af.

Dat wil zeggen dat je je sindsdien op je gemak voelde.

Er was een mysterie in haar dat werd verhuld door een duistere, maar opvallende schoonheid. Ze had geloken maar waakzame ogen met daarin een blik die jij niet durfde te ontcijferen. Andere vrouwen waren een open boek voor je. De actrices accepteerden jouw avances om zelf vooruit te kunnen komen. Ze gebruikten je en dat wist je. Je hechtte bijzondere waarde aan elke wip, oprecht of niet, uniek of ongeïnspireerd, wat maakte het uit. Andere vrouwen hielden van je om jezelf, omdat je een Don Juan was, omdat je knap was (je kijkt in de spiegel en je geeft jezelf een tevreden tikje tegen je onderkaak terwijl je terugdenkt aan Alejandro Sevilla toen hij dertig was, de beste leeftijd voor een man, de onweerstaanbare, magnetische, atletische, ondeugende, poëtische, sarcastische Alejandro Sevilla die de hele wereld in zijn zak had en de ster van Mexico was).

Jij voelde de vrouwen aan, je kon hen lezen, hun zwakke plek raden, hen niet serieus nemen, hen meedogenloos afdanken. Zij waren jouw 'moedertjes', 'dikkerdjes', 'kleintjes', 'meisjes', naamloze vrouwen uiteindelijk, die je kon vergeten omdat ze doorzichtig waren. Alleen Cielo de la Mora was een mysterie voor je, zijzelf een raadsel. Je maakte je geen illusies. Zou er achter die mysterieuze blik van die fantastische vrouw met haar pikzwarte haar en haar intens bleke huid nog een ander mysterie schuilen dan dat van haar blik?

Jij had als ster van het witte doek een voordeel dat een toneelacteur niet had. De grote close-up, het inzoomen op het gezicht en vooral op de ogen. Jij vond – zei je tegen jezelf – dat je een specialist was op het gebied van 'vrouwenblikken'. Je had de gewoonte om, met een kleine variatie, een beroemde bolero te zingen tijdens het scheren, iets wat je eerst 's ochtends deed en 's avonds om acht uur nog een keer, om 'de schaduw van vijf uur 's middags' vóór te zijn, zoals de reclametekst van Gillette luidde.

Vrouwenblikken
die ik zag
zo vlak bij mij...

Er waren onbeschaamd kokette blikken, een blik van 'ja, kom maar dichterbij, waar wacht je op?', en er waren even onbeschaamde, maar verhulde blikken, die deden denken aan nonnen. Blikken die duidden op ervaring, al hadden hun eigenaressen die niet, en blikken die een onschuld fingeerden die evenmin de hunne was. Zelden, uiterst zelden, onverschillige blikken. Alejandro Sevilla liet de andere sekse nooit onverschillig. En soms kreeg je een hommage van de mannelijke sekse, Alejandro, ze imiteerden jouw poses, je verhalen, de kleren die je in het openbaar droeg als je geen musketier meer was.

'Jouw dubbelzinnige houding doet de vlam van mijn jaloezie oplaaien.'

'Jij laat eerlijk gezegd geen spoor in mij achter, lieve.'

'Ik lijd aan een duistere liefde.'

'Dat is van geen enkel belang.'

'U kunt het wisselgeld houden, ober.'

Cielo de la Mora was anders. Het is niet zo dat zij geen 'mysterie' had (voor jou hebben alle vrouwen er een, en als het niet zo is verzin je er zelf een), maar zij bleef onverstoorbaar kalm tegenover jouw avances en amoureuze capriolen. Het is niet zo dat ze jou niet serieus nam. En je kon ook niet zeggen dat ze de draak met je stak. Zij was jouw 'normaalheid'. Ze was een kalme, waardige vrouw die haar schitterende naam, Cielo – Hemel – waard was, ze was helemaal blauw vanbinnen en vanbuiten. Niks geen sirenenkontje of harige diadeem. Zij was aantrekkelijk door haar nadenkende rust, haar ernst en ingetogenheid in de omgang.

Ze leek op geen andere vrouw.

Daarom werd je verliefd op haar.

Cielo vroeg niet of je met haar wilde trouwen en jij vroeg het niet aan haar. Trouwpartijen tussen filmsterren waren alleen voor de publiciteit en jij had geen behoefte aan promotie en er was ook geen reden waarom je Cielo die zou bezorgen. Jij zou willen dat zij, met haar gezicht als een afnemende maan, alleen afhankelijk was van jou, haar zon. Jij zou ervoor zorgen dat ze rollen kreeg in jouw films. Sierkammen voor Zorro, crinolines voor D'Artagnan, hoog opgestuwde napoleontische borsten voor Monte-Cristo, rode omslagdoeken voor de Zwarte Piraat: Cielo de la Mora was jouw kleurige tegenspeelster. Ze gehoorzaamde jou altijd, waarmee ze te kennen gaf dat jullie van tevoren een afspraak hadden gemaakt.

Slechts tweemaal was ze ongehoorzaam.

Ze besloot dat ze een kind van je wilde. Verbaasd woog je de voors en tegens van het vaderschap af. Het grootste voordeel was de toename van zowel je vrouwelijke als je mannelijke clientèle. Onweerstaanbare plaatjes voor beide seksen. Liefdevolle vader draagt zijn baby, laat hem vol trots zien, houdt hem omhoog te midden van de flashlights van 'de jongens van de pers'.

Bovendien zou Cielo vijf maanden op non-actief staan. Ze kreeg geen rol en dat zou voor jou het schitterende excuus zijn om nieuwe veroveringen te maken, want dat was je impliciet verboden door de bejubelde verbintenis met Cielo. Je zou ervoor zorgen dat je avonturen niet bekend werden. Je zou de loslippige starlets dreigen dat er onmiddellijk een eind aan hun carrière zou komen.

'Weet je, schatje, mijn woord is altijd meer waard dan het jouwe. Seks en stilte of seks en ontslag. Je zegt het maar, schat...'

Maar Cielo de la Mora zou heus niet van de wijs raken als ze hoorde dat Alejandro Sevilla haar weer eens ontrouw was geweest. Ze waren toch niet getrouwd? En uiteindelijk was zij toch degene die had besloten dat ze een kind wilde, die geen voorbehoedsmiddelen meer gebruikte en het kalmeringsmiddel had geslikt?

'Ik was heel zenuwachtig, al liet ik het niet merken.'

Vandaar dat de moeder alle schuld op zich nam toen het kind geboren werd. Ze probeerde haar angst te overwinnen door vaak naar *Rosemary's baby*, de film van Roman Polanski, te kijken en te proberen de moedergevoelens van Mia Farrow na te bootsen. Maar diep in haar hart walgde Cielo de la Mora van elk vertoon van moederliefde, dat haar dwong haar verlangen naar rustige afstand van de wereld te vervalsen en openlijk partij te kiezen voor de moederliefde die van haar werd verwacht, of een afkeer te tonen van seks die terugging tot het begin van alles, de conceptie. Liefhebben of haten. Cielo voelde zich in het nauw gedreven, gedwongen om drastische beslissingen te nemen en om haar lievelingsrol van kalme (en bijna onderworpen) beschouwster van de wereld op te geven.

'Sorry, Alejandro. Raak me niet aan.'

'Zet je eroverheen, schat. Het zal niet nog eens gebeuren.'

'Ik zeg je dat je me niet moet aanraken.'

'We moeten het de tijd gunnen.'

De Mexicaanse filmindustrie had haar bij je gebracht. Diezelfde filmindustrie nam haar ook weer van je af. Nadat ze van de bevalling, maar niet van haar depressie was hersteld, gaf jij Cielo een rol in jouw eerste moderne, actuele film. Je had toegegeven aan de smeekbeden van de producent, het publiek wil jou zien in je dagelijkse kledij, ze denken al dat je er thuis ook als musketier bij loopt, verpest het niet, Alejandro, je bent het aan je publiek verschuldigd...

Een bepaalde scène speelde zich af in een operagebouw. Cielo de la Mora zat in de loge. Jij keek naar haar door je verrekijker, maar ze ontweek je blik. Ze droeg een prachtige strapless goudlamé jurk met een diep decolleté. Na afloop van de voorstelling liep je op straat naar haar toe. Jij droeg een dikke overjas en je eeuwige grijze vilthoed. Maar zij verscheen zonder jas en met blote schouders en een decolleté als een olympische schoonspringster. De directeur klaagde natuurlijk steen en been. Waar was de mink die de actrice had moeten dragen?

'Het is zo warm,' zei Cielo.

'Dat doet er niet toe. In het script staat: gaat dik aangekleed naar buiten vanwege de koude noordenwind in de winternacht.'

'Belachelijk. Het is warm. Alleen in Nicaragua gaan de vrouwen met vossen om hun nek naar de opera ondanks de hitte.'

'Liefje,' kwam jij, dik ingepakt, tussenbeide, 'het gaat er juist om de indruk te wekken dat Mexico geen tropisch land en geen bananenrepubliek is, maar dat het hier koud is, net als in Europa.'

Zij lachte je uit, draaide zich om en stapte in een taxi terwijl jij mompelde: 'Het is om aan te geven dat we beschaafde mensen zijn...'

'Het is om te verdoezelen wat we echt zijn,' zei zij vanuit de taxi.

3. In haar afscheidsbrief schreef Cielo de la Mora dingen als dat ze verliefd was geworden op een foto. Nog voordat ik jou had leren kennen, nog voordat ik je op het witte doek had gezien. Een acteur moet uit de verte bewonderd worden. Het is echt waar dat roem de dagelijkse genegenheid vertroebelt. Maar laten we althans het kindje van onze ruzies behoeden voor de vijandigheid, de vernederingen.

Jij herinnerde je nog meer dingen die je vergeten was.

'Altijd als ik je iets wil vertellen wat voor mij belangrijk is, Alejandro, zeg je dat je haast hebt, ga je weg, luister je niet naar me.'

En nu schreef ze je om te zeggen dat ze voorgoed bij je wegging.

'Hoe moet ik je uitleggen dat ik zin heb om ervandoor te gaan, niet langer de vrouw te zijn die ik aan jouw zijde was en een nieuw leven te beginnen?'

Ze nam het kind niet mee. De rest was een smoes. De waarheid was dat ze het kind in de steek liet. Voor de geboorte van Sandokan (zo hadden ze hem gedoopt ter ere van de avonturenromans van Emilio Salgari) had jij stiekem tegen jezelf gezegd dat je niet met Cielo zou trouwen. 'Stel je voor dat ik met haar trouw en dat zij dan van me scheidt en met het kind het land verlaat?'

Nu was ze weggegaan, maar zonder het kind. Vrij. Als een vogel die alleen de kalender van de seizoenen en de roep van de lauwwarme lucht kent en de kille gewoonte afwijst. En die Sandokan van drie maanden aan jouw zorgen had achtergelaten.

Jij had jezelf voor de gek gehouden. Je dacht dat je als een goede vader je zoon liefdevol zou verzorgen. Het was een van je talloze dwaasheden, Alejandro. Jij hebt er geen idee van hoeveel stommiteiten je uithaalt. Ze vormen de dolzinnige rozenkrans van je bestaan. Ik weet dat je dit nooit zult aanvaarden. Je kwelt jezelf. Hoe kun je ooit toegeven dat jouw leven een farce is, dat jouw leven alleen voor Cielo de la Mora is zoals het is, een bewegingloos portret van de beroemdheid? Nu had je de kans om je als man, als vader en als mens te ontplooien: geef alles op, Alejandro, laat je carrière voor wat hij is en wijd je aan je zoon Sandokan.

Als dit idee ooit in je hoofd is opgekomen (en ik denk van wel, jij weet dat het bij je opkwam), was het sneller verdwenen dan de spreekwoordelijke ene zwaluw in de winter. Jouw goede bedoelingen duurden nog geen achtenveertig uur. Een ongelukkig kind, een monstertje, een misvormd kind paste niet op het grote witte doek van jouw leven. Je kon Cielo de la Mora verwijten dat ze talidomide had geslikt, haar onschuldige 'pillen voor de zenuwen'. Er was geen geldige rechtvaardiging. Die is er niet voor de gebreken van een kind. De moeder had de vader en de zoon in de steek gelaten. Ze was gevlucht en ze kreeg er niets voor terug, want er wachtte haar niets, geen roem, geen geld en (misschien) ook geen nieuwe minnaar (dat wilde jij althans geloven). De moeder verdroeg het niet (*malgré* Mia Farrow) dat er in een verborgen wieg een baby'tje lag met armpjes die onder de oksels ophielden, een kind dat gedoemd was afhankelijk te zijn van anderen, met handjes die vlak bij zijn gezichtje zaten, maar niet bij zijn geslacht of bij zijn kontje of bij zijn kopje of zijn mesje of het filmscript. Het laatste draaiboek – *Sandokan, de tijger van Maleisië*, de naamgenoot van je zoon – viel open in je handen. Je voelde een geweldige angst (ongewoon bij jou). De piraat springt van de ene boot op de andere, vecht met zijn zwaard, snijdt de trossen van zijn eigen schip door, redt het leven van Honorata van Gould, maakt haar tot de zijne, neukt haar, Alejandro, je zegt geef me je sirenenkontje, Honorata, laat me je harige diadeem kussen, Honorata, jij kunt het wel, Alejandro, maar je zoon zal het nooit kunnen. Het leven werd hem *geweigerd*. Op dat moment begreep je waarom Cielo de la Mora was gevlucht. Zij was bang voor de dood van Sandokan. Ze was er bang voor, omdat ze hem zelf de dood had willen aanbieden: sterf, kindje, dan zul je geen vreselijk leven leiden, ik verdrink je, baby, dan kun je teruggaan naar de hemel, ik laat je in de steek, mijn zoontje, dan kun je je moeder niet de schuld geven, je kent haar niet eens, je weet haar naam niet eens.

4. 'Spreek nooit tegen hem over zijn moeder.' Dat zei je tegen Sagrario Algarra, de typische oude vrouw uit de Mexicaanse film die bereid was voor Sandokan Sevilla de la Mora te zorgen terwijl jij aan het filmneuken was, en jullie moeten de moeder maar als dood beschouwen...

Sagrario Algarra had, toen ze jong was, rollen van lijdende moeder en liefdevolle grootmoeder gespeeld. Ze was – onvermijdelijk – beroemd geworden als grijsharige in de melodrama's van vroeger. Het paradoxale is dat ze, toen ze ouder werd, geen rollen als oude dame meer kon spelen omdat ze bang was dat ze sprekend op hen leek. Ze werd ijdel. Ze besloot te verjongen. Ze wilde zich wellicht wreken op haar voortijdige ouderdom in de film om de luchtspiegeling van de jeugd, 'die me door de kunst werd geweigerd', te hervinden in haar biografische ouderdom.

Dit zei ze met een zucht.

'Je carrière is ten einde, Sagrario,' antwoordde jij medelijdend.

'De jouwe ook, Alejandro, alleen heb jij het nog niet door.'

Jij bent halsstarrig, dat is zo. Je bent koppig. Het kost je moeite op te geven wat je bent geweest, wat de roem je heeft gebracht, het geld en de vaardigheid om die twee dingen over de balk te smijten: de roem en de poen. Maar het kost je geen enkele moeite je zoon in de steek te laten, hem over te laten aan de zorgen van Sagrario Algarra, wees eerlijk, Alejandro, je neemt afstand van Sandokan omdat je geen enkele vorm van ziekte kunt verdragen, laat staan misvormingen. Hoe zal het gaan? Jij bent het toonbeeld van mannelijke gezondheid, het duel met het zwaard, de achtervolging te paard, de sprong van de ene mast naar de andere, het zwaard waarmee je jouw initiaal 'Z' op de muren van Californië achterlaat.

Bovendien zie je er als een berg tegenop naar je zoon toe te gaan en hem uit te leggen waarom zijn moeder er niet is, wat moest je tegen het kind zeggen dat dacht dat Sagrario zijn moeder was, en Sagrario protesteerde dat zij geen moeder was omdat ze geen secreet was.

'Weet je dat jouw moeder ons heeft verlaten en er met een andere man vandoor is gegaan en dat ik haar daarom ook heb verlaten, Sandokan? Ik wilde niet voor haar onderdoen, want ik ben Alejandro Sevilla, de grootste Don Juan, ik ben degene die een vrouw verlaat en geen enkele vrouw verlaat mij.' En vol berusting: 'Ik heb haar verlaten. Ik wilde niet voor haar onderdoen. Ik ben niet zomaar een of andere geile pik.'

Sagrario Algarra lachte hem uit: 'Doe niet zo stom, Alejandro. Dat moet je niet tegen je zoon zeggen.'

'Wat dan wel? Waar zal ik beginnen?'

'Zeg hem de waarheid. Je bent niet langer de grote ster, begrijp je? Je zit in dezelfde situatie als je zoon. Jullie zijn allebei in de steek gelaten.'

'We hebben jou nog, mijn trouwe Sagrario.'

'Hoezo trouw, wat een gelul. Ik heb er schoon genoeg van. Ik ga weg. Daar zit je dan met je monstertje.'

'In elk geval bedankt dat je voor hem gezorgd hebt.'

'Bedankt? Vraag maar aan dat joch of hij me dankbaar is dat ik op hem heb gepast terwijl hij sliep en ik elke nacht met een lampje in mijn hand naar hem ging kijken, uit nieuwsgierigheid, Alejandro, ziek van nieuwsgierigheid naar wat hij 's avonds deed met die handjes die niet bij zijn geslacht konden komen, ik wilde weten hoe hij masturbeerde, of hij over het matras wreef of het misschien onder de douche deed, weet je, ik wachtte tot zijn penis werd geprikkeld door het stromende water en ik strafte mezelf, Alejandro, omdat ik zijn pik niet durfde vastpakken om hem af te trekken of hem in mijn mond te nemen, Alejandro, en omdat ik dat niet durfde, strafte ik hem en strafte ik mezelf, dwong ik hem, nam ik hem midden in de nacht mee naar de tuinslang om zijn slechte gedachten weg te spoelen met een koude douche, ik vernederde hem, Alejandro, ik vroeg hem schaterlachend: Wie knoopt jouw schoenveters vast? Probeer het zelf eens...'

Zij veegde haar neus af aan een theedoek. 'Ik wilde een stiefmoeder zijn, geen moeder. Een wolvin, geen grootmoeder. Door middel van jouw zoon wilde ik ontsnappen uit de gevangenis van mijn oude films.'

Sagrario Algarra draaide haar gezicht zo dat het verlicht werd door een fel avondlicht. Dit was haar beste rol (haar stimorol). Het lieve omaatje veranderd in een stenen Medusa.

'En wat heb je hem over mij verteld?'

'Dat je op een dag wel bij hem op bezoek zou komen. Wat verwachtte je dat ik zou zeggen?'

'En zo is het gegaan. Ik ben gekomen, Sagrario.'

'Maar je deed altijd alsof je een ander was. Een musketier, een piraat.'

'Dat was om hem te vermaken. De fantasie van een kind is...'

'Je hebt hem in de war gebracht. Het ene jaar maakte je hem wijs dat Kerstmis op 28 december was, het andere jaar dat het op 20 november was, de dag van de parade van de sporters, waar jij gebruik van maakte als het jou maar goed uitkwam, slechte man, slechte vader...'

'Kalm aan, Sagrario, dit is geen film.'

Was de vroegere actrice zo scherpzinnig dat ze precies op de dag dat de filmmaatschappij Mexigrama tegen Alejandro Sevilla zei dat zijn carrière geen toekomst meer had, haar vertrek uit de flat in de Cuauhtémocbuurt aankondigde?

Sagrario vertrok. Alejandro nam zijn intrek.

Sandokan keek zonder verbazing naar zijn vader. Sagrario had de jongen vanaf zijn vijfde tot nu, zijn zestiende, meegenomen naar de bioscoop en hem alle films van Alejandro Sevilla laten zien. Maar toen jij de ruime kamer zonder tussenmuren binnenstapte, die zo was verbouwd dat de jongen geen deuren hoefde te openen of trappen op en af hoefde te gaan – de flat keek uit op een kleine tuin met planten in potten en onwrikbare tegels, een soort penthouse op het dak van het huis dat via een privé-lift hermetisch was afgesloten van de lager gelegen flats in het gebouw – zag je dat je zoon je niet kende en niet herkende. Zijn blik was overtuigender dan de stem van de producenten: 'Ga met pensioen, Alejandro, speel niet meer voor beer.'

Je zult nooit aan iemand beschrijven, Alejandro, hoe gênant moeilijk deze herontmoeting, of beter eerste ontmoeting was met een jongen die je in geen vijf jaar had gezien. Sandokan was toen nog niet in de puberteit en jij wist niet wat je tegen hem moest zeggen om hem daarop voor te bereiden, zoals een goede vader zou doen naar je mag aannemen. Jij kende alleen de teksten van de rollen waar jij het allermeest de pest aan had – de ervaren huisvader die zijn opstandige, uitgaande, rock and roll dansende kinderen goede raad geeft – maar door een voor jouw ongekende schaamte kon je niets zeggen tegen je zoon. Jij had je voorgesteld dat hij een misvormd substituut van James Dean was.

Je had niet bang hoeven zijn. De jongen nam het woord alsof hij al heel lang had gewacht op de komst van dit moment, want dat was het uur van de ontmoeting, een verschijning, een schim, het spook dat in één seconde alle dode uren bijeenbracht en alleen voor de werkelijkheid van dit moment alle verlopen kalenders nieuw leven inblies en alle klokken vooruitzette om de verloren tijd in te halen.

Ze keken elkaar aan zonder iets te zeggen. Je zoon richtte zijn ogen op de muur.

'Bedankt voor het kerstcadeau, papa.'

Het was een op Calder geïnspireerde mobile en de ogen van Sandokan zeiden duidelijk dat hij de allermeeste tijd had besteed aan het bekijken van de altijd wisselende bewegingen van het grote, veelkleurige ding dat een soort tweede dimensie gaf aan de sfeer in de saaie kamer. Een ruimte zonder obstakels tussen het bed en de stoelen en de tafel en het terras, dat vol stond met elektronische apparaten waarmee Sandokan onmiddellijk uitstekend overweg kon doordat hij in zijn toestand heel behendig was met zijn blote voeten. Hij ging gekleed in een lang wit hemd dat tot over zijn geslacht en zijn billen viel, waardoor hij kon plassen en poepen zonder zijn handen te hoeven gebruiken.

De jongen lachte en zette een soort opgerolde, mechanische handdoek in beweging, waarmee hij te kennen gaf dat die genoeg was om zich af te vegen.

Gegeneerd liep je naar je zoon toe om hem te helpen. Sandokan wees je hulp af. De vriendelijke glimlach van het begin was in een grimas veranderd.

'Jij liet me die mobile alleen aan het plafond hangen om me bang te maken, hè?'

Je wist niet wat je moest antwoorden. De woorden bleven in je keel steken, er was geen onmiddellijk verband met de gebruikelijke dialogen tussen een vader en een zoon in de film.

Je zweeg, je zocht het bed op dat Sagrario Algarra had verlaten, je opende je koffer en begon je spullen uit te stallen. Sandokan keek zwijgend toe. Jij ging door alsof je aan een nieuw leven begon, en daarom sta je nu naar jezelf te kijken in de spiegel van de kleine badkamer pal naast de zitkamer en ben je op zoek naar

D'Artagnan of naar de graaf van Monte-Cristo, maar vind je slechts een man van eenenzestig die alles aan het verliezen is, zijn haar, zijn tanden, zijn strakke huid, de veelzeggende blik in zijn ogen...

Was jouw roem echt of vals in de ogen van je zoon? Je wist het niet. Je moest je zoon ontdekken op grond van een illusoire vraag: kent mijn zoon me alleen door mijn roem? Met andere woorden, houdt mijn zoon van me of haat hij me?

In de daaropvolgende weken kregen de dingen hun vorm en proporties. Sandokan dreef de spot met je, hij waarschuwde je: 'Pas op, pa, ik heb een naald in je soep gedaan.' Of: 'Zeg, ik heb glas in je sinaasappelsap gegooid.' Het was niet waar. Sandokan zou de keuken niet onder zijn hoede kunnen nemen, dat was van nu af aan jouw taak. In één klap daalde je uit de illusoire wereld van de verzonnen avonturen af naar de ongelukkige wereld van de kleine huiselijke tegenslagen. Je had geen geld om een vast dienstmeisje te betalen, je kon je hoogstens eenmaal per week een werkster permitteren, een jong, zwart meisje op sandalen dat jou niet herkende, dat niet eens naar je keek, hoe belachelijk je je ook voor haar uitsloofde als musketier met een bezem in je hand.

Intussen merkte je dat Sandokan een onschuldig gezicht zette, maar dat er een boosaardig plan opkwam tussen zijn ogen en zijn mond. Zo er al haat is in de gezichtsuitdrukking van Sandokan, dan ontdek jij tot je verbazing dat haat weliswaar een manifestatie van het kwaad is, maar dat er een onverhoopte schoonheid valt te ontdekken op het gezicht van degene die jou totaal niets goeds toewenst. Je betrapt jezelf erop, Alejandro, dat je een helder idee formuleert dat de essentie wordt van jouw lange filmmonologen.

Omdat jouw mening over de jongen vervreemd was door zijn lichamelijke mismaaktheid, had je niet op de 'klassieke' schoonheid van zijn gezicht gelet. Je weet nu waarom. Sandokan lijkt sprekend op zijn moeder, op jouw indiaanse vrouw Cielo de la Mora. Gitzwart haar. Doorzichtig bleke huid. Zelfs een moedervlek vlak bij zijn mond.

Natuurlijk wilde je je vrouw niet terugzien in je zoon. De jongen heeft nooit een foto gezien van zijn moeder. De enige vrouw die hij van dichtbij heeft gezien, is de zure Sagrario. Hij kan geen vergelijking maken... En als hij eens wist, als hij eens wist dat zijn moeder is teruggekeerd als haar levende evenbeeld, haar zoon, zou Sandokan dan aardiger zijn, meer begrip hebben voor zijn vader, die zonder een cent naar huis is teruggekomen, omdat ik alles heb uitgegeven aan meiden en reizen, jongen, tijdens het grote feest van mijn leven, verdomme, en ook aan het loon van Sagrario, ik heb nooit kunnen sparen, ik heb nooit kunnen investeren, voor mij was er geen morgen...

'Het komt door je films, vader, daar gaat de tijd niet voorbij, daar word je nooit oud.'

Dit schrijf je aan je zoon toe. Je denkt dat je zoon, als het waar is wat jij denkt dat hij denkt, wel al je films heeft gezien, en dan is er geen sprake van een vrome leugen van Sagrario.

'Ja, Sagrario heeft me meegenomen naar al je premières.'

Sandokan lachte. 'Ik had nooit gedacht dat ik je in levenden lijve zou leren kennen.'

'Maar ik ben toch een paar keer op bezoek geweest, zoon.'

'Altijd in vermomming. Nu niet. Nu zie ik je voor het eerst. Ik weet niet' – hij hield op met lachen – 'wat ik liever heb, de waarheid of de leugen.'

Op dat moment besluit jij dat je je niet gewonnen zult geven, Alejandro. Onverwacht was er iets nieuws in je opgekomen – de komedie opgeven, het toneelspel achter je laten – dat jou op onvolmaakte wijze naar de persoonlijkheid van je zoon leidde: de weg van de liefde. En dat was een heerlijke en enorme ontdekking voor je.

'Weet je, papa, het was mijn droom om uit huis te ontsnappen,

te vluchten. Maar ik zou me niet alleen kunnen redden. Toen...
kijk... maak eens open...'

Hij wees naar een koffer onder zijn bed. Jij maakte hem open.
Hij zat vol ansichtkaarten.

'Ik heb Sagrario gevraagd om ansichtkaarten voor me te zoeken uit alle landen. Zij kent een heleboel gekke mensen. Kijk, Istanbul, Parijs, Rio de Janeiro...' Hij lachte tevreden. 'Ik ben overal geweest, papa, en bovendien...' Hij ging achter een lessenaar zitten. Boven hem werd een boek opengeslagen. Sandokan trapte op een pedaal en de bladzijden werden omgeslagen. 'Op 24 februari 1815 kondigde de wacht in de haven van Marseille de komst van het schip de Faraón aan, dat via Triëst en Napels uit Smirna kwam...'

Hij keek naar je. 'Zie je? Ik ben op dezelfde plaatsen geweest als jij. Alleen het boek was er eerder dan de film. Ik heb van je gewonnen!'

Soms is Sandokan niet aardig, dan probeert hij je te kwetsen.

'Wat heb jij me gegeven, papa? Wat wil je van mij hebben? Hoe wil je me terugbetalen voor het feit dat je me hebt verlaten, vertel me dat eens?'

'Herhaal mijn dialogen niet,' zeg je geïrriteerd.

'Serieus, vader, je ziet het toch? Jij hebt alles gehad, ik helemaal niets...' Dat zegt de jongen met een stalen gezicht.

Op een dag ben je bezig met iets wat je nooit had gedaan. Je kookt. Je hebt het huis schoongemaakt. Je went aan het idee dat dit ook een rol is, net alsof je de gerant bent – je had het kunnen zijn – in een restaurant.

Sandokan wil iets van je. Je zegt dat hij even moet wachten. Je draait je rug naar hem toe.

'Altijd als ik iets belangrijks tegen je wil zeggen, zeg je dat je haast hebt.'

Waar heb je diezelfde klacht eerder gehoord?

Je zoon wil te woest opstaan. Hij valt voorover. Je snelt naar hem toe om hem te helpen. Hij verzet zich. Op het laatst omhelst hij je. Omhelzen jullie elkaar.

'Je had dood moeten zijn,' zegt de zoon tegen de vader en jij weigert dat zinnetje te herhalen omdat het compromitterend is voor je vrouw, Cielo de la Mora, de moeder van Sandokan, die haar zoon in zijn wieg had willen vermoorden alvorens te vluchten...

'Heb medelijden met me,' zeg je tegen je zoon, want je weet dat dit de woorden zijn die de jongen zou willen zeggen, maar niet kan zeggen.

Sandokan kijkt je met onverwachte vertedering aan. 'Weet je, we hebben nu allebei de pest in...'

Nadat hij deze opmerking had gemaakt, stak hij zijn been uit om jou te laten struikelen. Hier heeft Sandokan de laatste tijd de grootste lol in. Jou te laten vallen. In het begin onderga je het gelaten. Het kost je moeite om tegen hem uit te varen. Je durft hem geen draai om zijn oren te geven. Je wilt zijn stoutigheid liever beetje bij beetje accepteren. Op het laatst prijs je hem erom. Iedere keer dat Sandokan behendig als een filibuster van Schildpaddeneiland zijn been uitsteekt en jou laat vallen, lach je. Het is verbijsterend wat een kracht die jongen in zijn benen heeft ontwikkeld. Onder het ruime hemd dat hij altijd draagt zie je twee robuuste, goed getrainde benen met weinig beharing, bijna marmeren standbeelden, met blauwe aderen... Dat wil zeggen dat de helft van zijn lichaam, vanaf zijn hals naar boven en van zijn navel naar beneden, intens leeft. Dus had jij misschien wel gelijk toen je Cielo de la Mora ervan weerhield jullie kind in het bad te verdrinken of in een vuilnisbak te gooien of...

Daarom laat je toe dat Sandokan jou schaterlachend pootje licht, omdat je op die manier het leven van de jongen viert, zijn aanwezigheid op de wereld. Niets minder dan dat: zijn aanwezigheid op de wereld. En langzamerhand begin je in te zien, Alejandro, dat de individualiteit van jouw zoon de trouwste spiegel van het leven is dat je nog rest, en dat het feit dat je je hebt teruggetrokken uit de wereld van de film geen doodscertificaat is, zoals je eerst geloofde, maar een raam dat opengaat om lucht, zon, vogels, regen, stuifmeel en bijen binnen te laten in die gesloten graftombe die de filmwereld was en waar het stonk naar zaagsel, karton, lijm, pruiken die gemaakt zijn van haren van lijken, oude kleren die nooit naar de stomerij waren gebracht om te worden geverfd, met vlekken onder de oksels en tussen de benen, de kleren van de figuranten, de anderen, de overbodige, vervangbare, onnodige mensen.

Nu ben jij de 'figurant' in je laatste film, Alejandro. Maar jouw geheime besluit – of misschien jouw wil? – om te verdwijnen in de uitgestrekte anonieme natie van de mislukking is verijdeld door de ontmoeting met je zoon, door diens verlangen komedie te spelen. En daarbij gaat hij uit van een situatie waarin hij geen medelijden opwekt, maar dit omzet in het voorspel tot een langverwacht, maar uiterst avontuur: zich bij jou te voegen om samen het ware leven te beginnen.

Een gehoopt en wanhopig makend avontuur: elke keer dat Sandokan je laat struikelen, nodigt hij je uit voor het naderende avontuur. Is de zoon inderdaad de vader van de man? Waar heb je dat gelezen? Wie heeft het je gezegd? Je verwart je dialogen op het witte doek met je woorden in het leven. Je bekijkt jezelf in de spiegel en je accepteert dat je nooit aan het volgende dilemma kunt ontsnappen: spreken alsof je speelt, spelen alsof je spreekt. Tijdens het scheerritueel dat je elke ochtend uitvoert, krijg je het idee dat je oude gezicht verdwijnt, niet banaal, gewoon door het verstrijken van de tijd, maar op een geheimzinniger wijze, zowel dichter bij het echte leven als bij de theatervoorstelling. Je voelt dat je alle gezichten van je leven hebt overleefd, het gezicht van de acteur en dat van de man, het gezicht van de filmster en dat van de minnaar, het gezicht van papier en dat van vlees en bloed.

Al jouw gezichten stapelen zich laag op laag in deze arme, uitgeputte spiegel met zijn verroeste lijst en zijn onoprechte weerkaatsingen. Je bent bang en daarom lijk je nu net een levende aankondiging van een nabije dood, alles wat je bent geweest. Je legt je neer bij dit lot. Je bent er ook dankbaar voor. Je had nooit gedacht dat zich tijdens je leven de perfecte film aan je zou voordoen, de gelijktijdige en opeenvolgende, kortstondige en beschouwelijke film van al jouw momenten. Je geniet ervan, al berust je in het lot dat je hele verleden hierdoor bij elkaar wordt opgeteld. Al vermoed je dat het betekent dat je geen toekomst meer hebt.

Op ditzelfde moment verschijnt je zoon achter je in de spiegel, hij kijkt naar je terwijl jij naar jezelf kijkt. Jij kijkt ook naar hem terwijl je naar jezelf kijkt. Hij kijkt naar zichzelf in jou. Hij legt zijn klein gebleven hand op je schouder. Je voelt de druk van de koude vingers alsof ze deel uitmaken van je eigen vlees.

5. De Plaza los Arcos de Belén, niet ver van het station, El Salto del Agua, trekt hetzelfde publiek van gewone mensen aan dat naar de zogenaamde frivole theaters en anonieme cafés in het centrum van de stad gaat, tentjes waar nog bolero's worden gezongen, danssalons waar de danzón en de chachacha overleven, oude restaurantjes waar je onder de luifel nog *pozole* kunt eten, en de weinige Chinese cafés die er nog zijn.

Het bijzondere van deze plek is dat de bogen van het aquaduct en het kanaal dat er vroeger overheen liep, de herinnering in ere houden aan de vroegere hoofdstad in het moeras, waarvan de bronnen langzamerhand opdroogden totdat de hele vallei veranderd was in een schotel van stof te midden van dorst en dode bomen. Kortgeleden is hier zo'n kermis gevestigd die in elke buurt van de immense stad vaak het enige soelaas is voor de arme mensen, de overgrote meerderheid. Mijn vader en ik zien de massale realiteit van ons volk op 15 september 's avonds op het Zócaloplein, op 12 december in Villa de Guadalupe, elke zondag in het

Chapultepecpark, op elk uur van de dag in de lange menselijke file op de Calle Tacuba in het centrum, op de Andrés Molina in Santa Anita, op de Calzada de la Piedad, de Calzada de Tlalpan en de Calzada Ignacio Zaragoza, die naar Puebla en Indios Verdes voert en vandaar naar het noorden.

Er zijn mensen.

Er is publiek.

Op de kermis bij Los Arcos de Belén zijn allerlei attracties te zien, van het reuzenrad tot de octopus, van de paardjes in de draaimolen tot de vogeltjes van het geluk, van de medicijnenverkopers – spit, impotentie, nachtmerries, eelt, slecht humeur, het goede leven – tot de magiërs en helderzienden die op de straathoeken geposteerd staan met hun kristallen bollen en hun punthoeden met sterren, tot allerlei mariachi-orkestjes (de jonge ster van de rancheromuziek, Maximiliano Batalla), tot bolerozangers (de bejubelde zangeres Elvira Morales). Gewichtheffers, gesjeesde tenoren, dikbuikige haremvrouwen, veteranen met getuigschriften uit de Mexicaanse Revolutie en onwaarschijnlijke ruiters uit de tijd van het Mexicaanse Keizerrijk, lieden die immens populaire verzen declameren (De dronk van de Bohémien, Nocturne voor Rosario, Margarita, de zee is zo mooi), mensen die de grondwet opdreunen, mensen die het telefoonboek uit hun hoofd kennen, stemmen die op hun typische toon de nummers van de lootjes afroepen, met het gezoem van de buurtpraatjes, de zure toon van de roddelaarsters op de balkons en het gehuil van de werkloze circusclowns.

Hier komen de mensen op af, vijfmaal per week, vijf avonden achter elkaar (de autoriteiten geven geen toestemming voor zeven dagen per week om hun autoriteit op de een of andere manier nog te laten gelden). Ze komen om te lachen om de voorstelling van de jongen zonder armen, die met zijn lange, sterke benen de oude musketier laat struikelen omdat die hem bedreigt met een aluminium zwaardje, en steeds als de oude man de jongen aanvalt, steekt de laatste zijn been uit om de oude musketier een geweldige rotsmak te laten maken tot groot plezier van het publiek. Applaus, gefluit en geschreeuw.

'Wat kost het?'

'Dat laat ik aan uw vrijgevigheid over.'

6. Het is mijn vader en mij gelukt op deze manier genoeg geld te sparen om een video te kopen en nu kunnen we wel samen genieten van de oude films die uit de dood zijn herrezen en schoongemaakt, geremasterd en van een dolby digital sound voorzien, lekker samen kijken naar Edmundo Dantés die in het doodskleed van abt Faría uit het Kasteel van If ontsnapt, en naar D'Artagnan die de juwelen van de hertog van Buckingham aan de koningin geeft, en naar Emilio di Rocabruna die de kust van Maracaibo nadert onder de zwarte vaandels van de zeerovers...

'Wie is het meisje dat verliefd wordt op Zorro, vader?'

'Waarom vraag je dat?'

'Ik vind haar heel mooi.'

'Een onbekend meisje, Sandokan, een zangeresje, een *soubrette* zoals ze vroeger zeiden. Totaal onbelangrijk.'

Koor van de jongens van goeden huize

Fito verveelt zich op sunday afternoon
hij ontbreekt nooit
hij valt altijd op
de mooie jongen
het lekkere ding
ze hebben het fantastisch, super
probleemloos als een adelaar
cool cool cool
maar hij verveelt zich
hij is uit een keurig nette nice familie
hij heeft manners
hij heeft huisbediendes
die zijn ouders de kale neten noemen de smeerkezen de blote-
    voetenlopers het uitschot het kattengebroed
de indiaantjes
maar ze zouden het nooit hardop zeggen
zijn pappie en mammie walgen
sterker nog ze kotsen van hen: het mexicaanse klootjesvolk
daarom organiseert hij de pissersgroep
om de rozen te begieten en de groenten te besproeien
van de vaste gasten de nais people de crème ha ha
nu komen we wel over de heg jongens
laat het niet lopen, je moet goed richten, man
zullen we doen wie het beste kan richten, lul?
nee, mijn beste Fito, hou het nog even op, drink in je eentje nog

een magnum en als je het niet meer
uithoudt richten we op de heg maar
bedenk dat je eerst moet drinken
tot je bijna doodgaat en vlak voordat je sterft mik je op de heg
    om te zien
wie het meest en het best kan pissen
want Fito had schoon genoeg van de sunday afternoons
van de nuffige meisjes op de coole party's
waar hij de mooie jongen is het lekkere ding
waar ze het fantastisch hebben, super
behalve hij
hij wil sterke emoties
zijn middelvinger opsteken tegen alle nice people zoals hij
en tegen alle nuffige meisjes
en daarom komt hij pissen op de heg van zijn schoonvader
met zijn gouden vriendjes
zijn kameraden die op de heg mikken
wie het verst kan pissen wint een reisje naar las vegas
met de vrouwen die van pikken houwen au au
hé wat is dat voor geluid?
ai wat is dat voor geluid?
wat moet dat ai verdomme?
de indianen met messen en machetes overvallen de jongens
van goede familie
hé waar komen die nou vandaan?
uit straten als penitenciaría héroe de nacozari albañiles en canal
    norte
hé hoe zijn die hier gekomen?
met de metro beste stadgenoten
sinds er een metro is komen wij als mieren schorpioenen of mol-
    len uit de
donkere gaten
in de stad

met messen en machetes ten aanval
met één jaap
snijden we die rechtop staande pikken eraf
de slapende pikken aan plakjes
die pikken eraf klootzakken
leg ze nu allemaal bij elkaar
voor de varkens
laat de zwijnen en de honden binnenkomen
die beesten moeten die worstjes maar opvreten
laat ze maar leegbloeden
moet je zien hoe ze kotsen
moet je zien hoe ze hun handen op hun wonden houden
moet je het bloed tussen hun dijen zien lopen
moet je ze zien moet je ze zien moet je ze zien
sunday afternoon wat een mooie jongen de jarige job in de tv-
    show
helemaal in de sfeer
ze hadden het geweldig
ze hadden het fantastisch
op de tennisbaan van de schoonvader
en als er eentje schreeuwt stop je zijn eigen lul maar in zijn mond
dat had je nooit gedacht klootzak
dat je je eigen bloedende lul nog eens zou afzuigen klootzak
en wat zullen jullie vriendinnetjes wel niet zeggen stelletje rijke
    stinkerds
en hoe moeten jullie nu nog meer van die rotkinderen neuken
gecastreerde rijke stinkerds
zonen van jullie hoerenmoeder
het is een droom nietwaar?
het is een nachtmerrie hè?
sluit alle metro-uitgangen af
laten we een weekend weggaan met de nuffige meisjes
laten we vluchten

en trouwen kinderen krijgen naar de club gaan vliegen naar
    nieuwjork
de kinderen opvoeden
hun kindermeisjes verwennen
van nu af aan bestaan er alleen kinderen van ons
bastaardkinderen
wij zijn met miljoenen
niemand houdt ons tegen

De lastige broer

1. Don Luis Albarrán had zijn huis op orde. Toen zijn vrouw doña Matilde Cousiño overleed, vreesde hij dat zijn leven als weduwnaar een chaos zou worden. Hij was vijfenzestig en voelde zich nog fit genoeg om zijn bouwbedrijf De Piramide te leiden. Wat hij vreesde was dat de achterhoede van die andere zekerheid, de huiselijke, die doña Matilde voor hem was geweest, zou instorten met alle gevolgen van dien voor zijn leven thuis en voor zijn beroepsactiviteiten.

Hij realiseerde zich nu dat hij niet bang hoefde te zijn. Hij paste dezelfde discipline waarmee hij zijn bedrijf leidde toe op de huiselijke orde. Doña Matilde had goedgetraind personeel nagelaten en don Luis hoefde de bevelen van wijlen zijn echtgenote maar te herhalen om de machinerie te laten functioneren als een uurwerk. Sterker nog: in het begin veroorzaakte de vervanging van Mevrouw door Meneer een gezonde paniek onder het personeel. Weldra maakte de angst plaats voor respect. Don Luis boezemde echter niet alleen ontzag in. Hij maakte zich geliefd. Hij informeerde bijvoorbeeld bij elke bediende wanneer hij jarig was en gaf dan iedereen een cadeautje en die dag vrij.

Eerlijk gezegd wist don Luis Albarrán nu niet meer waar hij het meest trots op moest zijn, op zijn trefzekerheid bij het zakendoen of op die in het huishouden. Hij dankte doña Matilde en haar nagedachtenis voor het feit dat in hun villa in de Polancobuurt, die daar in de jaren veertig was gebouwd toen grote koloniale huizen in de mode raakten in Mexico, nog altijd de enigszins uitbundige stijl à la Churriguera te bewonderen was, maar tevens de orde van een punctueel en chronometrisch huishouden, waarbij alles op zijn plaats stond en alles op het juiste moment werd gedaan. Als don Luis terugkwam van kantoor trof hij alles, vanaf de tuin tot en met de keuken, de garage, de badkamer, de eetkamer en de slaapkamer, precies zo aan als hij het had achtergelaten toen hij vertrok.

De kokkin María Bonifacia, het kamermeisje Pepita, de huis-knecht Truchuela, de chauffeur Jehová en de tuinman Cándido... De bediening was niet alleen perfect, maar ook geruisloos. Me-neer Albarrán hoefde geen woord te wisselen met een bediende om gedaan te krijgen dat alles op het juiste moment op de juiste plaats stond. Hij hoefde niet eens naar hen te kijken.

Als don Luis Albarrán 's avonds om negen uur in pyjama, ka-merjas en pantoffels op zijn slaapkamer in zijn oorstoel ging zit-ten om er zijn sobere avondmaal te nuttigen, schuimige chocola-demelk en zoete broodjes, wist hij dat hem een verkwikkende nachtrust te wachten stond. Zijn geest was gerust omdat hij ook die dag eer had bewezen aan de zoete nagedachtenis van zijn trouwe metgezellin, de Chileense doña Matilde Cousiño, een zuidelijke schoonheid tot de dag van haar dood, met groene ogen die wedijverden met de kou in het zuidelijke deel van de Stille Oceaan. Die ogen waren tevens het enige wat nog was overgeble-ven van haar lichaam, dat langzaam te gronde was gegaan door een hardnekkig voortwoekerende kanker.

Matilde: de ziekte werkte alleen maar vernieuwend op haar standvastige geest en op haar karakter, dat immuun was voor el-ke vorm van nederlaag. Zij zei dat alle Chileense vrouwen (ze sprak 'vrouwen' met een zuidelijke tongval uit) zo waren, sterk en vastberaden. Zij vormden, zo was haar theorie, een aanvulling op een zekere zwakke zachtaardigheid van de mannen in haar land, die heel hartelijk waren tot de dag waarop hun hoge stem-men in wrede, bevelende stemmen veranderden. Dan was het de beurt aan het woord van de vrouw, dat de gave had om het evenwicht te bewaren tussen tederheid en kracht.

Ze hadden veel plezier in bed, een 'verrukkelijk' contrapunt, zoals don Luis zei, voor twee dagelijkse levens die zo serieus en geordend waren tot de dag dat de ziekte en de dood van zijn vrouw de weduwnaar, die tijdelijk overstuur was, lieten zitten met alle verplichtingen – op kantoor en thuis – en hij van alle pleziertjes verstoken bleef.

Het personeel reageerde goed. Allen kenden de routine. Doña Matilde Cousiño stamde uit een oude Chileense familie die gewend was aan de soevereiniteit van de haciënda's in het zuiden en de elegantie in de villa's in de Providenciabuurt in Santiago. Zij had haar Mexicaanse huisbediendes deugden ingeprent die deze, evenals alle huisbediendes in de Polancobuurt, maar al te bekend waren en als normaal aanvaardden. Het enige nieuwe voor don Luis was dat er, als hij weer thuiskwam, een zogenaamde once werd genuttigd, de sympatieke Chileense versie van de Engelse *afternoon tea*: kopjes verveinethee met koekjes, karamelpasta en alfajores*. Don Luis zei tegen zichzelf dat deze once en een goede wijnkelder gevuld met Chileense rode wijn de enige exotische elementen waren die doña Matilde Cousiño in de villa in de Polancobuurt had geïntroduceerd. Het personeel bleef volgens de Chileense gewoontes werken. Don Luis dronk pas om zeven uur 's avonds zijn thee, iets later dan in Chili gebruikelijk was, maar dat kwam door de werktijden in Mexico (kantoor van tien tot twee, lunch van twee tot vier, laatste zaken op kantoor van vier tot zes). Eigenlijk had hij door die zoete once geen trek meer in het vorstelijke avondmaal om negen uur 's avonds.

Doña Matilde Cousiño overleed op een kerstavond en daardoor was 24 december voor don Luis een dag van rouw, eenzaamheid en herinnering. Hij gaf het personeel vanaf de middag van de vierentwintigste vrij tot de volgende ochtend, en bleef alleen achter om tot in de kleinste details terug te denken aan zijn leven met doña Matilde, langs alle spullen en door alle kamers in het huis te lopen, neer te knielen bij het bed waar zijn vrouw op het eind van haar leven in had gelegen, naar platen met oude Chileense tonada's en Mexicaanse bolero's te luisteren, die hem deden wegzinken in een romantisch en seksueel heimwee, fotoalbums door te bladeren en rudimentaire maaltijden te bereiden op basis van zoete broodjes bespikkeld met suiker, Amerikaanse cornflakes en lepels vol karamelpasta van het merk Coronado. Hij was inderdaad een zoetekauw, hij vond het helemaal niet slecht om zijn verbittering te verzoeten en het leek hem evenmin zondig om voor de spiegel te blijven staan in de hoop daar het gezicht van zijn verloren geliefde terug te zien, met alle verdriet van dien. Het enige wat hij dan zag was een zeer gladgeschoren gezicht, een haviksneus, ogen met steeds dieper zakkende oogleden, een hoog voorhoofd en krachtig achterovergekamd, grijzend haar.

Op 24 december ging om acht uur 's avonds de bel. Don Luis was verbaasd. Al het personeel was vertrokken. De tijd om 'om onderdak te vragen' was voorbij, die gewoonte was afgeschaft als gevolg van de onveiligheid in de stad, maar de stem aan de andere kant van de deur met ribbelglas en ijzeren spijlen zong het kerstliedje: 'In naam van de heeeeemel vraag ik om ooooonderdak...'

Don Luis, die niet wilde toegeven dat hij doof begon te worden, ging naar de deur en probeerde het silhouet achter het ribbelglas te onderscheiden. De stem was duidelijk de karikatuur van een kinderstem; het silhouet had de lengte van een volwassene.

'Wie is daar?'

'Raad maar, helderziende.'

Hij was onverbeterlijk en bandeloos en ontplooide altijd overal dezelfde destructieve activiteiten tegenover wie dan ook, waar dan ook, binnens- of buitenshuis. Ze kregen er bericht van, het was altijd hetzelfde verhaal. Vierendertig vergeten jaren kwamen in één klap terug, de uitgestoken hand van don Luis begon te trillen, hij wist niet of hij de deur zou openen of tegen het verdachte spook zou zeggen: 'Ga weg. Ik wil je nooit meer zien. Wat moet je van me? Donder op. Donder op.'

2. Reyes (Koningen) Albarrán was met die naam gedoopt omdat hij op 5 januari was geboren, Driekoningen, het feest dat in de Spaanstalige wereld wordt gevierd met de komst van de drie koningen Melchior, Caspar en Baltasar, die geschenken van goud, wierook en mirre meebrengen naar de kribbe in Betlehem. Eeuwen voordat Santa Claus opdook, vierden de kinderen in Mexico en Chili, Spanje en Argentinië al Driekoningen als het feest van cadeautjes en zoete, zelfgemaakte snoeperijen, met als hoogtepunt de ceremonie van de koningskrans, een ronde taart waarin een witporseleinen Jezusfiguurtje verstopt zat.

Volgens de traditie moet degene die het stuk taart aansnijdt waarin het kindje Jezus verstopt zit, op de tweede dag van de volgende maand, februari dus, een feest geven, en de maand daarna opnieuw. Weinigen komen verder dan de maand maart. Niemand verdraagt een heel jaar Kerstmis. De laatste keer dat hij zijn broer zag, had don Luis een koningskrans van hem gekregen met twaalf Jezusfiguurtjes erop, allemaal naast elkaar. Het was een perfide uitnodiging van Reyes aan Luis: 'Nodig me elke maand uit, broer.'

Matilde sprak het uit: 'Hij is bovenal een vreetzak. Ik wil hem niet meer zien. Zelfs niet als boodschappenjongen.'

Toen Luis Albarrán, gedreven door een onbeheersbare mengeling van laakbaar geroddel, ondermijnde broedergevoelens, patriarchale hooghartigheid en onbewuste moed, maar vooral onuitgesproken nieuwsgierigheid, op die vierentwintigste december de deur opendeed, was het eerste wat hij zag de uitgestoken hand met het porseleinen poppetje tussen duim en wijsvinger. Don Luis zag het beledigende contrast tussen het schone poppetje en de vieze vingers met kloven, de afgebroken nagels met hun zwarte randen en de rafelige manchet van het overhemd.

'Wat wil je, Reyes?' zei Luis plompverloren. Beleefd zijn tegen zijn broer was overbodig, maar dat niet alleen, het was ook een gevaarlijke uitnodiging.

'Onderdak, broer, gastvrijheid,' antwoordde uit het halfduister een stem, even gekloofd als de vingers en gebroken door de goedkope alcohol; de stank van rum geselde de neus van don Luis Albarrán als een ethylische zweep.

'Het is niet...' zei hij, maar de ander, Reyes Albarrán, had hem al opzij geduwd om de vestibule van het huis binnen te gaan. Don Luis deed een stap opzij, bijna als een portier, en trok snel de deur dicht, alsof hij vreesde dat er in het voetspoor van zijn ongewenste broer een hele stam bedelaars, dronkelappen en andere havelozen naar binnen zou komen.

Hij herhaalde: 'Wat wil je?'

De ander barstte in schaterlachen uit terwijl de stank van zijn naar Potrero-rum ruikende adem in de richting van de badkamer dreef.

'Kijk me aan en zeg het dan zelf maar.'

Don Luis bleef buiten de badkamer staan luisteren hoe zijn broer luidkeels en vals 'Amapola' zong, met het water spetterde van geluk en zijn gezang aanvulde met paleopatriottische kletspraat als: alleen-Veracruz-is-mooi, watmooiismijnmichoacán, O Chihuahua! Al die Apaches*! Het was alsof de gast wilde aangeven dat hij de laatste vijfendertig jaar het hele land had bereisd. Misschien had hij nog een vleugje schaamte en zong hij daarom niet O Jalisco, laat je niet kennen.

En wellicht had Reyes niet het hele land bereisd – zei don Luis met bezorgde discretie – maar hij had wel de akeligste en armste achterbuurten bezocht met hun duistere holen, spinnennesten, luizenbossen, platjes, sjankers, monden besmeurd met as, modder en ander vuil. Eén blik op de stapel smerige, rafelige, grauwe kleren vol gaten en zonder echte kleur of vorm, was voldoende: dat hele zaakje – de vodden van de armoede – had Reyes bij de deur van de badkamer neergelegd. Vol walging rook de heer des huizes de zure oksellucht, de geur van de strontkorst tussen de billen, de bittere intimiteit van de schaamstreek...

Hij sloot zijn ogen en probeerde zich de knappe en intelligente jongen voor te stellen die op zijn vierentwintigste de leiding had over het meest exclusieve café van Mexico-Stad, café Rendez-Vous, pal tegenover de rotonde van de Engel van de Onafhankelijkheid. In die tijd had de stad twee miljoen inwoners en geen twintig miljoen, alle 'bekende mensen' kenden elkaar nog echt en spraken met elkaar af in de Rendez-Vous, waar elke avond met een beetje geluk een van de talloze 'beroemdheden' verscheen die in die tijd de exotische Mexicaanse metropolis bezochten, John Steinbeck, Paulette Godard, Aaron Copland, Virginia Hill. Mexico-Stad, de zogenaamde 'meest transparante regio'*, waar nog het aureool hing van de recente triomfen van de Europese ballingen en de verre vlammen van de Mexicaanse Revolutie.

Reyes Albarrán maakte niet alleen cocktails, hij was zelf een cocktail. Hij mengde talen, toespelingen, roddels en grappen, speelde piano, zong liedjes van Agustín Lara en Cole Porter, smeerde brillantine in zijn haar, imiteerde Gardel, introduceerde verrassende alcoholische mengsels met onweerstaanbare namen – Manhattan, Side Car, Tom Collins –, probeerde lieden aan elkaar te koppelen tot noodzakelijke en ongelijke paren, vuurde homo's en lesbiennes aan om ongecompliceerd naar buiten te treden, en zette jongens die goed geruïneerd waren door de Revolutie aan om verliefd te worden op meisjes die zich fout hadden verrijkt tijdens diezelfde gebeurtenissen. Hij bedroog de Hongaarse prinses, die door het communisme van haar bezittingen was beroofd, door haar te laten trouwen met de nepschelm zonder poen die zich voordeed als oliemiljonair uit Tabasco. Terwijl hij het ene glas na het andere dronk stelde hij zich voor dat ze in de huwelijksnacht allemaal ontdekten dat ze er net zo voor stonden als die twee – de prinses en de schelm – die samen nog niet genoeg geld hadden om twee eieren te kopen.

'Het is mijn specialiteit om mensen in de armoede te storten en ze op die manier rijkdom te laten vergaren,' zei de chique Reyes Albarrán altijd, met een elleboog op de toog geleund en met een gin-fizz in zijn hand.

Maar de klanten begonnen – *hélas* – in te zien dat de baas van de Rendez-Vous een wrede en loslippige grappenmaker was en een roddelaar, al stond hij met spottende religieuze plechtigheid achter de bar en begeleidde hij elk glas dat hij serveerde met de uitspraak 'Ego baptiso te whisky sour', en zei hij, als hij de kroeg op slot deed op het door de wet voorgeschreven uur, niet minder spottend: 'Ite Bacus est.'

Met andere woorden, hij hield ervan om zijn klanten te vernederen onder het mom hen te beschermen. Maar omdat de klanten uiteindelijk het licht zagen, stapelden de woede en de verdenkingen zich op tegen Reyes Albarrán. Hij kende te veel geheimen, hij lachte zijn eigen moeder uit en via columns vol roddel en sissende laster kon hij vele reputaties kapotmaken. Ze begonnen hem in de steek te laten.

En de stad breidde zich uit, de plekken die in de mode waren wisselden als slangen hun huid, de sociale grenzen vervielen, de exclusieve groepjes stootten je af of sloten je in de armen, de namen van oude families werden nietszeggend, die van nieuwe families wisselden met elke nieuwe presidentsperiode om zich vervolgens terug te trekken en te genieten van hun in zes jaar vergaarde fortuin. Verlovingen werden bepaald door de afstanden, de nieuwe ringweg om de stad dicteerde het uitgaan, de afspraken, ruzies, punctuele liefdes, verloren vriendschappen... De weelde, de drukbezochte plekken, alles verplaatste zich van de Juárezbuurt naar de Zona Rosa en de Avenida Masaryk, of hier naar de Polancobuurt, waar Reyes Albarrán, de drenkeling uit de naoorlogse periode, de verleider met brillantine in zijn haar, op kerstavond aanspoelde en aanklopte bij zijn oudere broer, de punctuele en ijverige Luis Albarrán, sinds kort weduwnaar en iemand die ongetwijfeld behoefte had aan het broederlijke gezelschap van de eveneens behoeftige barman, die als dronkelap was geëindigd omdat hij de gouden regel was vergeten dat je van de drank moet kunnen afblijven om een goede kroegbaas te zijn.

Dronkelap, pianist in een chique club, die eindigde achter de piano in de bordelen in de Narvartebuurt, zoals Hipólito in de film *Hipólito el de Santa*; verleider van Europese prinsessen met brillantine in zijn haar, die eindigde als uitvreter en leefde op de zak van afgetakelde hoeren; ober in funky tenten en met een beetje geluk in disco's in de buurt van het Zócalo, het grote plein waar hij meer dan eens slapend en met kranten over zich heen werd aangetroffen en waar hij in technicolor door de meedogenloze politie overeind werd gemept in de steeds gevaarlijker wordende stad. Smerissen in blauwe of bruine uniformen, allemaal op zoek naar smeergeld, maar de vraag was wat er bij hem te smeren viel, hij had alleen maar honger. Hij reisde door het hele land, van hot naar haar, op zoek naar het geluk dat hij niet vond; hij jatte buskaartjes en loterijbriefjes, maar hij had meer aan de kaartjes dan aan de lootjes, want de kaartjes voerden hem ver weg en de lootjes brachten hem aan de bedelstaf, totdat de dokter in Ciudad Juárez tegen hem zei: 'U bent niet meer de oude, meneer Albarrán. U heeft nu wel genoeg geleefd. U bent niet ziek of zo. U bent alleen maar moe. Ofwel uitgeput. U kunt niet meer. U bent als een leeggelopen ballon. Ik zie dat u al zeventig bent. Ik raad u aan met pensioen te gaan. Voor uw eigen bestwil.'

Zo don Luis Albarrán nog enige diepverborgen tederheid voelde voor zijn oudere broer Reyes Albarrán (het woordje 'don' paste totaal niet bij hem), had de onverbiddelijke Chileense hem verhinderd die gevoelens vlot te trekken: 'Die smerige armoedzaaier zet geen stap in mijn huis. Laat je niet door de liefde overmannen, Lucho. Je broer had alles en hij heeft alles verpest. Laat hem maar in zijn achterbuurten blijven. Hij komt er hier niet in. Althans niet zolang ik leef. O nee, meneer.'

Maar zij leefde niet meer. Haar wil nog wel. Die avond voelde don Lucho Albarrán de afwezigheid van zijn wilskrachtige vrouw meer dan ooit. Zij zou de lastige broer gewoon op straat hebben gezet in welluidende (en zeer Chileense) bewoordingen: 'Donder op, verdomde armoedzaaier!'

3. Zoals de meeste mensen overkomt, werd ook don Luis Albarrán wel eens wakker met een slecht humeur. Als slapen een voorbode is van de dood, dan is het een warme, behaaglijke en prettige aankondiging. Als de slaap de dood is, dan is het de grote openstaande poort van de gastvrijheid. In dat rijk is alles mogelijk. Alles wat we wensen ligt binnen handbereik. Seks. Geld. Macht. Tafel en wijn. Imaginaire landschappen. De meest interessante personen. Banden met beroemdheden, autoriteiten, mysteries. Natuurlijk bestaat de droomtegenhanger. Ongelukken worden gedroomd. Dromen zijn dimensies van het verkeer, en zoals doña Matilde altijd zei: 'Klets niet, Lucho. Wij zijn niets anders dan verkeersongelukken.'

Alleen zijn ongelukken in een droom vaak belachelijk. Naakt over straat lopen bijvoorbeeld. Of ze zijn dodelijk. Van de bovenste verdieping van een flatgebouw af vallen, zoals King Kong. En op hetzelfde moment worden we wakker gemaakt door de engel die Morpheus naar ons toe heeft gestuurd, de droom wordt afgebroken en we geven hem in het Spaans de lelijke naam *pesadilla**. Volgens de zeer zuidelijke en belezen doña Matilde had Borges een grote afkeer van dit gewichtige woord, en hij vroeg zich af waarom we in het Spaans geen beter woord hadden voor een akelige droom, zoals *nightmare*, *cauchemar* of nachtmerrie.

Don Luis dacht terug aan deze opvattingen van zijn dromende droom-Chileense en precies op het moment dat hij in Morpheus' armen viel, zei hij een gebed: 'Ga weg, kleine zwaarte. Welkom, cauchemar, verborgen zee, onzichtbare oceaan van de slaap, welkom, nightmare, merrie in de nacht, lastdier in de duisternis. Wees welkom en drijf mijn lelijke Spaanse pesadilla op de vlucht...'

Don Luis werd die ochtend wakker in de overtuiging dat zijn slechte humeur hetzelfde was als altijd en dat een goed Mexicaans ontbijt, eieren met pikante tomatensaus en een kop dampende Coatepec-koffie, genoeg zou zijn om hem in de werkelijkheid te laten terugkeren.

De door de huisknecht Truchuela zorgvuldig op tafel neergelegde en opengeslagen krant kondigde met veel bombarie berichten aan die erger waren dan de ergste privé-droom. De wereld stond weer eens op zijn kop en de nachtmerries van de afgelopen nacht leken louter sprookjes in vergelijking met de dagelijkse werkelijkheid. Alleen was het stijve gezicht van Truchuela, dat net zo lang en zuur was als dat van elke acteur die vastzat aan de rol van huisknecht met een lang en zuur gezicht,[1] vanochtend nog langer en zuurder dan anders. En voor het geval don Luis dit niet merkte, schonk Truchuela zijn koffiekopje tot aan de rand toe vol en waagde hij het zelfs te morsen.

'Meneer wil mij wel vergeven.'

'Wat?' vroeg don Luis verstrooid, terwijl hij gefascineerd bezig was om de wartaal van de hoogste Mexicaanse ambtenaren te ontcijferen.

'Pardon. Ik heb koffie gemorst.'

Don Luis vertoonde geen enkele reactie ter rechtvaardiging van hetgeen Truchuela wilde zeggen: 'Vergeeft u mij, meneer, maar de onverwachte gast in de blauwe kamer...'

---

1. De Mexicaan Luis G. Barreiro of de Engelsman Alan Mowbray (*noot van de schrijver*)

317

'Hij is geen onverwachte gast,' zei don Luis een beetje streng. 'Hij is mijn broer.'

'Dat zei hij,' zei Truchuela knikkend. 'Het kostte ons moeite het te geloven.'

'Ons? Met hoeveel bént u, Truchuela?' antwoordde don Luis met toenemende irritatie. Die was meer tegen zichzelf gericht dan tegen de uit Spanje geïmporteerde, volmaakte bediende die eraan gewend was de superieure clientèle van restaurant El Bodegón in Madrid te bedienen.

'Wij *met zijn allen*, meneer.'

Het bleek dat Reyes zich in de blauwe kamer had geïnstalleerd en sinds het personeel was teruggekeerd in één ochtend de volgende eisen had gesteld:

a) Het ontbijt moest hem op bed worden gebracht. Een verzoek dat werd ingewilligd door het kamermeisje Pepita, dat van Reyes de opdracht kreeg hem postpandriaal (geliefde term van Truchuela) tot twaalf uur 's middags te laten doorslapen, alvorens terug te komen (Pepita) om zijn badkuip te vullen en er badzout met lavendelgeur in te strooien.

b) De kokkin María Bonifacia moest naar de bovenverdieping komen (wat ze nog nooit had gedaan) om orders in ontvangst te nemen voor het menu, niet alleen dat van vandaag, maar van alle volgende ontbijten (mergsoep, gebakken hersentjes, kip in saus met kalebaspitten, varkensvlees in hete saus met pulque en ook varkenspootjes, alles is bruikbaar, pikante gele saus, gevulde kaas uit Yucatán, spek, gedroogd vlees en, als het het seizoen was, miereneitjes).

'"Meneer don Luis eet veel eenvoudiger, hij vindt dat menu van u vast niet lekker, meneer...?"'

'"Reyes. Reyes Albarrán. Ik ben de broer van je baas."'

'Ja, hij zei het allemaal tussen aanhalingstekens, meneer don Luis,' zei de huisknecht.

'En wat nog meer?' vroeg don Luis, ervan overtuigd dat het

nieuws over weer een olieoorlog van de heer Bush bij lange na niet zo slecht was als het volgende bericht uit de mond van Truchuela: 'Hij heeft de tuinman Cándido laten weten dat er geen rozen in zijn slaapkamer staan... Dat hij eraan gewend is rozen op zijn kamer te hebben...'

'Rozen?' vroeg don Luis lachend, terwijl hij dacht aan de cactussen die het normale landschap moesten zijn geweest van zijn ongelukkige broer de vagebond.

'En hij heeft de chauffeur Jehová gevraagd of hij om drie uur klaar kan staan met de Mercedes om boodschappen te gaan doen in het Palacio de Hierro*.'

'Bescheiden...'

'"Ik ben dol op het Palacio," zei uw... broer?'

De onverstoorbare Truchuela kon zich niet langer inhouden. 'Uw broer, don Luis? Hoe is het mogelijk? Die...'

'Zeg het maar, Truchuela, neem geen blad voor de mond. Die schoft, die vagebond, die *tramp*, die bedelaar, die clochard, ze zijn overal en ze hebben een naam, hou je niet in, Truchuela.'

'U zegt het, meneer,' zei de huisknecht en hij boog zijn hoofd.

'Maar hij is inderdaad mijn broer, Truchuela. Een ongewenst kerstcadeau, dat geef ik toe. Hij heet Reyes Albarrán en tot 5 januari, Driekoningen, is hij mijn gast. Tot die dag – dat zijn tien dagen – verzoek ik je het personeel opdracht te geven hem als een heer te behandelen, hoeveel moeite het ook moge kosten. Verdragen jullie zijn gekkigheden. Aanvaarden jullie zijn grillen. Ik zal jullie ervoor belonen...'

'Meneer bewijst eer aan zijn bekende goedhartigheid.'

'Zo is het wel goed, Truchuela. Zeg tegen Jehová dat hij klaarstaat met de auto om me naar kantoor te brengen. En dat hij om drie uur terug is voor mijn broer.'

'Tot uw orders, meneer.'

'Meneer is het toonbeeld van een heer,' zei Truchuela toen hij terug was in de keuken.

'Hij is zo'n goed mens,' was de bijdrage van María Bonifacia.

'Die andere is getikt,' zei tuinman Cándido. 'Rozen geef je in januari alleen aan de Heilige Maagd van Guadelupe. Hij moet maar tevreden zijn met margrieten.'

'Laat hij dáár maar in knijpen,' zei Pepita en ze lachte verontwaardigd. 'Stomme hongerlijder.'

'Waar moet hij in knijpen? In die margrieten?' grijnsde Cándido.

'Ja, en niet in mijn billen zoals hij laatst probeerde toen hij vroeg of ik hem wilde afdrogen na zijn bad.'

'En wat deed je toen?' vroegen ze eenstemmig, met uitzondering van de voorzichtige Truchuela.

'Ik zei, droog jezelf maar af, oude viespeuk, lafaard, profiteur.'

'Dat gaat hij tegen meneer zeggen.'

'Welnee! Hij lachte alleen maar, en met zijn ene hand bewoog hij zo'n uitgedroogd, gerimpeld pikkie heen en weer, zoals oude mannetjesapen in de dierentuin doen. "Stop dat hete pepertje maar weer in je gulp," zei ik tegen die oude viespeuk. "Klein maar fijn," piepte die gore hoerenzoon.'

'Zet je baantje niet op het spel, Pepita,' zei María Bonifacia voorzichtig.

'Ik kan baantjes genoeg krijgen, doña Boni, ik ben niet zo'n oud wrak als u.'

'Respect voor mijn grijze haren, vervelende meid.'

'Ik ruk ze uit je hoofd, oude tang.'

De drie mannen haalden de vrouwen uit elkaar. Truchuela schreef hun de wet voor.

'Laat die ongewenste gast niet zijn zin krijgen en ons allemaal tegen elkaar opzetten. Wij zijn eensgezind huispersoneel. Is het niet zo, Pepita?'

Het kamermeisje boog instemmend haar hoofd.

'Neem me niet kwalijk, María Bonifacia.' De kokkin streelde

Pepita's zwarte vlechten. 'Mijn meisje. Je weet dat ik je graag mag.'

'En dus,' vonniste Truchuela, 'gaan we dón Reyes Albarrán bedienen. Geen klachten, mensen. Alleen informatie. We gehoorzamen de baas. Maar de baas moet wel op de hoogte worden gebracht.'

Er barstte een regenbui los boven de stad, uitzonderlijk voor de maand januari, en elk toog aan het werk, behalve de tuinman, die de *Alarma!* ging zitten lezen, de krant met politieberichten.

4. Don Luis Albarrán had bedacht dat de beste manier om van zijn lastige broer af te komen was hem als een eregast te behandelen. Hem eerst betoveren en hem daarna wegsturen. Dat wil zeggen, op 6 januari, ajuu! en ik herinner me niet dat ik je ooit heb gezien. Dat was de meesterzet van de heer des huizes. Om het plan tot een goed einde te brengen rekende hij op het geduld en de trouw van zijn personeel.

'Aan mij ligt het niet,' zei hij tegen de geest van zijn aanbeden doña Matilde, die hem vanuit het graf verwijtend toesprak.

Don Luis probeerde Reyes inderdaad zoveel mogelijk te ontwijken. Maar één ontmoeting werd hem fataal, en sindsdien zorgde de lastige broer ervoor dat het avondmaal in de slaapkamer van don Luis werd geserveerd om hem op zijn minst eenmaal per dag voor zichzelf te hebben, want don Luis vluchtte elke dag naar zijn kantoor (terwijl Reyes tot twaalf uur in zijn bed bleef liggen) of ging naar zakenlunches (terwijl Reyes zich copieuze maaltijden liet serveren), en keerde dan weer terug naar kantoor (terwijl Reyes zogenaamd boodschappen ging doen in het Palacio de Hierro, want geld had hij niet en dus ging hij alleen maar kijken).

Tot don Luis op een dag zag dat Jehová met een enorme toren pakjes binnenkwam en ermee naar boven ging, naar de slaapkamer van 'don' Reyes...

'Wat is dat?' vroeg don Luis geïrriteerd.

'De boodschappen van vandaag,' antwoordde Jehová heel ernstig.

'De boodschappen van vandaag? Van wie?'

'Van meneer uw broer. Hij gaat elke dag naar het Palacio de Hierro om boodschappen te doen.'

De chauffeur grinnikte ironisch. 'Ik geloof dat hij de hele winkel leegkoopt.' En met een uitzonderlijke spraakzaamheid voegde hij eraan toe: 'Maar eerlijk gezegd koopt hij niet alleen dingen voor zichzelf, maar voor ons allemaal...'

'Voor ons allemaal?' De geïrriteerde verbijstering van don Luis werd steeds groter.

'Ja. Hier een minirokje voor Pepita, daar nieuwe handschoenen voor de tuinman, een gebloemde zondagse jurk voor doña Boni, de opera's van Wagner voor Truchuela, die er stiekem naar luistert...'

'En voor jou?' Don Luis keek zo streng mogelijk.

'Een hele echte chauffeurspet, zo'n donkerblauwe met een plastic klep en gouden biezen. Zo eentje heeft u me nooit gegeven om u eerlijk de waarheid te zeggen...'

'Respect, Jehová!'

'Tot uw orders, meneer,' antwoordde de chauffeur met een scheef, ondeugend, beledigend lachje dat in andere tijden tot ontslag zou hebben geleid. Maar Jehová was een veel te goede chauffeur, terwijl de meeste chauffeurs waren overgegaan op het besturen van bussen naar de grens in de tijd van de vrijhandelsovereenkomst.

Hoe het ook zij, hoe durfde hij?

'Wat goed!' zei don Luis vriendelijk glimlachend toen Truchuela hem zijn gebruikelijke maaltijd bracht, chocolademelk en zoete broodjes, en voor Reyes, die nu tegenover zijn broer zat, een dienblad vol enchilada's à la suisse, allerlei kleine tortilla's met verschillende vulling, plus een paar Corona's.

'Jazeker, we gaan er flink tegenaan,' zei Reyes.

'Ik zie wel dat je goed verzorgd wordt.'

'Het werd wel tijd,' zei Reyes terwijl hij begon te kauwen. Hij was in een roodfluwelen ochtendjas gehuld, droeg blauwe sloffen en een lang libertyhemd.

'Tijd waarvoor?'

'Om afscheid van je te nemen, Luisito.'

'Nogmaals, waarvoor? Ik heb je toch als een broer behandeld? Ik heb me toch aan mijn kerstbelofte gehouden? Tot morgen, Driekoningen, ben je mijn gast, en dan...'

'En dan zet je me op straat?' De lastige broer stikte bijna van het lachen.

'Nee. Ieder zijn eigen leven,' zei don Luis hakkelend.

'Maar ik heb het hier juist hartstikke naar mijn zin. Mijn leven is nu hier, bij mijn geliefde *fratellino*...'

'Reyes,' zei don Luis en hij zette zijn ernstigste gezicht. 'We hebben een afspraak. Tot 6 januari.'

'Laat me niet lachen, Güichito. Denk je dat je de schuld van een heel leven in een week kunt uitwissen?'

'Ik weet niet waar je het over hebt. We hebben elkaar in geen dertig jaar gezien.'

'Dat is het hem juist. Jij houdt de boekhouding niet goed bij.' Hij slikte een hap van zijn kleine tortilla door en likte met zijn tong de crème van zijn lippen af. 'Zestig jaar, zeg ik je... Als kind deed je al zo plechtig. Het verwende zoontje. Jij hebt me tot de tweede plaats veroordeeld. De leukste thuis.'

'Jij was ouder dan ik. Jij had je eerstgeboorterecht kunnen bevestigen. Het is niet mijn schuld dat...'

'Waarom zou ik een lang verhaal houden? Jij was de toegewijde, de punctuele, de verrader, de intrigant. Denk je dat ik niet heb gehoord dat jij tegen onze vader zei: Reyes doet alles fout, die jongen heeft geen geluk, hij brengt ons allemaal ongeluk, papa, doe hem het huis uit, stuur hem naar een internaat?'

Reyes slikte de kleine tortilla's in hun geheel door. 'Herinner je
je nog dat we elke zondag samen naar de kerk gingen, Luisito? O,
wat waren we gelovig. Dat zit me nog het meest dwars. Dat ik
mijn geloof kwijt ben. En dat is jouw schuld, broertje.'

Don Luis moest lachen. 'Ik ben verbijsterd, Reyes.'

'Nee,' lachte deze, 'ík ben verbijsterd. Jij bent hoogstens verbaasd. Je moet gedacht hebben dat je me nooit meer zou zien...'

'Je hebt gelijk. Ik wil je nooit meer zien. De zesde ga jij...'

'Wat ga ik? Krijg ik mijn onschuld terug?'

Luis keek hem ernstig aan. 'Ben jij ooit onschuldig geweest?'

'Tot de dag dat jij tegen me zei: we gaan elke zondag naar de
kerk, man, maar we geloven niet in God, we geloven alleen in
onszelf, in ons persoonlijk succes, denk maar niet dat de Goddelijke Voorzienigheid je een handje komt helpen. Kijk naar jezelf,
Reyes, zo'n grote vent en nog zo gelovig, Reyes, kijk naar je kleine broertje, ik zeg je dat ik naar de kerk ga om mijn vader en
moeder en mijn familie een plezier te doen, terwijl jij erheen gaat
omdat je in God en de godsdienst gelooft, Reyes, wat een grap,
de jongste broer is uitgekookter dan de oudste, de kleinste weet
meer dan de grootste. En wat weet de kleinste? Dat je op de wereld komt om succes te hebben, zonder scrupules, en om van iedereen te winnen, om vooruit te komen, zonder stil te staan bij
het geloof of de overtuiging of de moraal van de anderen.'

Hij nam een slok van zijn schuimige bier, zo uit de fles.

'Niemand gelooft mijn verhaal, broertje. Hoe is het mogelijk
dat de oudste broer door de jongste op het slechte pad wordt gebracht? Want jij hebt mij in het verderf gestort, Luis. Jij maakte
dat ik een kwaadaardige verhouding met de wereld kreeg. Ik zag
jou steeds hoger klimmen, met een rijke meid trouwen, politici
manipuleren, rommelen met gunsten en mij intussen van mijn
onschuld beroven...'

'Feestvierder. Luiwammes.'

'Hoe kon ik in het goede geloven met een duivelse broer als jij?'

'Als een boom eenmaal scheef groeit...'

'Heeft God jou zo gemaakt of heb jij God in hoogsteigen persoon verraden?

'Jij bent een sluwe schelm...'

'Heb jij God verraden of heeft God jou verraden?'

Don Luis verslikte zich in zijn broodje. Zijn broer stond op om hem op de rug te kloppen terwijl hij doorpraatte. 'Ik wilde een geordend en simpel leven. Door jouw voorbeeld kon dat niet. Jij steeg zo snel. Ha, net als het schuim van dit biertje. Jij was zo'n hielenlikker. Jij wist hoe je mensen moest gebruiken om ze vervolgens in de vuilnisbak te gooien. Jouw duivelse echtgenote gaf je feodale tips. De arrogantie van de Chileense grootgrondbezitters. En jij kruidde de schotel met je Mexicaanse sluwheid, vleierig, ambitieus, verraderlijk en handig.'

'Water...' zei Luis hoestend.

'O ja, meneer,' zei Reyes en hij schoof het glas opzij. 'Als je vóór je vijfenzestigste maar een prachtig huis in de Polanco had, met vijf huisknechten, acht commissariaten, een overleden echtgenote en een vagebond van een broer.'

'Jij bent wat je wilde zijn, arme duvel,' hoestte don Luis. 'Ik heb je niet gedwongen.'

'Jawel.' Reyes smeet met een handbeweging het blad met de chocolademelk en de broodjes op de grond. 'Jawel! Jij hebt me uitgedaagd om jouw voorbeeld te volgen, maar ik wist niet hoe dat moest.'

De ogen van Reyes raakten vol tranen. 'Jij hebt me geld geleend om een bar te beginnen.'

'En jij werd een dronkaard die zijn klanten dronken voerde, arme idioot,' antwoordde don Luis terwijl hij met zijn servetje de bende van chocola en kruimels van zijn overhemd en zijn schoot veegde.

'Ik wilde consequent zijn in mijn ondeugden,' zei Reyes met misplaatste trots. 'Net als jij.'

'Ruim op wat je op de grond hebt gegooid.'

Reyes gehoorzaamde glimlachend. Don Luis stond op, liep naar zijn bureau, ging zitten, haalde een chequeboek tevoorschijn, rukte er een cheque uit en bood hem Reyes aan.

'Hier, tienduizend dollar. Pak die cheque aan en duvel maar meteen op.'

Zijn broer pakte de cheque aan, scheurde hem in stukjes en smeet die don Luis in het gezicht.

'Die heb ik niet nodig. Ik kan jouw handtekening nadoen. Vraag maar in de winkels. Ik heb alles gekocht met jouw handtekening, die is geldig. Vraag maar aan je personeel. Alles wat ik heb gekocht heb ik betaald met jouw cheques die door mij zijn ondertekend.'

Hij boog zich met zijn gezicht en zijn mond vol tortilla dicht naar het gezicht van zijn broer.

'Je kijkt me bezorgd aan. Daarom herhaal ik het nog eens. Door jou ondertekend.' Hij trok zich tevreden terug. 'Een handigheidje dat ik heb geleerd om te overleven.'

Reyes liet met zijn ene hand het chequeboek van don Luis klapperen als de vleugel van een gewonde vogel, en met de andere hield hij het zilverkleurige pasje van American Express omhoog. 'Kijk, broertje, we moeten er in het leven aan wennen dat alles verkeerd afloopt.'

5. 'Welnee, don Luis, uw broer is een heilige. Moet u nagaan, hij heeft een marmeren steen laten plaatsen op het graf van mijn moedertje in Tulancingo. Dat wilde ik altijd al zo graag, meneer, want als er geen steen op het graf ligt, loopt iedereen eroverheen, niemand heeft eerbied voor een graf dat alleen wordt aangegeven met steentjes en een paar afrikaantjes. Dankzij meneer Reyes rust mijn moedertje nu in gerespecteerde vrede. En ik zeg tegen mezelf, María Bonifacia, God zegene de broer van de baas.'

'Kijk, meneer, ik rij nu al zo'n twaalf jaar in uw Mercedes, maar wat moet ik aan het eind van de dag? De bus nemen en een uur reizen om thuis te komen. Daar heeft u nooit aan gedacht, nietwaar? Nou, uw broer wel, hij wel. "Hier, Jehová, hier zijn de sleuteltjes van je Renault 34. Jij hebt recht op je eigen auto. Dat is toch logisch. Nooit van je leven ga je meer met de bus. Logisch."'

'Stelt u zich even voor, baas, ik ging zondag naar mijn dorp en daar werd ik ontvangen met bloemenbogen met DANK AAN CÁNDIDO. U weet dat er richting Xochimilco wel water is, maar geen land. Nu heb ik water en land, en mijn kinderen kunnen bloemen kweken dankzij het stuk grond dat uw broer, die goede ziel, ons cadeau heeft gedaan.'

'O, meneer, neemt u me niet kwalijk dat ik eerst zo'n slechte indruk op uw broer heb gemaakt. In mijn dorp, Zacatlán de las Manzanas, vragen we al jaren om een schooltje voor de meisjes, want zodra die twaalf zijn worden ze gedefloreerd, zoals dat heet, en dan krijgen ze een sleep kinderen en moeten ze wel in de huizen van de rijken gaan werken, zoals ik. Maar nu is er een school in het dorp, en er is geld voor een beurs, zeggen ze, zodat de meisjes kunnen doorstuderen tot hun zestiende en aan het eind een diploma halen en secretaresse worden of verpleegster en geen dienstmeisjes zoals ik. Uw broer is zo'n goed mens, don Luisito!'

'De volledige werken van Wagner. Begrijpt u dat, mijn beste meneer don Luis? De droom van mijn leven. Vroeger spaarde ik voor een operaatje of een selectie uit het belcanto... En verdraaid nog aan toe, neemt u me niet kwalijk, nu heb ik opeens het hele oeuvre van don Richard, hopelijk leef ik lang genoeg om alle cd'tjes te kunnen beluisteren, het cadeau van meneer uw broer. Gezegend het moment dat u uw broer in huis heeft gehaald, Don Luis...'

6. Dag in dag uit werd don Luis Albarrán 's ochtends wakker met een hoofd vol goede voornemens. Elke avond kwam Reyes Albarrán aan met een nieuw, slecht of nog beroerder voornemen.

'Ik stel me voor dat jij een droom bent,' zei don Luis met een boosaardige blik.

'Verstop je toch niet langer voor de wereld, Güichito.'

'Ik ben bang voor pechvogels zoals jij. Jullie brengen ongeluk.'

'Wij zijn broers. Laten we de waarheid in het diepste graf stoppen.'

'Donder op.'

'Jij hebt me uitgenodigd. Wees wat verstandiger.'

'Verstandiger! Je bent als een beest mijn huis binnengestormd. Een loerend beest. Je bent een parasiet. En je hebt al mijn personeel in parasieten veranderd.'

'De parasieten van een parasiet.'

'Laat me alleen. Voor één dag. Alsjeblieft,' schreeuwde don Luis wanhopig en hij stond op.

'Waar ben je bang voor?' antwoordde Reyes doodkalm.

'Voor pechvogels. Voor de *jettatura*. Pechvogels zoals jij brengen ons ongeluk. Pech is besmettelijk....'

Reyes lachte. 'Dus jij hebt het hart van een zigeuner en een troubadour... Moet je horen, jouw cynische houding tegenover de godsdienst, waaraan ik je laatst hielp herinneren, heeft een prijs, Luisito. Omdat we geen boetedoening hebben gedaan zoals de kerk voorschrijft, moesten we die in het leven doen.'

'Boetedoening? Jij misschien, smerige vagebond, ik niet...'

'Laten we eens kijken: heb jij wel oog voor je huisbediendes? Heb jij je kokkin wel eens van dichtbij geroken? Ze is volledig doortrokken van de geur van die stomme gebakken eieren met zwarte bonen en pikante saus die jij als ontbijt eet. Zeg me de waarheid, broer, hoeveel mensen kén jij? Met hoeveel mensen heb jij écht contact? Bestaat jouw leven alleen uit het wachten op de volgende vergadering van het dagelijks bestuur?'

Reyes pakte Luis bij de schouders en schudde hem heftig heen en weer. De ondernemer verloor zijn bril. Reyes maakte met een hand het haar van Luis in de war.

'Geef antwoord, junior.'

Don Luis Albarrán begon te stotteren, omdat hij volledig in de war was van de schrik, de belediging, de onmacht en de geestelijke bliksem die hem zei: 'Alles wat ik tegen mijn broer kan doen, kan mijn broer tegen mij doen...'

'En wat het ergste is, Luisito, wie kijkt naar jou? Echt, wie kíjkt naar jou?'

Reyes liet Luis los met een scheef lachje, half stoer en half treurig. 'Je leeft binnen je eigen puinhoop, broer.'

'Ik ben een fatsoenlijk mens,' zei don Luis, die zich hersteld had. 'Ik doe niemand kwaad. Ik heb medelijden met iedereen.'

'Denk je dat medelijden geen kwaad kan?' zei de lastige broer, die deed alsof hij verbaasd was. 'Denk je dat?'

'Inderdaad.'

'Medelijden is een belediging voor wie het krijgt. Dat zal ik niet weten.'

'Cynicus. Jij had medelijden met al mijn bediendes...'

'Nee. Ik heb ieder van hen gegeven waar hij recht op had. Ik geloof dat dat de definitie van gerechtigheid is, niet?'

Reyes liep naar de slaapkamerdeur, draaide zich om en knipoogde naar zijn broer. 'Of niet soms?'

7. 'Mag ik mijn verbazing uitspreken, don Luis?'

'Zeg het maar, Truchuela.'

'Uw broer...'

'Ja...'

'Is vertrokken.'

Don Luis zuchtte. 'Heeft hij gezegd hoe laat hij terugkomt?'

'Nee. Hij zei: "Vaarwel, Truchuela. Vandaag is het Driekoningen. De vakantie is voorbij. Zeg dat maar tegen mijn broer. Ik ga voorgoed, vaarwel."'

'Heeft hij nog iets meegenomen?' vroeg don Luis bezorgd.

'Nee, meneer. Dat is het vreemdste. Hij heeft zijn bedelaarskleren aangetrokken. Hij had geen koffer bij zich of niks.' De huisknecht hoestte. 'Hij stonk.'

'Hm, ja. Hij stonk. Dat was alles, Truchuela.' Dat was alles, herhaalde don Luis Albarrán in zichzelf, terwijl hij langzaam de trap op liep naar zijn slaapkamer. Alles zou weer zijn gewone ritme hernemen. Alles zou weer zijn als vroeger.

Hij bleef opeens staan. Hij draaide zich om en ging weer naar beneden. Hij liep met gedecideerde pas de keuken in. Hij realiseerde zich dat hij die voor het eerst zag. Het personeel zat te eten. Ze stonden op. Don Luis gebaarde dat ze moesten gaan zitten. Niemand durfde het te doen. Alles zou doorgaan zoals altijd.

Don Luis ging de blikken van al zijn bediendes een voor een langs. 'Kijk je wel eens naar je bediendes?' En hij zag dat niets hetzelfde was als altijd. De blikken van de bediendes, zei de baas tegen zichzelf, waren anders. Hoe wist hij dat, als hij vroeger eigenlijk nooit naar hen had gekeken? Daarom juist. Ze waren niet langer onzichtbaar. De routine was verbroken. Nee, het was geen gebrek aan eerbied. Terwijl hij zijn ogen een voor een langs hen liet glijden, wist hij het zeker.

Er was iets veranderd in hun ziel, hij kon het niet zien, maar hij voelde het met een lichamelijke intensiteit die aankwam als een dreun in zijn maag. Op een geheimzinnige manier zou de routine in huis van nu af aan niet meer dezelfde zijn, al werd ze van nu af aan punctueel herhaald.

'Zullen jullie me geloven?' zei don Luis heel zachtjes.

'Meneer zegt...?' vroeg de huisknecht Truchuela.

'Nee, niks...' Don Luis schudde zijn hoofd. 'Wat heb je in de oven staan, Bonifacia?'

'De driekoningenkrans, meneer. Bent u vergeten dat het vandaag Driekoningen is?'

Hij liep de keuken uit en ging naar zijn slaapkamer, naar zijn routine, naar zijn dagelijkse boetedoening.

'Van nu af aan zal alles mij op de proef stellen,' zei hij terwijl hij de deur sloot en uit zijn ooghoeken naar de foto keek van de mooie Chileense, Matilde Cousiño.

Ja, zei hij tegen zichzelf, ja, ik heb de liefde gekend.

Hij kon weer rustig slapen.

Koor van het geregistreerde gezin

ze gaven hem zijn overlijdensakte op koffiebruin papier met een
    gehamerde rand een watermerk en het nationale wapenschild
    met de adelaar en de slang die je kon zien als je het tegen het
    licht hield
wie gaat er dood?
ik
over een kwartier verklaren we u dood, dat kost u vijftienhon-
    derd peso
wie stelt de dood vast?
hier hebben we de lijst met medische recepten, de dokter
zet zijn handtekening al ziet hij het lijk niet, dat is nog eens vijf-
    tienhonderd erbij
drieduizend?
het is niet veel om rustig te sterven, de naam van de dokter en
    diens bul bevestigen de dood
waaraan ga ik dood?
kiest u maar uit, misschien doordat er een visgraat in uw keel
    bleef steken
ik eet nooit vis
heel simpel, de meest gekozen dood is een hartaanval, die laat
    geen sporen na
maar waar moet mijn gezin naartoe om voor me te bidden?
het beste is as in een urn
en mijn gezin?
het kan as van een hond zijn, niemand die het in de gaten heeft

kan mijn weduwe hiermee het geld van de verzekering krijgen
en ook haar pensioen?

wat? u vertelde toch dat u wilde sterven om uw vrouw en uw kinderen niet langer te hoeven zien omdat u last van ze had?

ja, maar ik wil niet dat ze straks op straat staan

maakt u zich geen zorgen, wij regelen alles met 'de intimi'

goed, nu wil ik mijn nieuwe leven

natuurlijk, over een kwartier hebben we uw nieuwe geboorteakte met alles erop en eraan, en de officiële papieren en als u wilt een stemboekje en een fiscaal nummer

moet je zelfs belasting betalen als je dood bent?

zegt u maar hoe u wilt heten

laat me maar kiezen

hier heeft u een lijst van de A tot de Z

een A en een Z dan maar

Amador Zuleta

klaar is Kees

'Amador Zuleta' verliet het bevolkingsregister bij Los Arcos de Belén, herboren, diep ademhalend, met een pak bankbiljetten in zijn zak en een kaartje voor de Rode Pijlbus die hem ver van zijn vroegere leven vandaan zou brengen, ver van de hoofdstad, naar het noorden, naar het nieuwe leven, naar het onbekende gezin waarvan hij alleen al hield omdat het anders was en niets te maken had met alle uit den treure herhaalde gewoonten en woorden in het gezin dat hij achterliet in Mexicostad-Victoria-Monterrey-Nuevo Laredo

Amador Zuleta stelde zich op aan het begin van de langste snelweg van het land

en begon te rennen

te rennen te rennen

Huwelijksbanden (2)

1. Leo Casares kijkt verrukt naar zijn eigen ruimte. Het appartement beslaat de bovenste verdieping van een kantoorgebouw in de Calle Schiller. Hij heeft het uitgekozen omdat het gebouw overdag wordt gebruikt door kantoormensen, die komen en gaan, terwijl er 's nachts de grootst mogelijke eenzaamheid heerst. Leo in zijn penthouse. Waar wordt geleefd. De kamer. De eigen ruimte van een vrijgezel zonder kinderen. De plek waar de tijden vrijelijk samenkomen. Het verleden en de toekomst in het heden. Het heden in het verleden. De toekomst van het heden. Het was Leo's bedoeling dat de flat een constant verlangen zou weerspiegelen: hij wilde alle momenten van het leven oproepen in een stroom van actuele sensaties. Jarenlang was hij bezig met het uitkiezen van meubels, lampen, gordijnen, tafels, spiegels en vooral *schilderijen*, die een voortdurende stroom moesten suggereren.

Hij wilde graag dat elk ding zijn eigen heden was, op voorwaarde dat het een herinnering en een voorspelling inhield. Een ruimte als een kristallen bol. Uit alle voorwerpen in de flat heeft Leo een schilderij gekozen dat representatief is voor zijn verlangen. Het is van de hand van de Japanse schilder Katsushika Hokusai. Het beslaat een hele muur van de slaapkamer. Het is een veranderend landschap. Een hoge golf verbergt de nevelige kustlijn. Of misschien hult de kust de werkelijkheid van de golf in de mist. De kust gaat deel uitmaken van de golven. De zee vermomt zich als kustlijn. De elementen vloeien in elkaar over en vervagen. Het grijs van de zee zou het groen van de kust kunnen weerspiegelen. De ochtendstond boven de duinen zou het clair-obscur van de hemel kunnen doen verdwijnen.

Leo bestudeert het schilderij urenlang. Hij is ervan overtuigd dat hij erin ziet wat hij wil zien, niet wat het schilderij wil voorstellen. Hij vraagt zich af of deze Hokusai dezelfde macht uitoefent op andere toeschouwers. Hoe zouden de vrouwen het zien? *Mijn vrouwen*, zegt Leo zachtjes. *Mijn twee vrouwen*. Hoe?

2. Het goede van de mobiele telefoon is dat hij je de kans geeft om, laten we zeggen, op mobiele wijze te liegen. Je bent niet met de navelstreng verbonden aan een bepaalde plaats. Als je echtgenoot argwaan koestert, krijgt hij antwoord van mijn mobieltje, mijn man laat zijn boodschap achter of ik, de leugenaarster, geef antwoord. Niemand die er iets van merkt, toch? Ik was bij jou, maar tegen hem zeg ik: Ik zit in de auto en ik ben op weg naar de *beauty parlor*.

Nog nooit werd het overspel je zo gemakkelijk gemaakt, Lavinia.

Gebruik die akelige term niet.

Hoe moet ik het dan zeggen?

De affaire. Dat weet je toch, je zegt alleen 'de affaire'.

Mijn affaire, onze affaire? En wat gebeurt er op de dag dat niet alleen jouw nummer, maar ook je eigen gezicht op het schermpje van de telefoon van je echtgenoot verschijnt?

Hou je mond! Ik zal me zelfs in de douche moeten opmaken! Maar dat is het punt niet, Leo. Denk jij dat Cristóbal het erg vindt als hij erachter komt?

Speel alsjeblieft geen spelletje met me. Het gevaar bestaat dat hij het wel erg vindt en dat hij zich voorneemt om jou te veroveren.

Te heroveren zul je bedoelen...

Vergeet de algebra van de coïtus alsjeblieft, Lavinia. Een moderne vrouw hoort haar man net zo vaak te bedriegen als hij haar. Vind jij het erg?

Ik weet het niet. Ik zou hem vóór willen zijn. Je begrijpt wat ik bedoel.

Wat houdt je tegen?

Jij, schat. Ik ben Cristóbal alleen ontrouw met jou en met niemand anders. Dat hoef ik jou toch niet te vertellen! Ik ben jou ontrouw, dat is de zuivere waarheid.

Heb je aan mij genoeg?

Kijk, Leo, een vrouw vindt het altijd prettig te worden aanbeden. Het gaat om de intensiteit van de aanbidding, niet om de hoeveelheid aanbidders. Wat een gezeur! Ik heb meer dan genoeg aan jou en mijn echtgenoot, dat zweer ik je.

Maar wij geven jou elk iets anders.

Breng me niet in verleiding, Leo. Ik lig hier in jouw armen en het enige waardoor ik voel dat ik gelijk heb, is alles wat ik verafschuw in mijn echtgenoot. Duidelijk.

Het is niet erg opwindend te weten dat je de iets-is-beter-dan-niets bent van een ontevreden echtgenote.

Doe niet zo dwaas. Luister. Jij kunt praten. Jij kunt verleiden met je tong, haha! Cristóbal is een meester in het duidelijke gesprek. 'Wat zeg je?' 'Waarom heb je me dat niet gezegd?' 'Wat wilde je me zeggen?' Om gek van te worden. Wachten op een gesprek dat nooit komt.

Heeft je echtgenoot op een of andere manier een vervanging voor zijn stiltes?

Het is geen stilte. Het is herhaling.

Met andere woorden, stilte met lawaai.

Soms kan ik je niet volgen, Leo. Het enige wat ik weet is dat Cristóbal een snoever is, een trotse pauw en een opschepper die denkt dat hij Tarzan zelf is. Ik geef je een voorbeeld. Als ik hem mee wil nemen naar een party en hij wil niet, zeg ik: 'Vooruit, Cristóbal, iedereen gaat erheen', en dan kijkt hij me aan met een kille blik en antwoordt: 'Nee, ik ga niet.' Wat een snob, niet? Nog een voorbeeld: ik krijg de zenuwen van de zinnetjes die hij steeds herhaalt: 'Je hoeft me niet te geloven, Lavinia.' 'Dat is je geraden, Lavinia.' 'Aan mij ligt het niet, Lavinia.' 'Eerst zien dan geloven, Lavinia.' 'Voor de *case* dat, Lavinia.' 'Er is nog niemand geboren die, Lavinia.' Hij is een opgeblazen luchtballon. De vader van Tarzan. Het is maar een voorbeeld.

Waarom laat je hem niet leeglopen?

Ik geloof dat dat niet kan.

Geef hem het gevoel dat het wreed van jou zou zijn tegen hem in te gaan.

Zal ik je zeggen wat hij dan antwoordt? Hij zou me openlijk voor gek zetten. Dat heeft hij al eens gedaan. Als hij merkt dat ik aardig voor hem ben, begint hij zich vanbinnen te ergeren en wacht hij de kans af om me tegenover de anderen te vernederen. Dan voelt hij zich een overwinnaar.

Logisch, jij durft hem niet aan te vallen in het openbaar.

Jij weet dat dat zo is. Zo ben ik niet opgevoed.

En thuis? Verbreek je nooit de regel van de echtelijke volmaaktheid en lever je thuis kritiek op hem?

Dat kan ik niet, Cristóbal heeft een vreselijk wapen tegen mij. Hij dreigt dat hij me getuige zal laten zijn van iets wat ik niet wil zien. Daarmee snoert hij me de mond.

Heb je een idee wat het is?

Ik stel me iets voor. Ik stel me iets ondraaglijks voor waaraan ik me niet wil blootstellen. Ik weet niet meer wat ik als getrouwde vrouw moet voelen, Leo. Bij jou weet ik het wel.

Dat komt omdat ik je in plaats van huwelijkspapieren liefde en bewondering schenk.

Maar die kun je niet in het openbaar laten zien.

Wat verwijt je je man eigenlijk, Lavinia?

Dat hij me niet heeft weten tegen te houden. Zo, dat is eruit. De waarheid, denk je niet? Hij kon me alleen maar dwingen. Begrijp je? Ik zit vast aan de verplichting. Zo klaar als een klontje.

Kun je de verbintenis met je man niet verbreken?

Doe niet zo cynisch, Leo. Ik heb jou voorgesteld hem te verlaten en met jou te gaan samenwonen. Je hebt me duizend keer gezegd dat ik het niet moet doen, dat samenleven het einde zou betekenen van wat we nu hebben...

Een perfecte affaire!

Dat zijn jouw woorden. Hoe kun je me nu vragen mijn man te verlaten als ik al weet dat jij mij nooit tot echtgenote zou nemen?

Liefje, wie heeft je gezegd dat je je man moet verlaten om met mij te trouwen?

Wie heeft het over trouwen? Samenleven, anders niet, liefste...

Je begrijpt me niet, Lavinia. Ik bedoel dat je je echtgenoot niet moet verlaten voor mij, maar voor een andere echtgenoot.

En jij en ik dan?

Zoals altijd, liefje. Jij getrouwd met *monsieur quelconque*, meneer niemand, en jij en ik voor altijd en eeuwig vrije minnaars, zonder huiselijke lasten...

Ja, net als nu.

Alleen met een andere *partenaire*.

Dat vind je opwindend, hè, cynicus?

We zouden minnaars zijn zonder dat iemand er last van heeft.

We zouden er niets mee opschieten.

We zouden er ook niets mee verliezen.

Vertel me dan maar eens wat we ermee opschieten als we niets verliezen.

Ver van elkaar zijn om sterker naar elkaar te verlangen. Hoe verder van elkaar, des te groter het verlangen. Het is bijna een kerkelijk dogma. Abélard en Héloïse. Tristan en Isolde, je kent het wel.

Ik zeg je dat we al zo leven. Leg me maar eens uit wat het voordeel is als ik een andere echtgenoot neem, maar jouw minnares blijf.

Dat vertel ik je later.

Je drijft me tot het uiterste, Leo.

Tot waar?

Ik waarschuw je maar. Drijf me niet te ver naar de rand, liefste.

3. Leo kijkt aandachtig naar het schilderij van Hokusai. Hoe ruwer die oosterse zee, des te koeler de uitstraling. Er duikt een wit zeil op uit de golven, ze zijn heel woelig terwijl het zeil omlaag hangt, waardoor je zou twijfelen aan het bestaan van nog iets anders: het onbekende land vanwaar, zoals de dichter zei, geen reiziger terugkeert... Hangt dat zeil uit medelijden over de woelige elementen? Kunnen we daardoor het fantasieland dat door de nevel verborgen wordt, niet zien? Laat staan er aan wal gaan? Is de nevel een vriendelijke uitnodiging om te blijven waar we zijn, niet *verderop* te gaan, naar dat *là-bas* van de verbeelding waar verleiding en gevaar, tevredenheid en teleurstelling en het leven van de dood trillen als vlammen? Verderop. Een stap verder gaan. Zich niet tevredenstellen met het wiegelied van de zee en zijn blanke sirenen. Wiegen, wegvagen. Het lied van de sirenen wegvagen met gedempte echo's en vijandige schuimkoppen. De beken wegvagen die vanuit de bergen een uitweg zoeken naar de zee. De sirenen in slaap wiegen om te zorgen dat zij ons niet verwarren. Verwarren en vertragen. Leo zou voet aan wal willen zetten. Zou hij het durven? Was zijn leven tot dan toe een heerlijke goocheltruc geweest zonder dat hij de extra stap durfde te zetten, de stap van het spel naar het leven, van de schaduw naar de muur, van het portret naar de aanraking, van de aanraking naar de ware afwezigheid? Van het bedrieglijke van de zee naar de zekerheid van het vasteland, waar alle voorstelbare gevaren het grootste gevaar worden, namelijk dat je geen enkel gevaar meer voelt?

4. Het is allemaal waar, Leo. Álvaro scheldt me uit, hij maakt misbruik van me, hij waardeert me niet en hij mishandelt me, maar

tegelijkertijd klaagt hij hevig dat de wereld hem uitscheldt, de mensen misbruik van hem maken, dat hij het slachtoffer is van het onrecht en dat het lot hem slecht behandelt. Dat is zijn standpunt. Hij geeft mij alleen wat de wereld, het lot en de mensen hem hebben gegeven. Het ergste is dat hij diep in zijn hart gelooft dat dit onze identiteit is en dat we daardoor partners in het ongeluk zijn, om het maar zo uit te drukken. Daardoor zijn wij afhankelijk van elkaar in de misère. Hij en ik. Hij creëert een enorm schuldgevoel.

Alleen, hij kan jou wel in het ongeluk storten, maar jij bent niet in staat hem te kwetsen, Cordelia.

Blijf je erbij dat ik hem helemaal in de steek moet laten?

Dat heb ik niet gezegd. Ik vraag je niet hem te verlaten. Ik vraag je hem te kwetsen.

Is het niet genoeg dat hij van ons weet?

Nee, en ik zal je zeggen waarom. Neem me niet kwalijk, Cordelia, maar gisteren ben ik bij je man op bezoek geweest.

Heb je Álvaro gesproken? Waarom? Wat is er gebeurd?

In de eerste plaats moet ik je zeggen dat hij mij heeft gebeld. Hij wilde mij spreken.

Ik begrijp het niet. Wat wilde hij?

Hij wilde mij in eigen persoon zien.

Waarvoor?

Om helderheid te scheppen in mijn verhouding met jou.

En wat heb je tegen hem gezegd?

Dat een echtgenoot een ongewenst iemand wordt door het gepieker tijdens zijn afwezigheid en niet tijdens zijn aanwezigheid.

Begreep hij dat? Want ik begrijp je helemaal niet.

Jullie moeten me allebei proberen te begrijpen. De grote regel van de romantiek is dat de afstand het verlangen doet toenemen. Tristan en Isolde, Abélard en Héloïse.

Dat weet ik. Je haalt die paartjes altijd aan.

Dat is de grote regel van de romantiek. Hij is onaanvaardbaar voor de promiscuïteit van tegenwoordig. We willen onmiddellijke bevrediging. En die krijgen we. Maar als je iets meteen krijgt, is het snel op en de rest gooi je in de vuilnisbak. Ik snap niet hoe je een maatschappij, die niets bewaart, conservatief kunt noemen. We voeren een onvolmaakt duel met de wereld.

Dwaal alsjeblieft niet zo af.

Wat ik bedoel te zeggen is dat als de consumptiemaatschappij is zoals ze is, Abélard en Héloïse onmogelijk kunnen bestaan. De regel maakt een sprongetje om ons duidelijk te maken dat de afwezigheid ons uiteendrijft en ongewenst maakt. We zouden elkaar het liefst willen consumeren. Al kunnen we dat niet, we haten elkaar nog niet. We negeren elkaar eenvoudigweg. Wie niet onmiddellijk bereid is, wordt oud en raakt voorgoed in verval. De liefde heeft ook een houdbaarheidsdatum, net als een fles melk. Alles spant samen om ons te ontgoochelen.

Je vergeet dat je van iemand kunt houden zonder dat die persoon het weet.

O ja, zo is het bij jou en je echtgenoot.

Misschien, als je nog even doorgaat.

Natuurlijk ga ik door. Stel je voor.

Alles wat je hebt gezegd gaat niet op voor mij.

Vertel.

Het voorwerp zijn van de liefde zonder het te weten.

Ik kan je niet volgen.

Álvaro weet niet dat ik van hem blijf houden, ook al verlaat ik hem voor jou. En ik weet niet of Álvaro van me blijft houden, ook al haat hij mij vanwege jou.

Jij weet het en hij niet?

Hij weet niet dat ik het weet.

Waarom niet?

Omdat hij zich het goede niet kan voorstellen. Hij denkt en voelt alleen in de duisternis.

Waarom komt Álvaro met mij op de proppen, Cordelia?

Omdat hij niet liefheeft en niet haat. Zijn enige vrees is onbeschermd te zijn. Hij wil zeker weten dat hij beschermd wordt.

Ik herhaal, waarom ik? Ik geloof dat ik de minst aangewezen persoon ben om jouw echtgenoot 'bescherming' te bieden.

Jij denkt sentimenteel. Bedenk wie hem een baantje heeft bezorgd op het gemeentesecretariaat.

De gemeentesecretaris.

Wie had hem aanbevolen?

Ik, omdat jij het vroeg.

Wie ben jij?

De adviseur van de gemeentesecretaris.

Wie heeft mijn man ontslagen?

De gemeentesecretaris, want Álvaro pleegde insubordinatie.

Was jij het eens met het ontslag?

Ik kon niet anders. Het was een bureaucratisch besluit. Denk niet dat het om jou was... Bovendien is het niet waar dat hij insubordinatie pleegde. Hij was gewoon niet geschikt. Het spijt me.

Het geeft niet. In de ogen van mijn man ben jij het factotum. Jij maakt de contracten. Jij regelt de ontslagen. Jij verleidt de vrouwen van je ambtenaren. En omdat je hen verleidt, kun je hen in de steek laten. En dus en dus, Leo, zou hij bereid zijn mij met gespeelde woede, met zogenaamde tederheid te ontvangen. Hij, Álvaro Meneses, die alleen is wie hij is dankzij de gunsten die hij heeft ontvangen, verandert in de gever, begrijp je, de barmhartige Samaritaan, de sentimentele Midas, weet ik veel! Hij ontvangt en geeft aan mij. Daar teert hij op.

Jij bent het voorwerp van de liefde zonder het te weten.

Weet je, ik word zo moe van de komedie van verdriet, verering en trouw. Ik raak uitgeput van de hartstocht. Het probleem met mijn man is dat de dingen niet zo bevredigend waren als ik hoopte en ook niet zo oninteressant als hij hoopte.

Wat wilde je dan, Cordelia? Een stel vormen is een ziekte. Een kwaal. Het is niet waar dat een paar het volmaakte egoïsme is tussen twee personen. Een paar vormen is een gedeelde hel.

Jij en ik?

De uitzondering die de regel bevestigt.

We zijn toch al met zijn drieën, Álvaro meegerekend?

Je moet me één ding vertellen, Cordelia. Heb je tijdens je huwelijk ooit het gevoel gehad dat jij en je man één waren?

Ja. Vreselijk. Zodra ik het merkte, deed ik een stap terug.

Was ik voor jou de manier om afstand te nemen van de gelijkenis met je man?

Gedeeltelijk. Niet helemaal. Niet altijd. Het is niet van belang. Hoe meer een vrouw op zichzelf lijkt, des te minder lijkt ze op haar partner. Dat dacht ik toen. Van jou voel ik geen fysieke afkeer. Heel gek. Bij jou heb ik geen twijfel aan de liefdesrelatie.

De onvermijdelijke twijfels?

Misschien.

Weet je het zeker? Je hebt niet gebroken met Álvaro. Totaal gebroken, bedoel ik.

Ik hou van ieder van jullie op een andere manier. Van alle twee.

Zou je de stap te ver durven zetten?

Het hang ervan af. Ik weet het niet. Waar heb je het over?

Over egoïsme vermomd als generositeit. Ik heb het over geven. Zichzelf geven. Zich helemaal overgeven. Verder gaan dan het paar...

5. Leo kon zich concentreren op het schilderij van Hokusai. Maar het kostte hem moeite zich op de twee vrouwen, Lavinia en Cordelia, te concentreren. In het schilderij kon hij zien wat hij wilde. Het was een transparant schilderij, zuiver glas, overgeleverd aan de grillen van de blik en de kracht van de verbeelding. Bijvoorbeeld: op het schilderij regent het in het landschap. In de ogen van Leo is de regen rook. Op het schilderij drijft de wereld voorbij. In de ogen van Leo heeft de wereld de neiging zich onbeweeglijk vast te zetten in de nabije werkelijkheid. De dagelijkse werkelijk-

heid van Leo? Of de eigen werkelijkheid van het verzonnen schilderij? Zijn beide werkelijkheden – de dagelijkse en de virtuele van de kunst – een permanente stroom, 'alles stroomt'? Leo vat het zo op, al voelt hij het niet. Leo is het slachtoffer van een verdeling van de uren in onbeweeglijke minuten die, al volgen ze elkaar op, identiek aan elkaar of in elk geval gelijk aan zichzelf zijn. De zee van Hokusai daarentegen is als de reusachtige anima van de wereld, al is hij nog zo onbeweeglijk binnen de lijst. De golven aan de Japanse kust, die opgesloten zitten binnen de vier randen van het schilderij, stromen eroverheen, de zee stijgt op naar de hemel, overspoelt de stranden, zinkt weg tot in het diepst van zichzelf, verslindt zichzelf in elke enkelvoudige en herhaalde golf.

Net als de personages van Piero della Francesca kijkt de zee naar elders, *ailleurs*, là-bas. Leo weet dat er geen aardrijkskundige plekken là-bas meer zijn waar hij naartoe kan vluchten, zoals Gauguin of Stevenson. De kleinkinderen van Gauguin krijgen elke dag per vliegtuig de Parijse kranten. De kleinkinderen van Stevenson zien *Schateiland* als serie op de televisie. Là-bas, *the other place*, de grote onbekende aarde bestaat alleen in ieders hart, maar er zijn mensen zonder hart, dat wil zeggen zonder verbeelding. En zelfs mensen die veel verbeelding hebben, zoals Leo van zichzelf denkt, putten haar snel uit, krijgen snel genoeg van hun eigen fantasie en voelen dan de behoefte verder te gaan, nog verder dan waar ze al waren...

Leo Casares wordt bevangen door een totale loomheid als hij dit denkt en hij gaat naar zijn slaapkamer om weer naar het schilderij te kijken. De wereld drijft voorbij. Pak hem!

6. Eerst praatte hij met elke vrouw apart en later met hen allebei, toen ze tegelijk in het penthouse in de Calle Schiller waren. Hij had hun elk over de ander verteld zonder de aard van de betrekking tot hem te verklappen. Ze waren 'een vriendin', hoogstens

een 'kennisje'. Hij had – en dat was het allermoeilijkst – ieder van hen over de uitzonderlijke schoonheid van de ander verteld. Hij bewonderde hen allebei om hun schoonheid – terwijl ze onderling zo verschilden – en als hij dat tegen de een zei, voegde hij er niet aan toe wat degene die naar hem luisterde – Lavinia of Cordelia – wilde horen, namelijk dat zij mooier was dan de ander. En omdat ze het niet van zichzelf konden zeggen, hoopten ze dat hij zou zeggen: 'Zij is heel mooi, maar jij bent nog mooier.' Of 'niet zo mooi als jij'. Of op zijn minst 'niet te vergelijken met jou'. Dat hield hij voor zich. Hoogstens zei hij tegen ieder van hen: 'Een vrouw is niet interessant omdat ze mooi is, maar omdat ze ánders mooi is.'

Als hij naar elk van de vrouwen aan zijn zijde keek, wist hij dat hij een vrouw zocht die iets van Lavinia en iets van Cordelia had. Omdat die vrouw niet bestond, had Leo hen het liefst allebei. Het probleem was, en dat werd steeds nijpender, benauwender, opwindender en spannender, hoe hij hen bijeen moest brengen, oog in oog met elkaar, om te zien wat er zou gebeuren als de twee vrouwen, die zijn minnaressen waren, elkaar zouden ontmoeten zonder te weten dat ze ieder Leo's seksuele partner waren. Zouden ze het aanvoelen? Zouden ze het zeggen? Als twee mensen een zijn, ondergaat ieder van hen dan wat Mallarmé 'de ziekte van de twee-eenheid' noemt? Wat bedoelt de dichter daarmee? Dat het verliefde stel een volmaakte, ondeelbare eenheid zou willen zijn, maar dat het, als het dat bereikt, het kwaad voelt, het absolute kwaad omdat je weet dat je een minnaar bent en weet dat je onontkoombaar gescheiden bent van wat je het meest verlangt, ondanks het feit dat je het hebt?

Dit is een vraag die Leo bezighoudt als minnaar van twee vrouwen die elkaar niet kennen en die hij nu op hetzelfde uur – zeven uur – heeft uitgenodigd voor een borrel in de flat die zij allebei kennen en als de hare beschouwen, omdat ieder van hen van de zitkamer naar de slaapkamer is gelopen en van de slaapkamer

345

naar de badkamer, dezelfde zeep heeft gebruikt, dezelfde douche, dezelfde handdoek, hetzelfde bidet en soms dezelfde tandenborstel (Cordelia vergeet nooit de hare mee te nemen, Lavinia wel: 'Wat zou mijn Cristóbal denken als hij een tandenborstel in mijn Louis Vuitton-tas vond?').

Tot nu toe heeft Leo hen gescheiden gehouden door middel van een geslaagd hoewel gewaagd behendigheidsspelletje. Twee ballen in de lucht. Een bal in elke hand. Leo ergert zich. Als grote amateur, als grote *aficionado*, veranderde elke stap voorwaarts in de loop van de tijd in een stap achterwaarts indien de volgende stap voorwaarts niet op tijd werd gezet. Dat ondervindt hij nu. Loomheid. Sufheid. Gebrek aan verbazing. Geen gevoel voor het wonder. De zee droogt op. Er is maar één klif en die verdwijnt in de diepte van een grote begraafplaats van zand. Eén kloof, met als kroon de grote kale woestijn. Het stroomgebied van de zee moet opnieuw worden gevuld. Waar zijn de golven, waar het 'zoete weeklagen' van de zee, waar het nieuwe, ongekende, vraatzuchtige schuim waar zijn bestaan om schreeuwt zodat het verder kan? Om geen zelfmoord te plegen in naam van de onbekende nieuwigheid?

Leo zet de foto die hij tijdens de bezoekjes van Cordelia en Lavinia verstopt, weer op de plank. Het is de foto van een man van in de veertig, een knappe man met een smal gezicht, met zijn handen onder zijn kin, handen met lange smalle vingers. Als opdracht staat eronder: 'Voor mijn geliefde zoon Leo, je vader, Manuel.'

7. Leo zei hun dat in het geval van een stel dat verliefd is maar gescheiden leeft, het voordeel van de afwezigheid is dat de begeerte hierdoor levendig blijft.

Lavinia was het er niet mee eens. Ze zei dat de afwezigheid de begeerte niet aanwakkert, maar vermoordt. En op schilderachtige wijze voegde ze hieraan toe: 'Liefde op afstand verzandt.'

Cordelia deed een duit in het zakje en zei dat de afwezigheid als het ware de zoete, maar onverdraaglijke reserve is voor de volgende ontmoeting.

'Ik wil afstand bewaren zonder te begeren,' verkondigde Leo, waarmee hij in het midden liet wat de conclusie zou zijn, die geen van beide vrouwen wilde of kon trekken.

'Ik praat liever onzin dan dat ik me treurig voel,' was de zonderlinge uitspraak van Lavinia.

'Dus daarom praat je zo?' zei Leo met een boosaardig lachje.

'Ik zou het niet wagen tegenover twee oudere mensen zoals jullie,' zei Lavinia en ze lachte op dezelfde manier terug.

Leo barstte in een boze schaterlach uit. 'Ik hou van vrouwen die desondanks anders zijn.'

Cordelia haalde haar schouders op en zette een afkeurend gezicht. Dacht Leo soms dat het een uniform was om vrouw te zijn? Mannen leken in elk geval onderling toch veel meer op elkaar dan een willekeurig paar vrouwen? Lavinia zei lachend: 'We zetten veren op ons hoofd als wilden, we maken onze rokken korter of langer al naar de mode dicteert, *whatever that means*, wij worden niet kaal, wij hoeven ons gezicht niet te scheren en ons ondergoed is onvoorspelbaar, we zijn goddelijk!'

Leo en Lavinia wilden het ijs breken dat ontsnapte door de moeizame ademhaling van Cordelia. Door deze eenvoudige conversatie (deze ingewikkelde aanwezigheid van de drie in het huis van de gedeelde minnaar) was Cordelia opeens op achterstand gekomen door de handicap van haar leeftijd, die zij niet accepteerde, vooral niet omdat haar echtgenoot Álvaro haar daarmee herhaaldelijk beledigde.

Aan Álvaro's vrouw kon je duidelijk zien dat ze tweemaal zo oud was als de vrouw van Cristóbal. Maar in gezelschap van Leo had Cordelia nooit het contrast gevoeld dat haar nu werd opgelegd door de jeugdige aanwezigheid van Lavinia. Beide vrouwen wisten dat die afstand bestond. Ook stelden ze vast dat leeftijd voor Leo geen rol speelde.

Deze man met zijn kaalgeschoren, blauwige schedel, zijn stevige kaken, het spinnenweb van kraaienpootjes rond zijn nu eens kille dan weer lachende (spottende?) ogen, zijn brutale wenkbrauwbogen, de sensualiteit van zijn spottende (lachende?) lippen, had de leeftijd die hij wenste te hebben, of hij nu in gezelschap was van Lavinia of van Cordelia.

Het opmerkelijke was dat hij in gezelschap van de twee vrouwen dezelfde was als wanneer hij met een van hen alleen was. Dat wisten zij. Dat wist hij. Leo schoof zijn pionnen voorwaarts op een schaakbord waarop hij de baas was, terwijl de stukken zich ten aanzien van het toeval bewogen met een voorzichtigheid die – zo dacht de man – sterke gelijkenis vertoonde met de allergevaarlijkste vorm van onafhankelijkheid. Op dat moment wist hij dat hij nu moest handelen, vermetel, zelfs haastig, bij verrassing, maar niet ordinair.

Met andere woorden, op het moment van de gezamenlijke borrel schoof Leo zijn persoonlijke bewegingen op de lange baan.

De twee vrouwen vertrokken tegelijk, ze hadden het niet met elkaar afgesproken, maar ze konden voor hun fatsoen niet alleen met Leo achterblijven.

Voordat ze naar buiten gingen (ze hadden hun tas al gepakt, de een had haar rok al gladgestreken en de ander haar broek, en allebei hun haar) vroeg Leo: 'Wat vinden jullie van het schilderij van Hokusai? Wat zegt het jullie?'

Lavinia en Cordelia keken elkaar onthutst aan.

8. Hij wilde alles volmaakt uitvoeren. Door de ruimteverdeling waren er allerlei combinaties mogelijk. Als je de grote slaapkamer als centrum van het spel nam, kwam je daar binnen via een deur in de gang of via twee badkamers, elk aan een kant van de *master bedroom* (de bruidssuite?), die allebei voorzien waren van alles wat je nodig had: klerenkast, hangertjes, opbergzakken voor de schoenen, schone kleren en ochtendjassen. Het bekende

werk. De deuren naar de badkamers zaten links en rechts in de slaapkamer. De slaapkamer zelf was een zachte grot vol tapijten waarvan de heerlijke Perzische geur sterker was dan welke kunstmatige bloemengeur ook, en de lichamen waren vrij om te zweten, te ruiken of, als het nodig was, te stinken, om zo de dierlijkheid van de relatie niet verloren te laten gaan, die niet totaal weg te saneren was puur ten behoeve van mentale substituten die nodig waren door gebrek aan lichamelijke prikkels.

Leo Casares trok een ochtendjas met blauwe en witte strepen aan en verkneukelde zich bij de gedachte dat de twee vrouwen, met wie hij had afgesproken zonder dat ze het van elkaar wisten, ieder uit een badkamer de slaapkamer zou binnenstappen, uit identieke badkamers met alleen een bed ertussen. Hij was de hele middag gaan trainen in de sportclub zonder zich daarna te douchen. Hij wilde zijn dierlijke mannelijkheid laten doordringen via de neus. Hij weigerde eventuele beledigingen te vervangen door spuitbussen met lavendelgeur. Hij wilde genieten en hij wilde dat er van hem genoten werd volgens het – er op de katholieke scholen in gehamerde – augustiniaanse idee dat seks iets voor dieren was. Hij voelde de behoefte om met twee vrouwen tegelijk te bewijzen dat de dierlijke natuur kon samenleven met de menselijke, als Cordelia tenminste eindelijk zou instemmen met een anale coïtus of Lavinia genoegen zou nemen met een frontale. Anaal zoals de dieren. Frontaal zoals de helden. Maar genot met zijn drieën, zoals de goden.

Hij had het juist voorzien. Precies om tien uur 's avonds, zoals hij ieder van hen had gevraagd, deed Cordelia de linkerdeur open en Lavinia de rechter.

Lavinia verscheen naakt, zoals haar gewoonte was, Cordelia zoals altijd in een witte badjas. Leo wachtte hen, gehuld in zijn ochtendjas, midden in de slaapkamer op. Hij keek van de een naar de ander. Hij keek naar de achtermuur van de slaapkamer. Daar hing het Japanse schilderij met de zee en de hemel, de golven en het klif. Hij keek niet naar de vrouwen. Hij keek naar het schilderij. Zij moesten maar iets doen. Zij moesten maar begrijpen dat dit de volgende stap in hun verhouding was. Leo vroeg hun niet een andere man dan hij lief te hebben, dat niet alleen, zelfs een ander dan hun echtgenoten Álvaro en Cristóbal. Dit was niet langer voldoende om opgewonden te raken. De nieuwe regel was: jullie en ik, met zijn drieën, de twee vrouwen en de man.

Dit ontbrak aan ons geluk. Dit is de noodzakelijke stap naar het onbekende, naar wat daarna komt. De ontmoeting van de aarde, de zee en de hemel. Zouden Lavinia en Cordelia begrijpen dat zij van nu af aan allebei krijgsgevangenen waren van de begeerte van de man? Zouden ze die begeerte durven te bevredigen of zouden ze het verpesten, met als gevolg dat ze alles kapotmaakten, het beeld van het schilderij uitwisten en terugkeerden naar de situatie van vóór de paren Leo-Lavinia en Leo-Cordelia, maar dat niet alleen, ook terug naar de louter echtelijke situatie, Lavinia-Cristóbal en Cordelia-Álvaro, omdat hij, Leo, voorgoed zou verdwijnen uit de levens van beide vrouwen als zij nu niet naar hem toe kwamen?

Hij keek hen expres niet aan. Daarvoor hing het schilderij van Hokusai daar. Om Leo's aandacht te vestigen op een kunstwerk dat niet kon worden aangeraakt door het geslacht, amper kon worden gestreeld door de vingers, maar wel kapotgemaakt door de handen. Om Leo op dit moment af te leiden van de ongezonde neiging om naar de twee vrouwen te kijken, hun houding te bestuderen, hun bedoelingen te raden, het jonge lichaam van Lavinia te beoordelen tegenover het rijpere van Cordelia, te zien hoe de twee vrouwen naar elkaar keken, erachter te komen of ze sowieso naar elkaar keken of elkaars blik ontweken en alleen maar oog hadden voor hun strenge, verre, wellicht onbegrijpelijke, wellicht verleidelijke of verleidbare heer en meester en vrijwillige slaaf, Leo Casares.

Zouden de twee vrouwen de gedachten van Leo kunnen lezen?

Zouden ze in de gaten hebben dat de jaloezie werd uitgeschakeld, de afgunst vernietigd en de banale vooroordelen opzij werden gezet door deze mise-en-scène? Wie zou het hier en nu, in de tot persoonlijk heiligdom van Leo verheven slaapkamer, wagen, wie zou het wagen de andere twee mannen te beledigen? Wie beledigt verliest. En als er iemand vertrekt, blijft het andere paar over. En als er geen partner van gisteren meer is, vindt hij morgen een nieuwe. Nieuw spel, altijd weer een begin, nu of nooit tot een hoogtepunt komend.

'It's a win-win situation,' mompelde Leo, en daarmee vatte hij samen wat zij, zoals hij wist, ook wisten, want uiteindelijk had elk paar (Leo-Lavinia, Leo-Cordelia) het stukje bij beetje, hier en daar, in de loop van de tijd gezegd of gevoeld of gedacht. Alleen was het zo dat zelfs in de volmaaktste geometrie van uitgestelde smaak of weloverwogen wreedheid, de duivel van het genot op een goed moment opduikt, en tegen hem vocht Leo nu, om te zorgen dat hij strak naar het schilderij bleef kijken en niet naar de vrouwen, om niet door hen te worden bekeken. 'Natuurlijk bestaat schoonheid,' zei hij heel zachtjes. 'Maar ze duurt heel even.'

De onvolmaakte actualiteit van het schone moest worden opgeofferd. Dat dacht hij. Wisten zij het? Leo had het gevoel dat hij zich op de rand van een bijna bovennatuurlijk geluk en een te lichamelijk onheil bevond. Hij aarzelde. Zij zeiden niets. Het was gemakkelijk geweest zich op ieder van hen aan haar kant te concentreren. Zou het moeilijk zijn aan allebei tegelijk aandacht te schenken? In welke orde zouden de genietingen elkaar opvolgen bij ieder van hen, bij het onvermijdelijke paar, bij het potentiële trio? Was het orgasme 'de kleine dood' of de tijdelijke zelfmoord? Zelfmoord en dood probeerden zich op dat moment te personifiëren in Leo's koortsige en tegelijk heldere geest. Wat wilde hij? Zich ontdoen van de echtgenoten Cristóbal en Álvaro? Of van de vrouwen Lavinia en Cordelia? Leo had deze scène voorbereid om de stap verder te kunnen zetten, niet om de echtelijke trouw, waarvan hij wist dat ze verbroken was, op de proef te stellen maar de intensiteit van de emoties, waarvan hij vermoedde dat ze was opgeschort. Hij hoefde niet naar Lavinia (naakt?) of naar Cordelia (badjas?) te kijken om te weten dat de boosdoener uit het stuk, de groene duivel van de jaloezie, niet was geëlimineerd door deze situatie. Hij hoefde de vrouwen niet te zien om het te weten, hij voelde het in zijn eigen borst.

Dit baarde hem zorgen en daarom had hij de volgende stap naar de ménage à trois bedacht. De stap ten behoeve van de reconstructie van de paren. Niet meer terug naar de huwelijksbanden. Niet eens de blijvendheid van het trio, maar het verbond van de twee vrouwen tegen hem, Leo, met zijn tweetjes tegen de solitaire man die zich had voorgenomen vanavond beide vrouwen te beminnen louter en alleen om tot zijn hoogtepunt te komen en de extase af te breken, het genot te onderbreken om beide vrouwen wanhopig te maken en hen te dwingen opnieuw te begeren en nog eens en nog eens en nog eens...

Hij wilde op dat moment niet naar hen kijken. Hij had hun willen zeggen dat het mysterie behouden blijft door de blinde afstand, dat hij wenste dat zij allebei ver uit zijn buurt zouden zijn om naar hen te kunnen blijven gissen. Hij realiseerde zich dat hij dit al had gezegd. Dat hij, in plaats van met zijn plan vooruit te komen, als een krab achteruitliep. Dat zijn verbeelding hem dwong om iedere vroegere, huidige of toekomstige gewoonte te vernietigen, vooruit te lopen op misschien onmogelijke kansen, zonder te begrijpen dat de vrouwen wellicht helemaal opnieuw wilden beginnen om beter van elkaar te kunnen houden.

Wetend wat al bekend is?

Alles vergetend?

Wat was de volgende stap?

Alles wees op een onvolmaakt duel. Leo stond zichzelf niet toe naar hen te kijken. Hij bad dat zij door deze scène niet genoeg zouden krijgen van hem of van zichzelf of van de niet terug te halen voorafgaande situatie. Dit schoot allemaal als een bliksemflits door zijn hoofd. Het aanvaarden van de routine was de grootste nederlaag en voor hem onaanvaardbaar. Het kwam inderdaad uiteindelijk allemaal neer op een onvolmaakt duel tussen het verlangen en de bevrediging ervan: herhaalbaar of onherhaalbaar. Met een bijna paradijselijke onschuld (zo, met een breekbaar zelfmedelijden, dacht hij het) wilde Leo alleen dat onze bevrediging vandaag zó onbevredigend zou zijn dat we die van morgen al begeerden en zouden krijgen.

Zouden zij het zo opvatten? Waarom zeiden ze niets? Waarom bewogen ze niet? Zou een van hen – Cordelia of Lavinia – het wagen het woordloos voorgestelde trio te vernietigen in het vertrouwen dat ze op die manier naar het vorige paar zouden terugkeren? Of had hij, Leo, elke mogelijke relatie met de vrouwen voorgoed verpest? Realiseerden zij (Lavinia, Cordelia) zich dat Leo hun een gunst bewees door ieder van hen te laten zien dat hun leven vals was, dat het kunstmatige leven dat Leo hun aanbood de *waarheid* was, ondanks de kunstmatigheid, net als op het Japanse schilderij?

'Alles wat ik heb gedaan is ten behoeve van de gelukkige gezinnen.'

Hoe kon hij dat zeggen als hij het zelf niet kon geloven? Als hij dit of wat dan ook niet kon geloven? Zelfs dat deze vrouwen gelukkiger konden zijn met hun echtgenoten dan met hem?

Deze gedachte deed hem in een onhoudbare schaterlach uitbarsten. Hij besloot de twee vrouwen in de ogen te kijken, lachend, uitdagend. Triomfantelijk. Dit zou het juiste moment zijn om de zaken te versnellen. Een lach om de vrouwen en hemzelf absolutie te geven, alles af te doen als een grote grap, een *cadavre exquis* dat was ontsproten aan Leo's surrealistische geest. Of misschien een hallucinerende, bijna duivelse schaterlach, een uitdaging aan de verbeelding van de vrouwen, een fatale uitnodiging voor een gedeelde vrijpartij waardoor de relaties tussen de drie zou worden vernieuwd of zelfs verdiept.

Het grote, euforische, trotse, grensoverschrijdende verbond tussen Leo, Lavinia en Cordelia.

Hij liet hen naar het Japanse schilderij kijken. Hij draaide zich helemaal om zodat hij de twee vrouwen in het gezicht kon zien. Hij had zich voorgesteld dat ze onbeweeglijk achter hem stonden nadat ze ieder uit een badkamer naar het bed waren gekomen, dat ze zouden delen. Of ervan waren weggelopen, terug naar de badkamers, en daar waren verdwenen...

'Je moet een enorm gebrek aan fantasie hebben om een liefdesrelatie te verbreken,' zei Leo heel zachtjes tegen zichzelf.

9. Leo zat op de bank tegenover het schilderij van de woelige zee en het onbeweeglijke klif en rookte een sigaret, waarmee hij zijn besluit van het begin van het jaar verbrak: het opgeven van alle secundaire zonden. Hij liet de rookslierten een doorzichtige, vluchtige extra laag over het schilderij leggen. Waarom was de zee zo woelig terwijl het klif niet bewoog? Waarom was de fysieke wereld zo grillig? Volgens het plan van Leo hoorde alles die nacht te veranderen, een travestie te ondergaan en zich te vermenigvuldigen. De zee zou kalmeren. De kust zou zich mompelend en trillend verheffen tot hij een enorm steriel weiland vormde dat bewoond werd door onbekende lichamen die zich naakt maar in doorzichtige zwarte doeken gehuld voortbewogen, zoals de figuren van Manuel Rodríguez Lozano in de grote salon van het huis in de Calle Schiller.

Hij kon die twee lichamen niet thuisbrengen. Het waren onbekenden voor hem. Hij realiseerde zich dat hij de kleuren van de wereld op het schilderij niet kende. Ze waren te nieuw, misschien waren ze gelukkig, maar in elk geval waren ze angstaanjagend zuiver. De kleuren waren zuiver en gewaagd. De figuren leken echter onzuiver en onzeker.

Leo schudde zijn hoofd. Hij keek recht naar het schilderij. Het was zuiver glas. Het was doorzichtig. Het was het volmaakte kunstwerk. Iedereen zag erin wat hij wilde zien. Niet meer en niet minder. Dat was het wonder van het Japanse schilderij. Het was een virtueel kunstwerk. Het was een zuivere leegte, vloeibaar als de lucht, luchtig als de oceaan.

Het was een onzichtbare spiegel. Het was een verhaal dat eeuwig werd vernieuwd...

10. Toen hij de badkamer in liep, zag hij dat de spiegel was volgesmeerd met tandpasta en dat de lege tube nonchalant in de vuilnisbak was gesmeten.

Leo haalde zijn schouders op. Hij wilde niet gissen wie van de twee vrouwen deze badkamer had gebruikt.

Koor van de barbaarse families

ze komen uit het noorden
ze bezetten de stad van onze-lieve-vrouwe van sint-franciscus
van
de engelen op de grens met mexico
ze komen uit het zuiden
ze bezetten de stad tapata tapachula in het zuiden van chiapas op
de grens
met guatemala
ze verdelen de stad losangeles
de mexicaanse maffia zijn de south siders
de mara sansalvatrucha beheerst de dertiende straat
tot central venice
de indianen heersen van venecia dertien tot south central los angeles
de clandestiene mexicanen waar de nacht hen maar overvalt
ze nemen de stad tapachula in
ze steken de rivier de coatán over
ze houden naar hartelust huis in de zilverwinkels en de zilverate-
liers
ze stelen de oranje paardenzadels die nog ruiken naar
geslacht rund
ze trekken hun broek uit om het haar van het zadel te voelen
vermengd met hun schaamhaar
de mexicaanse *clica's** staan tegenover de gangs van los angeles
de marassansalvatrucha's uit el salvador tegen de

mexicaanse maffia
de grote strijd
elke bende stuurt zijn grootste krachtpatsers naar voren
zijn grootste vechtersbazen die iedereen verrot slaan
het grote treffen is op de duivelshoek
van de 666ste straat en de achttiende straat
wij zijn een sterk ras
de mara's slaan je op je bek in elkaar helemaal verrot
maar na de strijd krijg je als beloning een zoen van de indiaanse
    meisjes
de mara's kondigen aan dat ze in tapachula zullen aanvallen
de scholen gaan dicht
maar niemand kan ontsnappen
de mara's komen fluitend uit de bananenplantages
ze lopen als een massa spinnen
met hun geweer met afgezaagde loop en hun dolk
zij zijn de baas over de spoorlijn van chiapas
naar tabasco
ze binden hun slachtoffers vast op de rails
de trein snijdt hun benen af
de jongens van de mara verdwijnen in het oerwoud
duiken weer op in los angeles
specialiseren zich in drive-by shootings
schieten in het wilde weg vanuit hun auto's
op hun mexicaanse rivalen
ze doen of ze mexicanen zijn maar ze worden verraden door hun
    accent
kapitein bobby van het politiekorps van los
angeles neemt ze een voor een gevangen
ze komen uit de oorlogen van ronaldanger ronaldranger
ronalddanger in midden-amerika
zonen van
kleinzonen van

ballingen die te herkennen zijn aan de tatoeage op hun arm en
   zich
verraadden door hun valse mexicaanse accent
die mexico haten
de kapitein glimlacht hij weet het
send them back to salvador captain bobby?
no way
fly them back home?
no way
they say they are mexicans? send them back through mexico
let mexico deal with them
vanuit het zuiden
vanuit de *soconusco**
vanuit het noorden
vanuit californië
trekken ze op naar het centrum mexicocity
groottenochtitlán
doopwater van de nahuatls vanaf sacramento tot nicaragua
een nooit eindigende pelgrimstocht
van het zuiden naar het noorden van het noorden naar het zuiden
de mara salvatrucha en de mara achttien
rivalen verenigd in de dood
honderdduizend leden aan beide grenzen
honderdduizend mara's in mexico city
tussen de metrohalte pensil-noord en los indios verdes
ze kondigen zich met graffiti aan op alle grote wegen in de stad
zwarte spray gestileerde letters
ze kleden zich als indianen kaalgeschoren en met tatoeages
ze hebben hun hol in de verloren steden
schuilhoeken in iztapalapa
schuilplaatsen in de calle gustavo madero
ze vallen aan doden persen af verkrachten moorden

laten verminkte lichamen achter in de straten
de leiders van de clica's heten 'ranfleros'
hun leider heet 'de griezel'
ze wachten tot kerstmis voor hun grote moordpartij
achtentwintig personen vermoord in de metro in mexico stad
eenentwintig gewonden
zes kinderen
ze willen de aarde verschroeien van grens tot grens
'ze moeten voor ons in hun broek schijten'
ze moorden om angst aan te jagen
ze bevrijden om te vertellen
ze hebben een droge huid en een schuimende mond
ze zijn het leger van de stilte
ze praten nooit
ze communiceren via tekens

ACHTSTE STRAAT
ACHTTIENDE STRAAT
VOGELS
VLIEGEN!

De eeuwige vader

1. Voor zijn verjaardag moesten ze van hun vader elk jaar naar deze oude plek komen naast het verdronken park. Officieel heette het niet het 'verdronken park', maar het Luis G. Urbina-park, ter ere van een dichter uit de vorige eeuw. De bijnaam heeft de roem van de dichter overleefd en iedereen die erheen gaat zegt tegen de taxichauffeur: 'Ik moet naar het verdronken park.' Het is een frisse en schaduwrijke, lager gelegen plek in de stad te midden van talrijke lanen en zwijgende flatgebouwen. Geen wilde oase, maar een schaduwrijke schuilplaats. Groen dak voor groentjes in de liefde. Zelfs als je omhoogloopt om het park te verlaten heb je het gevoel dat je naar beneden gaat. Het park zinkt weg en de stad zinkt mee.

De drie zussen – Julia, Genara en Augusta – geven gehoor aan de oproep van de vader voor zijn verjaardag. De rest van het jaar zien noch spreken ze elkaar. Genara is pottenbakster. Julia speelt viool. Alleen Augusta is bankdirecteur, en ter compensatie van dit gebrek aan bescheidenheid doet zij maatschappelijk werk in de armenwijken. Al bezoeken ze elkaar niet, ze zijn met elkaar verbonden door het feit dat ze de dochters van dezelfde vader zijn, en ze doen wat ze doen om de vader te bewijzen dat ze geen behoefte hebben aan de erfenis. Ze weigeren een erfenis die hun toekomt omdat ze toevallig de dochters van hun vader zijn. Ze werken alle drie alsof ze niets zouden krijgen. Of misschien omdat ze het alleen zouden verdienen iets te erven als ze van nu af aan kunnen bewijzen dat ze, erfenis of geen erfenis, hun eigen brood kunnen verdienen. Bovendien doen ze het – behalve Augusta – met een berekenende nederigheid om hun vader te beledigen of hem op zijn minst in verwarring te brengen. Behalve Augusta.

Verdien je een erfenis of verlies je hem? Augusta glimlacht als ze die redenering hoort. Weten de zussen waar de voorkeur van hun vader naar uitgaat? Gunt hij hun de erfenis, al voeren ze alle drie geen klap uit? Of bewaart hij haar liever tot de dag dat hij zeker weet dat de drie niet op het genot van een beloofd legaat zitten te wachten, maar hun eigen brood verdienen zonder zich te bekommeren om hun vaders wil? Of zou het de vader daarentegen ergeren als de zusters een baan zoeken in plaats van lijdzaam te wachten tot de termijn van het testament is verstreken?

De vader is erg streng. Hij zei altijd tegen zijn dochters: Hoe rijker de familie, hoe ondankbaarder het nageslacht.

'Jullie kennen de waarde van de dingen niet. Jullie zijn niet van onderop begonnen zoals ik. Jullie voelen je de gunstelingen van het lot. Bah! Blijven jullie maar gissen of ik jullie iets nalaat of niet. En als ik jullie iets nalaat, probeer dan maar te raden hoeveel.'

Hij zei altijd dat kinderen ondankbaar worden en niet meer opbellen als ze weten hoeveel ze zullen erven.

'Maar u kunt de erfenis toch nog terugtrekken, papa.'

De vader kreeg een enigszins wrede uitdrukking op zijn gezicht. 'Wie zegt dat ik dat niet al heb gedaan? Jullie moeten me maar flink vertroetelen als jullie niet brodeloos willen blijven.'

Ze moeten maar wachten, mompelde de vader elke ochtend voordat hij de badkamer binnenging. 'Wat denken jullie wel? Een mens moet zijn geld nooit afgeven voordat hij dood is. Heb vertrouwen! Houd hoop! Wees geduldig. Wacht tot ik dood ben.'

Dit kakelde hij allemaal voordat hij zijn dagelijkse sauna nam. Augusta stelde zich voor dat hij te midden van ranzige dampen lag te smelten tot hij een en al geest was.

'Hij was de regelmaat in ons leven,' zei Augusta tegen Julia en Genara.

Julia had altijd gedacht dat de muziek haar roeping was. Of haar vader het goed vond of niet, zij zou met Gods hulp haar leven aan het vioolspel wijden zonder zich iets van de befaamde erfenis aan te trekken. Genara zegt dat ze liever potten bakt dan de erfenis ontvangt. Een som geld of het bezit van onroerend goed is niet te vergelijken met het genot van het scheppen van een nuttig en mooi voorwerp met behulp van de wezenlijkste klei: de aarde. En Augusta, de allerongehoorzaamste, wil noch de nederigheid noch de trots een kans geven. Zij staat aan het hoofd van een bloeiende bankonderneming, maar ze compenseert haar tribuut aan wat zij de dubbelzinnige erfenis van haar vader beschouwt, door rebels als ze is maatschappelijk werk te doen in de armenwijken.

Elke zus weet wat de andere twee doen. De drie zussen zien elkaar echter alleen op de avond van de verjaardag. Dan rekenen ze uit hoeveel ouder ze zijn geworden, stellen ze zich voor wat hun in het afgelopen jaar is overkomen en voorspellen wat het komende hun zal brengen: verandering, bestendigheid, achteruitgang, vooruitgang, kilo's, rimpels, haarkleur, contactlenzen, vluchtige modes...

Op de verjaardag verschijnen ze alle drie in het zwart. Jaar in jaar uit komen ze bij elkaar rond een doodskist.

2. Het huis bij het verdronken park kun je amper een 'huis' noemen. Het is een oude, kale garage met een metalen schuifdeur en een geïmproviseerd toilet ernaast. De keuken is onderdeel van de garage. Een elektrische kachel en een koelkast die niet is aangesloten. De leemstenen muren vertonen tekenen van vermoeidheid en een gehavende kleur. De deur piept en klinkt als een traliehek in een gevangenis. De zussen, die het ritueel kennen, hebben ieder iets meegebracht om op te zitten. Julia een piano-

kruk. Genara een ingewikkelde strandstoel van stof met verschoten kleuren. Augusta een makkelijk te vervoeren vouwstoel.

Ze weten dat ze hier urenlang zullen zitten zonder zich te bewegen.

Zo is het bepaald in hun vaders testament. De tien jaar die volgen op mijn dood moeten jullie op mijn verjaardag een wake voor me houden op de nederige plek waar ik geboren ben: een oude garage naast het verdronken park.

Dat is mijn wil. Ik wil dat jullie je herinneren waar het fortuin vandaan komt dat jullie zullen erven. Van onderop. Door mijn eigen inspanning. Dankzij – o ironie – de ondeugden die me worden toegeschreven. Als die tien jaar voorbij zijn, ontvangt ieder van jullie het haar toekomende deel. Ik stel maar één voorwaarde: dat jullie op elke verjaardag een eerbiedige wake voor me houden. Het kan me niet schelen wat jullie de rest van het jaar doen. Verdien je eigen brood, niet om mij dwars te zitten, maar voor jullie eigen bestwil. Ik zeg jullie dat er geen grotere bevrediging bestaat dan je eigen brood verdienen in et cetera. Ik had jullie mijn bezittingen kunnen nalaten toen ik doodging. Dan had ik jullie veroordeeld tot de ledigheid et cetera. Nu zullen jullie voelen dat iets erven meer is dan een voorrecht. Het is een beloning, geen aalmoes. Maar goed, jullie doen maar wat je wilt. Ga niet voor mijn plezier doen wat ik graag had gewild dat jullie al of niet zouden doen. Jullie kennen mijn voorwaarde. Doe wat je wilt maar trouw niet. Ik wil niet dat een of andere hufter van mijn geld geniet en jullie tot zijn slavin maakt in de hoop er beter van te worden. En nemen jullie geen kinderen. Ik ben een gefrustreerde wiskundige en mijn berekeningen betreffen maar drie personen. Jullie. Augusta, Julia en Genara. Ik heb geen behoefte aan eendenmossels die zich aan mijn schip vastzuigen. Ik wil snel in de haven aankomen: ik en mijn drie aanbeden dochters, de onbetwiste meesteressen van al mijn genegenheid, de liefde die ik hun geef, de liefde die zij mij geven, onvergelijkelijk, onverenigbaar.

3. Vanavond is het de laatste avond van de tien jaren die in het testament van de vader voorgeschreven zijn, en de drie zussen bereiden zich voor op de ontknoping. Ze waren precies op tijd voor de afspraak (aan het eind van de middag), hoewel Julia iets eerder was gekomen omdat ze de vier lange kaarsen op de hoeken van de doodskist moest aansteken. Bij aankomst geven ze elkaar een lichte, snelle en louter ceremoniële kus op de wangen. Ieder van hen weet dat ze niet van de andere twee houdt. Al camoufleert Julia dat nog zo met zoetige liefdesgebaartjes. Genara verbergt zowel haar werkelijke onbehagen als haar niet-bestaande liefde. Alleen Augusta verschijnt met een zuur gezicht en haar armen over elkaar.

Lange tijd zeggen de zussen niets tegen elkaar. Julia zorgt er nauwlettend voor dat de kaarsen aan blijven. Dat ze niet opbranden, al zijn ze heel lang. Augusta kijkt naar haar nagels en zegt geen woord. Genara kijkt naar het dak van de garage alsof het de sterrenlucht op een heldere vriesnacht is. Augusta, die haar maar al te goed kent, mompelt zachtjes: 'De tropen, we zijn in de tropen, sufferd...'

Augusta steekt niet onder stoelen of banken dat haar zussen haar vervelen. Maar haar vader verveelde haar nog meer. De strenge dochter corrigeert zichzelf meteen. Het is goedkoop om de vader te kleineren door te zeggen dat hij haar 'verveelde'. De waarheid is dat hij haar op de zenuwen werkte, haar een ongemakkelijk gevoel gaf... Haar vader, vond Augusta altijd, was net een vlieg. Hij had zoveel ogen dat hij alles zag en hij liet zich niet met één klap doodslaan. Ze wil graag geloven dat haar vader alleen nog een herinnering is. Maar hij zorgt ervoor dat hij niet alleen een vrome nagedachtenis is. Deze jaarlijkse ceremonie houdt hem in leven. Vooral door de intrigerende vraag – liever een dreigement – of er na tien jaar iets zal gebeuren. En het zal niets goeds zijn, daar is Augusta zeker van.

De naïeve Genara daarentegen denkt dat na tien jaar zal worden bewezen dat de erfenis bestaat. Ze maakt zich geen zorgen. Ze weet dat de dochters recht hebben op hun erfenis ondanks de voorwaarde waardoor de executie van het testament alleen maar enige tijd is opgeschort. Ze kijkt naar Augusta en begrijpt dat haar oudste zus haar gedachten kan lezen. Augusta beschouwt haar als een naïeveling. Als ze soms denkt dat de vader vandaag, vanavond, het raadsel van het testament zal oplossen, betekent dat dat ze de man niet kent.

Augusta zou hardop tegen haar zusters willen zeggen: 'Papa houdt ons voor de gek. Dat heeft hij altijd gedaan. Bedriegen is zijn vak. Hij is net een glimlachende valsspeler.' Niet voor niets sloeg Genara altijd een kruisje als ze haar vader zag. Genara vermijdt de priemende blik van haar oudste zus. Genara is bijgelovig.

Genara gelooft in de sterren, gunstige data en zwarte katten. Augusta weet het en lacht haar stiekem uit. Ook de vader kent de kracht van het bijgeloof. Hiermee houdt hij zijn dochters jaar in jaar uit in verwarring.

'Wees niet zo bijgelovig,' valt Augusta opeens tegen Genara uit.

'Wat? Wat zegt je?'

'Niks.'

'Wat stom,' zegt Julia vriendelijk.

'Wat?' herhaalt Genara.

'Ik zeg: wat stom. We zouden met elkaar moeten praten. Althans eenmaal per jaar.'

'Weet je waarom we niet met elkaar praten?' valt Augusta hun onbeleefd in de rede.

Julia schudt haar blonde hoofd.

'Om te voorkomen dat papa ons betrapt...'

Julia en Genara begrijpen Augusta niet en Augusta neemt niet de moeite zich nader te verklaren. Ze houdt haar redenen goed verborgen. Ze wordt moe van haar zussen. Die denken dat hun vader er op een dag genoeg van heeft en dat hij hen vandaag, na tien jaar, zal bevrijden van hun rouwkleed opdat hij zelf in vrede kan rusten.

Julia en Genara delen deze gedachte, maar ieder op geheel eigen wijze. Julia eenvoudig uit naastenliefde. Dat er aan alles een eind zal komen en dat ze allemaal in vrede met elkaar zullen leven. Jurken dragen met lentebloemen erop. Of een mooie crèmekleurige jurk met aspergemotief. Een door de kleermaker gemaakte jurk met orchideeën op de revers. Een eind maken aan de door de vader opgelegde rouw.

Julia gelooft meer, veel meer in de goede dingen van de nagedachtenis, die door haar zussen om verschillende redenen worden afgewezen of vervloekt. Julia zoekt de beste momenten van haar herinneringen en bindt ze bij elkaar als bosjes geluk. Spelletjes, liefkozingen, rozen. De armen van de vader die haar hoog optillen. De schoot van de vader waarop het meisje zich kan nestelen. De handen van de vader...

'Ik was het lievelingetje van mijn vader,' zegt de jonge vrouw lachend. 'Ik was altijd bij hem. Zonder iets te zeggen. Ik sprak hem nooit tegen. Ik stelde hem nooit teleur. Ik verhief nooit mijn stem tegen hem.'

Julia remt haar herinneringen af, alsof haar zussen kunnen horen wat ze denkt. Ze denkt dat elk van hen op dit moment een van de twee doet: herinneringen ophalen of herinneringen afstoten. Genara vecht tegen de nagedachtenis van haar vader. Ze maakt zelfs de fout een liedje uit haar jeugd te neuriën, waardoor ze verklapt wat ze niet wil laten merken.

De vader beschuldigde haar vaak: 'Je bent een enorme slomerd.'

Nee, ze was niet sloom. Ze liet de dingen op hun beloop, en dat is niet hetzelfde. Het is niet zo dat ze dingen niet wilde of niet kon doen. Ze dacht dat alles wel min of meer op zijn pootjes terecht zou komen zonder dat zij er iets aan hoefde te doen. Misschien was ze een meegaand meisje dat maar liever zweeg omdat ze niet kon liegen... Hoe kon ze 'lief vadertje' tegen haar vader zeggen, zoals die hypocriete Julia deed, als ze er niet in geloofde? Nee, ze was niet sloom. Ze sprak haar vader niet tegen en voldeed aan zijn verwachtingen ten aanzien van de genegenheid die hij verdiende. Misschien verschanste Genara zich achter de muren van haar eigen kindertijd omdat ze niet wilde opgroeien in een wereld die door haar vader werd bepaald. Wat was daar mis mee?

Alleen Augusta heeft haar geheugen hermetisch gesloten door een belachelijk geheugenspelletje te doen: de nummers van haar bankrekeningen uit het hoofd leren. Maar onverwacht is zij degene die de cirkel van stilte verbreekt door haar hand op de lijkkist te leggen: 'Hij heeft ons veel te lang op de proef gesteld. Wat goed dat het nu voorbij is.'

Haar zussen kijken haar ongelovig, verbaasd en geschokt aan.

'Dat is zo,' kermt Genara. 'Dat is zo. Hij is dood.'

'Hij is gestorven,' herhaalt Julia onwillekeurig. 'Wat treurig.'

'Hij is echt gestorven,' zegt Augusta tot slot.

Augusta houdt aan. 'Weten jullie het nog? Herinneren jullie je die lijst van handgeschreven verboden nog die hij op de deur van de badkamer had gespijkerd?'

'Denk er toch niet meer aan,' zei Julia met makkelijke tolerantie.

'Ik herinner het me en jij ook, Julia,' ging Augusta verder met het air van een tuinman die het hoge gras maait en zijn werk niet kan onderbreken zonder zijn tempo te wijzigen of per ongeluk een bed rozen te vernielen. 'Raak jezelf niet aan. Kijk niet naar jezelf. Vermijd spiegels. Kleed je in het donker aan. Was je met je nachtpon aan. Raak jezelf niet aan. Kijk niet naar jezelf. Kijk niet naar de mannen. Laat niemand je aanraken. Ga niet alleen de straat op. Ga in de bioscoop op de eerste rij zitten, al is het slecht voor je ogen. Laat je niet bekijken. Plak een druivenblad over de kunstreproducties op school. Beter nog, ga niet meer naar school. Ik zal jullie school zijn. Kom hier, Augusta, kom op mijn schoot zitten, dan leer ik je van alles. Kom, Genara, laat mij je aan- en uitkleden terwijl jij je ogen dichtdoet en je voorstelt dat ik het vriendje ben dat je van mij niet mag hebben. Ga slapen, Julia, ik zal een liedje voor je zingen. Jullie hebben geen moeder. Ik zal vader en moeder tegelijk zijn, ik...'

'Ik zou zeggen dat een vader een perverse moeder kan zijn,' zei Augusta en ze vertrok haar mond.

Julia tikte op de hand van Augusta. 'Het was allemaal goedbedoeld.'

'Maar waarom herinner ik me het dan als pervers?'

'Omdat jij zelf pervers bent,' waagde Genara te zeggen en Augusta gaf haar een klap, een zware dreun met haar vierkante, metalen Caesarringen.

Julia hield Augusta's hand tegen en keek ongelovig naar de tekenen van autoriteit aan de lange, kromme vingers van haar zus.

'Wat is er nou, heb jij nooit ringen gedragen?' zei de oudste zus hooghartig.

Julia boog sierlijk haar hoofd.

'Ik mocht van papa niet de ring hebben die ik wilde hebben. We mochten geen van drieën de ring die we wilden. Maar dat weten jullie al.'

Genara beet op haar vinger en dacht aan alles wat zij en Augusta wellicht en Julia in elk geval niet hadden gedaan in hun leven uit angst voor hun vader zolang hij leefde. En nu, nu was hij al tien jaar dood...

'...waarom durven we nu niet alles te doen wat hij ons verbood toen hij nog leefde?'

'Uit eerbied,' zei Julia liefjes, maar haar blik dwaalde weg, richtingloos, alsof hij was blijven vastzitten aan het laatste woord dat ze hiervóór had uitgesproken.

'Uit hebzucht,' gaf Augusta opeens toe. 'Omdat we de erfenis niet willen mislopen. Wees eerlijk, we hebben te maken met een duivel... Want we durven niet ongehoorzaam te zijn, al is hij dood.'

'Waarom ben je nog net zo bang voor hem als toen hij leefde?' zei Julia bijna onhoorbaar.

'Papa en zijn verdomde termijnen. Nog even wachten. Ik kom eraan. Jullie horen het wel. Heb vertrouwen, heb vertrouwen, heb vertrouwen!'

De stem van Augusta verdween in zijn eigen echo. Julia en Genara kenden die echo. Hij ontstond als Augusta niet wilde huilen of gillen. De twee zussen gingen naar haar toe en omhelsden haar, streelden haar hoofd met het korte, borstelige mannelijke kapsel. Genara trok per ongeluk een oorbel uit Augusta's oor.

'Au! Wat ben jij toch altijd onhandig.'

Julia en Genara trokken hun handen van Augusta's hoofd terug alsof ze heiligschennis pleegden jegens een macht die alleen kon wedijveren met die van de vader. Zij was de oudste dochter, maar haar gezag was altijd inferieur aan dat van de vader. Dit gaf voedsel aan Augusta's minderwaardigheidsgevoel en deed haar pulserende hooghartigheid alleen maar toenemen.

'Houden jullie jezelf niet voor de gek,' zei Augusta tegen haar zussen. 'Vergeten jullie zijn minachtende, medelijdende en triomfantelijke grimas niet.'

'Niet zenuwachtig worden, meisje. Houd jezelf niet voor de gek. Sla je ogen niet neer als ik binnenkom.'

'Zonder ons zou jij niet...'

'Wat zei hij?' zei Julia.

'Wat zei jij?' vroeg Genara.

'Niks.' Augusta snoot haar neus in het mousselinen zakdoekje dat ze altijd in de lange mouw van haar jurk had zitten.

Dit 'niks' was de trefzekerste weerslag van het idee dat Augusta koesterde sinds haar vader was overleden en zij zich opeens realiseerde dat het hoogste gezag op de oudste dochter terugviel. Het vermoeden dat de autoriteit van de vader door diens dood op

haar zou terugvallen, beklemde haar. Deze erfenis wilde ze tegelijk wel en niet hebben en vormde een conflict waarvoor alleen
haar zussen een uitweg zouden durven vinden, als ze het begrepen. Maar Augusta wilde Julia en Genara niet uitleggen wat ze
zelf niet begreep, en ze wilde evenmin toegeven dat zij, Augusta,
helemaal niet blij was met de morele erfenis van haar vader.

'Herinner jij je mammie nog?' Julia onderbrak op treurige toon
de troebele gedachten van Augusta.

'Ja en nee.'

'Hoe bedoel je?'

'Ik bedoel dat je haar niet hoefde te bedenken. Zij wás er. Wij
zijn uit haar gekomen, maar eigenlijk zijn we nooit uit haar buik
gekomen.'

'Wat vreselijk. Zelfs niet toen ze stierf?'

Genara stond deze gedachtewisseling tussen Augusta en Julia
apathisch en geduldig aan te horen. Ze wiebelde op haar hielen en
was er trots op dat zij de geduldige was, de zus met de langste
adem. Ze wist dat haar zussen deze goede eigenschap van haar –
plus nog een paar andere – niet waardeerden. Eigenlijk vonden zij
dat ze geen énkele goede eigenschap had. De goedhartige Julia en
de trotse Augusta beledigden haar niet. Ze negeerden haar ge-
woonweg. Julia omdat ze zó goedhartig was dat ze niet kon verdragen dat een andere zus even goed was als zij. Dit wist Genara
en hierdoor wist ze ook dat Julia, ondanks haar liefheid, eveneens
was gedoemd tot de vlammen van een hel waar geen veinzerij is
toegestaan. Julia was goedhartig omdat het haar uitkwam, omdat
ze naar de hemel wilde gaan, terwijl goede mensen eigenlijk de
grootste populatie in de hel vormen. Met goedhartigheid kun je
God wel voor de gek houden, maar de duivel niet.

Maakte Genara deze gedachteconstructie om Augusta te behoeden voor een ongelukkig lot? Ze keek naar haar oudste zuster
en vermoedde dat er achter die harde façade een zwakheid huis-
de die Augusta verborg door zo abrupt afstand te nemen van

emotie. Daarom was ze verbaasd en ontroerd toen haar zus de echo van een snik uitstootte. Wat verwachten we van het onverwachte? Is er sprake van oprechte daden of, integendeel, van daden uit berekening? Genara dacht na: Augusta liet zich niet door haar emoties overweldigen uit liefde voor haar vader, maar door gebrek aan vertrouwen. Heb vertrouwen, heb vertrouwen. Een koor gevormd door een enkele stem. Als de bescheidenheid van Julia louter hypocrisie was, dan was de bittere wilskracht van Augusta een zwakke komedie die ze opvoerde om de vader uit te dagen en om paradoxaal genoeg te weigeren de autoriteit op zich te nemen die haar als eerstgeborene toekwam. Een excuus. Een smoes. Om tegen de vader te kunnen zeggen dat ten minste een van zijn dochters opstandig, koppig en 'slecht' was. Alsof de vader het toneelspel van zijn dochters niet doorzag en Augusta kon vernederen met de straf van zijn medelijden.

Daarom is Genara apathisch en geduldig. Daarom blijft ze zich koppig op een ouderwetse manier opmaken, stopt ze vulsels in haar haar, dat ze opsteekt als een donkere toren, gebruikt ze make-up à la Joan Crawford uit de jaren veertig. Brede en felrode mond. Wijdopen ogen. Lichtelijk sceptische wenkbrauwen. En met een grimas die heel et cetera, zoals haar vader zou zeggen. Gekunsteld was, volgens haar, want zo was het. Genara voelde zich een karikatuur uit een andere tijd en ze wist dat dat zo was omdat haar fictie reeds haar werkelijkheid was. *Mildred Pierce. Het leed van een moeder.* De zwartzijden jurk bleek, ondanks de bescheidenheid van de draagster, een opvallende provocatie te zijn. En Genara wilde maar tot één ding uitdagen: rouw en troost.

Het is waar dat in deze jaarlijkse bijeenkomsten een latent verlangen naar troost besloten lag. Opdat de drie, die onderling zo verschillend waren, zich herinnerden dat ze uiteindelijk zussen waren. Wellicht werden ze achter hun zo ongelijke maskers verenigd door het onuitgesproken gevoel van trots dat ze de dochters waren van zo'n originele en oorspronkelijke man, hun machtige en eeuwige vader. Ze waren hooghartig. Dit bewezen ze door hun terughoudendheid om elkaar te troosten. Daarom was Genara geduldig. In het diepst van haar hart geloofde ze dat er op een goed moment in alle drie medelijden zou opwellen en dat ze elkaar zouden omhelzen, zoals tijdens dat vluchtige ogenblik waarop Augusta, zo in tegenspraak met zichzelf, de echo van haar verdriet liet horen.

'Bevrijd ons van alle verantwoordelijkheid,' mompelde Genara.

'Wat zeg je?' zei Augusta gespannen.

'Niks, zusje. Ik dacht alleen dat we nu hij er niet meer is eigenlijk kunnen doen wat we willen.'

'Je weet heel goed waarom we niet kunnen doen wat we willen.'

'Waarom dan?'

'Dat weet je best. Het is een testamentaire beschikking. Het is onze plicht.'

'Het is hebzucht.'

'Of het risico,' zei Julia, die toen pas tussenbeide kwam. 'Realiseren jullie je wel dat ons leven in gevaar is als we niet gehoorzamen? Ik bedoel, we weten niet wat de prijs van de ongehoorzaamheid is.'

'Dat doet er nu niet meer toe,' viel Genara haar in de rede. 'We hebben negen jaar gehoorzaamd.'

'Dus zou het dwaas zijn om nu op te geven zonder te weten wat er gebeurt als...'

Augusta viel haar in de rede op dezelfde toon als Julia: 'Doe niet zo dwaas. We hebben het volbracht. Laten we niet speculeren over wat er zal gebeuren als we papa niet gehoorzamen.'

'We kunnen nog altijd ongehoorzaam zijn,' zei Genara ondeugend.

'Hou je mond,' ging Augusta door. 'Het heeft nu geen zin

meer, want we zijn al gehoorzaam geweest. We zijn gekomen waar hij ons wilde hebben.'

'En als we nu niet meer gehoorzaamden?' hield Genara met kinderlijke boosaardigheid aan. 'Voor één keertje maar?'

Julia verborg haar ontzetting niet. Ze had geen woorden nodig om aan te geven wat een angstig idee ze het vond om na negen jaar lang gehoorzaam te zijn geweest op de streep halt te houden, de belofte te verbreken en nooit de waarheid te kennen. Ze had Genara willen krabben of haar torenkapsel als van een diva uit een film noir losrukken. Omdat dit niet bij haar karakter paste – een zo zorgvuldig opgebouwd karakter – barstte Julia liever in tranen uit met haar hoofd op de doodskist. Medelijden was veiliger dan de passiviteit van een bescheiden iemand als Genara of de autoritaire hardheid van de trotse Augusta, allebei waren ze een bleek aftreksel van hun vader. Julia had het gevoel dat zij anders was. Zij aanbad haar vader. Misschien leek ze op haar moeder toen die nog leefde. Ze wist het niet. Ze had haar moeder niet gekend.

Als Julia aan deze dingen dacht, voelde ze zich uiteindelijk beter dan haar zussen. Superieur. Maar Julia had niet alleen een gevoel van trots, er was ook iets van een gemis of persoonlijke rouw omdat ze, toen haar vader overleed, ertoe veroordeeld was op alle uren van de dag zwarte kleren te dragen terwijl dat niet nodig was tegenover mensen – de orkestleden, de directeur, de toneelknechten – die niet wisten wie de vader van de violiste was en welke verplichtingen hij haar oplegde. Julia had onder een valse naam naar een plaatsje in het orkest gesolliciteerd. Alleen zij kende de regel die haar vader had ingesteld en dus had ze zich kunnen kleden zoals het een jonge vrouw betaamt, in jurken met lentemotieven en diepe decolletés, of zelfs in gewaagde tweedelige badkleding als ze werd uitgenodigd om mee te gaan zwemmen in Agua Azul.

Maar ze deed het niet. Waarom niet? Wilde ze de mysterieuze

dame uithangen? Haar collega's uit het orkest durfden haar niet te vragen: 'Waarom loop je altijd in het zwart?' En omdat de kleur zwart in die negen jaar in de mode raakte voor vrouwen en het niet langer alleen een teken van rouw was, zei niemand er meer iets van en gaf Julia zelf te kennen dat zelfs de ochtendrepetities wat haar betreft een kans waren om galakleding te dragen. Ze merkte algauw dat haar medeorkestleden niet op de hoogte waren van het bestaan van een vader van Julia, en dat ze zichzelf Julia kon noemen zonder dat het iemand opviel...

Julia glimlachte vriendelijk tegen haar zussen. 'Ik heb nooit getwijfeld. Jullie wel?'

Genara en Augusta keken haar ongeïnteresseerd aan. Julia hield niet op. 'Weet je, ik heb geloof. Ik heb het niet over de omstandigheden waardoor we vandaag bij elkaar zijn. Weten jullie wat geloven is? Onvoorwaardelijk geloven, onafhankelijk van de omstandigheden. Geloven is begrijpen dat de feiten de wereld niet veranderen. Geloof brengt alles in beweging. Geloof is waar, al is het idioot.'

'Moet je geloven om te leven?' zei Genara, die opeens in de ban was van de primitieve schoonheid van haar jongste zus, steil blond haar, blauwe ogen, knotjes op haar hoofd, schone handen. Zij kon zo goed nagels knippen! Zij kon zo goed de catechismus opzeggen. Ze was net een heilige.

'We kunnen niet goed zijn als we niet geloven,' antwoordde Julia. 'We zouden een stelletje cynici zijn als we niet geloofden.'

'Geloof kan omslaan in blindheid,' zei Augusta spottend en ernstig tegelijk. 'Dan maar liever cynisch.'

'Nee, nee,' smeekte Julia. 'Liever gelovig dan cynisch.' Ze legde haar hand op Augusta's schouder en zei: 'Wees maar niet bang.'

Augusta keek haar zusje minachtend aan.

Genara keek haar twee zussen onwillekeurig samenzweerderig aan. 'Denken jullie ook niet dat papa in wezen een eenvoudig man was en dat wij ingewikkeld zijn? Op de keper beschouwd was papa net zoiets eenvoudigs als zijn eau de cologne.'

'Hij rook naar wierook,' zei Augusta brutaal.

'Naar tabak,' zei Julia glimlachend.

'Naar zweet,' hield Augusta aan. 'Naar zurig zweet.'

'Hij was een correcte man die van ceremonieel hield,' zei Julia terwijl ze met haar ogen knipperde.

'Een stijve en pretentieuze man,' zei Augusta met een grimas.

'Een hardwerkende man?' vroeg Julia.

'Hij liet anderen werken en profiteerde van hen,' zei Augusta onaardig.

'Net als jij.' Genara veinsde een scheef glimlachje.

'Genara, beschuldig je zuster niet. Dat is niet goed,' kwam Julia tussenbeide.

'Maak je geen zorgen.' Genara legde een hand op Julia's schouder, als een kameraad. Julia deinsde terug.

'Wat is er?'

'Ik vind het niet prettig...'

'Wat vind je niet prettig?'

'Niks. Vergeet het. Wat wilde je zeggen?'

'Het doet er niet toe.'

'Nee, zeg op, alles doet ertoe.'

'Maak je geen zorgen. Ik aanvaard mijn grenzen. Dat is mijn stelregel.'

Augusta zei niets tijdens deze woordenwisseling. Ze keek naar Julia en dacht dat die naïeveling het leven van de anderen alleen maar ingewikkeld maakte. Als het kwaad, de jaloezie, de steken onder water, de grote fouten, het ergste van het ergste zich manifesteren, heeft dat als voordeel dat er definitief een einde komt aan elke vorm van morele hypocrisie, valse schijn en bedrieglijke vroomheid. Hoe het ook zij, Augusta had schoon genoeg van haar zussen. Ze verveelde zich in hun gezelschap. Ze lachte in zichzelf. Wat kon ze doen om de dodenwake op te vrolijken? Ze

wilde niemand boos maken. Maar ze wilde ook niet door de
knieën gaan voor de lang van tevoren door de afwezige vader ge-
programmeerde provocatie. Hoe vaak had ze niet vastgesteld dat
hij niet over zijn dochters wilde praten, maar dat hij wel wilde dat
zijn dochters over hem praatten? Daarom had Augusta de gewoonte om niets te zeggen als haar zussen ruzieden wie het eerst
het woord mocht voeren: zeg jij het maar, nee, jij eerst... Augusta
vreesde dat de geheime stilte die zij wist te bewaren in een luid
gefluister zou veranderen door toedoen van haar onhandige zussen. Augusta was de oudste dochter en als zodanig had zij als eerste haar vader leren kennen. En zij wist toch maar al te goed dat,
als zij iets voor zichzelf wilde houden, haar verlangen steeds werd
doorkruist door haar strikte, wraakzuchtige en vreselijke vader.

'Wat hou je voor me geheim, Augusta?'

'Niks, papa, je ziet spoken.'

'Natuurlijk niet. Ik zie niets meer of minder dan de waarheid.
Waarom hou je dingen voor me geheim? Schaam je je? Of vind je
het leuk om me kwaad te maken?'

'Nee, papa, u vergist zich.'

'Een van de twee, kindje. Jij handelt zo omdat je je schaamt
voor het genot of omdat je geniet van de schaamte. Een andere
verklaring is er niet. Mij hou je niet voor de gek, et cetera.'

Dan begon de jongedame Augusta (die al drieënveertig is) te
blozen en haar papa keek haar aan met een blik alsof hij haar begreep en vergiffenis schonk.

'Die akelige vergiffenisschenker,' zei Augusta terwijl ze de
doodskist probeerde open te krijgen. Haar zussen schreeuwden,
hielden haar tegen. Augusta wilde alleen de dodenwake wat op-
vrolijken. De jongere zusjes hervatten hun gesprek.

'Wat vind je niet...?'

'Niks. Wat ging je...?'

'Het doet er...'

'Nee, zeg op.'

'Dat zijn motieven twijfelachtig waren,' mompelde Augusta. 'Twijfelachtig, om niet te zeggen onplezierig.'

Zij merkte dat noch Julia noch Genara naar haar luisterde. Was dat de overwinning van hun vader: eisen dat ze naar hem luisterden op het moment dat ze geen aandacht aan hem schonken? Heel even zag de oudste zuster zichzelf in de doodskist opgesloten liggen terwijl haar zusters haar niet kwamen redden van een sluipende verstikking. En ze begreep dat in een doodskist liggen op dit moment betekende dat ze de plaats van de vader innam.

Augusta schaamde zich en raakte in de war van het idee. Ze nam het zichzelf kwalijk dat ze de verleiding had gevoeld haar vader te vervangen, al was het in de dood. Ze stortte zich in een zeer persoonlijk soort gebed. De autoriteit is autoritair. Opgepast, Augusta, geef je zussen de gelegenheid charmante vrouwen te worden, iets wat jullie vader niet wilde, laat ze tevreden het ritme van het leven aanvaarden nu er een eind komt aan deze lange periode van rouw, laat ze naar buiten kijken, laat ze dingen gewaar worden zoals de temperaturen, de seizoenen, de verwaarloosde vogels, het geblaf van de honden, de stilte van de vlinders, het groeien van het gras, alles wat vader ons verbood omdat zelfs een libel kon concurreren met de aandacht die híj verdiende.

Augusta realiseerde zich dat ze niet uitsprak wat er door haar hoofd ging, omdat ze er zeker van was dat haar stem zou weigeren als ze iets wilde zeggen. Was dit de oerdiefstal van haar vader: haar stom maken? Wist de vader dat Augusta niet aan Julia en Genara durfde te vragen waar ze bang voor waren en wat ze wensten op de dag dat de door de vader ingestelde termijn afliep? Nu gaan we eindelijk samenleven, kom mee, zussen, de tijd van het overal op de wereld naar andere pleziertjes en ander gezelschap zoeken is voorbij, ik vrees dat we na vanavond allemaal gek worden, gek van de eenzaamheid, omdat we gebonden zijn aan fatale kalenders en naar de rand van de ouderdom worden gevoerd... Samen. Hier in het verdronken park. Samen en eindelijk vrij.

Naar de anderen luisteren was genoeg. 'Hij zei nooit tegen ons, gaan jullie niet weg, komen jullie bij me wonen...'

'Daar waren we al te groot voor, Julia, er was geen reden om bij hem te blijven wonen...'

'Ondankbare meiden, noemde hij ons...'

'Maar je ziet het, hij heeft ons leven vergald en ons vrijgelaten...'

'Waarvoor? Om dood te gaan?'

'Nee, om verder te leven...'

'Als ondankbare meiden...'

'Wat voor vrijheid? Dat zal ik je vertellen. Om ieder jaar hiernaartoe te komen om hem te gehoorzamen alsof hij nog leefde...'

'Maar anders...'

'Zeg het maar, Julia, maar anders...'

'Krijgen we geen erfenis.'

'Wat onrechtvaardig, hè?'

'Ik dacht dat we, als hij dood was...'

'Konden doen wat we wilden?'

'Waarom laat hij zich niet zien?'

'Hij is overleden.'

'Denk je? Misschien komt hij gewoon niet tevoorschijn.'

'Nee. Hij is echt overleden. Dit is alleen maar een ceremonie. Een loze dienst. Word wakker. Besef het.'

'Wat kan jij hard zijn ondanks dat engelengezichtje van je.'

Augusta luisterde naar hen zonder een woord te zeggen. Ze zei tegen zichzelf dat zij haar angsten aanvaardde omdat die al een gewoonte waren. Maar waaraan zou ze moeten wennen als ze de gewoonte van de jaarlijkse ceremonie rond de lijkkist van hun vader afschaften? Wat zou er van hen worden? Zou hun leven veranderen? Of was de gewoonte al te sterk?

Ze stelde zich met een mengeling van afkeer en humor voor

dat Genara en Julia en, waarom ook niet, zijzelf jaar in jaar uit alle drie zouden terugkomen naar de garage bij het verdronken park voor deze akte, die geen van drieën een compromis, ceremonie, plicht, gewoonte of gril zou willen noemen omdat ze al zó vaak was herhaald dat ze een onderdeel van hun leven was geworden. Zouden ze het wagen de gewoonte te doorbreken? Of zou de plicht waaraan ze gewend waren, veranderen in een holle frase, een loos ritueel? Hoe het gevoel van dreiging te behouden in de plicht die hun door de vader was opgelegd? Was dat gevoel hun ware erfenis: houd mij in leven, dochtertjes, blijf vragen stellen, blijf waakzaam en onbevredigd. Waarom heb ik volgens jullie die termijn ingesteld? Uit liefde, mijn mooie dochters, louter en alleen uit liefde! Om te voorkomen dat jullie tot een lui leventje vervallen als meisjes die een vette erfenis hebben opgestreken en achtervolgd worden door een legioen kerels die geen cent hebben en hogerop willen komen, nietsnutten die niet van jullie houden, die jullie niet kunnen aanbidden zoals ik jullie aanbid.

4. 'Weet je nog dat hij ons nachtjaponnen liet aantrekken en ons een blinddoek voordeed als hij ons in bad stopte?'

'Om zondig gedrag te voorkomen.'

'Dat zei hij.'

'Julia, besef je wel dat wij hem zelf nooit naakt hebben gezien in de badkamer, als hij zich schoor...?'

'Mochten we hem niet zien?'

'Of mochten we onszelf niet zien?'

In de loop der uren bedacht Augusta dat haar vader tegen haar had gezegd dat hij niet wilde dat zijn dochters zouden zien dat hij ouder werd. Dat hij voor hen altijd jong wilde blijven. Een aantrekkelijke vader dus.

'Weten jullie hoe oud papa was toen hij stierf?' vroeg Augusta.

Genara en Julia keken elkaar aan.

'Ik weet het niet... Zeventig, tachtig? Honderd.'

'Is hij in jouw herinnering een oude man?'

'Wat?'

'Ja, een oude man.'

'Nee, een jonge man, altijd een jonge man. Hij at zijn jaren op.' Genara moest hard lachen. 'Dat is niet het enige wat hij opat.'

'We herinneren hem ons als een jonge man.'

'Maar we hebben hem nooit als jonge man gezien.'

'We hebben alleen foto's van hem van toen hij jong was.'

'Is er geen enkele foto van papa als oude man?'

'Wat is het verschil tussen hoe hij vroeger was en nu?'

'Dat is het verschil tussen het geweten en het geheugen,' oordeelde Augusta, en de zussen moesten lachen omdat ze het niet begrepen.

Ze hadden elkaar beter kunnen vragen: waarom stond er geen overlijdensbericht in de kranten? Was dat niet jouw taak, Augusta? Nee, Genara, jij had beloofd dat je het zou doen. Kijken jullie niet naar mij, zei Julia.

5. Later vroeg Augusta zich af of er verschil is tussen het geweten en het geheugen. Ze dacht van wel. Het geheugen werkt vandaag. We herinneren ons vandaag. Het geweten is altijd een gevoel van berouw dat begraven is in het verleden. We vergeten liever.

Ze heeft dit niet gezegd, omdat ze zich er later schuldig over voelt dat ze iets heeft gezegd wat ze niet had horen te zeggen louter omdat haar woorden zichzelf dicteren en eisen te worden uitgesproken, al kan ze de reikwijdte van haar woorden niet bepalen. Soms had Augusta het gevoel dat iemand via haar sprak, iemand die wel het verschil tussen geweten en geheugen kende, niet zijzelf, eenvoudige doorgeefster van een geheimzinnige stem die eiste dat er naar hem werd geluisterd.

Van wie was die stem?

Was zij het zelf in een andere fase van haar leven, een verleden of een toekomst waarin ze kon begrijpen waarom haar herinneringen aan het verleden allemaal vandaag plaatsvonden, terwijl de actualiteit van haar geweten altijd van een andere tijd was, nooit het heden?

'Hij eiste te veel van ons,' mompelde Genara. 'Hij zette alle verleidingen voor onze neus en vroeg ons dan of we hem om hulp wilden vragen om ze te kunnen weerstaan...'

'Wees eens wat duidelijker,' zei Julia. 'Wie moest de verleidingen weerstaan, hij of wij?'

'Wie weet. Hij was erg grillig,' zei Genara terwijl ze heftig haar hoofd schudde.

'Hij was een tiran,' zei Julia opeens. Genara keek haar verbaasd aan en wierp Augusta een blik van voorbedachte berusting toe.

Julia was eerst het verwende meisje geweest en later de verdedigster van haar vaders imago. Deze plotselinge verandering was onverklaarbaar tenzij, dacht Augusta, Julia ons wil zeggen dat haar devotie voor de vader geen dwaasheid was, maar een bewuste daad van haar wil, die later echter veranderde in geloof. Augusta maakte van de gelegenheid gebruik.

'Heb jij papa ooit naakt gezien?'

Julia raakte in de war. Toen zei ze ja.

'En jij?' vroeg ze Augusta.

'Ik weet niet of ik hem ooit heb gezien,' zei de oudste zus met een boosaardig lachje. 'Ik heb het idee dat ik hem heb geroken. Hij rook naar smerigheid, poepkorsten, zwetende oksels, onderlijf en...'

'Dat is niet waar,' zei Julia en ze legde haar hand op de mond van haar zus. 'Zijn lichaam rook naar Yardley en zijn haar naar Barry's Tricopherus-haarwater...'

'Hij stonk naar pis...' zei Augusta glimlachend, blij met Julia's reactie, haar onmiddellijke val voor de vadercultus, haar zwakke plek. 'Hij was een vieze oude man, een vrek en een tiran.'

'Hij was vrijgevig, zachtaardig en heel erg lief,' zei Julia snikkend, ogenschijnlijk berouwvol.

'Een vrek,' ging Augusta met ingehouden heftigheid verder. 'Hij heeft zijn geld meegenomen in zijn graf. Hij heeft ons de weelde onthouden waar we recht op hadden. Hij was net een vervloekte koning. Hij had zich het liefst samen met zijn personeel en zijn vee laten begraven. En het is hem nog gelukt ook, zoals jullie zien. Hij heeft ons goed bekeken. Hij heeft ons alle drie in zijn piramide begraven, als ordinaire concubines. Je hebt gelijk, Julia, hij was een tiran.'

'Een goede tiran, een menselijke tiran,' zei Julia en ze sloeg haar blik neer.

'Een autoritaire vader,' voegde Genara eraan toe. 'Was dat niet precies wat wij wilden? Een sterke man die ons zou zeggen wat wel en wat niet mag... Zonder hem zouden we verdwaald zijn in de wereld.'

'En dat wist hij,' antwoordde Augusta op bijtende toon. 'Daarom maakte hij misbruik van zijn autoriteit. Wat dacht hij? Dat we hem van zijn macht zouden beroven als we onafhankelijk waren? Waarom begreep hij niet dat hij krachtiger zou worden als wij vrij waren?'

Ze keek Julia minachtend aan. 'Hij wist dat jij het in je had een slavin te worden, Julia.'

'En jij niet soms?' kreunde Julia. 'Jij ook. Daarom ben je hier, daarom zijn we hier alle drie nog... Omdat we *slavinnen* zijn.'

'Doe niet zo dom. Jij bent er nog niet achter dat het tiran zijn een attentie is die ons van de vrijheid bevrijdt.'

Ze hield de volgende gedachte voor zich: tiran zijn is ook iets pedants. En iets schoolmeesterachtigs: in eerste instantie ben je pedant als je jongetjes opvoedt. En meisjes. De pedagoog.

Dit was een pedante pedagogische prelude voor hetgeen Augusta obsessief bezighield. De angst dat zij degenen waren die de tiran hadden geschapen, alsof hij dat niet zelf wilde. Hij liep gewoon naakt rond. Zij waren degenen die hem aankleedden. Want zij hadden zelf behoefte aan macht, maar ze waren bang voor de uitvoering ervan. Ze gaven de macht liever aan een arme voorbijganger die scheel begon te kijken toen hem de kroon werd opgezet en de hermelijnen mantel omgehangen. Ze slaakten een zucht van verlichting. Ze bevrijdden zich van een last.

Macht is lafheid, onze lafheid, wilde Augusta hardop zeggen, maar ze durfde het niet omdat ze besprongen werd door de overtuiging dat haar zussen haar woorden niet zouden begrijpen. En die ook niet verdienden. Macht is lafheid omdat we niet machtig durven te zijn. Macht is de hete aardappel die we een arme duvel, een hulpeloze, naakte, middelmatige arme duvel, die geen verbeelding heeft en in geestelijke eenzaamheid leeft, door de strot moeten duwen, een onnozel wezen dat we de kroon opzetten en de hermelijnen mantel omhangen die we zelf niet durven dragen. De keizer is de mismaakte weerspiegeling van onze onmacht. Het vervelende is dat de uitverkorene, als we hem de scepter eenmaal hebben overhandigd, ook echt denkt dat hij machtig is. Hij weet niet dat zijn macht tijdelijk is. Hij neemt die op zich zonder enig verantwoordelijkheidsgevoel, omdat wij de echte verantwoordelijken zijn. Wij kunnen de leider niet meer vervangen. Alleen door hem te doden. Door hem aan zijn voeten op te hangen op het plein. Door hem in een hoek te drijven als een rat op een donkere binnenplaats. Door hem te verdoemen tot vergetelheid, diep weggestopt in een gevangenis waar het overal lekt, zonder enig contact met de buitenwereld.

Dan klinkt er een luide schaterlach in de holle schedel van Augusta: Je vergist je, naïeveling. Ik zal mijn leven eindigen aan de Rivièra. Ik zal een hele verdieping bewonen in een hotel in New York. Ik zal op mijn jacht door het Caribisch gebied varen. Ik zal worden beschermd door een legioen lijfwachten. Ik hoef niet meer dan twintig dollar in mijn zak te hebben. Mijn krediet kent geen einde. Mijn lach evenmin. Et cetera.

Het had geen zin dit aan haar zussen uit te leggen. Waarom zou ze hen ontgoochelen? Waarom zou ze hun de illusie ontnemen van een autonome, machtige vader die wonderen kon verrichten, vooral het wonder dat hij met oneindige tederheid en medeleven zijn dochters liefhad? Waarom zou ze hun de jaarlijkse bijeenkomst rond vaders doodskist ontnemen? Waarom zelfs zou ze hen gelukkig maken?

Augusta haalde onopvallend haar schouders op. Laten we blijven geloven dat we door al onze macht aan onze vader over te dragen, niet alleen vrij zijn van verantwoordelijkheid. We zijn zo ook vrij van schuld.

Hoe moest ze dit aan haar zussen uitleggen, als Genara zulke onzin uitkraamde?

'Ik heb hem gevraagd te zeggen dat ik helemaal blank was van binnen. Maar in zijn ogen was ik zwart.'

'Zei hij dat tegen je?'

'Zijn blik sprak boekdelen. Jij hebt een zwart hart, Genara. Zorg ervoor dat je absolutie krijgt. Biecht je zonden.'

'Welke zonden dan?' zei Augusta geïrriteerd.

'De zijne,' vervolgde Genara. 'Toen ik knielde om te biechten, kwam er een hele lijst van papa's zonden uit mijn mond, conservatieve oude man, aristocraat, ruziemaker, je bent geen decadente edelman zoals je zelf denkt, je bent een omhooggevallen armoedzaaier; je bent de ergste tiran van allemaal, je bent de streberige plebejer die niet van zijn wereldse goederen kan genieten omdat je tot je lage afkomst vervalt en niet gewend bent om van bovenaf te heersen. Hij wankelt. Hij struikelt. En hij reageert met straffen. Hij maakt misbruik van zijn straffeloosheid. Hij erkent zijn vergissingen niet. Hij straft de anderen omdat hij zichzelf niet kan straffen.'

Genara barstte los in iets wat leek op een lenteregentje, al was het een luid gehuil, en ze zei steeds de fouten, de fouten, net zo lang tot het woord zijn betekenis had verloren.

'Welke fouten, Genara?' Julia keek haar zus aan, maar Augusta nam het woord omdat ze bang was voor een te bloedeloos antwoord van Genara, de pottenbakster die er niet aan gewend was haar gevoelens de vrije teugel te geven voorbij een bepaalde grens, alsof de wereld een grote aardewerken kruik was die je een andere vorm kon geven door de draaischijf nog een slag te draaien. In feite voelde ze zich uitgedaagd, niet op haar gemak door de onverwachte verbale kracht van Genara.

'Wrok,' zei Augusta, die haar vóór was. 'De ergste zonde. Lijden om het geluk van de anderen. De afgunst om andermans goed. Opletten of de anderen fouten maken terwijl je je eigen fouten verbergt.'

Ze hield op omdat haar gedachten opnieuw sneller gingen dan haar woorden en omdat haar twijfel of ze wel begrepen werd nog groter was. Het kwam doordat Augusta de fouten van haar vader zoveel mogelijk op zich wilde nemen. Geluk beloven voor de toekomst, nooit voor de dag van vandaag. Uitstellen. Uitstellen. Alles uitstellen. De behoefte vervangen door de hoop en de hoop door de ceremonie. Spreken over iets wat wij niet begrijpen en hij ook niet. Ons het gevoel geven dat we dom zijn. Verkeerde ideeën over ieder van zijn dochters rondbazuinen en hun zelf verkeerde dingen influisteren. De dingen te vroeg of te laat toestaan. Niets op tijd, papa, snap je? Niets op het juiste moment, alles uitgesteld tot morgen, of troosten jullie je ermee dat jullie het al hebben en het niet weten? Ons altijd in onzekerheid laten. Zijn wij een bedreiging voor hem of hij voor ons? Kunnen wij hem in een rookwolk laten verdwijnen? Of kan hij ons laten verdwijnen? Aanvaardt hij elke smeekbede als het eerbetoon dat hij verdient, als de gift die van hem wordt gevraagd of als de illusie die zelf werkelijkheid wordt terwijl ze aan hem wordt gevraagd? Als wij het wagen aan zijn wijsheid te twijfelen, ontglipt hij ons door zijn onwetendheid in sluwheid om te zetten.

Realiseerden de zussen zich hoeveel dingen ze niet deden uit angst voor hun vader? Realiseerden ze zich dat ze, door dat gedoe van elk jaar die verjaardag, hun eigen levens uitstelden als oude auto's op een parkeerplaats zonder parkeermeter?

'Sommen jullie de opdrachten maar op die hij ons gaf sinds we klein waren. We vonden het toch heel erg leuk om het tegenovergestelde te doen van wat hij ons vroeg? Dat verwachtte hij toch van ons, dat we genoten van onze ongehoorzaamheid, gevolgd door de bevrijdende boetedoening? Hij verdoemde ons. Wij verdoemden hem. Hij behandelde ons eenvoudig als boontjes in zijn broeikas, als zaadjes die onderworpen waren aan de temperatuur van zijn blik, het ijs van zijn afkeuring. Hij hiel ons in een larvenstaat.'

'Dat doet hij nog steeds,' viel Genara haar in de rede. 'Ik bedoel, ons in een toestand van larven houden.'

Augusta zweeg. Ze sloot zich weer in zichzelf op. Ze wist niet of haar stilte alleen haar eigen stilte was of dat de roep erin besloten lag van alles wat niet was uitgesproken door de zussen, die die avond voor het laatst bijeen waren in de garage bij het verdronken park, waar hun vader was geboren.

6. Augusta keek met nuchtere wreedheid naar Julia. Ze dacht dat de naïveteit van haar jongste zuster niet meer was – of zou kunnen zijn – dan een masker waarmee een intense slechtheid werd verhuld. Ze aarzelde. Had Julia haar zin gekregen? Had zij van de testamentaire beperkingen gebruikgemaakt om precies dat te doen wat ze echt wilde doen, namelijk vioolspelen? Augusta kon niet geloven in het maagdelijke uiterlijk van Julia. In alle orkesten had ze de hele tijd mannen om zich heen. Misschien gaf ze haar mannen geen namen. Misschien gaf ze haar eigen naam niet: Julia. Misschien ging ze naar bed met de klarinettist, liet ze zich door de cellist betasten en door de gitarist betokkelen, rukte ze aan die van de saxofonist, zoog ze aan die van de man met de piccolo, en dit alles in een anonieme en harmonische sfeer van weidse wellust. Het was Julia gelukt niemand te laten doordringen in haar echte leven.

Genara was echter helder als glas. Als het al gebeurde dat zij insinueerde dat ze verliefd was – iets wat haar nog nooit was overkomen – zou haar leugen zwaarder wegen dan welke waarheid ook. Vermoedelijk voelde ze de verleiding. Ze kreeg echter geen kans. De hele dag achter de draaischijf, altijd met kleihanden en een smerig bruin schort voor. Een vrouw met opgerolde mouwen en het haar uit haar gezicht weggekamd. Een lok over het voorhoofd. Met haar benen wijd alsof ze klei baarde.

Op een keer zei ze over haar vader: 'Hij bewaakte ons alsof we zijn poppen waren.' Die popachtige passiviteit was niet zozeer de tweede als wel de eerste en misschien wel de oernatuur van de pottenbakkende zus. Het wachten op de verjaardag behoorde al tot haar vaste gewoontes. Wat was ze zonder dit vooruitzicht? Genara kon niet leven zonder de regelmaat van haar kalender. In haar hart wilde ze dat deze situatie tot het einde der tijden bleef bestaan. Niets anders doen dan keramiek produceren. Een pottenbakker zijn in een wijde wereld van klei en de klei redden om het mensenwerk vorm te geven. Was elke pottenbakker een rivaal van God?

Genara zou deze redenering nooit aanvaarden. Zij wilde niets doen wat tegen de wil van de vader in ging, al was het tegenstrijdige van die wil dat ze het, wat ze ook deed, altijd goed of fout deed. Het was goed als ze haar vader gehoorzaamde in plaats van in opstand te komen, maar het was fout als ze ongehoorzaam was. Genara vroeg zich af of dit de politiek van de vader was: zijn dochters in eeuwige spanning laten, hen veroordelen als ze iets deden en ook als ze niets deden. Genara vond het heel akelig dat ze met dit conflict worstelde. Julia hield de boel tenminste voor de gek. Genara hield zichzelf voor de gek. Zij bleef een pop die op de beddensprei van haar vader zat, omringd door knipperende bedlampjes en boven haar hoofd een crucifix zonder spijkers en met een Jezus die de lucht in leek te vliegen.

Toen kwam de vader, frisgeschoren en geurend naar Yardley,

Barry's Tricopherus en Mum-deodorant, de badkamer uit en zei met zijn kleurloze ogen en zijn haar als van een begerige albino: 'Ik zal jullie iets laten zien wat je nog nooit hebt gezien.' Dat zegt hij altijd en dan verdwijnt hij in de laatste dampen die uit de sauna komen.

Geen van hen durft de sauna binnen te gaan. Of de badkamer van de vader.

Alle zalfjes en geurtjes zijn niet genoeg om de droge huid van de vader glad te maken. Traag als een schildpad, achteruitlopend in de dampen verdwijnt hij voor zijn dagelijkse schoonmaakbeurt.

Een man die van ceremonieel houdt.

Een strenge man.

De regelmaat in ons leven.

Een man die tegelijkertijd de vertegenwoordiger van de fantasie en van de handel in de wereld is. Et cetera.

'Geef ons onze rust terug,' zegt Genara met doffe stem.

'Het hangt van ons af, niet van hem,' brengt Augusta in het midden. 'We moeten hem geen minuut rust gunnen. We moeten kritiek op hem leveren, hem vragen stellen, hem ontmaskeren, de konijnen uit zijn hoge hoed halen en hem de kaart uit zijn mouw ontfutselen. Kijk, onze vader is een magiër in een tent, een tovenaar in het theater, een goochelaar op de kermis. Een illusie. Een spook. Een laken dat wappert in de wind...'

Julia barstte weer in tranen uit, met haar armen om de doodskist. Op het moment dat Genara en Augusta Julia omhelsden, vormden ze als het ware een zusterlijke piëta, die weer uiteenviel toen ze zich, een beetje beduusd over hun gedrag, van elkaar losmaakten en elkaar opnieuw omhelsden, alsof ze door een dringende waarschuwing – het eind van de dag, het uitstel waar nu bijna een eind aan kwam, het slot van de intrige – werden gedwongen zich te verenigen en zich te verdedigen tegen de terroristische beschikking van hun vader, welke het ook was.

Augusta keek hen misprijzend aan. Vanavond was het tien jaar geleden. Zij gehoorzaamden aan de postume beschikking van papa. En wat dan? Zouden ze elkaar nooit meer zien? Zouden ze dit als het eind van de proeftijd van tien jaar beschouwen, de tijd waarin elke zus deed wat ze wilde, in de wetenschap dat de vader het zo wenste, dat ze moesten doen wat hij niet wilde dat ze deden, alleen maar om hun een schuldcomplex te bezorgen en hen daardoor al tien jaar te dwingen door te gaan met de door hem ingestelde ceremonie, bijna, ja bijna als een akte van berouw?

Wilde hun vader dat? Wilde hij vrije maar arme (Genara), vrije maar bescheiden (Julia), welvarende maar uiteindelijk gehoorzame (Augusta) dochters hebben? En waar waren de drie zusters op uit? Wilden ze hun vader bewijzen dat ze konden leven zonder de erfenis, ook al wachtten ze voortdurend op die erfenis? Waarom gaven ze anders elk jaar gehoor aan de afspraak in het verdronken park? Had geen van hen eraan gedacht in opstand te komen tegen de opdracht van de vervloekte pater familias? Zich aan de ceremonie te onttrekken? Hem te laten stikken?

'Hebben jullie er ooit aan gedacht papa niet langer te gehoorzamen? Heeft ooit een van jullie tegen zichzelf gezegd, ja, nu is het genoeg? Tot hier en niet verder. Het is mooi geweest. We weten niet of dit een spel of een straf is. Het is in ieder geval tirannie. Hebben jullie dat gedacht?'

Augusta had op gematigde toon gesproken. Ze keek haar zusters emotieloos aan. 'Laten we eens zien wie in staat is om nu onmiddellijk te vertrekken,' ging ze verder.

'En nooit achter het geheim komen?' vroeg Julia nogmaals.

'Nooit te weten komen hoe het allemaal afloopt?' steunde Genara haar opnieuw. 'Niemand verlaat de bioscoop zonder de afloop van de film te kennen. We verdragen het niet eens dat iemand die ons later vertelt.'

'Wat de gevolgen ook maar mogen zijn?' vroeg Julia zo verlegen als een schoolmeisje.

Augusta gaf geen antwoord. Het was beter als het antwoord in de lucht bleef hangen, vond ze. Of in het hart van elk van de zussen. Ze maakte een berekening. Genara kon vertrekken. Dan bleven Julia en Augusta over. Julia en Genara konden vertrekken. Dan bleef zij alleen over.

Het idee alleen al brak haar onverstoorbaarheid. Ze voelde echt doodsangst. Doodsangst voor de eenzaamheid. Weten dat ze alleen was. Alleen: beroofd van elke inspiratie of speculatie. Niet eens in staat haar eigen dood te herdenken.

Hoe moest ze aan haar vader ontsnappen? Ze wist toch dat haar vader, zodra hij tien jaar na zijn dood het geheim van de erfenis onthulde, een nieuwe termijn zou instellen? En welke nieuwe verrassing stond hun te wachten als deze termijn weer ten einde was en de volgende en de volgende? Had hij op een dag, voordat hij zijn sauna binnenging, niet gezegd: 'Als ik ergens mee begin, hou ik er niet meer mee op.'

In San José Insurgentes klonken de twaalf klokslagen van middernacht.

7. Het sloeg zes uur in de ochtend. Genara rekte zich uit. Ze was ongewild in slaap gevallen. De strandstoel was comfortabel.

Arme Julia, die had de hele nacht op een pianokruk gezeten. Ze was er niet meer. Genara zocht haar. Julia was zich aan het opmaken en bekeek zichzelf in een handspiegel. Roze poeder. Donkerrode lippenstift. Eyeliner. Mascara. Het stond allemaal klaar op de doodskist. Julia kamde haar haar tegen. Ze herschikte haar borsten.

'Goed, de volgende afspraak is bij de notaris. We zien elkaar daar. Wat een gedoe, zo'n testament met bepalingen! Goed, we hebben aan de voorwaarde voldaan. Nu gaan we het testament laten uitvoeren. Al hebben we onze rechten nooit verloren... nietwaar?'

'Tenzij we onterfd zijn,' zei Augusta vanuit de donkere garage.

'Welnee!' zei Julia lachend. 'Het is wel duidelijk dat jullie papa niet kenden. Hij is een schat.'

Julia duwde de piepende metalen deur open. Het licht uit het verdronken park stroomde naar binnen. De vogels tjilpten. Julia liep naar buiten. Voor de garage stond een Mustang met open dak geparkeerd. Een jongen in een overhemd met korte mouwen en een open kraag floot naar Julia en deed het portier voor haar open. Hij was niet zo hoffelijk om uit de auto te stappen. Dat leek Julia niet te hinderen. Ze stapte in, ging naast de bink zitten en gaf hem een snelle kus op zijn wang.

Julia zag er jong en licht uit, alsof ze een reusachtig berenvel had uitgetrokken.

Ze keek niet meer om. De auto trok op. Ze vergat de piano-kruk.

Genara streek haar rok glad en deed haar bloes goed. Ze keek naar Augusta, ze had zin om haar van alles te vragen. Ze wilde graag begrijpen. Julia zou haar niets uitleggen. De wereld van Julia stond vast, zonder problemen. Die wist zeker dat ze zou erven. Zij was vertrokken.

Zou Augusta haar alles uitleggen?

Genara pakte haar namaak-Gucci-tas en liep naar het metalen voorportaal. Ze bleef Augusta de hele tijd aankijken. Haar oudste zus keek niet terug. Het stond op Genara's gezicht gebeiteld dat ze de weg kwijt was. Ze wist dat ze van Augusta niets te verwachten had. Ze wapende zich met geduld. Ze zou de rest van haar leven een keurig mens blijven. In eenzaamheid. Achter de draaischijf. En daarna voor de televisie. Met koud avondeten op het dienblad.

'We zien elkaar allemaal bij de notaris, hè?'

Ze zette een voet buiten de garage.

De voet bleef in de lucht hangen.

8. Het kon Augusta niet schelen wat haar zusters deden. Laat ze

maar weggaan. Laat ze zich maar vrij voelen. Laat ze maar voor hun vader vluchten. Alsof ze ver zouden komen. Alsof de executeurs-testamentair de vader niet trouw waren. Kom nou.

Augusta zal bij haar vaders doodskist blijven. Zij zal het doodsritueel blijven uitvoeren tot de dag dat zij zelf in de kist van haar vader ligt.

Zij is de erfgename.

Koor Coda Conrad

het geweld, het geweld

Verklarende woordenlijst

Atacatl   naam van bataljon: in de Verenigde Staten opgeleide soldaten in El Salvador, vernoemd naar een historisch personage

Adelita   naam van beroemd soldatenliefje uit de Mexicaanse revolutie, vergelijkbaar met Jeanne d'Arc, en titel van een bekend lied

Alfajores   zoetigheid, iets tussen een koek en een gebakje

Amate   papier geklopt uit boombast en beschilderd door Nahua-indianen

Apaches   Noord-Amerikaanse indianen die in de koloniale tijd Mexico te paard binnenvielen om hun inheemse broeders te helpen tegen de Spaanse kolonisator

Ceviche   gerecht van gemarineerde rauwe vis

Chespirito   verspaanst verkleinwoord van Shakespeare, pseudoniem van de maker van de gelijknamige kinderserie, waar de zeer beroemd geworden sketch 'El Chavo del 8' onderdeel van is, met het sproetige meisje Chilindrina als een van de hoofdpersonen

Chilindrina   naam van zoet broodje met suikerspikkels

Chucho   verkleinwoord voor Jesús

Clica   jeugdbende

Corrido   populaire, ritmische muzikale compositie in Mexico en andere Latijns-Amerikaanse landen, waarin vaak ook revolutionaire heldendaden worden bezongen

Cristero('s)   conservatief katholieke groepering die in opstand kwam (1926-1929) tegen de antiklerikale politiek van president Calles

Cristiada   Christus Koning-kruistocht (1925-1929)

Curado de avena   sterkedrank van *pulque* gemengd met gecondenseerde melk en fruit

Ejido   van oudsher gemeenschappelijke grond, gebruikt voor landbouw en veeteelt

Esposa   echtgenote; esposas: handboeien

Farabundo: Frente Farabundo Martí para la Liberación Nacional (FMLN)   voormalige guerrillabeweging voor de bevrijding van El Salvador

Gedicht   Federico García Lorca: *Oda a Walt Whitman*

Jaina   naam van een nu onbewoond eiland waar veel archeologische schatten worden gevonden. In de taal van de Maya's: plaats van het huis in het water

Jarocho   onbehouwen, brutaal type; bijnaam voor de mensen uit Veracruz

Juárez, Benito (1806-1872)   Zapoteek, eerste inheemse president van Mexico, beschouwd als de grootste en geliefdste leider van het land

La Piedad   pandjeshuis in Mexico-Stad

Mamey   zie *zapote*, tropische vrucht met geel, smakelijk vruchtvlees

Mojados   letterlijk: natte ruggetjes, verwijzing naar de Mexicanen die via de Río Bravo clandestien de grens met de Verenigde Staten oversteken

Mole   dikke saus gemaakt van pepers, kruiden, fruit en chocolade

Palacio, Miguel   Spaans modeontwerper

Palacio de Hierro   IJzeren Paleis, naam van groot warenhuis

Pesadilla   letterlijk iets als: kleine zwaarte

Piñata   aardewerken pot vol snoepgoed op kinderpartijtjes, die kapotgeslagen moet worden met een stok

Pozole   soort maïssoep

PRI (Partido Revolucionario Institucional)   de belangrijkste en tot voor kort feitelijk enige politieke partij na de Mexicaanse revolutie

Pulquería   gelegenheid waar *pulque* wordt verkocht, de nationale sterkedrank van Mexico, gemaakt van agave

Quebrada   vallei

Regio   'De meest transparante regio' is de titel van een (niet in het Nederlands vertaalde) roman van Carlos Fuentes

Soconusco   naam van de kuststreek in Chiapas

Tarahumara   naam van een van de vele inheemse volken in Mexico, met gelijknamige taal, die nog steeds gesproken wordt

Varo   ander woord voor peso, Mexicaanse munt

Zapote   tropische vrucht, *Pouteria sapota*, vrij grote, ronde vrucht met bruine schil en zalmroze, zacht tot pappig vruchtvlees, zeer geschikt voor jam en ijs